BILLY LYNN'S LONG HALFTIME WALK

半場無戰事

★★★

BEN FOUNTAIN

班・方登

張茂芸——譯

目次

獻給我的父母

◎本書有部分與美式足球相關專有名詞與敘述，由「看職業運動學英文」粉絲團總編輯王啓恩，及「Aero的運動迷日誌」部落格作者Aero Ho協助審訂，特此致謝。

——譯者

故事開始

B班[1]的弟兄一點也不冷。那天是感恩節，天寒地凍，冷風刺骨，氣象預報還說下午四、五點會下冰珠和凍雨。不過因爲正好碰上比賽日，路上塞車塞到天荒地老，坐在豪華加長禮車裡的B班人，趁著車上有迷你酒吧，狂飲威士忌可樂，喝得全身暖洋洋。四十分鐘內連喝五杯或許是有點超過，只是比利好不容易才從飯店大廳的混亂中脫身，實在需要喝點涼的喘口氣。說「混亂」，其實就是一群民眾活像灌了「蠻牛」，精力充沛，輪番上陣搶著來跟他們致謝招呼，比利卻偏巧宿醉得厲害，這一切無疑火上加油。尤其有個男的，整個人黏答答軟綿綿，麥芽糖似地老纏著比利不放，卻偏偏彆扭地穿著漿得畢挺的藍牛仔褲，蹬著拉風的牛仔靴。「我自己是沒當過兵啦，」那人邊講邊揮舞手上的大杯星巴克：「可是我爺爺打過珍珠港喔，他什麼都跟我說了。」然後開始滔滔不絕講了一堆戰爭啦、上帝啦、國家啦等等等，比利只能進入放空模式，任那男人吐出的字句在腦裡不斷翻轉。

1 譯注：The Men of Bravo。Bravo是對人喝采叫好之意，也在無線電通訊中代表字母B。

恐怖份子

自由

邪惡

九一一

九一一

九一一

軍隊

勇氣

支持

犧牲

布希

價值觀

上帝

比利真不知倒了哪門子楣，下午他在德州體育場的位子是走道位，這代表整個下午他都得應付這種叫人吃不消的應酬場合。他脖子好痛，昨晚雖然有睡，但睡得很不好。方才喝的五杯威士忌可樂，每一杯都把他推向更慘的深淵，但先前一看見轉進飯店正門前的豪華加長禮車，他整個人便激動得滿心小鹿亂撞——雪白的悍馬禮車，單側就有六個車門，全黑的玻璃窗，外面完全看不到裡面。「這才像話嘛！」戴姆班長一邊朝迷你酒吧進攻一邊大喊，眾人則對車內活像妓院的陳設嘖嘖稱奇。比利自知這宿醉一時好不了，於是獨個兒默默生起悶氣來。

「比利，」戴姆朝他喊：「你恍神了呴。」

「沒有，報告班長。」比利馬上回道。「我只是在想達拉斯牛仔隊的啦啦隊。」

「你這小子。」戴姆舉起酒杯，跟著閒閒拋出一句，不管有沒有人在聽。「麥少校是gay喔。」

哈勒戴驚呼：「搞屁啊，戴姆，麥少校人在這裡耶！」

沒錯。麥克勞林少校就坐在後方的靠牆座，面無表情望著戴姆，像躺在冰上的死魚。

「我說什麼屁他也聽不到啦。」戴姆哈哈笑著，轉向麥少校，故意逐字慢慢說，慢到一種欠揍的程度。「報告！麥克勞──林，少──校！哈勒──戴，上──士，說，你，是，gay。」

「喔靠。」哈勒戴暗暗叫苦，不過麥少校只是把眼一瞇，伸出拳頭，把手上的婚戒亮給大家看。眾人頓時一陣鼓譟。

這輛加長禮車的乘客區，全都鋪上華麗的長毛絨，裡面塞了十個人，除了B班僅餘的八人之外，還有負責公共事務的護衛人員麥少校，和電影製作人亞伯特．瑞特納（此刻他正蹲坐著，呈「黑莓機」姿勢）。假如把一命嗚呼的施洛姆和去了半條命的雷克也算進去的話，算算這群人得過的勳章數，總共有兩枚銀星勳章、八枚銅星勳章，但這十枚勳章到底怎麼來的，每個人說法都不一樣。「你打仗的時候在想什麼？」他們巡迴到土爾沙的時候，有個滿漂亮的電視記者問比利，那時比利眞的用力想過了。天知道他多努力要想出答案啊，他一直想擠出一個答案，可總是才有個影兒又跑掉了，抓都抓不住，也就是這整件事的意義，最關鍵的意義，那個無法用言語形容的玩意兒。

「我也不很清楚耶。」比利當時的答案是這樣。「大概就很像開車的時候老碰到白目，愈開愈火的那種感覺吧。當時到處炸得滿天飛，又有人朝我們的人開槍，我就直接上了，我眞的沒想那麼多。」

比利在眞正和對方交火那一刻之前，最怕的是在隊裡出包。這種擔驚受怕的軍旅生涯，怎一個慘字了得。你出包，馬上有人吼你；你搞出更多包，他們吼你吼得更凶。不過在這些雞毛蒜皮、注定會犯的種種鳥事之上，還罩著更恐怖的陰影——那就是，你無時無刻都有可能搞出害你嗝屁的超級大包。此包一出，威力無窮，無遠弗屆，你一點贖罪的機會都沒有。打完那場仗後沒幾天，比利踩著碎石子路要去吃飯的當兒，有種終於放下千斤重擔，暫時得救（或者說解脫）的感覺忽地襲來，但這感覺表現出來的形式，不過就是比利正常呼吸時呼出的一口氣。那種「啊——」的感覺，讓人渾身舒坦、如釋重負，或許代表他還有救？或許是說，他總算有點用處，不是戰爭的消耗品？那時，福斯新聞臺那段影片早在美國傳得鋪天蓋地，居然還有不知哪來的傳聞，說B班要回國（這種大餅，誰敢畫，誰就沒命。軍中的人只要腦袋還算正常，打死也不會承認講過這種話）。結果呢？他們忽地接到通知，兩小時後軍方便把他們祕密送往巴格達，接著又從巴格達一路飛越大西洋，展開他們的「凱旋之旅」。

一個國家，兩個星期，八名美國英雄。但其實嚴格說來，根本沒有什麼「B班」。他們其實是B連第二排第一班，第一班又有A、B兩小隊。誰知福斯新聞臺的隨軍記者給他們取名叫「B班」，就這麼決定了他們在世人心目中的形象。此刻這趟「凱旋之旅」已近尾聲，比利渾身無力，撐得難受，頭昏眼花，不但一直沒有充分的休息，人也已經快給榨乾了。他愈發感傷，也更加想念這段旅程的起點。那時有人催著他們大半夜裡搭上C-130運輸機，馬不停蹄連夜從巴格達起飛。施洛姆也與他們同行，只是躺在機艙後方覆上國旗的棺木裡。從巴格達到德國萊姆斯坦空軍基地的這段路上，始終有兩個B班人守在施洛姆身邊。不過這會兒比利腦海浮現的，是和他們一起搭機的老百姓，大約二十來人吧，不同的膚色，不同的口音。

這些人肯定不是間諜——他們胖成這樣，根本不可能，而且人人笑得開懷，世間愁苦全拋在九霄雲外。飛機一升空，這堆人立刻開起趴來。上好威士忌一字排開，十幾臺手提音響樂聲齊鳴，成排的古巴雪茄一一燃起——沒多久，整個機艙煙霧瀰漫，各種恐怖的濃烈氣味攪成一團。搞了半天，這些傢伙個個是主廚。幫誰服務？他們笑了。「聯軍啊。」這群主廚來自五湖四海，有法國人、羅馬尼亞人，瑞典人、德國人、伊朗人、希臘人、西班牙人。比利看不出這些人的國籍有什麼特定的模式或意義，不過他們既親切又海派，還忙不迭拿出手上的菸酒與這些大兵共享，顯然是在伊拉克賺了不少。有個瑞典人打開自己的小牛皮公事包，拿出他在巴格達買的一堆私藏金貨，金鍊、金索、金幣，價值好幾鎊吧，因爲金子純度的緣故，色調反而有點偏橙，而非金色。比利在煙霧與歡笑中拿起一條金鍊掂掂重量。十九歲的他渾然不知自己打的這場仗裡，居然還有這些東西，而且他們竟沒能在開戰後兩週內打贏，這是他的恥辱，B班弟兄的恥辱。

「對。」亞伯特講著手機，那手機是他特意在日本買的，在這人人互比手機的年頭，他買的這款比誰都還先進兩年。「你跟她講，你可以說，這部片會操得很厲害，可是當然也有它的好處。」他有一會兒沒作聲。「卡爾，你要我怎麼說？這是戰爭片耶——本來就會死人好嗎。」這當兒「快克」則大聲讀起《達拉斯早報》的體育版，把投注公司公布的賠率念出來，給哈勒戴和「阿伯」做下注的參考。這場比賽有兩百多種方式可賭，可以賭擲銅板結果是正面還是反面，賭「天命眞女」中場表演會用哪首歌開場，還可以賭電視轉播會在哪一節首次提到布希總統。

快克的口吻活像念食譜。「德魯・韓森這場比賽第一次傳球會是：成功，負兩百；不成功，正一百五；被抄截，正一千。」

「不成功。」哈勒戴邊說邊記在自己的小本子裡。

「不成功。」阿伯也比照辦理寫著小本子。

「要不要賭碧昂絲會在哪一節坐我臉上？」賽克斯問。

「你他媽做夢。」哈勒戴想也不想馬上接口。

「下輩子吧你。」阿伯同樣冷冷附和。賽克斯回嘴說，哼我就賭一把。這時亞伯特「啪」一聲闔上手機。

「好啦，各位，看來希拉蕊史旺是確定有意願嘍。」

啥，嗄，哪位？「希拉蕊史旺這賤貨。」洛迪斯啐了一口。「她幹麼要跟我們談？」

「因──為啊，」亞伯特故意拖長那個字，知道接下來的話肯定會引得B班一陣騷動：「她想演『他』。」手往比利一指。B班頓時一片噓聲與歡呼齊飛。

「欸，等一下，等一下啦。」比利先是跟著大夥兒一起笑，但同時又覺得不妙，他有預感，這件事會讓他丟臉丟到外星去。「她是女的耶，我不懂她怎麼……」

「老實說，」亞伯特連忙解釋：「她是想演比利，也想演戴姆。我們可以把兩人二合一，變成一個角色讓她演，當主角。」

眾人噓得更厲害，這回是針對戴姆。不過戴姆本人只點點頭，一副很滿意的樣子。「可是我還是覺得這……」比利喃喃道。

「她是女的，可未必代表她做不來喲。」亞伯特對他們說。「梅格萊恩幾年前不是跟丹佐華盛頓演了那部直升機的片子？不然她也可以演個男的啊。欸拜託，希拉蕊可是演男的才拿了奧斯卡耶。呃，她演的還是女的啦，只是個愛當男生的女生。唉呀管他的，重點是，她可不是只靠一張臉喲。」

現在在跟亞伯特談的人，有奧利佛史東、布萊恩葛雷瑟、馬克華伯格、喬治克隆尼。劇本設定是個帶有悲劇色彩的英雄故事，有了悲劇，才能凸顯英雄主義的高貴情操。亞伯特說，講伊拉克的電影票房向來「不如人意」，這是個要考慮的問題沒錯，但不是B班的問題。戰爭或許原本就走在道德的灰色地帶，但這回B班打了勝仗，足以壓倒所有爭議。他們的經歷本身就是救人的故事，而救援情節本就有牽動情緒的強大力量。亞伯特之前就說過，大家對這種故事特別有感覺。只要是人都會擔驚受怕，至少也總會覺得人生有點灰暗，不管你再有錢、再成功，過得再安逸，總是會有那種好景不常的焦慮。絕望是人之常情，因此只要能有救星出現，無論是全套閃亮盔甲的白馬王子也好，掠過魔多山頭烈燄的電腦動畫老鷹也好，奮勇殺出血路的美軍騎兵隊也好，都是觸動人心的強大關鍵。證明自我啦、救贖啦、鬼門關前走一回，這些都是很夠力的因素。「夠力」。「你們在那邊所做的一切，」亞伯特向他們保證：「是人類求之不得的歡喜大結局，可以給大家希望，讓人覺得有美好的未來。只要是人，都會願意花錢買票進戲院啦。」

亞伯特快六十歲，高高壯壯，一頭花白的髮東翹西翹，粗硬的鬢腳不長不短。黑框眼鏡圓鏡片，口香糖嚼個不停。手很大，突出的指節個個分明。黝黑的耳毛糾結成團，從耳朵探出頭來。他今天穿的是白襯衫，敞開領子，外搭鮮紅襯裡的海軍藍西裝外套、黑色喀什米爾羊毛大衣、喀什米爾羊毛圍巾，配上時髦精美的樂福鞋。那鞋一看就知道十分好穿，像是以彈性奇佳的巧克力棒製成。這一頭亂髮突兀地配上高雅的穿著，讓比利看得出神。不過他也從這裡看出一種世故，一種足以把B班生吞活剝還不吐骨頭的世故。這男的可以直撥達官貴人的電話專線，好比前副總統高爾，好比湯米李瓊斯。他製作的電影，網羅的都是票房巨星，班艾佛列克、卡麥蓉迪亞茲、比爾墨瑞、歐文威爾森。鮑德溫家四兄弟裡面，有兩人和他合作過。只是這回這些大牌不巧都有片約，要不就是對不分排名的大堆頭合演不感興趣。

「我們要拍得跟《前進高棉》一樣。」亞伯特又講起手機。「把一堆A咖找來一起演，絕對成啦。希拉蕊可是非常有興趣咧。」

B班跟著一起聽了一會兒。好萊塢式的對話，就像某種部落方言，不但有自己的詞彙，碰上損人開罵挑釁瞎扯的時候，語調自有多種變化。

「我才不幹。要我和那傢伙拍電影，還不如去睡德蕾莎修女。」

B班不禁揚起嘴角。

「喔，是啦。就像有人拿導管鑽你老二，還順便灌個腸是吧。」

大夥兒這下目瞪口呆，笑得鼻涕都噴出來。

「『只』打一場？賴瑞，你嘛幫幫忙，《黑鷹計畫》也就『只』打那麼一場仗咧。嘿，我知道這是戰爭片，可我要的是一個能拍得出人味的導演。」

半晌不響。

「灌腸我還受得了，我受不了導管。」

大夥兒又開始笑得哼哼哈哈。洛迪斯要不是綁了安全帶，早就從座椅上摔下來。

「聽好，賴瑞，我們只有兩天了。我這些兄弟兩天後就得走人，以後要找他們是難上加難，除非你那堆律師願意到戰區上空跳傘。」

「猴——啦，」快克趁這個當兒重新攤開報紙：「德魯・韓森這場比賽上會不會被抄截？——選『會』，負一百二；還是『不會』，正一〇五？」

「會。」哈勒戴先喊。

「不會。」阿伯跟著說。

「碧昂絲坐我臉上的時候會不會露兩點？」賽克斯主動出題，接著捏起嗓子學黑人女子飆高音：我需要一個鬥士、鬥士、需要一個鬥士、鬥士男孩……

「吵死了你。」戴姆喝斥。「亞伯特在講電話。」大夥兒一聽這句，也紛紛跟著吼起賽克斯來：**豬頭你給我閉嘴，亞伯特在講電話！別吵好不好你很煩耶，亞伯特在跟人家講話！**這時旁邊的車道湊過來一輛休旅車，竟有女人（貨眞價實的雌性動物！）探出窗來，朝他們的悍馬禮車吆喝。大學女生的模樣，說不定再大個兩三歲吧，和每晚電視實境秀裡面豐乳肥臀四處跑的美國正妹，完全是一個模樣。

「嘿，」這群正妹朝他們喊，無視兩旁的車流：「把窗子放下來啦！喂，你，那個誰，有沒有『Grey Poupon 芥末』啊[2]？呦——呼！牛仔隊加油！把車窗放下來啦！」

喔主啊，這票美女簡直辣到炸，邊朝他們吆喝，邊放肆甩動一頭秀髮，猶如戰場上旗正飄飄，十足發浪版的B班夢中情人。賽克斯和阿伯想打開他們那邊的車窗，搞了半天窗子卻文風不動，不滿的大夥兒立刻又噓又罵，他們這才恍然大悟——車窗早就爲保護孩童設置了安全機關，只能由駕駛操作。眾人於是轉向前方吆喝，司機終於解除設定，放下車窗。你可以看見正妹們當下立馬洩了氣的一臉失望。喔——原來是一群阿兵哥啊。「鍋蓋頭」嘛，她們八成會想，因爲對她們來說這兩者都一樣。不是搖滾巨星、不是

2 譯注：源自美國「Grey Poupon 芥末」電視廣告的招牌臺詞，廣告中總是有兩輛車並排行駛或停靠，其中一車的人向另一車討芥末。

高薪運動員、不是電影明星、不是八卦小報報導的對象，只是一群巡迴旅行的阿兵哥，花的是名流富豪的錢，什麼「支援前線軍人」之類的無聊慈善活動。B班想和她們攀談，不過她們這會兒反而變得客氣起來。**我們很有名喲！**阿伯高喊。**有人要拍我們的電影耶！**這幾個女生只是微笑點頭，轉向高速公路上下打量，搜尋更大的肥羊。賽克斯索性整個上半身探出車窗大吼：「對啦！我喝醉啦！寶貝！我還是死會喔！可妳早上的樣子再醜我也愛妳！」這下子逗得這群女生呵呵笑，那一瞬間似乎又有了點搞頭，不過比利從她們的眼中看得出，這一星希望的火苗轉瞬便熄滅。

他坐回位子，拿出手機。反正這些女的應該也不是認眞的。手機上是他姊凱瑟琳傳來的簡訊：「立正！」

把槍留在槍套裡，小子

然後是彼得，他另一個姊姊的火爆老公。

找個啦啦隊員上

然後輪到老是纏著他的瑞克牧師。

尊重我的，我必看重他

就這樣，除了這些，沒人寫簡訊來，沒人打電話給他，什麼都沒有。幹，他認識的人就這些啊？他多少也算個名人不是嗎，至少這一路上大家都跟他這麼說，你也會跟著相信。車繼續往前駛去，把那群美眉拋在後面，體育場映入眼簾，從市郊的大片草原冉冉升起，宛如坑坑疤疤的飽滿凸月。他們今天預計要上全國聯播的電視節目，不過相關細節還沒確定，沒人曉得實際上要幹麼。搞不好得講些臺詞、做些專訪之類的。有人說他們要參與中場時間的表演，這代表他們很有希望親眼見到「天命眞女」，但也代表很可能會有人對他們威脅利誘連哄帶騙，叫他們做出超鳥超弱的動作。地方電視臺已經夠爛了——他們在奧馬哈時，某電視臺拍了一段影片，是表情非常僵硬的B班人，在動物園新設的猴子區與猴子「互動」；到了鳳凰城，場景則是在滑板公園，阿伯在晚間新聞中跌了個狗吃屎。說也奇怪，老百姓上電視時總是有辦法出醜。比利打定主意，絕對不幹這種事，不要在今天，不要在全國電視網上，不，長官，謝謝您，長官，我鄭重拒絕裝白痴，長官！

這麼多變數，引得他一肚子怨氣，像是他體內有個針孔大似的傷口，那怨氣就這麼緩緩釋出。他想上電視，也不想。只要他不出洋相，他很樂意上電視，搞不好上床的機率會因此大大增加，但看著體育場在車窗外逐漸放大，像《星際大戰》裡的死星，他開始懷疑自己到底是不是眞的準備好迎接這一天。過去這兩個星期，他一直沒什麼自信，滿腦子只覺自己原地打轉，毫無進步。他年紀太輕，沒見過世面，除了以前因爲他爸在短程賽車場當主持人，他跟著去過幾場之外，他從未在現場看過職業體育競賽。老實說，他小時候在史多沃老家（離這裡往西不過八十英里），電視經過嚴厲把關，能看的內容所剩無幾，他居然連傳說中的德州體育場都沒見過。所以這生平頭一回得見，感覺應該有歷史性的意義（或至少怎麼也得讓它有個歷史性意義）。比利細細打量這座體育場，全神貫注觀察著，體會它的龐大，它的死板，它完全無可救藥的醜陋。這麼多年來，電視上出現的德州體育場，鏡頭的角度總是抓得巧妙，營造出神祕浪漫的氣氛，說它是德州的驕傲、國家的榮耀，如法老王永垂不朽，彷彿大型公共建物總有這種特質。這一切的包裝，讓比利始終把這座體育場想成某種管道、某扇大門，只要進了體育場，就能直接走進超凡入聖的國度，結果到了現實世界一看，這體育場之破敗，簡直不是「大失所望」四字所能形容。是啦，這地方大是眞的很大，可是就像個沒人整理的後院。屋頂的磁磚草草七拼八湊，和花樣沒配好的拼布被沒什麼兩樣。還有某種邋遢頹圮之感，就像人到中年，什麼都軟了垮了，肚皮鬆了、攝護腺肥大了，宛如被地心引力拖垮而擱淺的鯨魚。比利努力想像體育場全新啓用的樣子，簇新的光芒，閃爍著美好的未來……那是多久以前了？三十年前吧？還是四十年前？「過去」是比利始終不太能面對的問題，不過此刻望著體育場，他心底的感受，和想到他家時的感受，居然莫名相通。同樣沉重、同樣了無生氣、同樣愁雲慘霧，某種溫馨太過成了噁心的味兒，熟悉到幾乎可親，暗示著某種眞實的存在。彷彿哀傷才是再眞不過的現實？他其實沒有認眞想過這個問題，卻已深信失去是必然的結局，就像拋物線，過了頂端總會往下墜。每逢新的東西來到世間（比方說，新生兒、新車、新房，或某人突然展現某種奇才），若走好運，加上拚死拚活的努力，你或許還能讓這拋物線拉高一陣子，但終究一切都會走下坡。說也奇怪，這不是明擺在眼前的事實嗎？比利無法理解爲何很多人不明白這道理，所以他瞧不起一般人碰上意外災變，只會驚愕、暴怒。仗打輸了？——好吧，算我倒楣。九一一？——那只不過是遲早會碰上的事。有人痛恨我們自由？——醒醒吧老兄，人家恨的是我們怎麼這麼霸道！比利懷疑他的同胞們其實可能早清楚這道理，只是這國的人不知怎的很像使性子的青少年，總愛誇張生靈塗炭多麼多麼悲慘，總愛用憐憫換取自我感覺良好。

「靠。」有人喃喃說了聲，忽地打破了沉默——大夥兒打從看到體育場的熱勁退去後，便始終一語不發。或許因爲初冬的天氣本來就令人鬱悶，或許是即將上臺的焦慮，也可能是大家都累了，想到今天全國都等著看他們好好表現，心頭反而格外沉重。B班對沉默向來不太拿手，他們的風格是打屁打嘴砲。不過這陣人人各懷心事的低潮，終於在大夥兒看到路邊電線桿上的大幅精美手寫標語時宣告結束。那標語寫著「**停止伊拉克肛姦！**」，下面則有人寫了一行「**唉喲我的媽**」。B班又哄笑起來。

步兵團的二等兵

他們在比賽正式開始前兩小時就到了，但現場沒人知道他們到場之後要幹麼，一群人只好先坐到分派給他們的座位上，正對主隊場地的四十碼線，第七排。賽克斯和洛迪斯隨即熱烈討論這麼變態的座位值多少錢，在eBay上可以賣多少？四百元？六百元？兩人沒事做起白日夢，只憑自己高興一路喊價。比利實在不想聽這麼廢的對話。他坐的是走道位，「芒果」坐他左手邊，兩人聊起昨晚的事，一致覺得不必在前哨作戰基地吃沙子，坐在這兒，多好！再看過去，芒果左邊是赫伯（綽號「阿伯」），然後是哈勒戴（綽號「阿呆」），再來是洛迪斯（又名「洛滴」，或「洛弟」，或就叫「洛」）、賽克斯（他的綽號想當然耳是「呷賽」）、寇克（發音同「可口可樂」，所以自然就有了「快克」這綽號。特別是他蹲著、露出那麼點屁屁的時候，有人會喊「露縫啦！」[3]）。接著是戴姆班長，他旁邊是留給亞伯特的位子（此刻空著），最後是始終如謎的麥少校。大家都喊冷，但比利一點也沒感覺。氣象預報說大概下午四、五點會下冰珠和凍雨。從體育場敞開的圓頂望去，不難看出天氣變得很糟，雲層逐漸聚攏，像一大團刷鍋用的鋼刷。時間還早，半空的體育場發出嗡嗡的低鳴，不知是地板拋光機隆隆作響，還是電扇左右擺頭的聲音。

3 譯注：寇克名Koch，音同coke（可口可樂）。Coke與crack（快克）都是古柯鹼的俗稱。「Crack kills!」是對某人無意間露出屁股（縫）時的提醒語。

「洛！」戴姆班長大喝一聲。「美式足球場有多長？」

洛迪斯哼了一聲，這還不簡單。他一天至少要證明十次：正港無賴別的沒有，就是有自信。

「報告班長，一百碼。」

「錯！笨蛋。比利，美式足球場有多長？」

「一百二十碼。」比利答得盡可能低調，戴姆卻領著B班夥伴一起歡呼鼓掌。

好啊，比利，幹得好啊。他發現戴姆常故意只挑他幫忙，要不就是特別誇獎他，而且還刻意當著大家的面，好像要看誰會發現這一點。但他總覺得有點不對勁。感覺很像處罰，至於是處罰誰，比利還沒想到，不過戴姆素來擅長把整人當教學。這會兒戴姆正對著賽克斯大喊「不行」，因爲賽克斯一直拜託戴姆讓他小賭一番。問題是，打從賽克斯爲了看A片刷爆信用卡以來，戴姆對他一直很摳。

「班長，就五十塊嘛。」

「不行。」

「我後來都把錢省下來……」

「不行。」

「我會把錢都交給我老婆……」

「你最好是會乖乖交給她。不過你不准給我去賭。」

「拜託啦班長……」

「呷賽，『閉嘴』兩個字你是哪裡沒聽懂？」戴姆說著，一腳跨過下方的座位，沿著他們前面沒人坐的那排大步走，走到盡頭，才高聲問：「各位，你們現在感覺怎麼樣？」

「冷斃了。」芒果說。

「等你再冷一點，我們就給你插木棍，賣芒果冰棒。洛迪斯還是覺得美式足球場的長度是一百碼。」

「本來就是！」洛迪斯從另一端朝他喊。「哪有人連達陣區也算的啦？」

「班長，」賽克斯還在哀哀叫：「拜託拜託就這一次……」

「給我閉嘴！」戴姆轉頭怒叱，那脖子扭動的勁道之大，彷彿想靠這一轉把自己的頭扭下來。他隨即望著比利，眼睛一亮。呵，又來了。戴姆那灼熱的眼牢牢釘著比利，讓他在戴姆面前愈形渺小。最近戴姆沒事就這樣看他，讓他心裡很毛。戴姆灰色的眼中是全神貫注的鎮定，但你可以感覺有什麼瘋狂的能量正在他眼周飛快打轉，而你是那暴風的核心。

「比利。」

「班長。」

「希拉蕊史旺這件事你怎麼看？」

「我不知道，班長。我覺得要女生演男生有點怪。」

「不過啊比利，你沒聽說嗎？現在的『怪』就是正常。」戴姆大概是感染了比賽日的活力，雙臂興奮地揮舞，屁股一挪，虛晃半招假動作。「搞不好她還是會演女生啊，你剛才也聽到亞伯特講的了。他們會把你變成妹，不錯吧？你這後半輩子，人家看到你就會說：『欸，那個老比利，爲了拍電影，讓人家把他變成女的咧。』」

「她也想演你啊，班長。你會願意嗎？」

戴姆噗哧一聲，似笑非笑：「我八成還眞會說好咧。要是她願意讓我當她兩個星期男朋友，我搞不好會點頭喔。」

他這會兒可是眞笑了，笑得呵呵哈哈，有種調皮的天眞，看得出他人很聰明，假如身邊沒啥新鮮事，很快便覺無聊的那種人。好吧，正式介紹一下——上士大衛．戴姆，二十四歲，原本念的是北卡羅萊納大學，中途輟學去也。他訂很多報章雜誌來看，像《華爾街日報》、《紐約時報》、《Maxim》、《連線》、《哈潑》、《財富》、《DicE》等等，而且每週都看個三、四本書，大多是歷史和政治方面的二手教科書，全是他北卡州教堂山老家那個正到爆的妹妹寄來的。關於戴姆的傳說也不少，有一說是他拿了高爾夫球獎學金念大學（他說沒這事）；另一說是他高中時是明星四分衛（他說不記得）。不過有天基地突然冒出一顆美式足球，戴姆一時看得出神，也或許是因爲想起過去，喚醒他沉睡已久的運動神經，猛地投出一記六十碼旋球，高高掠過阿呆頭頂，掉進停在基地一隅的備用車隊裡。戴姆因爲打過阿富汗，拿過紫心動章和銅星動章。和他同階的人給他貼的標籤是「他媽的自由派」。比利後來才漸漸發現B班有一點很神，而且與眾不同，那就是：這一班出了兩個嚇嚇叫的超級戰士，而且兩人都不鳥所謂的主流價值。副總統錢尼到基地來給他們信心喊話那次，戴姆和施洛姆兩人的歡呼聲簡直可說放肆，連崔普上尉都聽得出他們火力全開的嘲弄。窩——吼，耶，迪克[4]！給他們點顏色瞧瞧！叫他們放馬過來！喔——耶！我們來把頭巾鬼打得落花流水！他們這排的人都憋著氣吃吃笑，憋到快尿褲子，最後上尉忍無可忍，傳紙條給戴姆說：「幹趕快給我收斂一點」，不過錢尼對大夥兒的反應，倒一副很滿意的樣子。錢尼那天穿的是L.L Bean卡其褲，兩手插在褲袋裡，身上是太空總署的風衣，拉鍊直拉到頸際。他先讚賞基地人員的作戰精神，又講

4 譯注：錢尼名理查（Richard），暱稱迪克（Dick），dick也是男性生殖器俚稱。

了關於戰爭的一些好消息。什麼毫無疑問、最新情報顯示、我方前線指揮官……一堆錢尼的公式用語，活像進了跳針的語音信箱，但怪的是聽來都他媽的合情合理。所以他到底講了什麼？喔對，他說叛軍氣數已盡，這樣。

「亞伯特！」戴姆高喊。「比利覺得希拉蕊史旺很怪。」

「等一下，不是啦。」比利轉過身來，亞伯特正步下階梯，臉上掛著微笑，散發某種難以捉摸的西岸酷帥勁兒。「我只是說，我覺得她要演男的很怪。」

「希拉蕊其實還不錯。」亞伯特溫和回道。「坦白說，好萊塢的女明星裡，她人算相當好的呢。你想想看，比利，」——亞伯特每次直呼他「比利」，他心裡都一驚，很想對亞伯特說，欸大哥，不必來這套，你實在犯不著記住我的眞名。「無論對哪個演員來說，要演另一個性別，都是超級大挑戰。我可以了解她爲什麼有興趣。」

「他是不希望找個妞來演他。」戴姆一旁發話。「他怕人家取笑他是娘兒們。」

「亞伯特，你別聽他亂講。」

亞伯特呵呵笑起來，那瞬間比利以爲自己面前站的是聖誕老人，同樣圓滾滾笑嘻嘻的老伯伯。「沒事沒事別緊張，你們要操這個心，還早得很呢。」

亞伯特的目標是——B班每人的故事都値十萬元，還有一堆檯面下的費用、抽成、百分比，外加一堆有聽沒有懂的東西（B班只能完全信任他）。亞伯特這兩週來，跟著他們的「凱旋之旅」跑進跑出，先後飛到華盛頓特區、丹佛、鳳凰城和他們會合，談完了又飛回去，現在終於來到了最後一站達拉斯。兩週前他還說感恩節前就會把片子談下來，這會兒雖然情況乍看之下都很順，比利卻可以察覺，這股熱勁兒有那麼點降溫的意思，幾乎看不到亞伯特幫這案子持續加溫的跡象。只是比利的B班同袍們都沒說什麼，所以或許是比利多心了？大概吧。親愛的主啊，希望是我搞錯了。假如他眞能因爲這案子沾上半點榮華富貴，他會把所有的錢拿去做最有意義的事。比利剛到胡德堡基地加入這排時，可說無時無刻慘遭戴姆和施洛姆輪番毒舌奚落，說他是流氓、是無賴，年紀輕輕就犯案，等等等。這兩人不知何故就是存心找他碴，眼看就要派駐到海外，他跟陸軍的約又還有三年半，要是不擺脫這兩個兇神惡煞，他肯定吃不完兜著走。於是有一天，戴姆和施洛姆瞧見比利在健身房練舉重，重施故技，又開始損他是無賴魯蛇幫派小混混之類。比利尾隨他們到了大廳，以十分莊重的態度叫住他們。戴姆班長、布利姆中士，我不是少年犯，也不是流氓，更不是幫派混混，請兩位別再這樣叫我。我只想盡力做好自己的事，對這個排、這個連做點貢獻。

施洛姆發話了。才怪，你他媽分明就是小流氓，只有流氓才會砸爛人家的車。

搞屁啊，比利暗想，他們怎麼會知道這件事？「那也要看是誰的車。」他回道。

喔？誰的車？

我姊的未婚夫。嗯，前未婚夫。

這下子兩人精神來了。什麼樣的車？戴姆問。

紳寶。比利答道。五段變速敞篷，石墨合金滾邊，出廠才三個月。比利看兩人都想聽他說故事，就把他姊凱瑟琳的事講給他們聽。凱瑟琳排行老二，是全家最耀眼的那顆星，漂亮得沒話說，個性善良，腦袋又好，拿了部分獎學金上德州基督教大學。到這裡都還很棒對不對？她念商、參加姊妹會、每學期都上優秀學生榜，很帥吧？後來有個男的出現，大她三歲，念企管碩士班，他們訂了婚。這傢伙神經兮兮，完全是個娘砲兼自戀狂，不過算了，大體說來還過得去啦，比利只是在心裡對他不爽而已。然後就是五月那個下大雨的早晨，凱瑟琳大二快念完的前夕，開車去上班（那時她在某保險公司打工做櫃檯接待兼儲備經紀人），結果給一輛打滑的賓士車從旁邊狠狠撞上。她說有個黑色龐然大物旋轉著朝她撲來，邊打轉邊呼呼作響，但她最記得那個聲音，說不定是死神天使的撲翅聲？然後她只知道自己躺著，旁邊站了三個白髮蒼蒼的墨西哥人，拿著厚紙板幫她擋雨。凱瑟琳每次一講到這裡就哭，講這件事不崩潰實在太難。她總會講到那三個男的雙眼圓睜，滿臉驚恐，但還是在她身邊盤桓不去，渾身被雨淋得溼透，嘴裡喃喃講著西班牙語，小心翼翼捧著厚紙板，像端著什麼供品。

然後凱瑟琳會說，我居然連謝都沒謝一聲啊，我只是躺在那兒望著他們三個，完全沒辦法講話。老實說，連醫生都覺得她這條命保不住。骨盤碎了、腿斷了、脾臟破了、肺塌了，外加嚴重內出血。她的臉和背部都動了極精密的手術，脖子以下縫了一百七十針，脖子以上六十三針。手術完隔天，整形外科醫師跟她說，妳沒事的，要完全康復大概得花個幾年，不過我們一定會幫妳達成目標，這種病例我是老經驗了，放心。結果怎麼著？那個小孬孬受不了，車禍後三個星期，他開車跑到史多沃來，說不娶我老姊，就當沒訂婚這回事。凱瑟琳一聽，她個性那麼好的人耶，氣得把訂婚戒指狠狠朝他臉上砸，就是你身上如果爬隻蜘蛛或蝸牛什麼的，你會「啪」一聲打下去那種砸法。比利哪嚥得下這口氣，決定採取更積極的做法。他姊姊、他這一家的名聲、人與人之間最基本的尊重，怎麼能給人這樣糟蹋？他一路開到沃斯堡，在小孬孬住的豪華公寓外面看到小孬孬開的紳寶，拿出帶來的鐵撬，把紳寶砸成破銅爛鐵，接著爬上車頂，準備朝擋風玻璃使出石破天驚的一擊，心裡只覺無比平靜。那一刻他很清楚，他有任務在身——他的青春期傷痕累累，叛逆不說，更搞出不知多少爛攤子，而現在的他，決心要把這件事做好。他冷靜揮舞鐵撬，審慎估算可以下手的位置，成果令他相當滿意。就連汽車警報器的尖叫，也沒影響他一絲一毫。他早就想好好教訓這傢伙，只是那股悶氣一直憋著，等著火山爆發，現在可給他逮到機會了。

那時他只差兩個月就高中畢業。校董會開了好幾次會，七嘴八舌一番，終於決定比利還是可以拿到高中文憑，只是文憑將由學校寄給他，他沒法「上臺」，也就是傳統畢業典禮上，畢業生會逐一走上臺領取文憑，再從另一端下臺，一道正式的程序。校董會主席正色訓了他一頓，以十分嚴峻的語氣冷冷道：「你不准上臺。」比利只能拚命忍笑，覺得喉嚨都要爆炸了——你以為我他媽在乎這個？你以為我會哀嚎說噢我好可憐喲，我沒辦法上臺？嗚嗚，我這一輩子都毀了啊，嗚嗚嗚……？律師光是幫他和校董會交涉到這種條件，已經夠折騰了，更麻煩的是得讓他不坐牢，因為比利不單是毀了那娘砲的車，還在停車場一路追著他跑，而且問題是拿著鐵撬。「我沒有要傷他的意思，」比利坦白對律師說：「我只是想看他跑的樣子。」實情是，比利那時笑得太厲害，連站都站不直，更別說去追人了。

地方檢察官最後同意一個條件：只要比利同意加入陸軍，就把罪名從「重罪」減為「毀損財物罪」。反正都是殺時間嘛，從軍也不壞，至少比坐牢（然後每晚等著被姦）好吧。他就這麼在十八歲時當了兵，步兵團的二等兵，低等中的低等。

那你姊後來怎樣？故事講完，施洛姆問他。

好多了，比利答道。他們說總有康復的一天。

可你還是個他媽的少年犯，戴姆接口。不過打從那天起，他們整他的情況便收斂了些。

純屬幻覺

比利盼著賈許趕快拿些止痛藥來。之前喝的五杯威士忌可樂，對宿醉完全是火上加油，他現在不喝了，頭還是痛到不行。戴姆和亞伯特站在走道上，戴姆講起施洛姆昨天的告別式。那原本是個非常莊嚴肅穆的場合，為悼念亡者的靈魂，本來安排了要朗誦《道德經》、艾倫金斯堡的反戰詩〈威契托漩渦經言〉、當地印第安部落長老的禱詞等等。結果來了一群基督教狂熱瘋子，在教堂外面高舉「上帝也恨你帖後1:8」[5]、「美國兵下地獄去」的標示，鬼喊些什麼墮胎、殺嬰、上帝詛咒美國等等。

神經病！亞伯特說。胡說八道嘛這是，太誇張了。

「欸，亞伯特，」快克高喊：「記得把這一段放進電影喔。」

亞伯特搖頭。「誰會信啊。」

固特異輪胎的小飛船吃力地掠過上空，像暴風雨中一葉小舟東搖西晃。體育場的大型電子看板，放著追思綽號「子彈」的牛仔隊外接員鮑伯．海耶斯的影片；頂層看臺前緣的跑馬燈，閃著牛仔隊「名人堂」球員的姓名與編號。史道巴克、梅瑞迪斯、多塞特、李里。這是如假包換的大日子，就在今天，一場空前絕後的體育盛會，而B班竟莫名其妙給捲了進來。他們兩天後就要回伊拉克，度過剩下的十一個月，不過

5 譯注：《聖經》〈帖撒羅尼迦後書〉第一章第八節：「要報應那不認識神和那不聽從我主耶穌福音的人。」

此時此刻，他們可是安安穩穩置身美國得不能再美國的避風港裡——美式足球、感恩節、大電視、八種不同的警力與保安人員，外加好心腸的三億民眾。也許就像克里夫蘭有個渾身顫抖的老伯伯說的：「你們就是美國。」

比利總是感謝大家如此真情流露，其實完全聽不懂他們講啥。現在他想的是，或許大吐一場，感覺會好一點。他跟芒果說要去撇尿，芒果四下打量，看戴姆有沒有盯著他們，然後喃喃問了句：「要不要去喝啤酒？」

當然好。

他倆兩級併一級走上臺階。有些人在看臺上朝他們高喊招呼，比利揮揮手卻沒抬眼。他正全神貫注，奮勇求生。老實說，這巨大空洞的體育場有種可怕的拉力，像暗流一樣把他往下扯，他得一直努力往上爬，免得被那暗流吸進去。這兩週來，他看到巨大的東西就不知所措，比方說高聳的水塔、摩天大樓、吊橋之類等等。光是坐車經過華盛頓紀念碑他就腿軟，那紀念碑的長相，即便是它周遭整片沒人性的天空，也要起高八度哀號。於是比利這會兒只得一直低頭專心往前走，等走到穿堂，才稍微舒坦了些。兩人找到廁所，比利尿了尿（還好倒是沒吐），再去「約翰老爸」買啤酒。按理說來穿軍服不該喝酒，但軍方能怎麼樣？送他們回伊拉克不成？兩人改請老闆把啤酒裝在有可口可樂圖樣的杯子裡，不過在享用啤酒之前，比利先把杯子交給芒果，在穿堂裡做了五十個伏地挺身。他受不了自己體力衰退。這兩週來不是坐飛機就是坐車，要不就是窩在飯店，沒時間運動，沒法子保持眼明手快的最佳狀態。眞要命，這兩個星期簡直要把他們變成娘砲了。等他們回到戰場，肯定軟趴趴一碰就倒，戰力盡失。

他起身，頭還在痛，整個人卻舒服多了。「啤酒配伏地挺身啊你？」芒果問他。

「沒錯。」

「他們會不會把啤酒摻水啊？」

「唉喲，你喝不就知道了。」

「他們都說沒摻，但你一看就知道有。喝起來就是不一樣。」

比利點點頭。「反正我們照喝。」

「對，照喝。」

他們靠著牆喝啤酒，滿足地看人群來來去去。各色各樣的人都有，像自然生態紀錄片裡遷徙的動物，五花八門的體型、年齡、高矮胖瘦、膚色，你多少可以從某些跡象判斷這些人的經濟狀況，不過其中豐衣足食的白種人還是佔了多數。比利不正是為了這些人上前線作戰嗎？他經常會想到這些人的事——他們想什麼？要什麼？他們知道自己活著嗎？人彷彿一定要與死神貼身周旋許久，才會真正覺得自己好好活著。

「你覺得他們在想些什麼？」

芒果遲疑半晌，咧嘴笑得像隻土狼。「應該是很深奧的東西吧，像上帝啦、哲學啦、生命的意義啦。」

兩人大笑出聲。「最好是啦，老兄，你看看他們那副德性。這些人想的還不就是比賽？看他們押的球隊，最後得分會不會比賭盤開的還高？想自己要坐哪裡、會不會下雨、屁股會不會弄溼、接下來吃什麼、下次什麼時候發薪水，不就這些鳥事咩。」

比利點點頭，是這樣沒錯。他也不怪這些人腦子裡裝的是這麼尋常的事，只是，只是……打過仗的他，總覺得這些人應該表現得比兩眼空洞、張口結舌、腦滿腸肥的動物好一點吧？噢，這些人是我的同胞、我的美國同胞啊，你們不能有點遠見嗎？這裡的人幾乎個個穿戴牛仔隊的衣飾，像是有藍星標誌的長外套與帽子、大了好幾號的球衣、兜帽衣、銀藍色圍巾、有球隊標誌的耳環與小首飾，有些人還在臉上畫了小小的牛仔隊頭盔。球迷如此毫不掩飾支持球隊的熱情，讓比利還滿感動的。女性展現的粉絲熱情又比男性更勝一籌。她們身上的球衣太長，露出外套下擺整整一大截，長褲又在靴跟處垮成一團，整個人看起來小了許多號，完全是群乳臭未乾的十二歲女生。

噢，我的同胞啊。兩個阿兵哥喝完啤酒，心滿意足回到座位。比利繼續專心盯著走道看，刻意無視迎面撲來的那股空洞的巨大吸力，但那空虛的感覺始終揮之不去。這又大又空的體育場中心像個黑洞，把所有的重力倒過來往上吸，整個吸進屋頂那巨大的氣孔。比利走到自己座位時，居然已經冒汗。他的弟兄們有人在傳簡訊，有人望著底下的球場，有人嚼口香糖，或把嚼過的菸草吐在杯裡。芒果一時鬆了戒心，打了個驚天動地的嗝，酒味沖天，戴姆活像鯊魚嗅到血，立馬轉過身來。

「麥少校人呢？」比利機靈，趕緊拋出個問題，想引開戴姆的注意。技巧是拙劣了點，卻一舉奏效。戴姆皺起眉，東張西望。

「麥少校咧？」戴姆轉向大夥兒吼，只見大家很有默契一起裝白痴搖頭晃腦，放聲大笑。哇哈哈！麥少校不見了！

「比利！芒果！你們兩個去把麥少校找回來。」

兩人於是又起來爬樓梯。比利這次聳起雙肩，把這恐怖的空間擋在外面。這體育場太大了，簡直畸形，完全是扭曲的人類心智狀態。兩人二話不說直奔「約翰老爸」又買了兩杯啤酒，比利照做他的伏地挺身，只是這次有一小撮人圍觀幫他數數，等他做完了齊聲歡呼。「再來嘛！」有人高喊，不過比利只是舉起啤酒朝那人致意，隨即喝將起來。兩人繼續往前走。

「要找麥少校應該不難吧。」

「是喔，現場大概才……八萬人吧？」

「如果你是麥少校，你會去哪兒？挑哪個時候閃人？」

「老兄，他搞不好回母艦去嘍。」

兩人呵呵大笑。麥少校話很少，幾乎不吃不喝，也沒人看他上過廁所。大夥兒不禁猜測，他們的公共事務官搞不好是什麼新人種，光靠皮膚上的毛細孔呼吸就能活。戴姆班長不知透過什麼神祕管道得知，麥少校上戰場的第一天就給炸飛，而且不是一次，是兩次，造成相當嚴重的聽力損傷（但到底多嚴重仍須確認，嗯，官方說法）。因此軍方只得暫時將他放在公共事務部，看接下來該怎麼安排。其實麥少校五官端正儀表堂堂，下巴上有道小縫，是個頂天立地的漢子、完美軍人的化身，或許正因如此，他才能撐這麼久，畢竟他已經聾了，而且動不動就出神，靈魂出竅一般，彷彿完全進入另一結界，腦袋空空，裡面一無所有。戴姆管這種狀態叫少校「望穿千碼的百憂解之眼」。

「去找麥少校」是完全不用腦的任務，軍隊就是因爲這種任務多到數不清，所以才叫軍隊。不過比利覺得與其坐到長黴，還不如來找麥少校，何況身邊還多了個芒果，感覺眞不錯，一來這樣他就有個拉美裔的好麻吉，出來趴趴走夠體面；二來芒果就是讓人覺得很穩、很好相處的那型。芒果這個人無論平時戰時，一樣沉著鎮定，不僅耐操肯幹，而且從不埋怨，五呎八的結實骨架，扛多重的東西都不是問題。他更厲害的是對數字和歷史事件順序記得一清二楚，簡直跟照相一樣，比方說，他能滔滔不絕背出美國歷任總統的姓名，歷任副總統一樣倒背如流，這招常讓懷疑他是非法移民的人馬上閉嘴。他倆一同出生入死，挨過迫擊砲與火箭彈，也曾是敵方狙擊手或土製炸彈的目標，芒果更有一次從悍馬車頂的砲塔給炸飛出來，還喃喃問：「有沒有東西從我腦袋穿出來？」他就是這麼沉得住氣，比利沒看他爲此失控過。只有一次，芒果唯一一次大崩潰，是某天有個汽車炸彈炸毀了第三排的檢查哨，B班奉命去現場架設防線善後。出這種任務已經夠幹了，結果芒果一直撐到大夥兒散開去找斷臂殘肢（還要確定數目正確），才忽地砰一下跪地放聲痛哭。

此刻他倆一起走著。假如他們只要用「想」的就能走出這場戰爭，該有多好。比利瞄了一下手機，發現凱瑟琳（那臉頰上有個大洞的姊姊）傳來的簡訊「你在哪」，她想知道。他回：「體育場」。她又傳來：「媽擔心你感冒」，他回：「我可熱著呢」，她丟回一個笑臉。只要一有正妹走過，他和芒果就壓低嗓門怪叫，只是每個正妹都裹得緊緊，沒什麼看頭。

「昨天晚上那些妞兒有沒有很讚！」

「讚到爆。」比利附和。「人人都說達拉斯的脫衣舞酒店最棒。」

「不是蓋的。感官大爆炸！欸老兄，這些妞兒到底哪來的？我們去的那間……不是最後那間，是最後那間之前的那間，有人在籠子裡跳舞的……」

「維加斯星星。」

「……嗯維加斯星星。我說嘛，這些妞兒幹麼上那種班？隨便一個都可以去當模特兒好不好！眞的那種模特兒喲，犯不著跳脫衣舞嘛。」

芒果一副眞的很難過的樣子，像是眼睜睜看著明知可阻止的悲劇正在上演。

「不知。」比利說。「也許厲害的人已經不稀奇了。外面辣妹那麼多。」

「這什麼歪理，想也知道好不好。」

比利笑了，但腦裡想的是更大的道理——年輕鮮活的肉體、人肉市場、千古不變的供需原理。說穿了，社會或許不需要你，但多少能找得到你的用處。

「也許那些女的是想做這行才做。」比利回道，但只是沒話找話說。「這樣才會碰上好男人，像我們這種的。」

芒果大笑。「沒錯沒錯，錢不是重點，老兄。重點是她們哈我們。」

賽克斯昨晚在酒店後面的房間來了一段專屬的私人脫衣舞，他回到座位時，講的就是這一句。**她眞的很哈我，錢不是重點**。他們這班人昨天下午出席施洛姆的告別式後，情緒還有點無法平復，先回了飯店換上便服，隨即出門去喝個爛醉，結果總之大家都喝茫了。「她眞的很哈我」成了當晚的大笑話，但今日比利想來只覺悵然。這句話宛如宿醉，成了繞著他心頭的一圈汙垢，像八百年沒洗的浴缸。他的另一結論是吹喇叭很爛，它本身就是個「爛」字。是，當然也是有不錯的時候。好吧，通常是很讚的，只是他最近迫切覺得生命中還需要別的。倒不是因爲他才十九歲，嚴格說來還是處男，而是他打心眼裡飢渴，就像胸腔裡，他整個人精華之所在，抽脂似地給抽了個大洞。他需要女人。不對，他要的是「女朋友」。他需要能與他身心靈緊緊融爲一體的人，他這兩週一直在等這刻來臨，等那個女友，那樣的融合。整整兩星期，在這個偉大的國家巡迴旅行，走過這麼多路，這麼多城市，有這麼多正面新聞報導，這麼多的眞情眞意，這麼多對他們微笑歡呼的民眾，你會以爲他八成早就找到這個人了。

所以呢？假如不是美國爛透了，那就是他爛透了。比利帶著發疼的心走過穿堂，自知時間所剩無幾。他們今晚十點就要去胡德堡報到，明天是「自己的垃圾自己收」之日，得收拾行李，後天則要搭二十七小時的飛機，重返他們的作戰任務。比利覺得他們這幫人，隨便哪一個還活著都是奇蹟。他們少了施洛姆、少了雷克，光看數字的人或許會說，「才」兩個嘛。問題是，B班每個人其實都與死神擦身而過，他們的死傷率很可能一下子變成百分之百。最叫人發毛的就是「機率」這玩意兒，它會一點一點折磨你。生死與重傷之間的差別，有時就在那一瞬間——去吃飯的路上彎身繫個鞋帶；撇條的時候蹲第三個糞坑不去第四個；轉頭看左而不看右……一切皆無定數，你永遠不知死神的下個目標是不是你，光這一點就能把你的理智扭成麻花。比利打從頭一次踏出營區，就覺得這種無常的未知，眞的可以把人逼到抓狂，因爲施洛姆特別叮囑他，雙腳一定要一前一後，不要左右並排，萬一路上碰到土製炸彈，炸穿悍馬車底盤的話，這樣或許還能保住一隻腳。此後幾週，比利乖乖比照辦理，兩手永遠塞在防彈衣裡，一定戴護目鏡，隨時全副武裝。他問施洛姆，你怎麼都不會抓狂？施洛姆點點頭，一副「這問題問得很好」的神情，跟比利說了愛斯基摩通靈者的故事，他不知哪兒看來的。通靈者光是望著你，就知道你哪天會死，但他不會告訴你，因爲他覺得講出來很無禮，形同插手與他無關的事。怎麼樣，夠毛吧？施洛姆吃吃笑著。光盯著那老人看，你就懂了，他已經知道你的死期。

「我才不想碰到這種人。」比利說，不過施洛姆已經講了重點。假如子彈注定要擊中你，表示已經有人開槍。

比利發現芒果已經五分鐘沒開口，他明白，這代表芒果也在想戰爭的事。比利很想主動和他聊聊，不過，說眞的，能聊什麼呢？話匣子一開，很可能就停不下來，不過最後應該只會歸納出同樣的唯一結論——接下來還有十一個月，天啊他們要怎麼熬過去？

「你目前爲止運氣都不錯，對吧？」

那是凱瑟琳，在後院喝啤酒時對比利說的。

我想是吧，比利回道。

「那你要一直走好運喔。」

只要記得走好運。有時結論就是這麼簡單。比利想著，眼睛一邊打量穿堂裡成排的速食店，塔可鐘、賽百味、必勝客、約翰老爸，每個店面都飄出熱騰騰的肉香，對熱愛美國菜的人來說，這些味道聞起來沒兩樣。比利這才發現，德州體育場根本就是個糞坑，冰冷粗糙，又臭又髒，具備工業區倉庫的所有特質，而總有人喜歡在倉庫角落尿尿。這體育場就是這樣，空氣裡總帶著那麼一絲尿味。

「帥。」芒果輕聲發出讚歎。

「帥啥？」

「幾千個白鬼在這裡晃，偏就看不到麥少校。」

比利哼了一聲。「我們永遠也找不到那廢人吧。他又不是小孩子，幹麼花這麼大力氣找他啊。」

「他自己知道路吧。」

「你說咧？」

兩人相視而笑。

「回去好了。」比利說。

「嗯，回去吧。」芒果附議。

第一站先去「斯巴洛」買兩片披薩，再端著紙盤子站著吃，享受暫時沒人認得他們的快感。身為B班一份子，代表你多少也算半個名人，大家只會捧你誇你，甚至到了奉承的地步，壓得你喘不過氣。比方說，他們出席別人精心安排的聚會，到大型購物中心露個面，或只要有電子媒體記者在場，總有一堆美國老百姓熱情包圍，爭相流露感激之情；但也有些時候你完全隱形，人人把你當空氣，雙眼明明看著你，卻什麼也沒看到。比利和芒果嘴裡大嚼滾燙的披薩，心裡清楚這盛名並不屬於自己。其實所謂盛名，也不過是另一件他們可以自嘲的事，一個浮在空中的幻象，而人人都被這幻象牽著鼻子走，B班自然也不例外，但他們大可一笑置之，甚至還有那麼點自覺高人一等，因爲早就明白自己是隨人利用。他們當然是任人利用啊，任人擺布原本就是他們存活的要素，軍人的天職，不就是當高層的棋子？

把這穿上、照那樣講、到那兒去、斃掉他們。接下來呢？自然是終極大結局——被人斃掉。B班人人無一不是專精恫嚇脅迫之道的博士。比利和芒果吃完披薩，又開始閒晃。肚子塡飽，心滿意足，一時興起，晃到牛仔隊的精品店「Cowboys Select」，這可是全體育場最高檔的店面，專賣牛仔隊的服飾與品牌周邊商品。走進店內，迎面而來的是頂級皮革的迷人氣味，和繽紛閃爍的德州樂透機。牆上的平面電視播著明星四分衛艾克曼在牛仔隊時期的精華片段。比利和芒果走進店門時，已經帶點醉意，明知自己在這裡什麼也買不起，還是存心來裝樣子，所以不多久店裡就滿是他們恣意的狂笑。這兒不單是一排又一排的高檔服飾、精品珠寶、裱框認證的收藏版紀念品，更厲害的是，你還眞不得不佩服他們這些做行銷的實在很敢，居然有臉把牛仔隊的品牌印在一堆匪夷所思的商品上！棋盤、小烤箱、大容量置冰機、隨身供氧機、雷射定位撞球桿！同學，快來看！還有牛仔隊的全系列廚具耶！兩人笑鬧得愈來愈放肆，有些客人只得自動避開他們。比利和芒果都覺得，這兒簡直是博物館，有一大堆東西可看，但沒有一樣B班人買得起，多可悲！正因如此，他們反而鬧得更凶。男女雙人組棉質毛巾布浴袍，居然要四百元！正宗牛仔隊球衣，一百五十九點九五元！還有喀什米爾羊毛套頭衫、切割水晶的聖誕裝飾品、Tony Lama 牌的限量靴！兩人看得無地自容羞憤難當，開始互虧起來。欸，你看，這什麼鬼飛行員夾克，只要六百七十九大洋喔，大哥。

是皮的嗎？

你他媽什麼意思，當然是皮的！

嗯，不對，我覺得是人造皮。

媽的才不是人造皮！

你這肉腳，你他媽蹲貧民窟，哪知道怎麼分人造皮和……

兩人忽地撲向對方緊抓不放，雙臂扭成一團，緊扣對方的肩，蹣跚地左搖右晃，完全是兩個醉漢，互相咆哮罵髒話，頭死命抵著頭，但同時又完全笑得站不直。這還不算，兩人開始互扯耳朵，貝雷帽也跟著飛了出去。痛歸痛，他們卻笑得更凶，邊喘邊罵，你這**賤貨**、**混帳**、**雞掰**、**娘砲**！芒果朝比利揮了好幾記上鉤拳，比利也不甘示弱，一拳卡在芒果腋下，兩人再度扭打起來，往左一倒，連滾帶翻，在地上滾成一團。這時終於有人看不下去，上前想招呼他們，又被逼得頻頻閃身：**兩位！兩位需要點什麼？兩位先生！大哥！你們需要什麼服務嗎？喔！危險啊！**

比利和芒果終於鬆手，各自起身，滿臉通紅，呵呵笑著。那店員（或許是店長吧）是頂上沒剩太多毛的白人中年男子，也跟著笑起來，不過既然眼前擺著兩個如假包換的瘋子，他還是得處理這個狀況。至於少數還沒逃出門的店員、顧客等等，每個人都站得遠遠的。

「這是眞皮嗎？」比利朝店長問，拎起架上那件飛行員夾克的袖子：「因爲這白目跟我說是人造皮。」

「噢，不不不，先生，」店長忙道：「這是眞皮。」他邊說邊呵呵笑，心裡知道這兩個傢伙只是在鬧他，不過既然他是直男，而直男的天職就是把變態荒謬的世界整理得井井有條，他立馬切換至娘砲模式，開始滔滔不絕形容這件夾克的各項特色——這是沒有經過磨面處理、苯染的羔羊皮喔，不但經過全套特殊鞣製與染色的處理，還有，您看看這整件夾克的剪裁和結構，品質眞的一級棒。是喔，嗯嗯，是喔，兩個阿兵哥專心一意聽他說，滿臉如痴如醉，活像山頂洞人盯著啪啦啪啦爆開的爆米花。

「你看吧，肉腳，」比利扣住芒果的肩：「我就跟你說是眞皮嘛。」

「喔，你又懂流行了是不是。我敢說你連內褲都沒穿……」

頓時兩人再度拳腳相向，扭打起來，不過這次被店長大聲喝止。

「嗯，啊，你這夾克賣很好喔？」比利邊用手指摸弄夾克，邊問道。

「每場比賽都可以賣個五、六件吧。要是我們贏的話，當然賣得更好嘍。」

「哇賽。你們現金流量不錯咜。」

店長微笑。「我想可以這麼說。」

兩個B班阿兵哥謝過店長，走出店門。「老兄，」芒果一出門便開口：「六百七十九塊耶。」他喃喃道，又喚「比利」，然後才迸出：「靠。」這就是兩人最後的結論。

人性使然

「一千五百萬，」比利和芒果回座時，亞伯特正說道：「一千五百萬現金，外加毛利的十五趴。明星搶手的時候，可以要求這種條件。希拉蕊最近很紅喔，她經紀人非得要到保證金，才會讓她看。」

「看什麼？」賽克斯問。亞伯特先把視線緩緩移向賽克斯，頭才跟著轉過去。

「劇本啊，肯尼斯。」

「你不是說我們沒劇本？」

「是沒有。可是我們手上有腳本，也有編劇，現在希拉蕊又有興趣，我們可以把腳本修一下，對她的胃口。」

「我好愛聽他這樣講話喔。」戴姆忽地冒出一句。

「欸，劇本不是問題，光是把你們的故事講出來，就已經是很強的劇本了。難的是要把這該死的玩意兒送到她手裡。」

「你不是說你認識她嘛。」快克發話了。

「認識，我當然認識啊！幾個月前我們還在珍芳達家，被操得要死不活咧！不過現在這可是談生意，各位，她不管看什麼，一定要透過她經紀人。而且呢，劇本要是沒跟著電影公司開的正式條件一起送過去，他連碰都不會讓她碰一下。如此一來她就知道，要是她點頭，電影公司也就敲定了。可不能有人對她喊卡。」

「呃，那，我們找到電影公司了嗎？」快克問。他覺得自己應該知道答案的，可是「拍電影」這整件事，感覺還是很抽象。

「勞勃，沒有。外面有興趣的人一大堆，可是在找到明星點頭之前，沒人願意點頭。」

「那希拉蕊史旺又要電影公司點頭，她才點頭？」

亞伯特笑了。「一點沒錯。」B班這時才異口同聲發出恍然大悟的「喔——」。這個矛盾太完美了，完全是現代版鬼打牆，人人心有戚戚焉。

「那不就等於沒搞頭嘛。」快克說。

「是啊。」亞伯特附和道。「完全沒搞頭。」

「那你要怎麼把它生出來呢？」阿伯問。

「我要把它變成『想躲都躲不掉』的玩意兒。把它變成他媽的大地震大海嘯。我要嚇嚇那些傢伙，跟他們說有別人來出價，他們要是不買，就等著爆頭啦。」

「欸各位，」戴姆鄭重宣布：「我想我終於搞懂亞伯特到底在幹麼了。」

他們這時的座位配置是這樣：這排最後面是比利和芒果，再來是快克、亞伯特、戴姆、阿呆、阿伯、賽克斯、洛迪斯，然後是留給麥少校的那個空位。比利注意到亞伯特老是繞著戴姆打轉。當然B班用不著別人來證明他們的班長多特別，但亞伯特不但印證了這一點，而且他幾乎是立刻迷上戴姆。比利覺得亞伯特一碰上戴姆，就變成同性戀（這和性毫無關連）。亞伯特就是覺得戴姆有意思，不僅是戴姆這個人，也包括他當軍人的時候。這「戴姆現象」長驅直入，撼動了一個古板無趣又毫無戒心的世界。在能獲亞伯特青睞的少數人之中，戴姆排名第一，哈勒戴第二（但遙遙落在第一名後面）。雖說哈勒戴是第二名，但亞伯特對他的興趣，也只能說是近似戴姆，在某些情況下才會發生，像個附帶的條件。假如說阿呆是老黑的「陰」，那戴姆就是白鬼的「陽」，兩兩結合，才會發生功效。此刻亞伯特和戴姆兩人緊挨著，聊得正開心，阿呆則一副「讓你們兩個去聊好了」的尊貴神態，沒去管自己給放到第二位，安然坐著，打量下方的球場，宛如高高端坐的非洲國王，俯視臣服腳下的女奴。至於B班其他人，或許也同樣是一支企業股票裡的許多股，只是正好會講話走路猛灌啤酒而已。「戴姆呢，是『財產』，」阿呆昨晚對比利喃喃道，他難得酒後有這麼酸的眞言：「你們其他人，都只是『殘品』。」

那施洛姆算什麼呢？施洛姆和雷克，也算是「殘品」嗎？B班這幾天講的都是錢，錢錢錢，在腦袋裡一直跳針，像在輪上骨碌碌跑個不停的倉鼠，話轉得飛快，卻都是原地打轉。比利很想轉談點別的話題，可他不會拆穿B班弟兄們的幻想。他這幫夥伴對錢痴迷的程度，活像天上立刻就會有一筆大錢掉下來，先不管自己有沒有那個命花。彷彿只要那筆大錢在銀行裡等著，他們就能安然無恙，從戰場上全身而退。他自然了解這想法的心理邏輯，但在他來看，這邏輯應該是反過來的：這筆大錢進來的那天，支票可以兌現的那天，也正是他一命嗚呼的那天。

所以比利儘管心裡掙扎，還是很配合地聽大夥兒討論拍電影的事。B班諸人輪番朝亞伯特拋出問題——那克隆尼呢？奧利佛史東那邊怎麼樣？不是有個傢伙說他可以弄到小勞勃道尼？這時亞伯特背後有個長相奇特的男士忽地俯身過來，問亞伯特是不是拍電影的。

亞伯特整個人呆若木雞，把頭一歪，像是聽到什麼珍禽異獸的叫聲。「嗯，是啊。」他十分親切地回道。「沒錯，我在電影業。」

「導演？還是編劇？」

「製作人。」亞伯特老實說。

「洛杉磯？」

「嗯，洛杉磯。」亞伯特回道。

「喔，是這樣啦，」那男人說：「我是律師，專門幫白領罪犯辯護的。我有個想法，可以拍法庭懸疑推理劇，要不要聽我講故事？」

亞伯特說，只要這律師能在二十秒之內把故事講完，他很樂意洗耳恭聽。此時有二十幾名牛仔隊隊員到場上來做熱身運動。快克說那不算眞的熱身（他在東南阿拉巴馬州立大學打過一年美式足球），而是有些人需要多做點熱身運動才能放鬆，所以會做熱身前的熱身。比利馬上就注意到牛仔隊的棄踢員，削肩、大圓臉，腆著大肚子，頭幾乎全禿，就是在超市賣肉櫃檯常見的那種大個子，不同的是，眼前這傢伙可以把球踢到天外再繞回來。「呼」，每記重重一踢，都在比利的五臟六腑迴盪，只見那球幾乎筆直地往上飛去，往上、往上、往上、繼續爬升，你盯著那球盯得有點累了，想說應該不會再上升了吧，但它居然還是一直往上爬，彷彿有人幫它灌了什麼隱形氣體，讓它一路往看不見盡頭的圓頂直衝。比利想找出那顆球能抵達的最高點，也就是達到中性浮力，懸在空中的那一瞬間，那時球會在空中暫停片刻，像是測量自己墜落的速度。說時遲那時快，球已經往下墜落，尖端滾動著，帶著慵懶的優雅與投降的意味，以感恩的心交出自己，坦然臣服於地心引力的宿命。這樣的踢球比利看了七、八次之後，覺得體內有什麼正在蒸發，自我的意識沖淡了、放鬆了，只覺無比平靜。觀察踢球員可以讓他的腦袋靜下來。球踢到最高點時，則給他無比的快感，只要球在那道弧線的頂端盤旋，輕嗅著永恆的下半身，撫過無知之樂的柔軟下腹，那股快感便宛如小小的閃電，輕刺他的大腦。比利可以想像，那就是施洛姆現在住的地方，他是中性浮力國度的子民。這樣想或許有點幼稚，有點濫情，但又何妨？倘若施洛姆注定要落腳某地，去那裡有何不可？B班早已淪爲暢銷「殘品」，但行銷魔王的手臂再長，現在也搆不著施洛姆了。

望著踢球，這樣沉思默想，和看金魚在造景庭園池塘游來游去，同樣充滿禪意。比利大可開開心心這樣看一整個下午，背後的球迷卻忽地紛紛來拍他的背，一邊大喊：快看！快看！看那個大螢幕！原來大型電子看板上赫然出現他們八人的影像，而且放得好大好大，當然少不了笑吟吟的亞伯特，得意得像剛做了爸爸。球場各個角落陸續傳來陣陣掌聲。B班這下子全都坐直了，變回鐵錚錚的男子漢形象，不過主要也是因爲他們努力不去盯著螢幕上的自己，唯一的例外是賽克斯，他興奮得猛打嘴形講話，還比出幫派手勢。B班自是叫他趕緊閉嘴，但沒多久，螢幕便切到一段揮舞國旗、炸彈爆炸的動畫畫面，背景是繁星點點的外太空，接著從一片漆黑中，猛然竄出幾個超大的白色字母：

美國球隊向美國英雄致敬

白字消失，緊跟著打出第二波大大的白字：

達拉斯牛仔隊

歡迎安薩卡運河英雄！！！！！！！

上士 大衛・戴姆
上士 凱朗・哈勒戴
專業下士 洛迪斯・貝克維斯
專業下士 布萊恩・赫伯
專業下士 勞勃・厄爾・寇克
專業下士 威廉・林恩
專業下士 馬切里諾・蒙托亞
專業下士 肯尼斯・賽克斯

群眾的掌聲像是從體育場頂端的氣孔吸取能量一般，慢慢轉大增強。原本在走道上來來去去的觀眾，也忽地停步面向B班。坐在B班後排的球迷更是直接起立鼓掌，就這麼啓動一波慢動作的「起立鼓掌」波浪舞，從他們這區開始，以逆轉重力之姿，朝反方向滾滾而去。大螢幕很快又切換到喋喋不休的卡車廣告，不過爲時已晚，群眾紛紛湧向B班，這下子誰都無能爲力，無處可逃。比利起身，擺出這種場合該有的架勢，背打直、重心放穩，青春的臉龐換上拘謹有禮的神態。他這套架勢多少是直覺下的產物，是一代又一代的影視男星詮釋出來的美國男人形象——不苟言笑、鐵石心腸。比利只要比照辦理，便不用多傷腦筋。只消偶爾開口講句話，不時笑一笑，露出有點疲憊的眼神，態度始終謙遜，對女人特別溫柔，對男人則報以有力的一握與互望。比利知道自己端出這全套表演的時候格外討喜，而且肯定很帥，因爲眾人無不買帳，甚至熱情得有點失控，不蓋你！他們整個人貼過來，又擠又推，抓他手臂，高聲喊話，有時激動過頭，甚至還會放屁。比利跑了整整兩星期的活動，還是覺得群眾的反應很神奇。他們嗓音變得生硬抖顫，講話的模式近乎語無倫次，人明明看來很正常，嘴裡吐出的話卻結結巴巴。**我們感謝**，他們說著，聲音像熱戀的情人那樣顫動。有時甚至大剌剌說，**我們愛你**！我們感激你，我們珍惜你給我們的一切，祝福你。我們禱告、盼望、向你致敬、尊重你、愛你、敬重你。在話脫口而出的同時，他們自己也體驗到了文字的威力。這堆矯揉造作的詞兒，在比利耳中逐一啪啪爆開，像撲上電蚊拍的飛蟲：

恐怖行動

艾拉克[6]

伊伊伊拉克

去他的

自由

九一一

九一一，

九一一

英雄

犧牲，

極～致的犧牲

布希

奧薩瑪

價値觀

ㄇㄧㄣˊ ㄓㄨˇ

6 譯注：Eye-rack，常見於美國南方的Iraq錯誤發音。

沒人吐痰，沒人叫他殺嬰兇手，大家反而展現無比的支持與善意，可比利只覺得這種場合一樣詭異，一樣恐怖。他這些同胞固然很熱情，很high，卻也有尖刻的一面，不難感受他們的深層需求激發出某種急切。比利感覺得出，這些人都想從他身上分一杯羹，這群算不上富豪卻絕對不窮的律師、牙醫、中產階級婦女、企業副總裁，爭相啃噬他這個一年只賺一萬四千八的毛頭小子阿兵哥。他不過是這些有錢大爺個人帳上的一點零頭，但他們一踏進他的私人領域，整個人就失控了。人人激動抖顫，呼吸時斷時續，惡臭的口氣帶著不快，雙眼因當下承受的震撼而緊繃、游移，因爲在經年累月讀了看了聽了這麼多關於戰爭的報導與宣傳後，此時此地，他們終於親眼得見戰爭活生生的模樣。這些年，美國人並不好受——我們怎麼會落到這步田地？時時刻刻如驚弓之鳥，熬著擔驚受怕的漫漫長夜；日復一日的流言猜疑；年復一年懸著一顆心、憤怒漸漸轉爲麻木，卻又因自己嚇成這樣而自慚形穢。在聽了看了這麼多新聞報導之後，會覺得情勢很明顯不是嗎？這場仗愈打愈久，大家嘴上常掛的那句話也就愈變愈眞——**那他們爲什麼不……**送更多兵去啊！叫我們的軍人加把勁打仗啊！多加點火力去把他們炸個精光，給他們迎頭痛擊，一個戰俘都不留！喔對了，伊拉克人難道不該感謝我們嗎？總該有人提醒他們，拜託你跟他們說一下好嗎？還是說，他們搞不好寧願那個暴君回來？要是他們不合作，就朝他們丟炸彈。更多更大的炸彈。叫這些人看看上帝發怒是什麼模樣，把他們狠狠修理一頓，直到聽我們的話爲止。要是炸彈也沒用的話，那就丟核彈好了，把這些人全部炸光光，再找些有新想法的人來，把他們的國魂來個核子大淨空。

美國人每天心裡都在天人交戰。比利明白，因爲在和這些人碰面的地方，他每天都感受得到那種熱情。這常發生在他們觸著他的時候，像是握手，他們常從天外忽地伸來自己的手，你可以瞬間感受到那手中蓄積著戰士的熱血，讓你有猛然觸電的感覺。對很多人來說，這就是關鍵的一刻——他曾經歷的折磨，此刻變成他們的，當然，方向反過來也說得通。他們之間進行著某種神祕的傳輸，而大多數人都難以承受，你從他們握手那刻哽咽的模樣就看得出。他們張口結舌，猛力吞著口水，腦袋突然空白，結結巴巴起來，努力回想原本要說的話，或是根本不知該說什麼，於是很自然回到老習慣——要簽名、要用手機拍照、對你謝了又謝、狂熱有增無減，他們很清楚自己是好人。他們向軍人致謝時，雙眼閃爍的是良好的自我感覺，是自己一番好心的明證。有個女的忽地淚流滿面，邊道謝邊不住發抖。有人問說我們打贏了嗎？比利回說我們會盡力。「你和你弟兄們是在鋪路啊。」有個男的喃喃道，比利早已學會不去問「鋪什麼路」。還有個男的指著比利胸前那枚銀星勳章（其實手指差點就要碰到勳章）道：「你這勳章得來不易啊。」他嗓音沙啞，透著男性的剛毅，見過大風大浪後的真情流露。「謝謝。」比利回道，雖然這句話怎麼聽都不像該有的回答。「我看了《時代》雜誌上那篇報導。」男人接著說，而且手也真的摸起勳章來，感覺甚淫穢，彷彿這人的手就要往下探，輕撫比利的蛋蛋。「你應該覺得驕傲，」男人對他說：「這是你努力掙來的。」比利想的卻是（這念頭沒有惡意）：你又知道了？前幾天他去上當地電視臺，那記者不知怎的嘴碎腦殘又故做學者狀，居然問他：跟我們講講那是什麼感覺好嗎？有人朝你開槍，你也跟著朝對方開槍；你殺了人，自己也差點被殺；還有啊，你眼睜睜看著自己的朋友和同袍死掉，那是什麼感覺？比利吐出一堆沒頭沒腦嗯嗯啊啊的話，不過在他講話的同時，腦袋裡突然接通了第二條線路，有個陌生人輕聲細語，那是比利說不出口的真心話。**那感覺赤裸裸、血淋淋。你知道媽的慘了、毀了。那是史上最慘烈的墮胎，耶穌小寶寶大銼賽。**

比利當時並沒刻意逞英雄，一點都沒有，是這義舉自己找上了他。他難過的是總有一天同樣的事會再找上門，而這想法像腦裡的毒瘤纏著他不放。就在他自覺已到保持風度的極限時，最後一個來對他們道謝擁抱的人也走了。B班全體終於得以坐回原位。這時賈許出現了，劈頭便問：麥克勞林少校呢？

戴姆答得輕鬆。「噢，他說什麼吃藥的時候到了。」

「吃……」賈許話才出口，自己就打住了。「你——們——喔。」如果說有什麼畫面能代表活躍的美國新一代商界才俊，那絕對非賈許莫屬。高個子、身材結實、一張俊臉，活脫脫是休閒服品牌的模特兒，指南針般英挺的鼻梁，烏溜溜的黑髮，頭上沒幾根毛的B班人看了不覺頭皮發麻。他們已經討論了好一陣子——賈許到底是不是gay？大家都覺得不是，他不過就是典型的白領娘砲。「他是那種所謂的『假同男』吧。」賽克斯說。大夥兒一聽，紛紛認爲賽克斯會知道這種詞兒，肯定是gay。

「好吧，」賈許說：「我想他自己會出現的。你們想不想吃午餐？」

「我們想看啦啦隊員。」快克說。

「對。」阿伯接口。「可是我們也想吃東西。」

「好，等一下喔。」賈許回道，然後講起對講機。大夥兒頓時交換了一個「搞什麼鬼」的眼神。傳說中的牛仔隊管理團隊好像臨時要幫他們安排，這表示他們的規畫，實在介於差勁和爛到爆之間。比利逮到某個對講機通話的空檔，打手勢要賈許過來，機靈的賈許馬上過來蹲在他座位旁。「我要止痛藥。」比利說。「你有沒有辦法幫我弄來……」

「喔靠，」賈許氣呼呼啐了一聲，隨即改口：「對不起喔。」再變回他正常的聲音：「抱歉抱歉抱歉，我一定會幫你拿來。」

「謝啦。」

「你還宿醉啊，同學？」芒果問他，他只搖搖頭。一個晚上，八個男人，四間脫衣舞俱樂部，全部加起來沒有半點意義，唯一的例外是最後花錢買的吹喇叭服務，想到這裡，比利只想一槍斃了自己。那整個過程就像看牙醫，完全是使蠻力的水電工程，他只記得那女孩的頭在他大腿間上上下下。他肯定會有報應。假如各人的「業」各自有個帳戶，那比利的帳戶肯定已經透支。施洛姆曾對他形容過，「業」的帳戶不斷記錄著善與惡，是心靈的結晶，是偉大宇宙傾向最終正義的象徵。比利左右打量球場，棄踢員不在了。他的視線掃過方才球飛到的最高處，但此刻剩下的只有空氣。他需要具體的標示把那踢球的弧線整個畫出來，好感受施洛姆就在那道弧線的另一邊盤旋。

施洛姆啊，施洛姆，萬能的衰神施洛姆，他早就預言了自己會葬身沙場。他曾說等在這裡的任務結束，拿到假，他要去祕魯健行，喝死藤水，「去瞧瞧大蜥蜴，」他當時是這麼說的：「除非中東佬先把我解決了。」除非。嗯，你看，施洛姆那天就知道了。那不就是他們最後那一握的意義嗎？他們出事的那刻，芒果端起五〇機槍向對方開火，施洛姆則從座位上轉過身來，握住比利的手。「我要下去了。」他高喊，但聲音被四周轟隆隆的聲音蓋過，混亂之中比利把那個「我」聽成「它」。「它要下去了。」這幾個字在比利耳中迴盪，也不覺得哪裡怪，反而還滿有道理。後來他回想這一刻，終於明白施洛姆當時說的話，還有施洛姆的眼神，都暗示著遙遠的疏離，猶如他從井底仰望比利。

只要比利回想這段經歷的時間超過兩秒鐘，腦裡就會響起某種合成器做出來的低鳴，像管風琴在他腦中嗡嗡作響，音量愈來愈大。這可不像施洛姆告別式上彈的殺豬式管風琴，而是驚天動地的和弦齊鳴，一波波席捲而來，表面水波不興，水底卻暗潮洶湧，巨響隆隆，讓人聽了寒毛直豎，不過他倒沒刻意抵抗。這巨響或許是上帝對他的當頭棒喝，要不就是有人想對他傳達什麼眞理，只不過是用精心編製的聲音密碼表現出來而已，或許兩者都是？也或許這兩者根本就是同一件事，所以如果可以的話，你就把那堆東西放進他媽的電影吧。**你們是好朋友嗎？**《阿德莫爾每日星報》的記者問。「是。」比利答道。「我們是好朋友。」**你常想起他嗎？**「是啊。」比利說。「我常想起他。」每天。每小時。不，每隔幾分鐘。老實說，大概每十秒鐘我就想他一次。不，這感覺更像是他就永遠烙在我虹膜上，時刻相隨。先是施洛姆生龍活虎的機靈模樣，然後死了、活了、死了、活了、死了，那張臉就這樣變換不停。比利當時瞧見幾個伊拉克人把施洛姆拖到長草叢裡，心想「喔幹」（或就只是個「幹」字）。他的腦內活動隨即到此打住，趕緊爬起身來，發足狂奔。怪的是，他起身的時候，很清楚接下來事情會變成怎樣，那一幕幕影像太清晰，化成了一種雙重意識，直至今日仍盤桓不去。他對那場仗的記憶大多模糊成滾燙火紅的一團，但那預見未來的回憶卻極其鮮明。他在想，是不是經歷過這種震撼場面的軍人，都有短暫望見未來某段特定時空的能力，如望遠鏡般，看穿那個激發他們採取行動的時空？還是活著的人才有這個能力？或許他們都以爲自己看得到，只是不幸捐軀的人搞錯了。唯有倖存的人才能獲恩准，覺得自己能看穿一切，耳聰目明。只是比利現在才恍然大悟，施洛姆也有一樣的洞察力，只不過看到的是相反的結局。

帥啊，施洛姆。感覺一下子有好多事得思考，拍電影、接受訪問，還有胸前那枚勳章的意義，外加勳章底下那最核心的精神，他們在安薩卡運河一役中，最重要也最費解的事實。你的心靜不下來。你人沒生病，但就是不舒服。有什麼東西依然懸著，或者說，有什麼尚未了結，很不踏實，就好像你的人生跑在前面，你需要一點時間讓它倒退，重新開展。這種感覺就對了，能瞭解時間的問題，應該就是找到出路的起點。只是這時賈許喊出了關鍵句：「吃午飯了！」於是全體起立。看臺紛紛傳出掌聲，賽克斯這豬頭居然向大家揮手，一副掌聲是爲他而響的神情。賈許英勇地領頭，帶他們走上階梯，大家排成一列沒法子走快，要爬到頂端還要很長一段時間，只得一點一點緩緩移動，像電影《鐵達尼號》最後那場戲，一堆大限將至的可憐蟲拚命往上爬，背後就是恐怖的大海與夜空。只要你鬆懈一秒鐘，死神就會一口吞了你，所以你的應對策略就是——千萬別鬆懈。一行人走到穿堂後，比利感覺就好多了。賈許帶他們繼續走上一條螺旋狀的坡道，風在這裡切成了螺旋狀的氣流，帶著惱怒將垃圾灰塵等等一把捲起，在空中打轉。B班所經之處，開始起了某種凝結效應，群眾紛紛停步、高喊，有的目瞪口呆，有的露齒一笑，是哪種反應，就看各人的政治立場與個性了。B班穿過人群直直往前走，只保持基本禮貌，不苟言笑，板著臉呈V字隊形勇往直前。結果有一組西語廣播電臺的人把芒果抓去做訪問，B班一路努力維持的純淨氣場至此完全破功。眾人逐漸聚攏，周遭空氣隨之溼黏起來，人欲橫流。大家要聊天、要接觸、要照片、要簽名。美國人哪，只要能達到自己的目的，可以客氣到你不敢相信的程度。比利則被一對亞伯林來的夫妻攔下，只得背靠著欄杆。夫妻倆看來很有錢，帶著已成年的兒子和媳婦一起來。小夫妻看爸媽這種追星舉動很是尷尬，但二老完全不以爲意。「那段影片我可是看了又看哪！」婦人激動得朝比利嚷。「這跟我九一一的時候一模一樣！九一一那時，我就是一直看那兩架飛機撞進世貿大樓的片段，沒完沒了，鮑伯最後只好把我拖走。」這叫鮑伯的老公個子滿高，背有點駝，柔和的藍眼，沉穩地點點頭，顯然非常了解太太樂得發癲時應該由她去。「你們也是呀！福斯新聞臺播那段影片的時候，我就坐在電視機前，幾個小時動都沒動一下。我實在覺得好驕傲，好……」她眞情表白到不能自已，忽地結巴起來：「……驕傲，」她又說了一遍。「我好想說，感謝老天爺啊，正義終於有出頭的一天了。」

「感覺很像看電影。」這太太的媳婦也來加入談話，興奮地說。

「眞的很像。我還得一直跟自己說，這是眞的，活生生的美國軍人在外面，爲我們的自由而戰，而且絕對不是拍電影！喔上帝啊，那天我好開心好開心，終於覺得鬆了口氣，感覺就像終於報了九一一的仇啦。喔對……」她一股腦兒說了這一堆，終於停下來喘了口氣，才繼續問：「那個人，是你們中間哪一個啊？」

比利很客氣地自我介紹了一下，便沒再說什麼。那婦人可能也察覺到這問題很敏感吧，沒追問下去。她和媳婦兩人開始一搭一唱，滔滔不絕陳述自己的愛國情操，百分之百支持布希出兵、支持打仗、支持軍人，因爲這麼多國家（以下省略三百字）要保衛（以下省略三百字）ㄐㄧ—ㄌㄧˋ組織（以下省略一千字）。這位太太一直朝比利身上靠，還拍了他手臂好幾下，逐漸讓他進入低等的肉體催眠狀態，所以他頭頂天窗一開，大腦在冰冷的空氣中漂浮時，他反而樂得麻木。

恐怖行動，

對恐怖主義宣戰（南方口音）

大龜模匪滅性武器（南方口音）

好驕傲，好光榮

還有

禱———告

我們

禱告和

盼望和

祝福和

讚美

萬物皆由祂而

炸飛

呼啊！B班！

自己的垃圾自己收！

比利看著自己的同胞，先不管這些人年紀多大、社會地位如何，他實在很難不把他們當小孩。這些人既囂張又驕傲又自信，完全是自我感覺過分良好的聰明小孩，你要跟他們講戰爭變成純粹的罪孽那套，講再多他們也不會開竅。他可憐他們、蔑視他們、愛他們、恨他們，這些孩子啊。男生、女生；幼兒、寶寶。美國人就是個非得離鄉背井才能長大的小孩，有時還會連帶賠上小命。

「老兄，後面那個女的，」等大夥兒又開始往前走，快克說了：「那個帶小小孩的，金頭髮那個？她老公在幫我們拍照的時候，她居然把屁股貼上來蹭我那裡咧。」

「你亂講。」

「我沒騙你！我馬上硬得跟什麼一樣，拜託，她就正好把屁股放在那裡磨來磨去。要是再多個五秒我就射了，眞的不蓋你。」

「聽他鬼扯。」芒果說。

「我對天發誓！後來我就說，嘿，把伊妹兒給我，等我回伊拉克，我們保持聯絡。她居然還裝得聽不懂的樣子。賤貨。」

芒果不以爲然，不過比利覺得快克很可能是說眞的——女人看到制服總會發癲做些怪事。他故意落後大家幾步，看了一下手機。瑞克牧師又傳了幾段聖經的經文過來：

你們當曉得耶和華是神！
我們是祂造的，也是屬祂的。

這傢伙眞會死纏爛打啊，外表披羊皮，骨子裡卻是個賣二手車的。比利順手刪了簡訊，心想，不知罵牧師會不會招霉運，即便他罵的是個遜咖牧師。「你不冷啊？」有個路過的女子問，比利笑著搖頭，不冷，女士。他確實不覺得冷，儘管他也不羨慕這群球迷身上的華麗毛皮大衣、鼓鼓的長外套、熊掌狀的手套、忍者式的面罩。很多男人都穿毛皮，現在就流行這玩意兒。想著想著，麥少校忽地就這麼來到他身邊。

「麥克勞林少校！長官好！」

少校茫茫然瞟了他一眼。比利這才想起，應該拉開嗓門。

「我們都很擔心您，長官！我們不知道您上哪兒去了！」

少校一臉茫然轉爲眉頭一皺。「眼睛給我睜大點，阿兵哥。我人不就在這兒嗎。把你兩眼上的蛤仔肉給我撥掉。」

了解，收到，少校自己覺得他人在就是在！比利不過是奉命行事的阿兵哥，找到少校就好了。知道了，長官！比利忽地緊張得結巴起來，又亢奮得像隻小獵犬，而麥少校則大步往前走，一邊爲他的鞋子陷入沉思。你就試著問問看嘛，傻瓜，比利對自己說。還有什麼比現在更好的機會？他需要，需要問麥少校可能會知道的事，關於死亡、悲痛、靈魂的宿命，他需要知識，他需要指引。或者最起碼，他想知道該怎麼討論這些話題，同時又不會貶損這些事的意義？有人問比利會不會禱告？信不信教？有沒有「得救」？是不是「基督徒」？比利的答案總是肯定的，一來這樣皆大歡喜，二來他自己也覺得算是實話，儘管實情跟問話的人想的絕對是兩回事。他眞正想說的是，他確實身體力行，就算不曾徹底發揚博大精深的基督教義，至少他肯定親身實踐教義的精髓。奧祕、敬畏，那巨大無邊的悲痛與哀傷。噢，我的同胞啊。施洛姆死去的那一瞬間，他感到施洛姆的靈魂脫離身體，像高壓電線突然斷了一樣，「轟」一聲，所有線路全滅，僅留一縷輕煙，而比利則像被重量級拳王狠狠修理過，而那拳王自然很清楚怎麼修理他。就說像是某種腦震盪吧，他有時覺得耳朵裡還在嗡嗡作響。

靈魂是實在、具體的東西，比利現在知道了。他整整兩週在這了不起的國家巡迴旅行，深信自己遲早會遇見哪位能解釋他際遇的人，或至少是能把這段際遇拆解開來，好好分析的人。後來瑞克牧師出現了，比利曾因一時脆弱對他傾訴過，結果才知道牧師原來是個自吹自擂的討厭鬼。戴姆又太接近問題的核心了，再說比利需要的是穩重成熟的大人。他一度以爲亞伯特可以扮演這個角色，畢竟亞伯特見多識廣，學歷又高，好像懂得很多，口才好得可以讓太陽自動西沉又東升，不過比利最近卻覺得這希望也落空了。倒不是說亞伯特沒有同情心（不過有時他打量你的眼神，活像想把你當漢堡一口咬下），問題是他看什麼好像都帶著諷刺的扭曲，連看自己也不例外。亞伯特自認睿智，或許人性如此，但這內化了的世故，卻正是比利無法仰仗他的原因。

於是麥少校成了最佳人選。人面獅身、行屍走肉、沉默寡言、不上廁所的麥少校，人大約四成時間在而心只有六成在的那個麥少校。正因如此，消沉到極點的比利才會陪麥少校一路走到穿堂。他想知道在拉馬拉那天到底怎麼回事？麥少校那天是不是死了許多弟兄？痛失好友？他是否眼睜睜看他們斷氣？比利好想找個人說說話，以心交心，男人對男人，戰士對戰士，他渴望聽到不假修飾而非說不可的智慧結晶，卻實在很不擅長和長官聊天，要破解麥少校的放空模式，挖出那底下的私密眞心話，更是難上加難。他該怎麼打破兩人之間的沉默？**呦，少校你看，有現壓的桶裝海尼根耶！**走著走著，賈許帶他們轉入一條岔路，通往有「非請勿入」標示的手扶梯，這時比利心知他已經錯過向麥上校開口的機會。扶梯口有兩名大塊頭，穿大衣打領帶，但看來頗遜的保全人員，瞟了各人的證件一眼，揮揮手讓他們過去。「老兄，這是通往天堂的階梯哪！」賽克斯在手扶梯一路往上的當兒樂得大喊，彷彿自己剛說了什麼警世箴言。比利刻意站得比麥少校低一階，心想這下子什麼也不用說了。他沒那個膽，也不會打嘴砲，再說麥少校整個人魂不守舍，有些話題還是別大聲討論的好。死亡、悲痛、靈魂的宿命，這種事還是在清醒理性的時候談吧，你來我往地對吼，不可能談得出什麼東西來。

因此比利什麼也沒說，少校反正也不會注意到。大夥兒步出手扶梯，來到所謂的「藍星樓層」，賈許繼續帶大家走向標示「非請勿入——僅限體育場俱樂部人員搭乘」的電梯，對著某個小機關刷了卡，大夥兒走進電梯準備上樓。裡面除了他們，還有兩對精心打扮的男女，年紀大得可以當B班隨便哪個人的爸媽，不過這些人顯然砸過大錢，模樣年輕了十歲。反正誰也不認識誰。電梯門一關，裡面充斥著女用香水味，刺鼻的檸檬麝香，檸檬樹集體發情不過如此。電梯哐啷哐啷往上升的當兒，比利的肚子也一陣咕嚕，一個驚天動地的屁蓄勢待發。他使勁全力緊緊憋住。就在這個當兒，一股幾乎察覺不到的震顫傳遍B班每個人，不多久，又有幾人表情僵直起來，不斷換腳站，拳頭握緊了又打開。噢上帝啊，求求您，不要在這裡，別選這時候啊。大夥兒咬緊牙關，直瞪著前方。眞邪門了，爲什麼密閉空間老是會讓阿兵哥的腸道加速蠕動？

戴姆不愧是天生將領，立時開口，嚴峻異常。「各位。」他頓了一下，才說：「誰敢就給我試試看。」

一心一德

賽克斯在準備向高檔自助餐進攻之餘，一直管這餐叫「早午餐」，故作既有品味又有知識的「假同男」狀，戴姆終於受不了叫他閉嘴，拜託這是「午餐」好嗎，你一定要那麼咬文嚼字的話，叫它「感恩節晚餐」也行好不好。是的，他們眼前擺著豐盛到不行的佳餚，一字排開至少六十呎長的各式傳統創新年節菜色，在餐臺上閃著誘人的光芒，活像周日雜誌副刊的廣告。比利從一疊乾淨的餐盤裡拿了一只，想自己大概是要吐了。他的宿醉還沒消，再加上眼前這一大票吃的，一堆堆、一盤盤，如土丘、如小山，和複雜的土木防禦工事系統沒兩樣，結結實實，密密麻麻，以排山倒海之勢向他襲來，幾乎把他擊潰。他忽地晃了一下（他終於要倒下了嗎？），胃裡卻發出最原始的需求，咕嚕咕嚕抗議起來。

「狠狠吃個痛快吧，各位，」戴姆對他們說：「吃飽了再來談這些小人兒怎麼活下去的問題。」這裡顯然是鄉村俱樂部的那種一流人，在比賽日消磨時間的去處，滿屋子肉汁與家具蠟的氣味。光進門就要十元，想吃一餐還要掏出四十大洋，外加稅金與服務費——不過賈許說B班英雄這餐免費，B班的反應是「真的假的」。話說回來，這兒雖說是「俱樂部」，卻實在沒什麼看頭，裡面布置很凌亂，天花板壓得很低，一邊是吧臺，另一邊則是整片落地窗，可以俯瞰球場。刺眼與柔和的燈光齊放，照得人很不舒服。天花板灑下的燈光如變質發臭的牛油雨，大片落地窗的強烈銀色反光劈頭蓋臉射來。這屋裡的視覺調性與深度無時不在扭曲變形，讓置身其中的人雙眼很難適應。地毯是混濁的煤灰色，家具斑駁陳舊，酒紅色塑料和暗紅色木皮的組合，佯作貴族風情，讓人想起七〇年代的假日酒店。顯然一切都是能省則省，做到維持壟斷市場的最低標準就好。

比利突然懂了這地方爲何讓他不舒服，一顆心直往下沉，不過他想大概只是因爲自己對有錢人很感冒吧？他一進門就咬牙握拳，嗅到空氣裡飄著有錢人的味兒。那時他只想掉頭就走，也很想找個人扁一頓。有錢人不知怎的就是讓他緊張，百驗百靈，更何況他一身綠軍服，站在帶位員櫃臺旁，只覺得自己像個醉到失禁的酒鬼。不過——猜怎麼著？B班在等候帶位時，體育場俱樂部的成員，忽地全體起立，對他們報以熱烈的掌聲。有幾個站在附近的大富豪，居然還走過來和他們握手。屋裡另一端有群聽來已經喝醉的愛國人士，發出含糊不清的喝采聲。俱樂部的經理（一個身材修長油嘴滑舌的傢伙，像個虛情假意滿嘴話術的殯葬業者，在酒吧喃喃跟人搭訕）親自帶他們到專屬的桌位。這麼多有錢有勢的人盯著你，某種程度來說感覺更差。比利自覺步伐有點不穩，雙臂癱軟，但他很快掃了戴姆一眼後，整個人又穩住了。抬頭挺胸，兩眼平視正前方，頭還要微微偏個六度，把你的尊嚴當成小酒杯放在下巴上頂著，讓它不落地。比利有樣學樣，也像戴姆那樣把頭一偏，感覺忽地就對了。

假裝下去，裝到變成眞的，他提醒自己。他在軍中能熬到今天，憑的也是這一句。

賈許一直盯著現場狀況，確定有人來照顧B班，讓大夥兒都落座後，就說他得先離開一下。

「老弟，你也得吃點東西。」阿伯發話：「你光是站在那兒就變瘦啦。」

賈許哈哈一笑：「我OK的啦。」

「那我們哪時候才可以看到啦啦隊？」阿呆一心想知道答案。

「快了快了。」賈許這句也是在回應快克，因爲快克嚷嚷說不管了啦，直接把「天命眞女」帶來啦，他要跟碧昂絲好好「當面交流」一下。

「她們會坐我們腿上跳舞嗎？」阿呆仍不放鬆，賈許遲疑片刻。「我會問問看。」他回得面無表情，大夥兒不約而同喊起來：賈許，夾——許，拜託拜託啦。嗯，賈許這娘砲還不錯喲。他們一夥人坐的是靠窗的大圓桌，視野絕佳，球場一覽無遺，不過這會兒場上沒什麼動靜。戴姆特准大家午餐配一杯海尼根，只許一杯，他說，邊瞟了麥少校一眼，麥少校只點點頭。比利則鐵了心要坐在戴姆和亞伯特旁邊，因爲不管他們接下來要說什麼，他都要聽得一清二楚。他知道自己懂得還不夠，或者說，他其實啥也不懂，他懂的都是沒什麼價值的事，而在他人生的這個階段，所謂的「價值」，就是足以安心定神的知識。所以他打定主意要坐戴姆旁邊，而只要戴姆坐的地方，就是那桌的主位。亞伯特坐在戴姆右手邊，再來是阿伯、阿呆、洛迪斯、快克、賽克斯、麥少校、芒果，最後以比利爲這個圓收尾。那，再幫施洛姆和雷克擺兩套餐具吧？大夥兒一起吃飯前，比利總會在心裡進行這套儀式，來代替飯前禱告。類似的儀式還有很多，例如，永遠別先用左腳過門檻。穿防彈背心時，要從下往上固定繫帶。寫句子絕不用W開頭。出任務前六小時內不手淫。昨晚他們住的是達拉斯的W飯店，飯店有個有名的高檔酒吧叫「鬼吧」（Ghost Bar），眞他媽的邪門，但既然運河一役當日，什麼儀式規矩他都乖乖照辦了，或許這詭異的巧合並不代表什麼。總是有太多徵兆、太多跡象與凶兆任你解讀。還是那句老話，是厄運不知何時上門的未知，逼得你這麼看事情，每天的每一分鐘，都過著俄羅斯輪盤般的生活。迫擊砲從天而降，是機率。火箭彈、高射土製炸彈、路邊的土製炸彈，全是機率。有次比利在觀測哨值夜班，覺得有個怪怪的小東西在他鼻梁邊爆開，他往後跌的那一瞬間恍然大悟，那是子彈突破音障時「啪」的一聲，距他不過幾吋而已。不僅如此。碎片，原子，都是機率下的產物。無論你在這一刻或下一刻停下來撇尿，吃飯時是否停頓片刻，睡覺向左蜷或向右蜷，排隊有無排成直線，都很重要。起先他們會攻擊領頭的悍馬車，接著換成攻擊第二輛，後來又變成在二三四之間選一輛，之後又改成回頭轟第一輛。那就更別提無止盡的整人大哉問：車裡各個座位倒楣的機率各是多少？無論哪天，什麼事都可能發生，哪裡都可能是你的葬身之地。「你可以躲過火箭彈。」他幾天前這麼跟記者說。他其實無意揭露這種不足爲外人道、聽了又不舒服的事，話一出口只覺自己很爛，跟把家醜外揚沒兩樣，可他就這麼說出口，你可以躲過火箭彈，那該死又要命的玩意兒在你面前無力地舞動，劈劈啪啪冒著煙，像粗製濫造的墨西哥鞭炮，嗒嗒嗒啪啪咻咻咻——轟！他其實眞正想說、也一直努力想說的是，他說躲得過火箭彈，不是瞎扯，有時一切眞的會變成慢動作。他最想說的重點是，你自個兒的人生，可以變得何等怪異又何等虛幻。他最近才在想，他眞該趁那顆子彈呼嘯而過時伸手彈它一下，就像狠狠給氣球一拳，讓它隨便彈去哪個地方，他不該只是躲它、任它往前飛，造成更慘烈的災難。而此刻比利眼前的一切，吃這頓飯、拿叉子、舉杯子……甚至還不及那顆子彈來得眞實。這陣子，全世界最眞實的東西，就是他腦袋裡轉的這些事情。好比說，雷克。「雷克。」只要想到雷克，比利的腦內劇場就會演起一齣小小的悲劇，場景是夜景，浴在銀白月光下的河堤，蟋蟀嘰哩嘰哩叫，遠方傳來隱約的狗吠，腳邊運河流水潺潺。是的，寂靜的夜裡，一個緩慢的推軌鏡頭，鏡頭離開路面，逐漸移到長草叢裡的某物。一條腿。兩條腿。雷克的腿。那麼祥和的場景。蟋蟀、柔和的月光、潺潺的河水。那雙腿像是從漫長的沉睡中甦醒，動了起來。起先有點遲疑，帶著無邪的困惑，但最後，雙腿終於站起，舒展開來，開始去找雷克的殘骸。這電影大可以變成迪士尼的片子，講兩隻原來有人養的寵物意外遭棄。牠們都很勇敢、很信任人、忠心耿耿，所以哪會知道自己從一開始就給人耍了？若非如此，雷克怎會在六千哩的千山萬水之外？嗯，現在大家在吃飯，想這些實在不合適，可是只要腦內劇場的電影一開演……

「比利！」戴姆吼他：「你又恍神了喲？」

「沒有，班長，我只是想到甜點。」

「唔，想得比別人遠啊，好樣的。哇靠，我把他們教得眞好啊。」

「他們眞的很能吃。」這是亞伯特的結論。「嘿，各位，你們慢慢吃沒關係，這些菜跑不掉的。」

「沒事啦。」戴姆回道。「只要你手腳別靠近他們的嘴就好。」

亞伯特大笑。他只吃綜合生菜沙拉，喝氣泡水，配一杯他幾乎沒碰的「牛仔麗塔」雞尾酒。「我一定會很想你們。」他對B班說：「能認識你們這群優秀的年輕人，眞是難得的經驗。」

「你跟我們一起走嘛。」快克說。

「對呀，一起來伊拉克嘛。」阿伯也慫恿他。「我們在一起，一定很好玩。」

「不行。」哈勒戴反對。「亞伯特得待在這兒幫我們賺大錢，對不對，亞伯特。」

「照計畫是這樣沒錯。」亞伯特這一句的語氣刻意放得溫和。喔，抓到了！比利心想，就是這點，亞伯特最後那微微洩氣的神態，整個人、整副力氣都鬆懈了下來，但你幾乎察覺不出，這一點，代表這位頂尖高手已經進入「重新評估排序」的模式。「我去那邊只會礙手礙腳。」亞伯特說。「再說，我是你們最討厭的那種反戰份子咧。我當年去念法學院只有一個原因，就是不想去越南，說眞的，要是我的緩役許可沒下來，我當晚就會坐上那班去加拿大的巴士。」

「那是六〇年代了。」快克說。

「沒錯，那是六〇年代，那時候我們只想抽一堆大麻、上一堆女人。越南？拜託喔，我幹麼要去臭死人的稻田裡，屁股上挨槍子兒，好讓尼克森再幹四年？見他的大頭鬼，再說這樣想的可不止我一個。現在這批主戰的大人物，當年都沒去打越戰，不過我有什麼資格怪他們咧？布希、錢尼、羅夫，這些傢伙，當年幹的事和大家一樣，都是一群膽小鬼，我也不例外。我現在有意見的是，這些人變得超強硬、超激進，什麼叫人家放馬過來之類的鬼話都說得出口，我的老天爺，拜託多少也低調一點好不好。他們當年只顧自己的小命，現在當然應該也要顧一下你們的命哪。」

「亞伯特，」芒果福至心靈：「你應該去競選什麼的，去選總統好了。」

亞伯特哈哈大笑。「那我不如死了吧，不過謝謝你的鼓勵。」他顯然相當開心，漾開長輩姿態的笑意，心滿意足地靠坐著，但不是整個人癱在椅上那種坐法，反倒像《星際大戰》的賈霸，舒舒服服倚在自己的王位上，幸好有座位撐著他，他才沒往下滑。「他打電話給我們是要沖三小？」亞伯特頭一次和他們聯絡時，快克問了這一句。他們立馬上網搜尋亞伯特，確定他句句實言，他是好萊塢資深電影製作人，七〇和八〇年代總共拿過三座奧斯卡最佳影片獎，而且還拍過華納兄弟影業史上賠得最慘的電影《佛弟洗衣情》。「這片子就是那一年的《伊斯達》[7]啦。」他喜歡這麼比喻，而且總是笑呵呵，把他跌的這一跤當成榮耀，畢竟，只有一流高手才跌得了這麼大一跤，而且不過兩年後，他的第三座小金人便到手，至此功過相抵。至於他事業中斷了一陣，則是他自己的選擇。時代變了，作風變了，電影公司不再和製作人簽長期約，而且他那時剛結第三次婚，忙於成家。既然不愁沒錢，便決定先退下來一陣子，但三年過去，現在的他已經心癢難耐想重返戰場。多虧老朋友牽線，他後來在米高梅有了自己的辦公室，有片商派給他的祕書和助理。「我很喜歡自己現在這樣。」他頭一次和B班當面開會時這麼說。「沒有管銷成本，沒壓力。

7 譯注：*Ishtar*（1987）。華倫比提自製自演的電影，成本極高但票房奇慘。

感覺像回到小時候，我愛幹麼就幹麼。」

假如亞伯特的年輕辣妻（B班自然也google過她）不爽亞伯特沒在家過感恩節，嗯，那她算是好孩子。她自然了解他的工作就是得四處跑。之後有幾個體育場俱樂部的會員過來向他們招呼致意，亞伯特則興味盎然地看著這一幕。這些男的個個一表人才，或許是滿頭華髮的知名銀行總裁，也或許是什麼二線城市的市長，曬成古銅色的肌膚，六十出頭，網球發球仍威力十足。這些人的妻子都比他們年輕得多，但不到誇張的地步，而且清一色全是金髮，個個展現整形大改造嚴謹精準的結構之美。我們眞的覺得好驕傲，這些男人過來和他們逐一握手，太感謝你們，太榮幸了。你們是守護神。自由。狂熱份子。恐怖攻擊。太太們樂得退到一旁，讓男人去握手致意，自己在旁邊看著，掛著那麼點渴慕的笑容，但完全看不出她們有招蜂引蝶的跡象。

「請慢用。」這些男的告別時都這麼說，活像板著臉嘴卻很甜還戴白手套的服務生。「他們眞的超愛你們耶。」亞伯特等這些人都走了之後才開口。快克冷哼一聲。

「要是他們那麼愛我們，何不叫他們的太太……」

「給我惦惦。」戴姆低吼，快克馬上住口。

「眞的，眞的是不管什麼人都很哈你們耶。黑的、白的、有錢的、沒錢的、同的、直的，什麼人都有。要講機會均等，二十一世紀機會均等的英雄就是你們啦！你看，我這麼偏激又愛講，可你們的故事還眞的感動了這個國家。你們在伊拉克，直接對上的是最兇狠的壞蛋，還把人家打得落花流水！連我這麼反戰的傢伙，也會爲這個感動耶。」

「我幹掉七個。」賽克斯插進一句，這是他的口頭禪。「肯定有七個，但我覺得應該更多。」

「你們聽我說，」亞伯特說：「B班那天幹的事，你們那天經歷的，是一種完全不同的現實。像我這種沒打過仗的人，上帝保祐，我們不可能了解你們一路過來的感受，我覺得這就是片廠沒什麼反應的原因。那些人啊，根本住在象牙塔裡。要是哪天幫他們修指甲的亞洲小妞休個假，他們的天就塌啦。要讓那種人來評斷你們的故事到底有沒有價值，簡直大錯特錯，而且不僅是錯，根本是沒天理啦。他們用幻想的也想不出你們到底做了啥。」

「那就跟他們說呀。」快克接口。

「對，跟他們說。」阿伯附和，B班的人馬上跟著齊聲喊，**跟他們說**，**跟他們說**，**跟他們說**，既像青蛙合唱，又像和尚誦經。一旁的俱樂部會員把他們當愛玩的大學生鬧著玩，有人隨之揚起嘴角，有人呵呵笑。不過這大合唱來得急，去得也快。

「叫希拉蕊史旺跟他們說呀。」這回開口的換成戴姆。

「我在努力呀，大哥。要談成這案子，還有很多環節呢。」亞伯特的手機這時響了，他接起來後說的第一句話是「希拉蕊確定有意願嘍。」然後是：「當然啦，這角色耗體力，她自己也是走武戲路線，人又愛國。她真的很想演。」片刻不語。「我聽到的是一千五百萬。」繼續不響。「會談到政治嗎？」亞伯特翻了個白眼給B班看。「賴瑞，你知道克勞塞維茨怎麼說的？戰爭不過是透過其他手段延續的政治。」一陣沉默。「不是，你這個不讀書的，不是《孫子兵法》啦！是那個德國人，普魯士人。」又是沉默。「你會看《孫子兵法》才有鬼！八成是K什麼考前大補帖吧我看。要不然就是只看書上的文案，這我倒信。」

亞伯特一邊聽電話，一邊怒氣沖沖瞪著地上。他聚精會神聽著，嘴角不時抽動，汗毛濃密的手指撥弄著桌布。

「你自己說嘛，賴瑞，怎麼可能拍一部電影講這場戰爭，卻不提政治？那做電玩遊戲不就結了？難道你想做電玩不成？」

B班人面面相覷，一致覺得，情況可能更糟了。

「OK，好啦，你要政治？我跟你說，我這些人都是英雄好漢，對吧？如假包換的美國人，對吧？這些人絕對站在正義的一方，絕對厲害得沒話說，你自己講，你什麼時候看過我們國家有這麼好的事上門？這就是你要的政治，小賴，重點是把大家對美國的感情找回來，覺得這國家真好真偉大！你就把《洛基》加上《前進高棉》，就對了！」沉默。翻白眼。嗯哼，嗯哼，嗯哼。「聽著，我們現在在牛仔隊球場，我跟你說，我這輩子沒見過這種事。他們走到哪裡都是一堆人湧上來，簡直跟披頭四一樣！大家對這些傢伙反應這麼熱烈，完全是本能，想都不用想。」

B班人面面相覷。奇的是，亞伯特講的很多都是真話。

「這樣吧，你去跟鮑伯談，他現在正需要一部超級大片，我就把超級大片放到媽的銀盤上端給他。」一陣沉默。「我老天。」又是沉默。「喔真要命，現在可是感恩節欸！我說希拉蕊有興趣是千眞萬確，你信我就對了。你會感謝你自己押對寶。」

「有什麼問題嗎？」亞伯特掛了電話，戴姆隨即問。

「沒啦，一切正常。」亞伯特喝了口「牛仔麗特」，整張臉縮了一下。「這年頭電影公司的老大都是會計師。一群開瑪莎拉蒂的矮冬瓜，小人兒穿大西裝。這些人每天早上要google一下自己，才記得自己是誰。」

「你之前不是說奧利佛史東也打過越戰？」賽克斯問。

「對，我說過，肯尼斯。我是不是忘了說，他腦袋根本有病？反正他現在也沒什麼票房。聽好了，假如我得捲鋪蓋走路才能拍這部片，那我就捲鋪蓋，我對你們就是這麼有信心。」

沒人聽得懂這話到底什麼意思，但自助餐不斷向他們招手。他們去拿第二輪菜時（只有戴姆、亞伯特、麥少校不動如山），餐臺已經排了條長龍，但眾人一發現B班也來排隊，不約而同立刻靠邊站，催促他們往前排。B班起先婉謝他們的好意，沒想到眾人卻興奮得大呼小叫，故做叱喝狀吼他們：去！往前排！去呀！去！B班只得恭敬不如從命，眾人滿意地點頭輕笑，看著這群身強體壯大塊頭的美國男生，既懂得禮貌，胃口又好到可以掃光現場的一切，無不十分欣慰，皆大歡喜。這是何等珍貴的一刻。該說的話都說了，先前的假想也在眼前有了明證，現在大家終於可以開開心心，歡度接下來的這一天。比利的宿醉在灌進大量卡路里後，早已驚得進入緩解狀態。他發動第二輪攻勢時，再次為眼前的佳餚目眩神迷。金黃脆皮下柴到不行的火雞肉、鮮豔多汁的焗烤燉菜、堆得像小山的豐富餡料、六種不同品種的整顆馬鈴薯和馬鈴薯泥，其中有一種竟是紫色的，口感像發起來的黴菌，怪的是卻很好吃。在主流美國這塊蒙主恩典的地盤上，你吃的是文明餐，拉的是文明屎，而且是在屋子裡舒服愜意地拉，還坐在抽水馬桶上，享受上帝賜予的美好一人時光。而不是在無情的沙漠，對著完全開放的長溝，大自然像隻活蹦亂跳的小小比特犬，對著你的屁股又扯又咬。比利忽然想到，或許這就是文明的眞義，吃美美的餐，拉美美的屎，假如眞是如此，飽嘗滿肚子爛菜爛屎滋味的他，當然舉雙手贊成。

拿好菜、走回座位的路上，B班人不禁嘰嘰咕咕笑起來，心情沒來由的就是爽，加上好料下肚，血糖自然直線上升。不過等回到座位，戴姆卻厲聲叫他們坐好、閉嘴，他是說眞的，出事了。什麼事？這幾個不知情的B班人，還不曉得「葛雷瑟與霍華」那強勢的製導團隊，轉達了想把B班故事拍成電影的意願，環球影業甚至已經口頭答應，但這一切的前提是要把故事改成二戰背景。不過此刻B班人只曉得戴姆的「那個」忽然來了，亞伯特則若無其事，安然在他的黑莓機上打簡訊。「心靈大師」是施洛姆對戴姆的形容詞。有回比利把夜視鏡忘在悍馬車上一夜，戴姆遂在隔天大半個上午，結結實實給比利吃了一頓排頭。伏地挺身、仰臥起坐、扛沙包蹲馬步等等，外加在一百度高溫下，繞著基地防線內緣跑六圈，差不多有四哩路。事後施洛姆用這詞形容戴姆給比利聽。「你永遠搞不懂他的，所以也別想了。」施洛姆勸他。

「他是爛人。」比利恨恨道。

「沒錯，他是爛人，你反而會因爲這樣更愛他。」

「門都沒有，我恨死那王八蛋了。」

施洛姆笑了，不過他有資格笑，因爲他和戴姆一起打過阿富汗，而且整個B班裡，戴姆唯一沒整過的人就是他。比利和施洛姆這段交心時間的地點，就在施洛姆掛在貨櫃屋外的僞裝網下。施洛姆喜歡在空閒時，坐他那把在科威特買的迷彩摺疊椅，抽菸、看書、想事情。比利只要想起如此有條不紊，打著赤腳、光著上身、挾著香菸，腿上攤本書（艾瑞克·紐比的《千里下恆河》）的施洛姆，就有種心安的感覺。施洛姆非常喜歡研究民族植物學的神祕之旅，連自己的長相都像個巨大的迷幻蘑菇。精壯結實、削肩、皮膚白如紙、體型像海牛的白人，卻有藍領粗工般的體力。他可以單手把機槍當手槍操控，同時還能幫五〇機槍裝彈準備射擊，更能一把抓起四十磅的米袋，玩弄於股掌之間。他每隔兩天就要剃一次頭，那顆頭小得出奇，比他整個人還小兩號。他的臉在大熱天會整個亮起來，像擺在房裡轉啊轉的熔岩燈。怪的是他居然不太流汗，只是像分泌什麼似地，全身蒙著一層薄膜，像滷汁擱了太久後，表面結的那層膜。

「要是有人住在月亮上，」戴姆總愛這麼說：「一定就是施洛姆那個樣。」

跟比利透露戴姆背景的也是施洛姆。他說戴姆的父親在北卡州當法官，位高權重。「戴姆很有錢，」施洛姆說：「不過他不希望別人知道，你懂這是什麼意思吧。」

不懂，比利回道。什麼意思？

「這代表錢是他老子的。」

俊秀的戴姆，配上吊兒郎當的施洛姆，這兩人的組合非常之怪，而且他們相知之深，遠超出一般正常情況下兩個男人往來的程度。戴姆偶爾會提到施洛姆的傷心童年，顯然際遇相當慘烈，好比說，施洛姆曾在某宗教團體辦的流浪兒之家待過一陣，戴姆管這地方叫「奧克拉荷馬州後門鎮浸信會棄兒小菊花救贖之家」（施洛姆每次聽到這裡，總是面無表情，連眼都不眨一下）。比利覺得，施洛姆之所以對聖經經文總有別出心裁的詮釋，三不五時還會拋出幾句箴言，想必是受了這段經歷的薰陶，像「耶穌不是載貨拖車」、「不管我們願不願意，我們都是上帝的水果夾心餅」之類。施洛姆的世界裡，磚頭是「泥做的餅乾」，樹是「天空的灌木叢」，所有前線的步兵團都是「養來吃的兔子」；媒體當時對「戰事進展」的報導，則是「有人對著你的墓碑唬爛」。遠在他們遭遇眞正的戰事之前，比利曾問過他實際交火是什麼感覺。施洛姆想了一下。「不太能形容，大概勉強可以說是被天使姦了吧。」他在出勤前，會對班上每個人說「我愛你」，就這麼大剌剌出口，既非玩笑也非調侃，更不是基督徒那套噁心巴拉的溫情攻勢，就只是簡單明瞭的一句，如同幫大家的靈魂一一繫好安全帶。後來B班人有樣學樣，只是一開始不那麼直接，反而學百威啤酒電視廣告裡的某個欠扁男，含淚激動啞著嗓的「愛你喔，老兄。」後來戰事日益頻繁，每次跨出營區，皮都得繃得很緊，這遊戲就沒人玩了。

「我要下去了。」施洛姆活著的模樣、死了的模樣，活，死，活，死，活，死，像不斷播放的幻燈片。當時比利得同時忙十件事，打開急救包、給步槍裝新彈夾、跟施洛姆說話、甩他耳光朝他狂吼好讓他保持清醒、拚命觀察子彈射來的方向，同時還要蹲得很低，四周完全沒有東西當掩護。福斯播的那段新聞影片中，他一手開槍，另一手忙著照顧施洛姆，但這段他自己完全不記得。他想自己一定是忙著割開施洛姆身上背的彈藥帶，卸下防彈背心，好查看施洛姆身上的傷。難道這就是他們所謂的勇氣？你只是重複受訓時學到的事，不同的是一切都同時迅速發生。他記得自己上半身沾滿了血，有點納悶到底是不是自己的血。他雙手也全是血，滑滑的什麼都抓不牢，只得用牙齒撕開止血帶。等他轉頭看施洛姆，那混帳東西居然自己坐起來！可是也很快又倒下去，比利趕緊往旁一滑接住他，讓他倒在自己腿上，施洛姆抬眼望他，忽地眉頭一蹙，眼神急切，好像有什麼重要的話想說。

「他是你班長。」那天，施洛姆在貨櫃屋外的「交心時間」對比利說。「把你們整到死去活來，是他的工作。」他接著跟比利說明戴姆那套「心靈大師」法，也就是三不五時給你一點正面鼓勵。「三不五時」在矯正行為方面的功效，比持續用同一套方法大得多。算了，管他呢。施洛姆書讀得多，學了一堆沒用的玩意兒，不過此刻身在體育場俱樂部裡的比利，滿腦子想的是——多謝你讓我們覺得自己豬狗不如，**班長**！多謝你毀了這美味的大餐！這頓飯難得不是軍糧，也不是軍方請人做的，而且接下來可能好一陣子都吃不到這種飯了！不過算了，他們反正是最低賤的前線阿兵哥，此時他們唯一的任務就是閉嘴乖乖吃飯。

戴姆發作了。「阿伯，你他媽的在幹麼？」

「我在發簡訊給雷克，班長。只是想問候他一下。」

戴姆無法反駁，只好打量整桌人，找尋下一個目標，但大夥兒只一個勁埋頭痛吃。這時亞伯特輕笑起來。

「欸，來看一下這個。」他把黑莓機拿給戴姆看。

「大哥，眞的假的？不會是眞的吧？」

「恐怕是眞的喲。」

戴姆轉向比利。「這傢伙說我們的片子是《捍衛家園》[8]耶，只是背景在伊拉克。」

「喔。」比利沒看過《捍衛家園》。「希拉蕊史旺有演嗎？」

「沒，比利，希拉蕊史旺沒……眞要命，算了，當我沒提。亞伯特，寫這簡訊的都是些什麼人啊？」

「討厭鬼。」亞伯特回道。「怪咖、魯蛇、騙子。你看過賽狗沒有？一堆皮包骨的狗，沒腦袋，只會繞著跑道追隻假兔子。他們就是這種人，聽到『內容』兩個字就皮皮銼，喔，不對，是嚇到銼賽。只會唸唸唸『這片子好不好啊？唉喲……這片子很糟嗎？唉喲……我看不出來耶！』全是變態，這些人，光有錢，沒品味。你拍出另一部《唐人街》，砸到他們臉上，他們還會說，欸那我們放兩隻可愛的小狗進去好不好？」

戴姆淡然道：「你是說我們玩完嘍。」

「噢噢噢，我有這說嗎？有嗎？沒沒沒，我可沒這麼說。我在這行幹了三十五年，『我』長得像被人家玩的樣子嗎？」B班都笑了——呵，亞伯特那副樣子，絕對不會讓人覺得他好惹。「好萊塢這地方就是一整個有病，我可以跟你打包票。既腐敗，又墮落，全是些精神錯亂、唯恐天下不亂的傢伙，這麼說吧，

8　譯注：*Walking Tall*（2004），巨石強森主演。

有點像十七世紀法王路易十四的宮廷。欸，你們別笑，我是說眞的，有時候把這些事比喻成實際的東西，比較好講也比較好懂。總之就是大把大把的銀子流進來，錢多到你想吐，多到不能再多的那種多。這城裡每個混帳都忙著自己的盤算，想從中分一杯羹。不過想分到這杯羹，得先找到國王，因爲什麼都得過國王這關，對吧？不過這就是問題了，大問題。怎麼到國王身邊是最關鍵的問題。你總不能從街上大搖大擺走進宮殿對國王提案，因爲不管什麼時候，國王身邊總有二、三十個人轉來轉去。這些人有管道、有影響力、消息又靈通——所以關鍵是找到這種人，讓他和你的案子掛上勾。好萊塢也一樣，不管什麼時候，總有二、三十人，掌握案子的生殺大權。這些人或許每年多少會換，但全是照這一套在運作，連人數都不太會變動。只要你的案子找到其中一個人幫忙，你就安啦。」

「希拉蕊史旺。」快克先說。

「希拉蕊史旺不錯。」亞伯特點頭。

「馬克華伯格？」芒果問。

「小馬是有這個權沒錯。」

「衛斯理史耐普怎麼樣？」洛迪斯問。「呃，如果，他來演我的話。」

「有意思。」亞伯特沉思半晌。「這部片倒是不用，不過我跟你說，洛迪斯，我看看能不能在他下部片子裡，幫你弄個恰查某的角色演演，你看怎樣？」

啊哈哈哈哈哈哈哈哈哈哈，大夥兒紛紛取笑洛迪斯，洛迪斯只是咧嘴笑，露出塞得滿嘴的菜。這時又有一名俱樂部會員過來打招呼。說也奇怪，特意來打招呼的從來不是年輕人、中年人，始終是年紀大一點的，或許白髮代表他們早已過了汲汲於打拚的壯年。他們總會謝謝將士保疆衛土，問問午餐可好，誇讚B

班具備人人都以爲他們具備的特質——堅忍、進取、愛國。而現在過來的這一位，氣色不錯，滿面紅光，頭上還有些黑髮。他自我介紹時呼嚕呼嚕講了一堆母音，姓氏聽起來很像「郝韋恩」。接著隨即講起他家的石油公司，正以某種大膽創新之技術，與鹽水和化學分解劑有關的什麼東西，可從巴內特頁岩榨出更多原油。

「我有些朋友的小孩也跟你們一樣，在那邊服役。」郝韋恩說。「所以我特別有感覺，想說能多增加點國內石油產量的話，我們就不用那麼依賴外國的石油。我是想，我們做得愈好，就愈能早點把你們接回來。」

「眞是太感激您了！」戴姆回道。「實在太好了，先生，眞的非常感謝。」

「我只是盡自己的一份力。」比利後來回想郝韋恩這句話，覺得這句話講得眞不錯。倘若這傢伙像別人一樣，對他們講完「請慢用」就走，回去過自己的愛國富商生活，不是很好嗎？可是沒有，此人還不滿足，還想從B班身上榨出點什麼。於是他問了——就從你們自己的角度來看，你們覺得我們在那邊表現如何？

「我們的表現？」戴姆精神大振，開心地問：「從我們自己的角度？」B班人紛紛雙手交握，垂眼盯著自己的盤子，其中幾人忍不住竊笑。亞伯特則抬起頭，把黑莓機放進口袋，興致忽地來了。「嗯，打仗嘛，」戴姆還是同樣開朗的語氣：「打仗說穿了就是人類拚命自相殘殺，原本就是相當反常的情況。不過只怕我完全沒資格對全局發表什麼意見，先生。我唯一有自信跟您說的是，以取人性命爲目的，而武力相向，是足以把你整個人扭曲的體驗，先生。」

「我相信，我相信。」郝韋恩嚴肅地點點頭。「我可以想像對你們年輕人來說很痛苦。要親自面對那種程度的暴力……」

「不不不！」戴姆打斷他：「我不是這個意思！我們喜歡暴力！我們喜歡殺人！我們拿了錢，不就是要幹這檔事嗎？不就是該和美國的敵人好好打一場，把他們直接送進地獄去嗎？要是我們不喜歡殺人，那當軍人幹麼？要不就把和平部隊也送去打仗好了。」

「啊哈。」郝韋恩呵呵笑著，笑容裡少了點方才的熱度。「你害我不知該說什麼了。」

「那好，你看到這些人了嗎？」戴姆比了一下同桌的夥伴。「我愛死這些臭小子，把他們每個人當自己兄弟，我敢說，我比這些人的娘還愛他們，不過我老實跟你說，他們都知道我怎麼想，所以我在他們面前挑明了說也無所謂。我得聲明一下，這幫人個個是心狠手辣的大魔王。我不曉得他們從軍之前幹的是什麼勾當，不過只要你把武器往他們手裡一塞，加上兩罐燃脂藥，世界上只要是會動的東西，他們都可以炸光光。對不對？B班的？」

眾人立時報以中氣十足的「**是！班長！**」，響徹滿屋，幾十名盛裝的俱樂部會員猛地轉過頭來。

「懂我的意思了嗎？」戴姆燦然一笑。「這些人是殺手，而且殺得很爽。所以呢，假如您府上的石油公司想把巴內特頁岩操到乾，那也無所謂，先生，那是您自個兒的權利，但可別說是爲了我們。您有您該做的事，我們也一樣，所以先生您呢，就繼續鑽，我們就繼續殺。」

郝韋恩張口結舌，下巴動了一兩下，卻一個字也說不出。原本凸出的兩顆眼球，現在整個縮回他腦袋裡。比利心想，看吧，現在這傢伙是全世界腦波最弱的大富豪。

「我得走了。」郝韋恩邊喃喃自語，邊四下打量，一副在看該往哪兒逃的模樣。不懂就不要亂講話，比利暗想。每次碰上這種人，講沒兩句你就知道雙方誰佔上風，B班人在這方面絕對比別人見多識廣。他們才是貨眞價實、如假包換上過戰場的人，和死亡打交道，當然也承受死亡的重量。死亡是他們嗅過的氣息、手裡捧著的東西、靴子踏過的泥濘、衣上噴濺的痕跡、嘴裡嘗過的滋味。以美國對男人的標準來看，這種經歷是他們的優勢（妙的是很少人眞的達得到這標準）。你問我們爲什麼而戰？我們會問你「我們」是指誰？在這個主戰的人自己沒膽、只愛說大話叫別人去送死的國家，B班人總是講得出不爲人知的血淚故事。

郝韋恩前腳一走，B班人後腳跟著爆出一陣笑聲。「欸，大衛啊，」亞伯特意味深長望著戴姆：「哪天你退伍了，眞的應該考慮去當演員。」

B班人鼓譟起來，不過亞伯特的樣子卻很認眞，戴姆也是，因爲他發問的表情很沉重：「我剛剛是不是下手太重啦？」大夥兒馬上捧腹大笑，但戴姆只是面無表情坐在原地。幾個B班人開始起鬨，念念有詞：「去好萊塢」、「去好萊塢」，阿呆則對亞伯特說：「戴姆不會演戲，只是愛整人。」亞伯特回他：「那你覺得怎樣算演戲？」這一句又搞得四座譁然。戴姆卻在這節骨眼朝比利靠了過來，低聲問：

「眞該死，比利，我剛剛幹麼要電那傢伙？」

「我不曉得，班長，我想你一定有你的理由。」

「老天爺啊我哪知道，什麼理由？」

比利的脈搏忽地加速，和課堂上被老師點到一樣的感覺。「很難說，班長，大概是因爲你最討厭別人唬爛？」

「對耶，搞不好喔。再說我又是爛人一枚？」

這句比利就沒回了。戴姆哈哈一笑，靠回椅背，招手叫侍者來。等他再轉頭望向比利時，那表情又來了。戴姆那種特別的眼神，如此坦誠，藏著各種可能的意義，比利不由想，爲什麼選中我？起先他很怕這代表戴姆要搞什麼噁心巴拉的斷背情，因爲他覺得男人會對男性同儕注視那麼久，唯一的解釋只有同性戀。不過後來他看人性的角度變得寬廣許多，這陣子他覺得可能是自己想錯了。戴姆要的是別的東西，某種肯定，或什麼他還沒想通的事，不過比利很清楚，假如他隨便找個人講這件事，光是形容事情發生的經過，那場景眞的會很gay。唯有身在其中，才懂得那天徹底的慘絕人寰和那種絕望，就像眼睜睜看著雷克躺在手術檯上，拚命想掙脫壓著他的醫生，邊哀嚎邊扭動邊噴血，彷彿醫生不是來救他，而是來硬生生剝他的皮。比利後來才明白，那一刻就是他的極限，在他心上鑿下無法復原的凹痕。這一刻之前與之後的他不同了。無論他之前心裡憋了多少鳥事，那一刻全部爆發，他就在急救站外的坡道上，克制不住嚎啕大哭。結果戴姆一把把他揪進放補給品的小房間，往牆上一扔，整個人隨即狠狠壓住他，不痛毆他一頓不甘休似的。但要不是戴姆出手，他絕對承受不住這種打擊與悲痛，只怕會整個失去理智。話說回來，戴姆教訓他時，自己其實也在哭，兩人邊哭邊咳，被鼻涕卡得透不過氣，滿身是泥是血是汗，活像剛從什麼考古地洞爬出來，只想大口喘氣，卻又死命想吐。**我就知道會是你**，戴姆邊喘氣邊不斷說，嘴像把噴火槍，把火焰噴進比利耳中，**我就知道會是你**，**我就知道我就知道我他媽的就是知道我他媽的以你爲榮到極點了我**，說完兩手緊緊揪住比利的臉，在他唇上狠狠印下深深的吻，像拿把塑膠鎚狠K比利的嘴。

比利爲此嘴痛了好幾天。他以爲戴姆會再來談談那天的事，一直等著，卻一直落空。他只好輕觸著嘴，探著唇上那塊瘀青。從比利看過的電影來判斷，這種情節要是放進電影，實在無法奢望有人能懂。萬一眞要放進去，比利或許會說，好吧，放就放吧，觀眾覺得是gay我也無所謂，但演得一定要夠傳神，詮釋得要到位，你不能光是大剌剌演出來，就指望觀眾能懂那種感受。不過現在有個變數——比利想到要是希拉蕊史旺來演，他的盤算可就眞的亂套了。假如她演他，又要演戴姆，那該怎麼演啊？難道要自己吻自己？自己把自己拉回理智？要不然就是，電影裡，他跟戴姆乾脆都瘋了算了。

管他的，反正也沒人知道他和戴姆之間的這一段。此刻戴姆幫大家又點了一輪海尼根，請侍者先把空杯子收走再上酒。侍者走了之後，又有侍者來問大家要不要咖啡。咖啡？當然好啊！咖啡！咖啡因可是毒品基本款咧。快克問有沒有「紅牛」飲料，侍者說去幫他看看，結果大夥兒紛紛舉手說要喝「紅牛」。之後眾人起身去拿甜點，比利卻想上廁所。他不好意思問洗手間在哪兒，就自己到俱樂部外面的小房間晃晃，起來走走也好，他反正也想透口氣。牆上有許多琳琅滿目的紀念物，記錄著四十年來的職業美式足球史，欣賞這些東西，一樣能把他澎湃的思緒轉爲麻木。有張牛仔隊長傳接球的照片，有海報那麼大；有史道巴克在第六屆超級盃穿的釘鞋；有牛仔隊在棉花盃體育場打最後一場比賽時，梅爾．倫弗洛穿的球衣，上面還沾了草漬。這裡收藏的每項物品，都是神聖羅馬帝國的遺跡，記載著當時的榮景與威望。比利終於找到洗手間，決定好好享用一番。洗手間的一切如此整潔，而伊拉克只有垃圾、煙塵、瓦礫；腐爛的東西、冒泡的汙水，外加細不可見、令人抓狂的沙，那沙總有辦法鑽進人體每道縫隙每個洞孔。這陣子他注意到連肺裡都有這鬼玩意兒，只要他深呼吸就會發出哀鳴，像在深谷中吹奏風笛，傳出微弱的嘶喊。他在想這毛病到底是會跟著他一輩子，或只是肺裡的過濾系統一時塞住，清空了就好了？

他刻意洗了很久的手，望著鏡中的自己。他小時候老家有個男生叫丹尼．沃伯納，是他朋友克雷的大哥。丹尼個性孤僻，話也不多。有次丹尼和朋友出去，結果出了車禍，兩個最好的朋友死了，他好不容易撿回一條小命。事後丹尼有很多奇怪的舉動，但大家看在他大難不死的份上，都當沒事。好比說，丹尼和克雷同住一房，丹尼會在房裡脫個精光，盯著鏡中的自己好久好久，也不管門有沒有關、天氣冷不冷、有沒有別的小男生在屋裡跑來跑去。這件事不過是丹尼做的許多怪事之一，別人看了不舒服，卻自有它的邏輯——丹尼瞪著鏡子，只是要確定他眞的存在。

這陣子比利照鏡子，都會想起這件事。他上完廁所，回到走道上，看到芒果和某個侍者從另一頭走來。那個侍者滿年輕，壯壯的，拉美裔，一耳戴著金圈耳環，兩側頭皮推得光光的，只留頭頂豎起一叢直髮，一看即知是窮人家出身。他倆邊走邊竊笑，顯然有什麼事。芒果把比利拉到一邊，兩人頭上正好是蘭得利[9]和雷根總統握手的照片。芒果低聲問道：「想不想high一下？」

喔當然好。那侍者帶他們穿過廚房，走到四處堆著雜物的工作人員用走道，進了髒亂不堪又沒暖氣的儲藏室，又走出儲藏室，到了屋外一塊梯形狀的空地。這兒有點像體育場梁柱下空出來的一小塊圍欄，也可說是個設計瑕疵，因爲就剛好有這麼一小塊空地，從外面看不見，只能很勉強塞下他們三人。這個叫海克特的侍者，還得稍微弓著身子，避開橫在眼前的工字梁。

「這什麼地方啊？」比利問，因爲總得找點話來說。

海克特笑了。「啥也不是。」說著把一小塊木頭踢到門底下擋著門。「不重要啦，老兄，你就當沒這地方。我和幾個人會到這邊來抽抽菸，喘口氣而已。」

三人都笑起來。戶外的冷空氣舒服極了。陽光透過交錯的層層鋼架灑在他們身上，少了幾分熱度。比利幾度幻想體育場就像自己的延伸，有了體育場鋼梁的庇護，就像穿上全世界最威武的盔甲，感覺好棒，好安全。過了一會兒，他才覺得頭上都是鋼啊鐵啊，壓得他胸口有點緊，不過三人輪流抽的大麻菸，又讓

9 譯注：Tom Landry（1924-2000），一九六〇年至一九八八年任牛仔隊總教練。

他舒坦不少。

「讚啦。」芒果一副回味無窮的樣子。

海克特點頭。「什麼鳥事都忘光光，老弟。讓你整天有精神。」

「眞的。」比利正色附和，腦中有些燈「啪」一下亮了起來，有的燈則同時熄滅。「眞的是頂級貨。」

「嘿，你瞭嘛，好東西當然要拿出來勞軍啊。」海克特呵呵笑著，又吸了一口。「你們不擔心回去要驗尿啊？」

芒果說了，不，不，沒啥好擔心的。B班早就有自己的結論——軍方幫他們搞得這麼風光，應該不會沒事抽查，否則公關做得這麼漂亮，豈不毀於一旦？所以至少這趟「凱旋之旅」期間，他們覺得不會有事。

「萬一他們眞的查，抓到我們，又能怎樣？送我們回伊拉克不成？」

海克特已經high了，一臉肅穆地搖頭：「不會啦，不可能，就算是軍方，也不會那麼狠吧。」

比利和芒果都遲疑了半晌。司令部對「B班馬上要回伊拉克」這事兒似乎很敏感。萬一他們三人聊到這話題，B班人不打算否認他們還要回去打仗，但高層在談「凱旋之旅」時，總是略過這點不談。

芒果咧嘴一笑，朝比利使了個眼色。「老兄，」他喚海克特：「我們其實就要回去啦。」

海克特瞇起眼。「你少唬爛。」

「沒唬你。我們星期六就走。」

「你他媽回去幹麼？」

「任務還沒結束啊。」

「搞屁啊？你們他媽的是英雄耶，立大功耶，幹麼還要回去？搞什麼鬼啊？媽的你們該做的都做了，他們爲啥不能讓你們愛幹麼就幹麼？」

芒果哈哈大笑。「軍方可不這樣想。他們要屍體。」

「有夠爛。」海克特聽得又驚又怒。「那你們這趟任務還有多久？」

「十一個月。」

「幹！」海克特是眞的火了。「你居然想回去？」

兩個阿兵哥只哼了一聲當回答。

「哇咧，太狠了，這太扯了。」海克特轉了一陣腦袋後問：「他們不是要拍你們的電影？」

嗯，是啊。

「這樣你們還要回去？幹，萬一你們，嗯，你們，呃……」

「掛了？」比利幫他接話。

海克特別過頭去，一臉黯然。

「別擔心，老哥。」換芒果接口：「那就是完全不同的片子啦。」他和比利都呵呵笑起來，海克特則不好意思地笑笑，暗暗感謝他們沒怪他提起「你們可能會死」的陰影。共享大麻讓他們有種特別的牽繫，燃燒的菸把他們的小空間照得晶亮。戰爭在遙遠的他方，但比利感覺不到，就像他唯一一次嘗過嗎啡的滋味，感覺不到痛。有次他甚至做了個實驗，瞪著自己滿是傷口的手臂和腿，想著「痛」，但痛的想法卻化爲雲煙。這一刻，戰爭就是這種感覺，存在他心裡，或者說，是他心上的重擔。他知道它在，卻觸不到它，像甜甜圈中間的洞。待比利回神加入談話，海克特問起他們會不會見到「天命眞女」，今天中場時間主秀的大人物，也是目前全國春夢對象排行榜第一名。

「他們屁也沒說。」芒果講話愈來愈不管文法，用詞也愈來愈粗，倒不是說他存心講粗話，他只是擺擺樣子而已。「他們什麼都不跟我們講。我們不是要去中場表演嗎？他們是說我們會見到啦啦隊。」

「靠，老弟啊，誰都能看到啦啦隊好嗎？那什麼鬼童子軍也可以跟啦啦隊碰面咧。你們可是超級大明星，他們應該叫碧昂絲和她兩個搭檔來跟你們碰面啊。靠，你們是大英雄耶，他們應該讓你們跟那幾個騷貨狠狠打幾砲。」

狠狠打幾砲，比利對自己說，不可能。就算有機會，他也未必會做，嗯，雖然也是有這個可能。大概吧。好吧，他肯定會做。或者說，看情況？他自認他兩者多少都想得兼。他想和碧昂絲好好獨處，多了解她一點，一起做點有趣的小事，像玩桌遊啦、出去吃冰淇淋啦，或是更厲害的——找個熱帶天堂，一起玩上三個星期，試試兩人是不是眞的來電。他們可以盡情相處，或許墜入愛河，空檔時就上床，幹到昏天黑地不省人事。他兩者都想要，他要全套身心靈的結合，如果他得不到全套，那就太欺負人了。難道，是戰爭開啓了他內心深處的感性與渴求？或者，這純是因爲他就要邁向人生的第二十個年頭？

時間不多了。他們得回隊上去，卻沒有急著走的意思。大麻菸燒得只剩下一星火花。海克特就在這時坦承他在考慮投效陸軍。

兩個B班人哀嚎了一聲。不要啦。

「是啦，我知道當兵很爛，可是我有小孩。她媽不上班，所以養家都是我一個人的事，這我也能接受，因爲我想照顧她們，只是照現在這樣，實在養不了一家人。我在這裡上班，另外一星期五天在修車廠做，兩邊我都沒有保險，可是我女兒一定得有保險才行，而且我還有債要還。你知道嘛，誰沒有債呢。」

比利發現，海克特操的這些心，都是正常男人會操的心，他不是莽撞衝動又無腦的毛頭小子，而是理智評估自己的困境，日復一日勇於挺身面對。他說陸軍會給他六千元的入伍獎金，只要他從軍，就不必再擔心保險的事了。

「所以你要加入嗎？」比利問，那六千元戳中他的痛處。陸軍可是沒花一文錢，就得到他這副臭皮囊。

「不知耶。你們覺得我應該去嗎？」

比利與芒果定定望著對方，過了幾秒，兩人忽地放聲大笑。

「坦白說是眞的很爛。」比利說。「我也不曉得我們幹麼笑成這樣。」

「是呀。」芒果接著說。「有很長一段時間，我都想，唉呀，我他媽的眞是受夠了，那等時間一到，我就拍拍屁股走人吧？可是我走之後會比較好嗎？好比說，幹，難道要去『漢堡王』打工嗎？然後我就想起自己當初幹麼自願入伍了。」

海克特不住點頭。「我大概也就是這個意思。我現在這樣眞沒什麼出路，不如也去當兵算了。」

「要不還能去哪兒呢。」芒果說。

「要不還能去哪兒呢。」海克特深有同感。

「要不還能去哪兒呢。」比利應道，卻想起了家。

心的霸凌

他們先前有兩晚加一個白天的空檔。賽克斯去胡德堡，他妻子有孕在身，和小女兒住在基地於砲兵空投區邊界設的小屋。洛迪斯去南卡州的佛羅倫斯，他遠房（或沒那麼遠房）親戚「史努比狗狗」的老家在那兒（至少他對外是這麼說的）。阿伯去路易斯安那州的拉法葉；快克去阿拉巴馬州的伯明罕；芒果去亞歷桑納州的土森；阿呆去印第安納州的印第安納波利斯；戴姆則去加州。雷克仍躺在聖安東尼奧的布魯克陸軍醫學中心；施洛姆則被迫留在奧克拉荷馬州，位於阿德莫的「梅里安—蓋洛德葬儀社」。比利呢？比利回了史多沃，回到西斯科街上，那棟三房雙衛浴的磚造平房。門前門後都有牢固的坡道，方便他爸的輪椅進出。輪椅是深紫色的電動車，粗大的白色輪壁，背後貼了美國國旗的貼紙。比利的二姊凱瑟琳管它叫「怪獸」。它既佔空間又笨重，如同長翅膀又駝背的獸，跑起來的姿態像只巨大的柏油桶，也可說是隻超大糞金龜。「這死玩意兒，我看了就是不舒服。」她坦白對比利說。火上加油的是，雷駕起輪椅來風馳電掣，把這讓人渾身發毛的特質發揮得淋漓盡致。早上**呼嘰嘰嘰嘰嘰嘰**衝進廚房喝咖啡，然後**呼嘰嘰嘰嘰嘰嘰**進客廳，攝取當天的第一口尼古丁，看福斯臺的新聞，再**呼嘰嘰嘰嘰嘰嘰**回廚房吃早餐，**呼嘰嘰嘰嘰嘰嘰**去上廁所，**呼嘰嘰嘰嘰嘰嘰**回客廳，看電視胡說八道，**呼嘰嘰嘰嘰嘰嘰**，**呼嘰嘰嘰嘰嘰嘰**，**呼嘰嘰嘰嘰嘰嘰**，他操控搖桿的力道太猛，猛到輪椅跑起來會發出牙醫鑽牙機般的哀鳴，刺耳的**咿咿咿咿咿咿**配上常備的背景聲**呼嘰嘰嘰嘰嘰**，居然一拍即合，變成立體聲音效大合奏，把這男人的個性表露無遺。

「他這大爛人。」凱瑟琳啐了一口。

比利的反應是：「妳現在才搞懂喔？」

「惦惦啦。我是說，他就喜歡當個爛人，他當得可樂著呢。你就是看得出來，有些人是自然而然的，不爛不行，不過他老兄可是很努力要當個爛人咧。你大概可以說他是『先爛先贏』的爛人。」

「他每天都做些什麼啊？」

「啥都不做！問題就在這裡，他屁也沒做！不去復健、不出門，一天到晚就是坐在那鬼輪椅上，看他的福斯臺，聽那個肥佬洛許．林柏在那邊放屁。除非他想要幹麼，否則連話都不講咧，只會在那邊哼哼哼，也不知道在哼什麼。反正他就是要我們把他整個人伺候得好好的，他什麼都不用做啦。」

「那就別伺候他呀。」

「我沒呀！可是這樣就統統落到媽一個人頭上，她又把自己累得跟什麼一樣，所以我就想，好吧，管他的，我來吧。只要我還住在這裡，我可能也脫不了干係。」

屋裡一角有只箱子，裝滿了搖滾與金屬樂團的廣宣照，時間橫跨七〇年代、八〇年代，一路到九〇年代。凱瑟琳把這段遠古時代稱為「怪髮年代」，當時很多樂團早已為人遺忘（所幸如此），不過雷的私人收藏還真的有某些大明星頂著一頭怪髮的照片。肉塊合唱團、.38 Special、堪薩斯合唱團、歐曼兄弟樂團。雷在樂壇人脈廣，外加他自我感覺超良好，竟讓他在當地小有名氣。只是流行樂壇談愛、講欲，青春活力無窮無盡，卻無雷．林恩先生容身之處，而雷呢，也不過是個因為九一一後經濟不景氣遭裁員的老頭一枚。我們愛你，大哥，只是你已經玩完了。他那些年在達拉斯和沃斯堡都有公寓，而那個時代也終於亂七八糟地草草收場。他倒是沒死心，一邊加減接點案子，一邊計畫復出，像主持當地選美會、扶輪社宴會等等，他稱之為「猴戲」，語氣酸溜溜卻又不可一世，他在家就是這種語氣，和他天生輕蔑嘴賤看什麼都不順眼的個性真是絕配。他可以前一秒滿嘴毒舌，下一秒就變成專業語氣，不得不說這也是種本事，某種腹語絕招，只是完全用不著木偶。好比說，你幫輪胎噴保護蠟，結果他嫌你噴得不夠厚，害輪胎不像汽車展示間的車那樣閃閃動人，光為這個，他可以罵你祖宗十八代，就在他滿嘴我幹我操去你媽廢物垃圾人渣之際，他手機突然響了，而他就像開關，「啪」一聲，嗓音立時丕變，無比輪轉圓滑嘻嘻哈哈，完全是冠軍直銷業務員。

比利很受不了看他爸這套。一，這分明是在做戲。二，這分明是貶抑本性，就像看某人的頭在你眼前扭曲變形。可是重返舞臺才重要，那是雷的使命。雷自己做了功課，發現市場應該願意支持捍衛美國信念與國旗、飽受委屈的白人男性。他研究了這方面的大師、關注新聞、花很多時間上網。他開始做試聽帶往外送，把家人當測試聽眾，滔滔不絕講他捍衛的保守派信條。有回他對家人天花亂墜講了一堆對「福利國家制」的意見，比利的大姊派蒂聽了之後，封她爸為「美國渾球」。他從搖滾派一下子化身為硬派右翼，中間毫無停頓轉換。這固然是自我實現的壯舉，卻也付出極大代價，把精神狀態扭曲到超越人類極限，這對身心造成的壓力，和上火星要承受的壓力沒兩樣。他變得每分每秒疑神疑鬼，草木皆兵。平日靠電視和收音機幫知識充電，固定一天兩包菸給他感官的補給，新鮮空氣或運動，對他只是無聊透頂的干擾。也正因此，他始終火力全開，直到那天，他昏昏沉沉從沙發上起身，步履蹣跚，嘴裡流出一堆字，頭猛然左歪右倒，那樣子很滑稽，像是只想用「搖頭」來驅走身邊的蜂群。

中風。在急救人員趕到前，他又中了一次風，而這第二次幾乎要了他的命。他現在講話糊成一團，偶爾嗚嗚哭個兩聲，像沒上油的機器人，比利卻一點兒也不想搞懂他在幹麼。凱瑟琳懂，他媽迪妮絲也懂。

老遠從阿馬立羅開車來（還帶著兩歲半的兒子布萊恩，只為和比利團聚一天兩夜）的派蒂，也能懂個七、八成。其實雷除了開口要這要那之外很少說話，這個家的祕密也就始終無見光之日。他那幾年在外面荒唐、弄了公寓，倒不是祕密。他說他一定要有間公寓，因為那時他先後在好幾間市區廣播電臺當早班DJ，要每天從史多沃通勤實在太辛苦。史多沃這德州小鎮是他們夫妻倆選擇生兒育女之地，因為它仍有敦親睦鄰的美德，也尊崇美國的核心價值。再說迪妮絲在那邊的工作不錯，所以兩人協議，他週一到週五在城裡努力打拚，週末再光榮返家。因此搞外遇不是什麼駭人的家庭祕辛，種種證據顯示他拈花惹草同樣也不算，甚至在他中風後，突然從天上掉下來一個十幾歲的女兒，外加要他認女和付贍養費的官司，這些都算不得祕密。出這種事固然令人傷心，但並不是祕密，也不是暗中讓家裡蒙羞的事。但還有一樁儘管令人振奮，他們卻絕口不提的醜事——你對自己的快樂感到羞愧，就是那醜事累積起來的效應。雷不講話了？雷沒辦法開口了？那著名的三寸不爛之舌，居然有動不了的一天？人人無不鬆了一大口氣，暗自歡喜。

「有時我眞覺得，我的生活就是首超爛的鄉村歌曲。」凱瑟琳告訴比利，有天她走進客廳，發現雷躺在地上哀鳴，人正好卡在茶几和沙發之間，顯然已經在那兒躺了一陣，因為她見他長褲正面有深色的水漬。而迪妮絲就坐在不過十呎外的桌前，忙著處理帳單、塡保險單等等。媽！凱瑟琳大喊。妳沒看見爸躺在那兒嗎？迪妮絲閒閒掃了她丈夫一眼，「噢」了一聲，又回頭去弄那堆文件：「他沒事啦，等他準備好了，他自己會起來的。」

凱瑟琳講完了，笑笑。「我敢說，要是我當時不在場，她八成會讓他死在那兒。」

你永遠討不了他歡心，你偏巧是他親生兒子也沒用，連你是個全國擁戴的英雄也沒用。比利進門時，家裡開心得鬧哄哄。他媽哭了，他兩個姊姊邊笑邊哭，小布萊恩在大人的腿間跑來跑去，也跟著一起哭，大夥兒哭哭啼啼抱成一團，雷則在客廳看電視。比利走進客廳時，雷抬眼瞄了一下，只嗯嗯啊啊咕噥了一聲，又轉頭繼續看電視。比利採稍息站姿，琢磨著現在是什麼狀況。嗯，你還在染髮嘛，他開口。沒錯，他爸的仿貓王頭依然烏黑晶亮，像海上漂來一攤原油。靴子不錯啊，比利接著說，朝他爸的靴子點點頭，那是褐色鴕鳥皮，從不起皺。新買的？雷睨了他一眼，雙瞳閃著令人提防的精明。比利竊笑起來。他老爸還是老樣子。他這老爸，頭髮黑得像聖經黑皮封面的老爸，平日就對服裝儀容龜毛至極，粉紅色的指甲光可鑑人，是請人到家裡來幫他修剪打理的成果。他個子不高，身材像泥蜂胸寬腰細，五官稜角分明，其實算不上英俊，但某種女人總會對他傾心。女侍、美髮師、總機小姐，只要他一開口，這些女子無不意亂情迷。祕書又特別吃這一套，他自己的祕書、別人的祕書。打官司的時候，有許多事情連帶浮上檯面。

「你的輪椅很時髦啊。你有上蠟响？」

雷沒睬他。

「長得很像迷你磨冰車嘛，有人這麼跟你說過嗎？」

雷還是沒反應。

「這輪椅倒車的時候會嗶嗶響嗎？」

迪妮絲煮了超大盤香料烤雞義大利麵，也做了頭髮，還化了妝，務求事事盡善盡美，結果三兩下就被雷毀了──他不但把電視名嘴秀的音量放得奇高，整頓飯還菸不離手。「每個女兒畢生的夢想，就是死於二手煙啊。」凱瑟琳先是一句悠然低吟，隨即轉向比利大笑起來。「欸，要是他有本事一次把一整包菸塞進嘴裡同時抽，肯定會照辦，只有這樣他才開心。」雷沒睬她，其實他等於誰也不理。比利那晚才頭一次想到，他們全家是多麼緊緊相繫。他望著餐桌對面的父親，心想，你可以不認他，恨他，愛他，可憐他；

你可以這輩子不再跟他講一句話，不再看他一眼；甚至可以不再施捨，不在他眼前出現惹他生氣、引他挖苦，但你仍然注定和這狗娘養的命運相繫。不管怎麼說，他永遠是你老爸，就連超強大的死神也改變不了這點。

迪妮絲打點她丈夫的一切需求，即使她手腳從不俐落。比利發現，就算他爸不滿意了，故意清清喉嚨，點她個兩三下，她也完全無所謂。等她終於去拿東西、倒水、切菜之類，也是一心多用，例如一邊澆花一邊講電話，從不專注在一件事上。她其實也滿精的，自有一套以退爲進的小心機。她染的髮已經有點褪色。雖說她不時仍能面露哀傷與扭曲的笑容，像窮人區的聖誕燈飾那般強顏歡笑，她牽動臉部肌肉表達情緒的能力已然消失。她很努力炒熱談話的氣氛，只是這一家的問題，仍三不五時浮上檯面。錢的問題、保險的問題、醫院官僚的問題、雷這個老頑固的問題。飯吃到一半，小布萊恩開始坐不住了。「嘿！」凱瑟琳大喊。「嘿，小布布，你看！」她拿了兩根雷的萬寶路插進鼻孔，這下子換得了五分鐘的寧靜。

「她今天打來了。」迪妮絲說，給自己倒了第三杯葡萄酒。

「誰打來？」比利問，顯然沒進入狀況，兩個姊姊不由噓他。「那個賤屄！」凱瑟琳像剛會罵髒話的小女生突然抓狂，尖聲啐了一口，把鼻孔裡兩根香菸拿出來，放回雷的菸盒。「媽知道自己不可以跟她講話。什麼事都應該透過律師。」

「呃，可是，」迪妮絲開口：「她打來了呀。要是這女人一直打來，我總不能不接啊。」

「又不是說妳非跟她講話不可。」派蒂忍不住點她一下。

「可我又不能掛電話呀。那太沒禮貌了。」

做女兒的不約而同叫起來以示抗議。「那女的，」凱瑟琳發難，還得先頓一下，皮笑肉不笑地呵呵幾聲：「那女的和妳先生搞在一起，妳還不能沒禮貌？拜託喔，媽，她上了妳老公十八年，連小孩都生了。拜託妳兇一點好不好，妳起碼可以做到這點吧。」

比利很想提醒她們，雷可是坐在這兒耶——難道她們講話不該收斂一點？不過這屋子的道理顯然就是這樣，女人可以大大方方在雷面前講他的事，就像討論漂白水多少錢一樣，而雷呢，八成也對這些議論充耳不聞。他只管看他的名嘴節目，用拳頭握著叉子吃飯，和小布萊恩的吃法一樣。

「媽，」接著換派蒂說：「下次她再打來，妳得跟她說清楚，妳的律師叫妳別跟她講話。」

「我說啦，我每次都跟她這麼說，可她還是一直打來。」

「那就直接掛那賤貨電話！」凱瑟琳大吼，一邊睜大眼望著比利竊笑。**看到沒有？你看我們這一家，是不是都是瘋子？**

「我不曉得，講不講話有差嗎？」迪妮絲答道。「我們也可能會聊一下啊，反正也沒什麼壞處，我和她身上都沒錢，我們能從對方身上揩到什麼油？她還這麼跟我說：『我有一堆帳單得付耶，我拿什麼養大這孩子？我拿什麼供她念書上大學？』我就回，我懂我懂，我的情況和妳一樣。要是妳真找得到錢，就盡管拿去吧，記得把他的醫藥費帳單也一起拿去。」

凱瑟琳哈哈大笑。「噢，拜託啦，媽，妳就直說了吧，別客氣！叫她把他也一起帶走算了！」

回家的加分之處，是在他以前的房間裡享受手淫的快感——這感覺讓他舒坦許多，他進門前甚至沒料到有此可能。他走進房間，所有的舊物與回憶迎面襲來。鋪了藍色素面床罩的兩張單人床，五斗櫃上一整排的塑膠體育獎杯，空氣中飄著那麼一絲青春期的幽微氣息，像去年蓋著樹根的草木屑飄出的味兒。他把手提袋往床上一扔，關上門，換了衣服，接著，砰，關門後的制約反應在下方立刻啟動，揚起它憤怒的頭。他在九十秒之內完事，不會有人察覺有什麼異樣。接著他發現一件開心事——他長了不少肌肉，舊襯衫有點緊，而原本三十腰的藍色牛仔褲，現在穿起來下半身有點鬆。當晚他回房就寢後，又打了一次手槍，隔天早上第一件事也是打手槍，每次都帶著與老友重逢、一拍即合的快意，就像深情款款的前女友，張開雙臂歡迎他歸來。啊，不必在臭氣沖天的流動廁所裡滿足你的男性需求，是何等奢華的享受。那就更別說在硬邦邦冷冰冰的散兵坑做這檔事，周遭滿是等著取你性命的敵人，而且總是、肯定、絕對會有大自然的考驗來壞事。五花八門的昆蟲、下雨、颳風、沙塵、酷熱、暴冷，對男人的這檔小事都是酷刑。所以就爲了美國，放棄吧！耶！上帝會賜汝恩典，讓這國的小男孩在成長歲月中，有自己的房間、自己的門和鎖，還有取之不盡用之不竭的色情網站。

「回家眞好。」他吃早餐時有感而發。早餐有Cheerios穀片、培根蛋、葡萄乾肉桂吐司、柳橙汁、咖啡、Krispy Kreme甜甜圈。午餐有自製去殼豌豆湯、華爾道夫沙拉、煎臘腸三明治、溫熱的布朗尼。晚餐則是小火慢烤的牛肉配紅蘿蔔、馬鈴薯、青蔥，還有燉球芽甘藍、柑橘凍沙拉，外加淋上雙層巧克力糖漿的巧克力蛋糕，配在地的Blue Bell冰淇淋。迪妮絲爲了迎接比利回家，早已跟公司請了一天假。早餐時她老是說「這特別的一天」，凱瑟琳也忙不迭附和，溫馨得連語調都軟綿綿。這時雷打翻了咖啡壺，但照樣面不改色把輪椅駛回客廳，把爛攤子留給在場的人收。大夥兒在廚房裡忙著拿抹布和紙巾擦拭的當兒，福斯新聞的片頭音樂在客廳裡震天價響。

「他整天都看這玩意兒?」比利問。他媽和兩個姊姊一起轉身望他，帶著飽受煎熬的眼神——**你現在知道我們過的是什麼日子了吧**。

吃完早餐，比利帶小外甥出去玩。不熱不冷的秋晨，仰頭是無邊的藍天，空氣裡有甜美的蘋果香氣，蔬菜發酵和非法燒葉子的味兒，甜甜的，透著一絲惆悵。比利以爲和小外甥玩個大概十分鐘，最多十五分鐘，自己就會膩了，沒想到半小時以後，居然仍堅守崗位。他對小小孩其實沒什麼經驗，也總覺得小孩還沒讀幼稚園之前，都是不怎麼好玩的寵物，所以待他發現小外甥能玩的東西之多，很是意外。這孩子不管碰到什麼，都能發明一套可以與之互動的遊戲。看到花就摸摸、聞聞；踩到土就挖；碰上鐵絲網圍籬，就抓住搖一搖，邊咬著鐵網邊往上爬；遇見松鼠，就拿小棍子輕輕逗牠。「爲什麼？」小布萊恩總是用甜美如銀鈴的嗓音不斷提問，那麼純淨的聲音，像一把在水晶缸裡轉圈圈的彈珠。爲什麼他跑上樹？爲什麼他要在上面做窩？爲什麼他要撿果子？爲什麼？爲什麼？爲什麼？比利盡全力回答每個問題，彷彿他的小外甥之所以詢問世間諸事，是因爲背後有種深奧甚或神聖的力量，若他不竭盡所能提供答案，就是褻瀆這股力量。

所以該怎麼稱呼這股力量——上帝的火花？求生的本能？千萬年來物競天擇不斷研發後誕生的超凡頭腦，變成威力強大的升級版電腦？你簡直能看見這孩子的腦袋裡，神經細胞正不斷撞擊出火花。他身體既會彈又會扭，小小一團反應敏捷的肌肉，散發梨子熟了的淡淡芬芳。這麼小的小人兒，裡面蘊藏的竟是無比的完美——比利得不時衝上去擒抱他，和他在地上扭著摔角，只爲了感受這個小搗蛋在自己手中的感覺。典型的兩歲半小娃兒，藍色的大眼清透得像灌滿氯氣的泳池，紙尿布從他小牛仔褲的鬆緊帶腰間探出頭來。莫非這就是所謂的「人生的神聖時刻」？從這嶄新而駭人的角度來看戰爭，讓比利不由輕嘆。噢。啊。神聖的火花、上帝的形象、讓小孩子到我這裡來[10]，諸如此類——當文字與實物有了連結，便有了眞

10 譯注：《聖經》〈馬太福音〉第十九章第十四節。

正的力量。那力量強大到讓他想馬上坐下來痛哭。他懂了，真的，等他退伍返家，一定要好好想想這件事，不過此刻，還是先如人所說，把它「心理區隔」開來吧，或者根本就不要把它扯上心理比較好。

派蒂走到屋外，一隻手遮著眼睛擋陽光，在露臺邊找了張摺疊椅坐下。

「你們倆玩得很開心吶？」

「開心！」比利把布萊恩放在地上滾來滾去，把布萊恩當準備下鍋的魚柳，滿地的褐色落葉是待裹的麵衣，滾上去咔吱咔吱響。「這小孩超神的。」

派蒂嘴裡叼了菸正在點火，聽到這話笑了，但只發得出一聲悶笑。她有過荒唐年少，惹是生非，高中退學，十幾歲便結了婚。現在她二十好幾，橫衝直撞的力道似乎已緩和不少，可以開始思考自己走過的這段路。

「他電力怎麼這麼充沛啊。」比利喊。

「我家小布有兩種速度，一個就是『快』，一個是『關機』。」她噘起唇，煙霧從細窄的洞口徐徐噴出。

「彼得還好吧？」

「還好。」她回得有點無精打采。她先生彼得在阿馬立羅附近的油井上班。「還是很瘋。」

「這樣算好嗎？」

她笑笑，別開視線。比利總是記得她身段輕盈又豪放的模樣，而現在的她，臀部和大腿已長了贅肉，雙臂添了蝴蝶袖。身上多了重量，也似乎多了絲隱約可辨的歉疚。

「你什麼時候回去？」

「星期六。」

「你準備好啦？」

「呵。」比利又把布萊恩在地上滾了一圈，決定不玩了，站起身。「我想我還寧願待在這兒。」

派蒂笑出聲。「你還滿老實的嘛。」比利走到露臺，在她身邊的矮牆上坐下，布萊恩則躺在原地望著天。派蒂朝她弟瞟了一眼，有點靦腆：「變成名人的感覺怎麼樣？」

比利肩一聳。「我哪知道。」

「那好吧，多少算名人啦。我們這些人一輩子也出不了名，你現在名氣可比我們大多啦。」她又嘗了一口菸，彈掉菸灰。「你知道嗎，這兒很多人看你現在這樣，可是跌破眼鏡。他們當年叫你上法庭，哪想得到有這天。」

「我知道我在這兒名聲不太好，不過在我這年紀的人裡面，我也不算最爛的人渣吧。」

她大笑。

「也許是因爲……」

「怎啦。」

「我就是討厭學校，討厭學校的一切。我漸漸有種感覺，好像眞正爛透了的是學校，而且比我還爛一百倍。把我們成天關著不說，還把我們當小孩，叫我們學一堆沒屁用的東西。我都被它逼瘋了。」

派蒂輕笑起來，鼻腔裡噴出低沉的笑聲。「那，我想你也算給他們一點顏色瞧瞧了。你在那邊所做的……」

比利把拇指扣著皮帶環，沒看她。

「……眞的很了不起。我們這一家，你的家，眞的很以你爲榮。不過我想你早就知道這一點。」

比利用頭朝屋子比了一下。屋內震天價響的電視聲，傳到露臺就像水底發出的咆哮。「他可沒這麼想。」

「不，他也一樣。他只是不知道怎麼表達。」

「他是大爛人好不好。」比利因爲布萊恩在場，只得壓低音量。

「是沒錯。」派蒂欣然附和。「你有注意到嗎？我從來都不怎麼想待在家？其實我現在只是覺得他可憐，不過反正我又不用和他住，是吧。」她聳聳肩，細細打量著香菸。「你聽說最近的事了嗎？這房子的事？」

「沒。」

「狀況滿糟的。」她鼻腔裡又發出那種奇怪的笑聲，是她緊張時的習慣。比利眞希望她不要這樣笑。布萊恩正躺在院子裡來回擺動四肢，在落葉堆裡畫天使圖樣。

「媽想把房子拿去抵押貸款，說這樣大概有個十萬十一萬，想拿來付爸的醫藥費。凱瑟琳研究了一下說不好，不如直接申請破產，可以清掉大部分的醫藥費，而且還能保住房子。但要是媽去申請抵押，又付不出貸款，她和爸會連房子都沒了耶。而且就算有抵押拿到的錢，他們還是欠了一大堆醫藥費。」

一大堆。所謂一大堆是多大？比利不敢問。鄰居的聲音零星傳來——狗兒叫。有人「砰」一聲關上車門。有人把一堆木條「嘩啦」扔到地上。

「那妳覺得她該怎麼辦？」

「這還用說嗎，老弟。當然是申請破產，保住房子。」

「那她怎麼還不動手？」

「因為她會擔心別人怎麼想，不過小凱和我是覺得，誰管別人怎麼想？房子太重要，我們賠不起。」

派蒂把菸抵著露臺牆壁捻熄。「你曉得那個伊笛絲．麥克阿瑟，有次上完教堂，怎麼跟媽說的嗎？」

「不曉得。」

「她說，我們家會有那麼多麻煩，都是因為我們禱告不夠虔誠。」

「呵，這還真奇了。」

「這小鎮有病。」這是派蒂的結論。

「嘿……」凱瑟琳從門口探出頭來：「有沒有人要喝啤酒？」

兩人都想喝，只是在凱瑟琳出現之前都沒意識到。接下來到中午的這段時間，他媽和兩個姊姊只是不斷問他想幹麼。看場電影？開車兜兜？出去吃飯？不過其實這樣就夠了，在秋老虎的暖日中什麼也不做，在黃燦燦的陽光下，享受偷閒的美好，只要找張摺疊椅坐，或躺在毯子上，舒舒服服伸長手腳，任晨光悠然流逝。兩年前的比利是不會這樣的，光是「花點時間和家人相處」這幾個字，便足以讓他奪門而出，邊跑邊怒扯衣服。我現在不同了，比利鄭重對自己說。你眼前的人，已經不是以前那個人了。或許是年齡的緣故？他想，倒回毯子上，繼續望著太陽緩緩在樹間挪移。或許歲月在他身上留下的痕跡不那麼明顯，不像伊拉克對他的摧殘，讓他待一個月老一年。現在有這種時間任他揮霍，和媽媽姊姊與稍嫌過動的小外甥窩在一起，就算心不能真的靜下來，但怎麼可能無動於衷？就慢慢來，順其自然吧。或許待過伊拉克的軍人就有這種特質，也可說是戰爭讓他看事情看得更遠吧。

比利三不五時抓瓶啤酒喝，沒做什麼特別事。雷仍待在屋裡看電視，大家也都無所謂，但萬一雷想要什麼東西（這頻率很高），就會把輪椅開來開去，搞得門窗玻璃轟轟作響，等迪妮絲或派蒂或凱瑟琳起身幫忙才停手。凱瑟琳說他比小寶寶還差勁，派蒂說還好他用不著包尿布，凱瑟琳隨即道，妳可別讓他想到還有這招！有些鄰居聽說比利回家便過來看看，還帶了蛋糕燉菜之類，一副他們家死了人的樣子。教會的威金斯夫婦、對街的歐伯．喬治，還有克魯格家。我們好有面子喔。我們就知道你會成材。這麼勇敢，這麼福大命大，這麼給大家爭光。**愛德溫！**我大喊。**快來看！林恩家那個比利上電視啦！他殺了好多基地組織的人！**是啦，這些人都是好人，可是話實在有夠多，沒完沒了，而且怎麼對戰爭這麼投入？只要一聊起戰爭，就像變了個人——雙眼暴凸、脖子變粗、嗓子變啞，滿是嗜血的熱切。比利那時頗爲納悶，這些善良的基督徒，骨子裡難道喜歡燒殺擄掠？還是說，他們只是客氣，只爲了表達對他的感激？於是，他對這些人扮起大度的英雄，有禮地微笑，耐心等他們走，好和兩個姊姊繼續喝啤酒。凱瑟琳喝完早上的第三瓶之後（爲了趕上比利的進度），蹦蹦跳跳跑到屋外，左胸戴著比利的紫心勳章，右胸佩銀星勳章，兩枚勳章像脫衣舞孃的流蘇裙東搖西晃。比利和派蒂樂得起鬨，但做母親的可不開心了。迪妮絲厲聲問凱瑟琳到底在幹麼，凱瑟琳故意裝傻撒嬌：「怎麼啦？喔，這個啊？唉喲，母親大人，我只是展示傳家的珠寶咩。」迪妮絲正色說這樣實在太不像話，命她趕快把勳章放回比利房間，但凱瑟琳還是戴著勳章走來走去。這時惠利先生出現了，一見勳章在凱瑟琳招搖的豐胸上蹦跳，外加她古銅色的緊實美腿，惠利先生只差眼睛沒掉下來。光憑這一幕，就可以收入場費了。

嗯哼。啊哈。哈哈。惠利先生是迪妮絲的老闆，給他撞見大家一早喝酒，有點尷尬，不過他還滿上道的，假裝沒注意。他頂著快禿的頭，老人斑清晰可見，挺著過重約四十磅的肚子走來。身上是格子外套搭防皺長褲。在史多沃這地方，他就是所謂的有錢人，開了間油田服務公司，還算滿賺錢的。迪妮絲是公司的辦公室主任，一做就是十五年。「林恩小姐才是這兒真正的老闆。」惠利先生總愛跟訪客這麼說，一邊朝她親切地笑。「我盡量不插手，把這地方讓她來管。」林恩家的人幫他拿來健怡可樂，把椅子搬到露臺旁的陰涼處。迪妮絲和派蒂兩人一左一右坐他身邊，比利則照樣坐露臺矮牆。凱瑟琳像頭母獅，懶洋洋地趴在不遠處的海灘巾上。布萊恩則不知在屋裡什麼地方，不過顯然老菸槍外公會看著他。

「你母親跟我說你回家了，只有今天在。」惠利先生說。

「沒錯，先生。」要把視線對著惠利先生，又不朝他噴酒氣，實在不太容易。

「再累還是得幹活啊，唔。」惠利先生呵呵笑道。「你們這一趟都去了哪些地方？」

比利不費吹灰之力，很快便背出一長串城市名。華盛頓特區、瑞奇蒙、費城、克里夫蘭、明尼亞波利斯—聖保羅、哥倫布、丹佛、堪薩斯市、羅利—達蘭、鳳凰城、匹茲堡、坦帕灣、邁阿密。後來戴姆發現，這些城市正好都位於大選時的「搖擺州」，不過這點比利沒說。

惠利先生啜了一小口可樂。「大家見到你們的反應怎麼樣？」

「我們不管走到哪兒，大家人都很好。」

「我不意外。真的，絕大多數的美國人都非常支持打這場仗。」惠利先生的視線只要一掃到凱瑟琳就移不開，卻又得使勁看別處，給折騰得快昏了。「沒人想打仗，老天爺，但大家也曉得有時這仗就是非打不可。這些恐怖份子啊，我想，要解決這問題，唯一的辦法就是直搗黃龍，來個斬草除根。畢竟這些人不會自己消失。我說得對不對？」

「他們是鐵了心要這麼幹，很多人都是這樣。」比利回道。「這些人不會收手的。」

「所以嘍。我們要不是去那邊跟他們打，就是在這裡打，美國人大多都是這樣想。」

迪妮絲和派蒂緩緩點頭附和。凱瑟琳則坐直身子，屈起膝抱在胸前，專心一意聽他們的對話，看看比利又看看惠利先生，彷彿談話中有什麼密碼待她破解。這麼多英雄啊，惠利先生說。伊拉克。自由。爭取自由，才能讓我們自個兒的自由更穩固。他接著又問起拍電影的事，比利就跟他講了目前的進度，他邊聽邊正色點頭，好像很懂的樣子。

「不管什麼文件，你簽之前，都要先找律師看過啊。」

「是，先生。」

「你願意的話，我可以幫你介紹我用的那間律師事務所，在沃斯堡。」

「那太好了。非常感謝您，先生。」

「孩子，這是我起碼能做的。你給我們爭光，不單是你家人、朋友，還有我們所有人，這整個地方的人。你讓我們整個鎮士氣大振哪。」

比利努力展現最有風度的笑意。「這我倒不知道，先生。」

「你聽好了，這裡人人眞他媽的以你為榮，不好意思我講髒話。要是話傳出去說你今天在家，肯定會有車從你家門口排到飛機場！眞的！」他刻意講得誇張。「這次你回家的消息來得晚，我們來不及好好做點什麼，不過下次你回來，我們要幫你辦場遊行。我已經跟邦德市長談過了，他很贊成，就去跟市議會談了，他們也贊成。我們希望史多沃好好表揚你的成就，也不枉費你流血流汗。」

「謝謝您，先生。我眞的很感激。」

「快別這麼說，孩子，是我們要感謝你。你做的一切，正代表我們是……」

「他還得回去。」凱瑟琳忽地插嘴。

大家的視線一起轉向她。

「回伊拉克。」她補上這幾個字，生怕之前那句沒講清楚。

「對，」惠利先生講得黯然：「你母親跟我說了。」

「所以他們還有機會殺他。」

「凱瑟琳！」迪妮絲怒叱。

「我又沒說錯！如果這是什麼了不起的『凱旋之旅』，他爲什麼不能留下來？」

惠利先生把語氣放得溫和了些。「就是像妳弟弟這麼優秀的年輕人，才能帶我們走向勝利。」

「他們死了就不行了。」

「凱瑟琳！」迪妮絲又吼了一聲。比利只覺自己是個不知情的局外人，他沒立場說什麼。

「我們每天都會祈禱比利平安回來。」惠利先生柔聲說，像守在病床邊的體貼醫生。「我們也會爲所有的軍人禱告，希望他們都平安回家。」

「喔我老天啊，他要做的就是禱告耶。」凱瑟琳自顧自冷哼一聲，隨即發出長長的尖叫，發自丹田的呃呃呃啊啊啊啊啊，像水槽裡的食物攪碎機故障的叫聲。「我受不了了，我要瘋了。」她大喊著站起身，長劍出鞘般，咻一下便往屋裡衝。其他人靜靜坐著，等這陣騷動平息。

「這孩子吃了不少苦啊。」惠利先生開口。迪妮絲趕忙道歉，不過他揮揮手示意她不用說了。「沒關係，沒關係。她年紀輕輕就得受這些折騰。她下次手術是什麼時候？」

「二月。」迪妮絲答道。「之後還有一次。醫生說應該是最後一次了。」

「她復原得很不錯，這倒是眞的。去年你們一家實在很辛苦，凱瑟琳出了這種事，比利又去國外打仗，我瞭解，這讓你們的犧牲有特別的意義。對了比利啊，我講件事讓你寬寬心，我希望你明白，等你退伍了，我公司永遠歡迎你。你只要開個口。」

想到這眞難受，儘管比利懂得惠利先生的用意。假定最好的情況是他平安回家，四肢完好，接著就去惠利先生的公司，在狂風肆虐、鳥不生蛋的德州中部油田，搬運油管和防噴器，做得跟狗一樣，領勉強高於最低工資的薪水，忍受爛到爆的福利。

「謝謝您，先生，我搞不好眞的會接受您的提議呢。」

「喔，我只是想讓你知道，你有不同的選擇。如果你能加入我們的團隊，我會很榮幸。」

比利一直逃避某個念頭，那是他最近坐太多豪華禮車、住太多高檔飯店、身邊太多爭相獻媚的大人物之餘的心得。他本能知道這念頭會讓他心情跌到谷底，事實果然如此，而且不管他多努力不去想，這念頭仍逐漸擴張爲意識。惠利先生只是無足輕重的小咖。他既不是富豪，也算不上特別成功或精明，而且老實說，甚至還有點悲哀的邋遢相。而感恩節那天，比利和一堆德州頂級富豪一同觀賞牛仔隊比賽時，不由又想起惠利先生。在這些有錢人眼裡，惠利先生那種人是粗工，一如比利在惠利先生的世界裡也是粗工。放大格局來看，也就是說，他，比利，在這條巨河中，只算得上是單細胞動物等級，跟著河水流向深不可測的汪洋。他這陣子常不時想到這類存在意義的問題，讓他看見自己的無用與渺小，他不由會想，何必在乎自己怎麼過日子？何不乾脆豁出去，盡情姦淫擄掠，再也不用遵守什麼鬼道德準則？他至今仍堅守這些準則，但還是會想，他之所以守規矩，是否只是因爲這樣做比較不花腦筋？少耗點力氣，也用不著膽識？這樣想來，他這輩子做過最勇敢的事（而且也是最忠於自己的事），難道是把那娘砲的車痛快砸個稀爛？彷彿他在安薩卡運河的所作所爲，反而偏離了他生活的正軌。

惠利先生告辭了。凱瑟琳沒出來吃午飯。飯後，雷和布萊恩去午睡，迪妮絲與派蒂上街購物，比利回到自己房間，安心地打了手槍，再去後院，往草坪上的毯子一躺，舒服地曬太陽。他就這麼睡著了。夢境來了又去，像魚兒在古老沉船的駕駛艙間穿梭。他翻個身，脫下上衣，讓陽光炙烤胸前的青春痘，然後又睡著了。他夢見許多草履蟲，原始生物的那種顏色，原子彈般巨大的漩渦線條，然後逐漸融入了某遊行的畫面。他的遊行。他人在裡面，但同時又在高處俯瞰。他很開心，很安全，他平安回家了。不用擔心了！那天是晴朗冬日，大家莫不裹上厚厚的衣服，但花車上的脫衣舞孃例外，除了丁字褲和長手套外一絲不掛。高中樂隊浩浩蕩蕩走來，伸縮喇叭與小喇叭在豔陽下閃著金光。結果他在人群遠處發現施洛姆，那顆白色洋蔥頭在圍觀群眾中特別顯眼。施洛姆見到比利在瞧他，笑了笑，舉起一大杯百威啤酒致意。呦，施洛姆！施洛姆！快滾上來！比利不斷叫施洛姆到花車上來，跟他坐在一起，但施洛姆好像很喜歡待在原地，和人群混在一起。施洛姆，靠，快上來啦，老哥。比利在夢中也知道施洛姆已經死了，所以與施洛姆失之交臂的焦慮格外強烈，遊行隊伍仍在往前走，比利的花車也跟著往前移動，這誇張的紙製大船，順著生命之河流去，而兩岸是數千名歡呼的民眾……天啊！這念頭實在太恐怖了！他們都像施洛姆一樣，死了嗎？

那一瞬間的恐慌打斷睡夢，慌亂中尖銳的一刺把他刺醒。有人俯身望他，呼出的氣息吹在他臉上。他輕輕睜開一眼，發現凱瑟琳低頭望他，臉上一副大大的太陽眼鏡，安潔莉娜．裘莉的調調。

「你在那兒萬事要當心。」她不樂地喃喃道。「要是你有個三長兩短，我也不想活了。」

啊。他這下兩隻眼睛都睜開了，抬起頭。他姊就躺在他旁邊的海灘巾上，一隻手肘撐著身子，整個人側過來對著他。他也實在很難不去注意，她穿著比基尼，即便她是他姊，這光景還是讓他頓時透不過氣。

她頰上雖然有個洞，長相仍是沒話說的辣——曬得均勻的長腿、嬌小豐滿的身材、緊實平坦的小腹，古銅色的肌膚，像煎得恰到好處的美味圓鬆餅。

「妳幹麼想不開？」

「因爲是我害得你離家去打仗。」

「噢，是喔。」他閉上眼，一頭倒回毯子上。「都是妳不好，先是被賓士撞，然後又被那個路人甲甩了，對耶，謝嘍。感謝妳拖我下水，小凱。」

她竊笑起來，發出的氣音像一陣風吹過麥克風。「是，不過算了。拍謝啦，小弟。」

「不客氣。」他咕噥回道，帶著更濃的睡意。要是他一直閉著眼，一定會睡著的。凱瑟琳窸窸窣窣動來動去，做起女孩兒整理儀容時的動作。

「媽生我氣。」她說。

「還用妳說。」

「惠利那個神經病，拜託喔，他媽的搞什麼屁遊行。你說不定連命都會丟了耶，這些人還談什麼鬼遊行？」

比利只能以笑回應。有人這麼大剌剌說出來，倒是件新鮮事。凱瑟琳住在家裡的這十六個月，承擔身體與家裡的各種問題，又被那個娘砲甩掉，整個人起了劇烈而有趣的變化。首先，發生這麼多事，她瘦了一大圈，原有的嬰兒肥消逝無蹤。她人嬌小，原本是健健康康的陽光型火辣基督徒，豐腴圓潤的那種，這下子都成爲過去式。現在她變成某種小酒吧（氣氛很棒、放鄉村音樂的那種酒吧，如果眞有這種酒吧的話）的女酒保那種身材，走清瘦修長路線。她肩上有圈發亮的瘢痕組織，一路順著背部往下，像條搖來晃去的繩圈。她的臉有「百分之八十七」復原了，她是這麼跟他說的，而且特別強調那個「百分之八十『七』」，活像哪個沒腦的體育主播在報數據。她特別喜歡她的矯形外科醫師，史帝芬巴克醫師，還故意幫他配了拗口的德國口音。「窩史許——蒂芬——播可醫史，堆！你威了身提，要左遮些看懂，堆！（我是史帝芬巴克醫師，對！你爲了身體，要做這些運動，對！）」她管比利的總司令叫「豬頭」，她會這麼問：「見到豬頭感覺怎樣？」他們的娘聽了自然不悅地噓她，叫她住嘴。「他明明就是嘛！」凱瑟琳頂回去。「他腦袋跟蟬的腦袋一樣小！」比利這位貼心美麗又用功，剛正不阿的姊姊，過去向來尊崇權威，滿腦子健康純正的美國意識，絕對不說髒話也不損人，現在搖身一變，火力十足，潑辣強悍。

她伸手從身邊的保冷箱拿出兩罐Tecate啤酒。「你在那邊會想念喝酒的感覺嗎？」她邊問邊拿一罐給比利。

「起先有。不過一陣子之後，就不太想了。」他拉開罐蓋，品味氣泡發出的歡呼。「不過也有些時候，你會覺得不惜一切也要喝上一口。」

「眞的。欸，我覺得我們社會實在太小看喝酒了，好比說，喝酒有療效呀。可以三不五時讓你解放一下，給自己放個小假。一天二十四小時住在自己的幻想世界裡，也是很累的。」

「妳有點怪怪的喔。」

「很多事這樣不就解釋得通了嗎？一堆牧師還不是嫖妓被抓。我只希望我永遠不要有酗酒問題，否則我就得戒了。」

兩人繼續喝。一種幸福健康的感覺包圍他倆。

「跟我講講『凱旋之旅』吧。」

「這趟巡迴啊。嗯。呵，有點記不得了。」

「那就講講這些追星族吧。」

他笑了，但也覺得自己從肩膀一路紅到臉，像個謹慎守戒的教徒。「沒有什麼追星族啦。」他囁嚅道。

「騙人。」

「沒騙妳。」

「聽你鬼扯。聽好了小子，你最好到外面打打獵，出去幫老姊我好好搞個幾回合。」

「凱瑟琳，別說了。」

「說眞的，老弟。我在這個小鎭快瘋了。」

「妳很快就可以離開這兒了。」

「也許很快吧，可是不夠快。這鬼城半個好男人都沒有，沒騙你，我研究過了。有時候夜裡，我會想，管他的，我就開車去索尼克，上幾個高中生，就說，嘿，小弟，跟我一起兜兜風吧？只要你上過臉上有疤的妞，就回不去啦。」

「凱瑟琳。」比利求她住口。

「我現在早該畢業了，我大可在哪兒一年賺六萬塊。」

「會有那麼一天的。」

「我會的。」她講得篤定。

「妳現在正在朝那方向努力不是嗎？」比利換了說法。

「要是我沒先瘋掉的話。」

她最後兩次手術安排在明年春天。一月起她要去社區大學修兩堂課，她非去修課不可，否則「大學基金公司」那個好心行員就得開始加收學生貸款的利息。「你知道最好笑的是什麼嗎？」凱瑟琳說。「這裡每個人都是超級保守派，一直到自己生了病、被保險公司惡搞、工作機會又被中國或哪裡搶去，才會想說『噢噢噢噢噢，怎麼會發生這種事？我以為美國是最了不起的國家！我是好人啊，為什麼這麼可怕的事會落到我頭上？』我以前跟他們沒什麼兩樣，老弟。我和他們一樣沒腦袋，從來沒想過自己也有禍從天降的時候，就算有，我也以為會有什麼制度可以把事情變好。」

「也許妳禱告得不夠虔誠。」

她故做嗆到狀，大笑起來。「對耶，一定是這樣。禱告的力量啊，老弟。」

兩人繼續喝。凱瑟琳把冰涼的啤酒罐輪流貼著臉頰、脖子、肚臍。每當那罐子觸著她的肌膚，便在比利腦裡掀起星群大爆炸。他問她，媽打算拿房子抵押的錢幹麼。

凱瑟琳皺起眉。「誰曉得那女人想幹麼。她腦袋不清楚，比利。她沒法面對現實。聽好，你別擔心那什麼鬼貸款。那不是你的人生，也不是你的問題，其實也不是我的問題。爸和她決定要做了就是會做，我們也不能阻止。」

「我們欠了多少醫藥費？」

「『我們』？你是說『他們』吧。如果要嚴格算的話，我也算在裡面。」她又喝了口啤酒。「四十萬，大概這個數字。他們一年前有個療程什麼的，之後帳單就開始不斷進來。」

四、十、萬。這數字像上帝忽然顯靈，核爆般光芒四射，無所不能，至高無上，深不可測。

「不會吧。」

凱瑟琳聳聳肩，覺得談數字沒什麼意思。

「反正不是你的問題，比利。算了吧。要是你能從你們那電影的案子拿到什麼錢，你就自己留著。別想幫他們倆，反而糟蹋了那筆錢。」比利不響，她笑了笑，翻身趴著，渾圓的臀部從她下背部隆起，像熱帶海洋上的小島。

「你知道那女生滿十六歲的時候，爸給她買了什麼？」

「哪個女生？」

「唉喲比利，我們那個『妹妹』呀。和我們同一個爹的那個妹妹。」

「不知道。我不知道她滿十六歲的時候他買了什麼。」

「一輛該死的車。」

比利嚥了口口水，別過臉去。他可以裝得若無其事的。

「福特野馬GTO，老弟，全新的。這是他丟了飯碗之前的事，不過嘛，哼。」

比利覺得空氣在胸口凝結了。「新的？」他暗恨自己怎麼啞了嗓。

「完全沒開苞的。」她自己笑了。「所以說，別傻了。你幫他，或幫媽做這做那，他們也只會糟蹋而已。你還是好好照顧自己，讓他們想幹麼就幹麼吧。」

比利強忍著問那車顏色的衝動。「嗯。」他把手伸向毯子外，揪了一把乾草：「反正我也沒什麼東西可以給他們。」

凱瑟琳又拿出兩罐啤酒。比利有個哲學，白天能喝得到的酒，都是賺到的。白天喝的酒，不算在這輩子配給的範圍內，所以白天的酒喝來總是特別甜美。尤其今天，有什麼比躺在陽光下，和超火辣的比基尼金髮美女喝啤酒更完美？

當然，唯一的問題就是，她是你姊，不過假裝幾小時又何妨？下午因此也像啤酒罐一樣，閃閃發亮。他也不介意凱瑟琳問他關於「前線那邊」的生活（她用的是這個詞）。吃的怎麼樣？住的地方呢？還有伊拉克人，是怎樣的人？是不是全都恨死我們了？她不斷伸手碰他，拍他的肩，捏他手臂，用光腳抵著他裹著藍牛仔褲的腿。這些肢體碰觸，一方面讓他感覺更敏銳，同時又讓他整個棄防、鬆懈，彷彿剛嗑了超讚的藥，藥力剛開始發作。

「你回去之後會怎樣？」

他聳聳肩。「一樣吧，我想。巡邏、吃飯、睡覺。然後起床，全部重來一遍。」

「你受得了喔？」

他假裝想了一下。「我感覺怎樣無所謂。我非去不可，所以還是要去啊。」

她這會兒側躺著，一手支著頭。一只細小的金十字架搭在一邊高聳的乳房上，像個往巔峰邁進的登山友，只有螞蟻丁點大。

「那其他人覺得呢？」

「一樣啊。我是指，沒人眞的想回去啊，可是當兵不就是這樣嗎，所以就這樣啦。」

「那我問你，你們相信這場仗嗎？覺得打仗很對、很有理，我們做得都對？還是說，打仗其實眞的是爲了石油？」

「凱瑟琳，媽呀，妳明知道我哪曉得這些。」

「我只是問你自己相信什麼，你自己的看法。又不是考試，老弟，我也不是要什麼偉大又客觀的答案。我只想知道你腦袋裡想什麼。」

好吧。嗯，既然她都問了。他突然莫名其妙地感激起來，居然有人會問。

「我覺得沒人眞的清楚我們在那邊幹麼，這實在很怪。伊拉克人眞的很恨我們，妳知道嗎？我們就在自己的作戰區，幫他們蓋了幾間學校，架汙水系統，每天開飲用水的水槽車進來，讓他們有乾淨的水喝，還幫小孩設計了供餐計畫，結果他們一心只想幹掉我們。我們的使命是『協助與強化』，對吧？這些人住在大便堆裡，我是說眞的大便喔，他們政府這麼多年來沒爲他們做過半點事，可我們又是敵人，對吧？所以到頭來，你只是得想辦法在那邊活下去，我想。你就是悶頭去做，別想要達成什麼偉大的目標，你只想好好度過一天，只要大家都還活著，就好了。然後你才開始納悶，我們去那邊，到底是幹什麼來著？」

凱瑟琳很仔細聽他講完，緊咬著牙。

「好吧，那這麼說好了，萬一你不回去呢？」

他驚得往後倒了一下，隨即笑出來。不，不可能。

「我是說眞的，比利。萬一你跟他們說，不了，謝謝，該做的我都做了，你覺得他們會有那個膽來追你嗎？在你當了大英雄，四處露臉之後？頭條標題會這樣寫：『窩在家不出門的英雄，坦承打仗爛到爆』。你已經立了大功，不會有人說你是怕了才不上戰場。」

「可是我眞的很怕呀。每個人都怕。」

「你知道我的意思，我是說眞的沒膽的那種怕，膽小鬼的那種怕，怕到一開始就不會上戰場。不過你現在已經爲國家做了這麼多，沒人會懷疑你。」她接著激動地講了一大串，說她找到某個網站，上面列了某些刻意躲過越戰的人。錢尼申請過四次求學緩徵，後來給歸爲「家境困苦」的3A類，免上戰場。名嘴洛許．林柏多虧了屁股上的囊腫，給歸爲「健康原因」的4F類。國策顧問派特．布坎南也是4F。前眾議院議長紐特．金瑞契則以讀研究所爲由緩徵。副幕僚長卡爾．羅夫根本沒服兵役。名嘴比爾．歐萊利，沒服兵役。司法部長約翰．艾許克羅，沒服兵役。布希，在空軍國家防衛隊時不假離營，而且在兵單上，「派遣海外」那邊還勾了「不自願」。

「你知道我講這一大串的重點是什麼吧？」

「呃，知道。」

「我只是說，這些人拚命想要打仗，就叫他們自己去打啊。我們家比利已經盡了他的本分了。」

「小凱，真的無所謂，他們做他們的，我做我的。我們想怎樣也沒用……」兩顆斗大的淚珠從凱瑟琳的墨鏡下緣緩緩墜落，他只得別過頭去。

「可是『我們』怎麼辦？比利，你要想一想。這個家給折騰的實在夠了，要是你出了什麼事，你覺得這個家會怎樣？」

「我不會出事的。」

她不語。漫長的沉默，讓比利很想收回剛剛那句話。

「比利，其實有辦法的。奧斯丁那邊有個組織，專門幫軍人的忙。他們有律師，有資源，也知道怎麼處理這種事。我做了點功課，他們看來人很不錯。所以，要是你決定……好，我只是說，你可以找他們幫忙。」

「凱瑟琳。」

的。」

「怎樣？」

「我要回去。」

「可惡你！」

「我會沒事的。」

「你哪裡知道！」

她變得好兇。他很感動，但隨即畏怯起來。

「我想我是不知道。不過我們幹掉他們的人數，比他們幹掉我們的人數多得多。他們沒法把我們殺光的。」

她哭起來。他環住她的肩，擁她入懷，但這是手足之情、不帶遐思的擁抱。這一來她哭得更厲害，把頭靠在他肩上。她的秀髮飄著清新的木頭香，帶點茴香之類的香料味，又像雨水打在蕨葉上的氣味。她哭，反而帶來某種平靜，像某種音樂或滋潤心靈的聲音。他胸前滾動著她的淚，像剛孵出的小龜往前爬呀爬。在他後來睡著之前，只記得她說要進屋去拿面紙，馬上回來。他甚至渾然不覺自己睡著，直到一陣超刺耳的聲音把他吵醒才恍然大悟。原來是後門轟然一聲打開，活像被破門裝置整個炸飛，然後是那輔助移動的先進機種的**呼嘰嘰嘰嘰嘰聲**。狗娘養的！比利的心頓時如速度球般狂跳，眼裡閃著驚異的火花，立馬翻身改成臥姿，背部多條細小肌肉同時緊繃，看著雷駕駛輪椅轟轟轟來到露臺。搞什麼鬼！這就是叫醒前線軍人的方式？比利吃驚之餘，體內精良的快速反應機制立時啓動，這麼說吧，假如比利那把M4卡賓槍正好在手邊，雷應該瞬間就會被打成冒煙的肉醬。

混帳東西，他搞不好是故意的。他完全把兒子當空氣，連朝比利的方向望一眼都沒有。不過比利還是察覺他嘴角隱約掛著輕蔑的笑，唇角的肌肉微微抽動。雷把輪椅駛下坡道，開到院子。比利體內腎上腺素歷經一陣天翻地覆，不太舒服，不過還是用一隻手肘撐起身，四下打量。凱瑟琳不見人影。他嘴裡因爲睡前那堆啤酒，現在有股怪味。下午已成滿天烏雲，豔陽隱身雲層後變得模糊，像髒洗澡水上浮著的皀球。雷在院子裡停了輪椅，點起菸。這可眞是個硬角色啊，這人，比利暗想。這麼聰明又無比弱智，無論吵什麼都吵不贏他。從沒上過大學，但賺的錢可眞不少，在他風光的當年。雷「啪」一聲關上打火機，又往院子裡駛了一小點距離，輪椅隨著地勢起伏，搖搖晃晃。少了骨氣的背影，看上去讓人特別難受，那動作就像河馬屁股般粗魯，輪椅背後正中央的美國國旗貼紙，更像殘忍的低俗玩笑，拙劣的冷嘲熱諷。

比利兩肘撐起上半身，望著他的父親。你以爲家庭是生命中最篤定的事，你本就應得的東西？天生該有的權益？你與這些人之間的連結太深太扎實，有太多環環相扣的歷史、基因、同樣的目的、掙扎，所以這應該是你最基本的動力來源，你會爲此努力保護家人、珍愛彼此。然而，這理應是最本能的牽繫，其實卻是最艱難的課題。證據？只要看看B班人各自的家就夠了。哈勒戴在去伊拉克之前回了一次家，他弟對他說，我希望你他媽給我死在伊拉克。芒果十五歲那年，他爸拿扳手敲得他頭破血流，芒果的媽居然說，這樣你就不會再惹你爸生氣。戴姆的爺爺和某個叔叔是自殺死的。雷克的媽嗑止痛藥成癮，後來入獄，他爸是藥頭，也坐過牢。快克十一歲時，他媽跟他們教會的助理牧師跑了。施洛姆應該算是沒有家。阿伯他爸沒盡過一天做爹的責任，唯一出現的時候就是在路易斯安納州通緝要犯的海報上。賽克斯他爸和幾個兒子在家做冰毒時把房子炸了。

沒錯，家庭是關鍵，比利下了結論。只要你想通怎麼和家人共處，就代表你終於尋得內心的平靜，但爲了達成這目標，爲了找到答案、想得透徹，你需要策略。所以要用什麼策略？你不能光靠年紀，顯然，不是年紀大了，這問題就能迎刃而解。或許看書？不過看書要花很長時間，而且在你看書的當兒，這問題還是照樣衝著你來。無情的野獸朝你猛攻的時候，誰還有那個鬼時間看書？九一一發生後的隔天早上，雷居然在電臺節目主張把某些中東國家的首都來個「核子淨化」，還播了Vince Vance and the Valiants的〈炸炸伊朗〉，和〈綠貝雷帽之歌〉。比利猶記自己當時想：這問題就要這樣解決嗎？令人髮指的悲劇發生了，代表還有更多更大的恐怖攻擊等在眼前，彷彿這整個過程不僅是自動反應，也是必然結局。從那以後的每天、每週，他的生命就有了某種預言的氛圍。比利認爲甚至早在那時，他就察覺這注定的宿命——戰爭要來了，而他將前往戰場，加上某種奧祕難解、不可抗力的父子間的磁場，驅使他必然走向這結局。要是做父親的愛打這場仗，兒子豈能袖手旁觀？只是，愛打仗，未必代表愛兒子就是。

呼嘰嘰嘰嘰嘰，停。**呼嘰嘰嘰嘰嘰**，停。他到底在幹麼？雷在圍籬邊的花叢旁停下，那種花是膨膨圓圓的粉藍色，莖很細長，好像叫「藍霧」什麼的——比利早上和布萊恩在那堆花叢間一起數了十七隻採蜜的帝王蝶之後，有問他媽這花的名字。這帝王蝶是要往南飛的，一早上在他們家院子飛來飛去，在「藍霧」上吃點東西，再啓程飛往墨西哥。雷又點了支菸，就坐在那兒抽，看著帝王蝶飛舞。比利從沒看過他爸這樣，居然會有時間欣賞大自然？這男人與自然環境的主要關係，應該是對著牛排大快朵頤的關係。但看他這樣坐著，安安靜靜觀察蝴蝶，比利覺得這或許是說，他爸就算還沒自省能力，也代表至少有某種潛力、某種可能願意這麼做。想到這裡，比利有點急切起來。要是哪天機會眞的來了，他會知道該怎麼做嗎？今天，很可能就是他們這輩子相聚的最後一天，要是他們父子間還能有一丁點修補關係的可能，而他們又不懂該怎麼起頭，那不就太可惜，甚至，太悲哀？這時門忽地啪一聲開了，還好這次聲音不大，現身的是布萊恩，邁著小步穿過露臺。

「嘿，比利。」他開心地喚，那麼甜美、那麼自然，比利不展顏也難。布萊恩一路跑到雷身邊，爬上輪椅後方。雷笑著開動輪椅，載著祖孫倆滿院子跑。「跳起來！」布萊恩喊。雷便把搖桿往後拉，再使勁往前推。輪椅顛了一下，前端離地一吋。這輪椅最快也只不過時速三哩，但雷不知怎地居然可以讓它演出前輪騰空的特技。布萊恩歡叫著說再來再來，於是雷這次把圈子拉大，使勁讓輪椅又彈又跳，布萊恩則抓著後端呵呵傻笑。圈子逐漸靠到比利身邊，比利事後回想，自己當時的笑容，不僅是因爲開心，也是因爲對自己父親生出某種特殊的感覺。他後來才明白，他一直以爲自己和父親曾有過那麼一瞬的交流，結果他得到的不過是句無聲的「滾蛋」。雷到底怎麼辦到的，比利永遠也想不透，或者可說大多是用眼神就辦完了。在他父親冷酷輕蔑的眼角，在輪椅駛過他身邊時那電光石火的一眼，那瞬間傳來強烈的厭棄，比利再怎麼形容，也敵不過他爸表達的方式。這裡你沒份。你不能參與。你不屬於這兒。雷把這種交流時刻全部留給自己。只要他想讓布萊恩愛他，隨時都可手到擒來；而他們家其他人，根本不配他花一丁點力氣。

這一切在在證明一點——沒了策略，在家庭關係築成的鯊魚缸中，你就是掛在水中搖晃的肥肉。那天晚餐時，名嘴歐萊利在電視上開砲；迪妮絲和兩個女兒在吵抵押房子的事；布萊恩累了，變成亂叫亂鬧的小混球。肉烤過了頭。雷菸不離手。迪妮絲終於受不了哭起來，因爲她希望事事完美，但當然事與願違。媽，比利笑道，伸手環住她，啓動他也不知自己早已儲備的平靜能量。媽，沒關係的。我很開心，我人不就在這兒嘛，沒事的，沒事的。神奇的是，這一番話居然好像起了作用。他媽平靜下來，布萊恩在高腳椅上睡著了。派蒂和凱瑟琳邊談笑邊又開了一瓶酒。比利覺得自己比十九歲大上許多，彷彿上天賜給他超齡的智慧。這是戰爭給他的影響嗎？大家都只會說戰爭徹底毀掉你，話是沒錯，但好像不全是事實。在暴食巧克力蛋糕與葡萄酒後，他滾上床，閉上眼，很欣慰他扭轉了一場災難，救回了重要的東西。這世上沒有所謂的完美，只有這種你自己都忘了的、把一切都看得無比透徹的時刻，這是老天垂憐，假如祂眞懂得垂憐的話。

明天早上七點就會有禮車來接他。禮車是某個有錢愛國好心人提供的（是他希望匿名還是比利忘了他名字則不可考）。禮車。他專用的。算了不管了。他這晚沒睡好，醒來時帶著宿醉，嘴裡因爲昨晚喝了太多葡萄酒，有種金屬的臭味。他知道這味兒，也知道它的意義——恐懼、厭惡，還有鐵絲網外的邪惡氣場。不過他還有力氣，可以在他覺得舒適的小空間裡再打最後一回手槍，有點荒唐，卻又無比愼重，像歷史性的告別一槍，像特洛伊．艾克曼在德州體育場的職業生涯告別賽。**各位，他現在到了四十碼！三十碼！可能要一直衝到底了！二十碼！十碼！五碼！……達陣！**打完手槍，神清氣爽，他沖了澡，刮了鬍子，收好東西，鋪好床，把手提袋放在大門邊。剩下的就是面對他家人了。

「妳們會不會想我啊？」他走進廚房，開心地高喊，裡面幾個女人卻都一起瞪著他，滿臉悲悽。她們心裡都不好受，他亦然，但要是他流露出來，只怕她們會更難過。廚房的窗像在前一晚上了護貝，只剩下一片純然的灰。狂風如鼓風箱般咚咚敲著屋子，雨滴像硬石噼哩啪啦擊打屋頂。這年冬天的第一場暴風雨正掃過平原，同一道冷鋒將在感恩節前帶來雪和凍雨。

「你們下一站是哪裡？」派蒂問。比利兩個姊姊邊喝咖啡邊看他吃早餐。迪妮絲則不斷走動，以她一人組成的攻擊部隊，搞定這小小廚房的大小任務。

「萊利堡，他們在那邊安排了見面會。然後去阿德莫，因爲，妳知道的。」他瞟了他媽一眼。「再去達拉斯吧，我猜。」

「喔那場比賽！」凱瑟琳叫起來。「你會碰到碧昂絲嗎？」

「我和妳一樣，不知道。」

「會啦，老弟，一定會啦。別搞砸了。想讓她看上你，可能就這麼一次機會喲。」

「當然。」

「喔，對了，你要先誇她很漂亮。」

「凱瑟琳，碧昂絲耶。她用不著我來說她辣。」

「老弟，這些話女人是聽不膩的好嗎！你要走到她面前，說，『小碧，呦，妳超讚的好嗎，好炫，頭髮好蓬，等比賽完我們去走走吧？』派蒂，妳說，有碧昂絲當弟妹，不是超酷的嗎？」

「超酷。」

「拜託妳們好不好，我是阿兵哥耶。她哪來的空理我。」

「開玩笑！像你這種又帥又嫩的小種馬，還是大英雄耶！她應該會巴著你那一根不放吧！」

「她不是在和那個Jay-Z交往嗎？」派蒂問。

迪妮絲哭起來。前一秒她還在擦流理臺，下一秒就淚如雨下，就像她平常可能家事做著做著，就突然哼起腦袋裡竄出的老歌。凱瑟琳像是惱了，忍不住咋了下舌。派蒂兩眼逐漸泛紅，但強忍住沒作聲。比利暗暗對自己說，撐過這一段，只要他上了車就沒事了，但喉嚨裡卻像卡了一小塊炭。這次感覺比之前他頭一次出門更糟，這倒出乎他意料，第二次不是應該容易點嗎？不過他這次放不下的東西好像更多了，至於是什麼東西，他也說不上來。所以或許可以說，一來是因爲這他難以形容的東西；二來，這一次，他曉得自己一旦回了伊拉克，要面臨的是什麼考驗。

「喔，雷呢？」迪妮絲幽幽地說了聲，彷彿這時自言自語有用似的。「我們哪個人是不是應該……」

凱瑟琳和派蒂互看一眼，然後一起望向比利。他只把肩一聳。雷在不在，對他們今天早上的快樂，似乎一點也不重要。就在這時，布萊恩像是接得剛剛好，順理成章走進廚房，穿著兜帽小睡衣，圓鼓鼓的臉頰因爲剛起床，紅通通的。他爬上媽媽的大腿，緊緊抱住，像緊抓樹幹的無尾熊寶寶。

你要喝果汁嗎？

不要。

穀片？

不要。

你只想跟媽咪坐一會兒。

對。

布萊恩的出現，讓大家都鎭定了下來。他對比利望了又望，不像是出於好奇，反倒像是見證這個時刻，把某種遠古的引力傳給比利。比利頭上的貝雷帽又似乎特別引他注意。反正只要布萊恩不展開那串「爲什麼」攻勢，大家應該都相安無事，比利想。迪妮絲又幫比利倒了咖啡，凱瑟琳幫他收盤子。微波爐內建的時鐘比爐子上的快兩分鐘，爐上的鐘又比牆上的快一分鐘，而每看其中一只鐘，就得連帶看一下別的鐘，看看時間到底有沒有一致。輪流盯著這些鐘看，感覺很不舒服。它們一個接一個都爬過了七點大關，凱瑟琳忽地咬牙迸出「可惡」兩字。從廚房即可透過飯廳看到前窗，一輛黑色的林肯豪華轎車正駛上車道。

立時一片小小混亂。凱瑟琳急忙走去應門。迪妮絲轉向水槽放聲大哭。布萊恩不知怎地跑到比利懷裡，成了最好的緩衝。比利抱住哭得正傷心的母親，故意把臉埋在布萊恩身上，暫時蒙住自己的感官，因爲哭泣、悲悽、這哀慟的氣氛，實在壓得他喘不過氣，但至少布萊恩可以幫他緩一緩。「掰了，媽。」比利輕聲說，隨即抱著布萊恩走向客廳，派蒂緊緊跟在後面，跟得太近了，好幾次踩到他腳跟。凱瑟琳則在車道上，幫司機把比利的提袋拿到後行李廂。

「自己保重嘍。」派蒂站在露臺上說，眼淚鼻涕糊成一團，抽抽噎噎。「別幹傻事。平安滾回家就好。」

比利對著外甥的小腦袋深深吸了最後一口氣，那髮間滿是春草的清新，泛著自製麵包暖烘烘的香氣。比利把他還給派蒂，三人隨即抱在一起。

「妳跟他說，」比利緊抱著派蒂低語：「要是我不在，記得跟他說，我勸他千萬別當兵。」

凱瑟琳等在車邊，一邊哭，一邊笑自己怎麼在哭，居然輸給這爛到家的場面。比利後來才想起，凱瑟琳在擁抱時緊抓著他，像是就要滑下懸崖，她必須緊抓著他才能活命。她幫他關上車門，退後幾步，隨即伸手劃圈，向他比了個卡通式的敬禮。比利只覺渾身力氣都抽走了，剛跑完馬拉松也沒這麼累。感覺就像器官停擺，他的臉逐漸融化，但此刻車正倒出車道，最糟的場面已經結束。車往前開，凱瑟琳站在前院揮手，派蒂在露臺上揮手，布萊恩抱住她的臀部。而在姊妹倆後方，透過陽臺擋雨門的反光，是輪椅上的雷模糊的身影。比利狠狠罵了自己一聲，倒回座位。車子開始加速。好，他爸露面了，那他該怎麼做呢？

「想聽點音樂嗎？」禮車司機問。大塊頭黑人，快六十歲的樣子。頸間的肉多到溢出西裝外套領子。

比利說不了謝謝。車子繼續開了幾條街，司機又開口了。「對家人來說眞的很難受。」他的語氣就像個想帶動氣氛的牧師。「可要是不難過，問題反而大了，是吧。」他從後照鏡瞅了比利一眼。「你眞的不想聽點音樂？」

比利說眞的不想。

我們都是美國人

比利想著，把自己這輩子認識的人所有財產加起來，總數應該有不少，但若和諾曼・歐格斯比令人歎爲觀止的淨值相較，只能說小巫見大巫。舉凡媒體、友人、同事、牛仔隊的粉絲團，甚至包括討厭牛仔隊的那一大票人（這些人勢力更大），都叫他「諾姆」。討厭他的理由很多，可以說是他那副自我感覺超良好、頤指氣使的德性，也可說是看不慣他動不動高舉「我們是美國隊」的大旗，更受不了他作賤牛仔隊，把這塊招牌做成五花八門的周邊商品，從烤麵包機到鬱金香球根不一而足。他們痛恨這男人臉皮夠厚，卻也不得不承認他還眞有撈錢的本事。諾姆。那個叫諾姆的傢伙。唉，算了。他在各地球迷的幻想世界裡地位尊崇，是想像中吵架的對象，也是幫他們實現各種祕密願望的推手。賽克斯早就想好，等眞的見到諾姆那天，要狠狠婊他一頓，還爲此排練了好幾天（他怎麼可以把崔斯布諾斯基交易出去？你搞屁啊諾姆！你居然爲了只會灌類固醇的傢伙，把一級棒的線衛交易出去？）。可是等眞的輪到賽克斯和牛仔隊老闆本尊見面時，他居然態度大變，毫無節操地貼到諾姆身上獻媚。

「能見到您眞是榮幸，先生。」賽克斯壓低聲音正色道。「我只想跟您說，我這輩子一直都是忠實的牛仔隊球迷。」

「喔，賽克斯專業下士，能見到您，那可是我的榮幸哪。」諾姆立即還以顏色。「我這輩子一直是美國陸軍的忠實粉絲！」

眾人報以熱烈掌聲。好樣的，諾姆！大夥兒置身於體育場內部深處的某間大房間，裡面空蕩蕩的，四面都是冷冰冰的水泥牆不說，地上鋪的還是廉價的全天候材質地毯，把地底的那股寒氣整個傳上來。他們把B班人帶到這兒來，說是要和牛仔隊的一流貴賓們來個見面會。結果這裡擠了大約兩百人之多，很多是攜家帶眷來，完全符合感恩節的氣氛。這些人果然是一流人，男的個個穿西裝打領帶，女的則以訂製套裝與成套的皮鞋皮包爭奇鬥妍。比較會趕流行的人，則把這兒當冬裝秀，一襲緊身皮褲和長毛大衣。放眼望去，其實還滿像市區裡有錢人專門去的教堂（只是這教堂可能得叫「上流炫富白鬼厭食聖母大教堂」）。這房裡的有色人種，只有服務人員與幾名和大夥兒打成一片的前牛仔隊球員。這些球員也曾備受球迷擁戴，只是他們後來懂得投資理財，也知道明哲保身，不做傻事。比利與芒果置身這麼上流的場合，當然也知道得好好表現，只是因為之前海克特貢獻的上等好貨，兩人又快管不住自己了。他倆再次不可遏抑地狂笑起來，而且一笑就沒個停，偏偏總是有害他們發作的誘因出現。先是某位講話大舌頭的老牧師，後來又出現髮型像貴賓狗整隻炸開的貴婦。這對活寶已經給大麻弄得昏頭昏腦、神經兮兮，眾人自然不難看出原因為何。那景象有點嚇人，卻又妙不可言。

「要穩住啊。」兩人一邊低聲提醒對方，一邊像犯了氣喘般傻笑不止。得趕快想點恐怖的東西平衡一下——直腸流血、胸口淌血、線蟲鑽出鼻孔……

「好，我樣子還好嗎？」

「很爛。」

兩人努力保持嘴型不動，只用嘴角噴氣講話。

「現在咧？」

「還是很爛。」

比利在芒果背後踢了一腳，芒果隨即回戳比利胸骨一下，兩人都想偷偷制住對方，結果戴姆白了他們一眼，這才停手。這感覺像車子高速打滑，**呼呼呼呼呼咻**！你一邊承受極大的離心力，一邊清楚知道事情這下大條了。不過沒多久，諾姆公司的人便走來準備正式介紹他們，他們得摩拳擦掌，準備好好表現一番啦。

諾姆。還眞的是他本尊哩。人畢竟是惰性的產物，生活在不覺間流逝，即使某一天你短暫經歷了苦或甜，到隔天也成了模糊的記憶，所以生活終究會變得平淡無味。能讓你點名說「啊，對，那天眞的有很重大的意義，那天發生好棒的事」的時刻，眞的很少很少。而現在發生的這一切，應該就是那種時刻吧。因爲攝影師和攝影機始終跟著諾姆的一舉一動。諾姆神采奕奕，雖非俊男，卻綻放熱力十足的名人風采。這下子問題來了。比利的腦袋要努力把眼前的本尊和媒體上的版本兜起來，但本尊長得比他原先印象裡的高，也可能是個頭比較大？比較老？膚色比較紅？比較年輕？這兩個版本在某個關鍵的地方對不起來，所以感覺有點不眞實。但不管怎麼說，比利都覺得很銼。他見過總統本尊沒錯，但若把「膽量」當某種判斷標準的話，那現在這場面更大，對他脆弱不安的自我，著實是更大的考驗。見名人眞是件麻煩事。他見了諾姆之後，表現會更好嗎？更有自信？還是自覺更渺小？昨天他還問戴姆，我該跟諾姆說什麼？戴姆哼了一聲說，你什麼屁也別放，比利，反正話都是諾姆在講。你只要回，「是，先生」、「不，先生」，他講笑話你就笑，這樣就好了。

諾姆逐一與迎賓隊伍中的人招呼，等他走到比利跟前，比利簡直快暈過去了。「林恩專業下士，」諾姆先開口，頓了頓，上下打量比利：「我一直想見見你。」比利可以感到自己往上升，攝影機的白熱大燈和相機的刺眼鎂光燈化成了雲霧，像某種攞出來拍照又不斷爆開的蛋白霜，而他正騰雲駕霧，加上吸了大麻，更有種飄飄然、一切變成慢動作的感覺。諾姆握住他的手，喲，完全大老級的那種握法——老兄，你就直接把腳一抬，尿在這兒就行啦！**驕傲**，他說，但聲音像轉速放得超慢的錄音帶，聽在比利耳裡，每個字都扭曲拉長，ㄐㄧㄠㄠㄠㄠㄠˋ。再來是勇氣，ㄩㄥㄥˇ ㄑㄧㄧˋ。貢獻，ㄍㄨㄥㄥㄥˋ ㄒㄧㄢㄢㄢˋ。ㄒㄧㄧㄧ ㄕㄥㄥㄥ。ㄖㄨㄥㄥㄥˊ ㄩㄩㄩˋ。ㄐㄩㄝㄝㄝˊ ㄒㄧㄣㄣㄣ。

「你是德州小子啊。」諾姆說，他講話有點糊糊的，隱約有點大舌頭，牙後面裝了牙套似的。「史多沃來的，對嗎？產油區那邊？」他注意到比利胸前的動章，更是振振有詞——比利「同爲德州人」，讓他備感光榮，但這並不意外，一點都不意外。軍隊裡，土生土長的德州人很自然就是與眾不同。

「誰都曉得德州人最會打仗啦。」諾曼接著說，臉上含笑，但這句可不是笑話，而是宣揚德州之光，連帶取笑別人。「我們有奧迪．墨菲[11]，還有阿拉莫之役那麼多英雄，你現在可加入了這光榮的傳統啦，曉得嗎？」

「我從來沒這樣想過，先生。」比利回的想必是標準答案，因爲現場立時掀起一片溫馨的笑聲。沒錯，大家都在看。媒體朝他照來的燈海像個大泡泡把他罩住，眾人繞著這泡泡圍觀，臉孔如魚眼般暴凸，輪廓變成隆起的蛋形。比利腦中的腎上腺素則如電鋸一樣嗡嗡作響。諾姆開口了，進行他小小的演說。他個子比比利大概高個一吋，六十五歲了，身材還是保持得很結實，髮色帶點桃色，梯形頭，底比較寬，從

11 譯注：Audie Murphy（1925-1971），德州人，二戰時從軍，體型弱小卻奮勇殺敵，戰功彪炳，獲頒各類動章。後成爲影視明星。

太陽穴到小平頭那段逐漸往上變窄。雙瞳是冷冰冰的藍，卻是他整張臉最令人敬畏與迷人之處。他那張臉，無人不知，經過精心整容修飾、微調、拉皮、去角質，多年來一直是德州與當地新聞的常備話題，也就是「諾姆的自我改造過程大公開」。成果斐然自是不在話下，像露天遊樂場的老舊旋轉馬，修補粉刷好後重新送進拍賣場，又是一條好漢。只是他的嘴有點像上螺絲時多轉了兩圈。兩道上眼皮在眼角處微微遮住下眼皮，像亞洲人的眼睛，帶點撩人、甚至可說陰柔的特質，要說當神話公主性感畫像的模特兒也不誇張。若要形容他的膚色，大概可比喻成爲時已久的番茄醬汙漬，在大力刷洗後留下的深粉紅色。費了這麼大勁的成果，不能說好也不能說壞，只能說是砸了大筆銀子換來的。比利後來想，要是把一張張千元大鈔糊在臉上，八成也會有同樣的效果。

「你們讓美國重新找回榮耀。」諾姆說著，但他說的事卻變成比利腦中一個個升起的小氣泡。美國？眞的嗎？這該死的地方？可大家都鼓起掌來，比利也沒有反駁的勇氣。不多久就有人來把他介紹給諾姆夫人，過了某個年紀但仍保持得不錯的貴婦，一頭黑髮梳得又高又蓬。美人。深紫色的眼眸對不準焦距，臉上帶笑卻完全是應酬，不帶一點眞心。比利覺得她若不是吃了藥，就是根本懶得與人周旋，連招呼的力氣都省了。如果這是有錢人端架子，那他也無所謂，畢竟，除了達拉斯牛仔隊的第一夫人，還有哪個女人更有資格行使賤人王國的特權？老實說，她擺爛的姿態，居然讓他有點硬起來——小弟，他暗想，快下去！**她老得可以當你媽了！**可是這會兒諾姆家的人都湊過來，諾姆的孩子、孩子的另一半，外加一堆嘰嘰喳喳的孫兒，人人都有幸繼承了歐格斯比家的梯形頭。等他們和B班打過招呼，迎賓隊伍也隨之亂成一團，微微騷動起來，個個興高采烈。能與B班人共處一室，形同給大家打了針強力興奮劑，即便達官貴人、名流富豪，在B班人身邊也變得有點暈陶陶。難道是因爲他們嗅到了血？比利這副青春肉體當前，陌生人樂得恣意吃他豆腐，揉搓他的臂和肩，抓著他手腕，好漢惜好漢地用力拍他的背。他們滔滔不絕，再三訴說對國家忠貞的愛，對他們無盡的謝。有個老貴婦問比利幾歲了，「你樣子好年輕喔！」她大喊。比利據實以答，她頭一撇，不可置信，轉身離去。有些穿西裝打領帶的小男孩來跟他要簽名。有人遞給他塑膠杯裝的可口可樂。「凱旋之旅」前的他，很討厭這種大型派對，要緊張兮兮想辦法找話聊，還得四處走動和不同的人招呼，搞得自己壓力很大，可是假如有人眞的願意跟你談談，這種派對也就不那麼惹人嫌了。

「你去過白宮啊。」有個男的問他。

「是啊。」

「你見到喬治和蘿拉了？」那男的妻子滿心期盼的語氣。

「呃，我們見的是總統和錢尼。」

「那一定很過癮啦！」

「是的。」比利附和。

「你們都聊些什麼？」

比利笑起來。「我不記得了！」眞的，他不記得了。當時大家開了一些玩笑，都是無傷大雅的男性玩笑。人人笑逐顏開。大家擺了許多安排好的姿勢合照。比利後來某個時刻才明白自己原本盼著總統——嗯，怎麼說，故作窘態？故作羞愧狀？因爲他把大家害到這步田地。不過顯然這位三軍總司令對現狀頗爲滿意。

「你知道，」那女人說著，靠得離比利近了些，像要洩漏什麼珍貴情報。「我們對外多少會說，喬治和蘿拉是我們自己人。等他們任期一滿，就會搬回達拉斯來。」

「啊。」

「我們幾個星期前也去了白宮。」男的說。「他們幫查理王子和卡蜜拉辦國宴。欸，這些皇室的人眞的很好，一點架子都沒有。你什麼話都可以跟查理王子說。」

比利點頭。接著便一陣沉默，還好他懂得及時接話：「那你們都聊些什麼？」

「打獵。」男人回道。「他喜歡獵鳥，跟我一樣。大多是松雞、雉雞之類的。」有幾對把皮膚曬成古銅色，打扮入時的男女，正和麥少校聊得起勁。麥少校只管點頭、蹙眉、噘嘴——全神貫注演出超專業的默劇。戴姆和亞伯特則一直跟著諾姆。比利覺得戴姆那套眞的很厲害，即使在這麼高檔的場合一樣管用，讓他覺得很安心。美國人，他自言自語，一邊環視屋內，**我們這兒都是美國人**——就像突然發現舌頭長在自己嘴裡，突然成了件需要考慮的事情，之前卻從未察覺。不過他們不同，這些美國人。這些人是玩家，打扮得漂漂亮亮，比一般人還講究衛生，是這複雜投資世界的老手，也相當享受富裕生活的樂趣——美食、美酒、嫻熟競賽與運動、熟知歐洲各大首都。就算長相不如模特兒或電影明星那般完美無瑕，一定也有某種活力，某種風格，嗯，例如威而鋼廣告裡的人的那種風格。和B班人會面，不過是他們諸多生活樂趣中的一種，想到這點，比利有點不是滋味。他不是嫉妒這種生活，至少他的妒意遠不及對今晚的恐懼。只是想到還要回伊拉克便覺痛苦，那代表又回到最不堪的貧窮，那就是他此刻的感受，窮，就像邋遢的遊民小孩，突然給扔進一群富豪中間。怕死，是人類靈魂的貧民窟。若能擺脫對死的恐懼，形同精神上繼承了一億元。他眞正羨慕這些人的，是這點。這些人眞好命，好命到可以把恐怖份子拿來當聊天的話題，而這一刻，他眞爲自己悲哀，悲哀到想當場崩潰放聲大哭。

我是個好軍人，他自語，我難道不是好軍人嗎？好軍人感覺竟如此不堪，這代表什麼意思？

別怕，施洛姆說。因爲你一定會怕的。所以，你開始覺得怕的時候，就別怕。比利把施洛姆這番話想了好久，倒不是因爲它有點玄，而是，「嚇到魂都沒了」，到底是什麼感覺？這時施洛姆的話又響起：恐懼是所有情緒之母。遠在愛、恨、惡、悲、怒，和別的情緒之前，還有個「懼」。恐懼催生了所有情緒。每個打仗的軍人都知道，恐懼有許多化身與品種，一如愛斯基摩人有很多字可以形容雪。無論你在死神勢力範圍待過多久，都能親眼目睹它各種不堪與駭人的形式。比利看過，有的男人因爲扛不了這重擔而尖叫，有的不斷罵髒話，有的則連話都說不出來。大小便失禁，很正常。吃吃傻笑、淚流不止、不停發抖、渾身麻木，很正常。有天他瞧見某軍官在火箭彈來襲時滾到悍馬車底下，砲火平息後，他怎麼都不肯出來。再說崔普上尉吧，平日那麼冷靜沉穩的人，結果他們給打得落花流水時，他眉脊上下跳動得好厲害，如狂風中飛揚的防水布。他手下的弟兄或許多少替他覺得不好意思，但沒人認爲他失態，這完全是肌肉的反射動作，是身體不聽話的反應。某些戰鬥壓力的反應，其實早已烙在基因裡，就像扁平腳，或怎麼整理都會翹的頭髮。只有少數幸運兒的細胞裡完全沒有恐懼。戴姆班長就是其中的奇葩，比利看過，即使迫擊砲就在幾公尺外如雨襲來，戴姆照樣安然吃他的彩虹糖。比利也看過有人前一天還天不怕地不怕，隔天就嚇得跟什麼一樣，那麼捉摸不定，那麼恐怖，那麼茫然，那麼沒用。這種種都在消磨你的心智。無常的機率。他厭倦了每天活在這種挫敗裡，不僅受不了最基本最正常的怕痛怕死，也受不了人類才有的那種對恐懼的怕，像CD跳針日復一日，像自我參照的狹小迴圈，那或許也是種瘋狂的形式。難道說，我們其他的情緒不斷演化，是爲了要盡量保持理性，才生出的自我調適機制？所以就連你對什麼深惡痛絕之時，也察覺得出其中的人性。有時你的身體承受不住這重擔，如同死去；有時這感覺卻像偏頭痛，你自覺可以用理性面對，使勁思考這股痛，分析它，把它拆解成無數小粒子，不斷深入探究它的理論，直到痛溶解成邏輯放出的屁，只是，費了這麼大勁兒，你的頭還是痛。

這就是比利在和別人聊戰爭時，腦袋裡轉的事情。他談這些時其實很低調，但眾人總是會把話題轉向特殊的事件與熱情。他們都以爲，只要你是B班人，來這兒就是要談打仗，因爲呢，嗯，假如你找貝瑞．邦茲[12]來，談的當然是棒球啊。你難道不覺得……你難道不同意……你不得不承認……在他老家這塊土地上，戰爭是個待解的問題，要用正確的思考與適當的資源分配來處理；特殊的事件與熱情，則是因爲恐怖份子一心掌控世界，才會出現。「偶們」的生活方式。「偶們」的價值觀。「偶們」的「基督教」價值觀。比利覺得自己的腦袋快要掏空了。

「不好意思，」牛仔隊某個高階主管打斷了談話：「我們這幾位壯士看來有點缺水啊。需要續杯嗎？」

比利搖了搖杯中的冰塊。「謝謝您，先生。再來杯可樂好了。」

「來吧。不好意思啊，各位。」這位主管居然就推著比利手肘，往飲料吧的方向走去，說明了他的強勢。牛仔隊的企業文化想必是規定所有高階主管都得和福特汽車的業務經理一個樣，而比利眼前這位呢（他自我介紹，他叫比爾．瓊斯），正好就是這模子印出來的。長相普通，頭髮不多，大餅臉，挺著四、五個月的大肚子，不過比利立刻可以察覺，此人流露的是某種收放自如的強勢。從他的舉動，不難發現他其實沒什麼耐性，卻也不會讓人覺得不舒服。

「玩得還開心嗎？」

「是，先生。」

12 譯注：Barry Bonds（1964-）。前舊金山巨人隊全壘打王及左外野手，美國職棒大聯盟史上最偉大球員之一。

瓊斯先生笑出聲來。「你那副樣子，像是想暫時離開那些人，到這裡透透氣。」

比利笑笑，肩一聳。「他們人都很好。」

瓊斯先生又大笑起來，只是這次笑聲裡帶了點刺。「是啊是啊，他們人當然好，而且大家都好開心能見到你們。你們這幫人太強了。」

「謝謝誇獎。」比利注意到瓊斯先生腋下那附近鼓鼓的。他有帶槍。那一瞬間比利按下強烈的衝動——他好想朝瓊斯先生的食道狠狠一擊，打扁他整個脖子，卸除他的武裝，安全要緊。

「你在這兒找不到什麼反對派的。這些人強烈支持打仗，強烈支持美國，而且可是想什麼就說什麼。」

「是，先生。」

「欸，我和大家一樣關心政治，不過我寧願多聊聊美式足球。你呢？」

「先生，除了政治，我什麼都願意聊。」

瓊斯先生隨即「哈」大笑一聲。比利回的好像都是標準答案，不過他提醒自己千萬別棄防。

「你就是那個德州人？」

「對，先生。」

「你是牛仔隊球迷？」

「從小到大都是。」比利加強了語氣，刻意拍拍馬屁。

「這話聽了真舒服。那我們今天可要想辦法贏球給你看啊。哈洛，」瓊斯先生喚那黑人酒保：「給我們的年輕朋友來杯透心涼的可樂吧？裡面要不要加點什麼？」接著拋給比利一個慫恿的眼神。

「加一點傑克丹尼爾好了，其實嚴格說來我不該喝的。」

「別擔心，天知地知你知我知不就好了。還想喝點什麼？」

比利納悶這人爲何如此殷勤招呼他。「嗯，老實說，先生，我頭有點痛。如果有些止痛藥什麼的就好了。」

「等等。」瓊斯先生馬上拿出手機，神奇的是那麼短胖的手指（而且還大剌剌戴了兩枚超級盃戒指！不是一枚，是兩枚！），按起鍵來居然飛快。比利努力不去呆呆盯著那鼓鼓的戒指（怎麼很像手指上爬了兩隻螃蟹），只接過飲料，轉身面向屋內。深陷人群中的芒果朝他拋來又驚又喜的眼神，不過兩人交會的視線很快被人群打斷，像給耍了一場。圍在諾姆身邊的人愈來愈多，一群盤旋不去的蜜蜂。比利覺得這是很好的學習機會，可以貼身觀察這個社交高手。諾姆在這種場合的社交技巧可謂精采絕倫，集領導風範、個人魅力、掌控能力於一身，從他的笑容、從他針對每位賓客而設計的不同對話中，可以一次感受到這三種特質。他無疑是全場的靈魂人物與中心，而且比利看得出他操控一切的方式，不過，不過……他眞的十分投入，完全是諾姆的風格。他極度賣力表現自己，舉手投足無一不合宜，卻也明顯流露業務員那種緊張，或也可說像個二流演員，一切都做對了，卻總是有哪裡施展不開，不知是領子太緊，還是內褲哪裡卡到。諾姆當然是自信滿滿，唯我獨尊的樣子，可這份自信是心理勵志有聲書和激勵大師教的口訣堆砌出來的成果，是後天學來的自信，和學外語沒什麼兩樣，所以你也可以說，他的肢體語言裡仍有揮之不去的口音，他的笑容與手勢之中，仍隱約有關節轉動不靈的咔咔聲。

這光景令人不忍卒睹，等於連最基本的尊嚴都沒了——難道諾姆因爲這樣，才總是遭人奚落？有關他碰上怪事的傳說很多，例如有次在邁阿密南灘，一群人對他亮屁股；還有一次在肯塔基州的賽馬場，也是有人亮屁股。又如在紐約的「21」俱樂部，一群年輕愛鬧的避險基金經理，在男廁把他惡整一番。但不管怎麼說，他可是牛仔隊大老闆呀，所以他某種程度上想必費了好大的勁才有今天。比利望向歐格斯比一家人，他們同樣如諾姆般努力表現，就像掛在通電鐵絲網上晃動的一排鑰匙，不時爆出火花，不時閃著黃澄澄的金光，但說穿了也就是像業務員那樣，在人群前竭力推銷自己、哈啦打屁。比利想像著要以那種步調生活的樣子——隨時往前衝，隨時準備面對群眾，把全身上下最精華的氣力，全部投注在公眾領域上。

耶穌基督老天爺，光用想的就覺得這實在累死人了。比利念頭一轉，原先對他們的同情，此時轉爲敬意，因爲要每天早上起床，把整個牛仔隊王國的命運扛在肩上，這需要何等的自律啊。

瓊斯先生掛了電話，轉向比利。「馬上給你送止痛藥來。」

「眞是謝謝您。」比利努力不去看瓊斯先生身上隆起的槍套。「也謝謝您安排這一切。」他舉起飲料杯，朝屋內的人群比了一下。「眞的太好了。」

「啊，我們也很感謝你們這些優秀的年輕人今天能來。能辦這個活動，是我們的榮幸。」

「其實呢，我想知道的是，」比利幾口波本威士忌剛下肚，忽地有點借酒壯膽的意思，脫口而出：「你們是怎麼運作的啊？我是說，你們的生意，這整個隊，是怎麼做起來的啊？」他有點站不穩，絞盡腦汁想講一點貌似有程度的商業詞彙。「我是想問，ＯＫ，像你們怎麼開始的啦，錢從哪裡來啦，呃，就是蓋體育場的錢啦，還有地的問題、怎麼蓋等等啦，然後還有球員的薪水、教練的薪水，這可是好大一筆錢耶，我說得對不對？」

瓊斯先生呵呵笑起來，但沒有嘲笑的意思。「職業美式足球是門資本密集的生意，這點沒錯。」他講得很有耐心，一副教智障人士的語氣。「關鍵在於現金流量的槓桿，看你能不能生出足夠的收益，可以抵掉你的負債，同時又付得起該付的帳。所以你這個問題問得很好。應該也可以說，這是最關鍵的問題吧。你還眞抓到了重點啊。」

比利點點頭，好像他早就懂得這些似的。「嗯嗯，不過就從戰術的立場來說好了，」（哇賽，比利你眞厲害）「歐格斯比先生決定要買下牛仔隊的時候，他是怎麼買的？我想他總不會亮出信用卡，說，『嗯，我想今天就把牛仔隊買下來好了』吧。」

「不不不，」瓊斯先生笑了：「當然不是這樣。不過這麼說吧，槓桿眞是很美的東西喲，只要你懂得怎麼運用，眞的可以把山搬走。而諾曼・歐格斯比這個人呢，這麼說好了，講到怎麼談交易，我老闆完全是天才。我認識的人裡面，沒一個像他對數字這麼敏感，也沒一個比他會談判。我看過他一個人對上一屋子紐約投資銀行家，結果他們完全照他開的條件走。我跟你說，這些人可都有頭有臉不好惹的，一向都是他們說了算，但他們那天可踢到鐵板啦。」

哇靠，比利心想，我們眞的在談正事耶。他眞的和牛仔隊高階主管在談大人談的生意耶，這是他生命中最最特別的時刻啊。當然，他知道這話題他根本談不太下去（或說根本談不下去），瓊斯先生純是陪他演演而已。可是，不管怎麼說，他人在這裡，他們還在談。「負債比例，」瓊斯先生說著：

股權／股權回收

收入流／／循環信用

固定資產>抵押借貸

行銷

塑造品牌

商譽

資產負債表

貶值

一段時間的百分比

放款團體

或

以股權代替

由此

球員工會！！！！！

薪資上限

下跌

基金

信用債券

瓊斯先生的手機又響了。他瞟了螢幕一眼，對比利一笑便走開了。比利又給杯中的可樂加了一小杯酒，站到吧臺旁想事情。軍旅生活讓比利一下子認識了世界之大，他也因此總是納悶有些東西是怎麼生成的，比如說體育場、機場、州際高速公路系統、戰爭。他想知道這些東西誰來埋單？那幾十億幾百億怎麼來的？他想像有個幽微的平行世界，只靠數字運作，不僅與現實世界並行，甚至就存在現實世界裡，數字就像電影《駭客任務》那樣，是個透明的夾層，活生生的人類就在那堆數字間穿梭，猶如小魚優游海草間。這就是錢生存的空間，密碼與邏輯的整數領域，因果的幾何模組。市場、契約、交易的國度，以光纖做爲優雅的媒介，讓令人瞠目結舌的神祕財富，透過光束射向世界。看似最輕盈的東西卻最實在，但要怎麼進入那世界，他卻毫無頭緒，只想得到應該是透過另一個叫做「大學」的國度，但他是和那國度無緣了。他絕對絕對不會回去念書，而且光是想到這點，就讓所有舊恨頓時湧上心頭，而且可一路追溯至他的幼稚園時期，那就更別提上學那幾年簡直無聊到整個人都給掏空。如果說德州的公立學校眞能學到什麼知識，那他可從沒學到，而且他到最近才開始覺得若有所失，在他費力了解世界之大的時候，州政府剝奪了他知的權利，這是何等重大的罪行。就在他需要搞懂世界運作之道，誰得、誰失、誰拍板決定的時候。這種知識不是雞毛蒜皮小事。某個角度來說，這搞不好是一切的眞理。一個年輕人需要知道自己在世界裡的位置，這不僅是基本的人類尊嚴，也是存活方式的決定要素，而你眞心投入之後的收穫，可能是……

唉喲喲喲喲喲喲！！！

「可給我逮到嘍，老弟。你又恍神啦。」

「你搞什麼啊，班長！」

「要是這兒是伊拉克，你早就死了。」

「要是這兒是伊拉克，就沒有穿皮褲的正妹啦。拜託好不好，班長。」比利順順上衣，小心翼翼觸著胸膛。原來就在他剛剛沉思的當兒，戴姆偷偷溜到他背後，膀子一把勾住比利咽喉，在他左乳頭上狠狠擰了一把。

「我以爲你要把我奶頭揪下來了，班長。」

戴姆哈哈大笑，向吧臺要了雪碧來喝。他很喜歡雪碧，有機會必喝，若有健怡雪碧更好。

「戴姆班長，什麼是槓桿？」

戴姆喝了一小口雪碧。「怎麼啦，林恩，你背著我偷偷看《富比士》喔？你從哪兒聽來槓桿的？」

「那邊那個男的。」比利把下巴朝瓊斯先生的方向揚了一下。「他說諾姆會這麼成功，關鍵就在槓桿。」

「他這麼說啊，呵。」戴姆細細端詳著瓊斯先生。「槓桿啊，比利，只是用比較好聽的話形容別人的錢。也就是說借錢。負債。信用。抵押。用別人的錢來幫自己賺錢。」

「我不喜歡負債。」比利說。「我一欠別人錢就很緊張。」

「按理說來，腦袋清楚的人才會這樣。」戴姆把一大塊冰咬得咔吱咔吱響。「不過我不確定這年頭『腦袋清楚』還算不算是好事。」

「那諾姆呢？」

「諾姆怎麼了？」

「你是說，他腦袋不清楚嗎？」

「我不確定他到底算不算活人咧。」

比利大笑，但戴姆臉上沒有一絲笑意。

「我倒是很肯定一件事。」

「什麼事，班長？」

「他超哈亞伯特，哈到都硬了。」

比利選擇沉默。

「我猜啊，等你收服了國家美足聯盟，除了好萊塢之外，大概也沒剩什麼好玩的了。他一直黏著亞伯特談電影業的事。」

「那亞伯特呢?」

「他沒事，老弟。他在努力。」

「努力談我們那片子?」

「最好是。是我們把他弄來這兒的耶。」

兩人接著就沒話說了。瓊斯先生加入一群盛裝賓客，臉雖然在笑，目光卻依舊銳利，整個人呈現備戰狀態。比利固然年輕力壯，甚至受過軍事訓練，但若眞要和瓊斯先生打起來，比利覺得自己未必制得住他。

「你看到那邊那個男的沒?我剛剛說的那個?他有帶槍。」

戴姆一臉不悅。「我以為德州人人都帶槍。」

「是啦，可是到這兒還帶?太扯了。」比利對戴姆不爽的程度有點意外。「只有無賴才會在看比賽的時候還帶槍，是怎樣，嫌這裡一百萬個警察還不夠?搞不好他覺得憑自己就可以幹掉世上所有的恐怖份子。」

戴姆看了比利一眼，呵呵笑起來。但他隨即繃著臉湊到比利跟前，近得兩人差點鼻貼鼻。比利屏住呼吸，可惜為時已晚。

「你這混帳東西，你還在喝啊?」

「一點點而已，班長。」

「我有准你額外飲用酒精類飲料嗎？」

「沒有，班長。」

戴姆朝比利手裡的杯子瞟了一眼。「你有什麼意見嗎？」

「沒有，班長。」

「我們再過兩天就要回去幹活，你忘了嗎？」

「沒忘，班長。」

「你最好一滴酒都別碰，我是指馬上。」

「我沒碰，戴姆班長。我不會犯了。」

「你以爲我們在這邊風風光光，那些伊拉克人就會放過我們？」

「沒有，戴姆班長。」

「門都沒有。他們會一路死追我們不放。要是我不能指望你……」戴姆往後退了幾步，突然滿腹委屈似的。「比利，接下來的日子，我需要你。你要幫我，讓這班小鬼好好活著，所以別在我面前恍神。」

戴姆這番話，就在那一瞬間，讓比利的心碎成片片。戴姆就是這種人，你寧可爲他而死，也不願辜負他。

「我沒事，班長。我沒問題，眞的。」

「眞的？」

「眞的，班長。別擔心。」

「那好吧。喝點水，別在我跟前一副醉相。」

因此，隨後阿伯和快克朝比利走來時，他正很乖地喝水。那兩人得意洋洋咧嘴笑著，活像牙縫還塞著骨頭肉屑的獵豹。

「怎麼啦？」

「諾姆他老婆。」

「怎樣？」

「我們想上她。二對一。」

「別鬧了你們。她少說也五十五歲了吧。」

「我不管她年紀多大。」阿伯說。「你看她那德性。這騷貨有夠緊。」

「我一直都想找個有錢騷貨，插她屁眼。」快克說。

「怎麼這麼沒教養。」比利回道，同時也不解自己爲何道德意識突然高漲起來。「你們兩個有夠噁。我們是她的客人，你們怎麼這麼亂來。」

芒果也湊過來。「光說不做，不叫亂來，只叫嘴砲。他們不會對那位太太怎樣啦。」

「你看好了，」快克鄭重道：「一賠五，我要上她，賭一百塊。」

「聽你鬼扯。」比利仍堅守道德崗位。

「我賭了。」芒果說。

「我也要。」阿伯接口。

「什麼意思？」快克問：「你是說如果我幹她，你也要參一腳？」

結果他們還來不及把話說清楚，就有個牛仔隊的高階主管過來，這場景於是乎變成剪接的影帶，前一秒B班人還是精蟲衝腦混街頭的變態，下一秒就變成國家棟梁、為美國實現十字軍之夢的聖戰士。這高階主管把一疊《時代》雜誌放在吧臺上請他們簽名，不但要簽在封面上，還要簽在第三十頁，也就是報導的第一頁，大大的標題「安薩卡運河對決」：「安薩卡運河上的小村落艾德瓦立茲，是連伊拉克人都覺得偏遠的窮鄉僻壤，只有泥土蓋的小屋，和僅供餬口的農場錯落其中。但在十月二十三日早晨，兩小時的腥風血雨中，這偏遠的村落，卻是美國反恐之戰的焦點。」

然後是整整六頁的圖文，外加3D模擬的圖表，和一堆箭頭與標示，但這和比利印象中所有的戰役都沒半點關係。封面上甚至不是B班的人，而是第三排的戴克中士，他緊咬牙關，滿臉驚怖，但這特寫鏡頭刻意做得很模糊。「這群叛軍似乎一心求死，」崔佛斯上校對《時代》雜誌表示：「我們的弟兄自然很樂意成全他們。」這兩句都沒說錯，但當時是到了最後關頭，這些人才豁出去，像一支八到十人的小小自殺隊伍，從樹叢間一躍而出不再回頭，邊尖叫邊擊發手上的全自動武器，以烈士之姿，朝穆斯林樂園的大門最後一次狂奔。你的軍旅生涯，盼的無非就是這刻，凡是手上有武器的美國大兵，無不盡情殺個痛快，頓時眼前一片槍林彈雨，這群伊拉克人在眼前活生生炸裂，頭髮、牙齒、眼睛、手、軟綿綿的腦袋、炸得肉醬般四分五裂的胸膛，那景象難以置信，只要看過就忘不了，也不可能逐得出腦海。喔，我的同胞啊。「手下留情」完全不列入選項，就這麼回事。事後連比利都動過手下留情的念頭，而且還偏偏在最不該留情的時候。那種時候，無論有多少選項前例可循，都不列入考量。而早在戰場上出現各種選項之前，「手下留情」很可能從來就不是選項。

B班人很配合地簽名。這兩週來，他們簽了不下數十本《時代》，有些人甚至把他們簽了名的雜誌拿去eBay賣，不過，管他呢。這高階主管把簽好的雜誌逐一收妥，動作十分謹慎，很像才剛成功騙過所有人的律師，生怕一舉一動露出馬腳。

「『天命眞女』到了嗎？」快克問那主管。

「我不會有這方面的消息啦，小兄弟。」

「我們希望可以跟她們單獨相處一下下。」

高階主管笑了。「你是她們的朋友？」

這樣講話有點冒失吧。他搞不好其實是笑他們。

「我們是粉絲。」芒果臉不紅氣不喘回道。

「孩子，我還怕你不是粉絲呢。這樣吧，我去幫你們問問。」

那敢情好。B班人又盡情地快快喝了一輪威士忌可樂。那個叫哈洛的酒保很上道，倒酒時都在檯面下倒。還好，等有人來喊集合，把他們帶到冷冰冰的走廊上時，大家都已及時把酒吞下肚。賈許在走廊上先幫他們做記者會前的簡報。這時的賈許，手上多了寫字板，頭髮旁分梳得光潔，整個人就像剛乾洗過。

啦啦隊會在嗎？

「會，你們會看到啦啦隊。」

呀呀呀呀呀呀呀呀——呼！那跳不跳膝上舞？

「在記者面前不好跳膝上舞吧，各位。」

那我們中場時間要幹麼？

「我還不曉得詳細情況，不過我曉得翠莎好像要你們扮演什麼角色之類的。」

他媽的誰是翠莎？

「各位大哥，不會吧，就是歐格斯比先生的千金呀。你們剛見過不是？她爲了籌畫中場表演，已經忙了六個月啦。」

你跟她說，我們會唱歌！

「我相信你們都很會唱歌，不過我們已經請『天命眞女』唱了。」

喔對耶，我們想見見……

「我瞭我瞭我瞭啦，不過各位，她們可是『天命眞女』耶。要安排你們見面，恐怕有點超過我的權限。」

你豬頭你，夾許。

「我去問問啦，不過我可不保證什麼喲。」

大夥兒這回笑得更起勁，外加幾聲狼嚎。B班這下子精神全來了，不過站在原地好一會兒後，才明白他們還得等某人出現。這某人就是諾姆，待他終於現身時，還有一票人簇擁著他，有負責照相的、錄影的、幾個自家人，外加一大群牛仔隊的管理高層。

「準備好了嗎？」諾姆問，對B班燦然一笑。「我想你們現在已經是這種場面的老手啦。」說著俯身在成堆孫兒中撈了一個抱在懷裡，眾人一同浩浩蕩蕩在體育場東轉西繞，簡直像走迷宮，跟在戰艦裡面沒兩樣。比利的頭還在痛，而賈許這傢伙，別的事情都很靈光又牢靠，但怎麼又忘了他的止痛藥？這痛不但已經在比利腦袋四周凝聚成某種氛圍或罩子，還在痛處特別鑽了幾個洞，好比釘槍把釘子一根根扎進他的頭骨。

到了媒體室外，諾姆先把手上的孫兒交給別人抱，再站在門邊看B班整隊。「太好了。」他邊看邊喃喃自語，不時冒出「太讚了」、「好極了」、「棒透了」這類空洞的溢美之詞，而且其實也沒特別對著哪個人講。他這模樣讓人有點不忍卒睹，就像旁觀生日派對上最胖的那個小孩繞著蛋糕打轉，滿臉寫著但願能把蛋糕據爲己有的欲望。但不管怎麼說，諾姆仍是率先走進媒體室的人，而他一現身，立時引起啦啦隊中一陣騷動尖叫。比利一進門就看到了——啦啦隊員先是揮舞彩球，跺著皮靴，高聲大喊，倏地很有節奏地呼起口號來。當然啦，這是她們的工作：

美國軍人最強大
表現世界一級棒
感謝軍人衛國土
讓我平安又堅強

比利在舞臺上找了位子，只覺這場戰爭瘋狂的程度再次超越顚峰。諾姆忙著慫恿記者們站起來呀！站起來！記者大多是男的，約有四、五十人吧，儘管不怎麼喜歡讓人擺布，倒也滿配合地跟著站起來鼓掌，不太情願地笑笑，但不可諱言，他們在現場氣氛感染下，也變得活潑起來。諾姆朝B班人比了一下，高舉雙臂，彷彿在對記者說，呶，看我幫你們帶什麼來了！

他據說是個行銷天才，諾姆這人。比利坐在媒體此起彼落的刺眼閃光燈下，忽地冒出一個很怪的念頭：他們其實並不存在，他們只活在諾姆．歐格斯比的腦袋裡。諾姆不斷燦笑、鼓掌，手忙著不斷朝B班比。湛藍的眼眸閃著某種特別的，喔不，某種「聖潔的」光芒。他對牛仔隊這品牌太有自信，自信到連上帝也會站在他這邊。還會有什麼更高的呼召？還能有什麼生命的大義？牛仔隊無論得到什麼利益，都是上帝的作爲，萬事萬物必奉行祂的旨意。

現場瀰漫塑膠和人造樹脂的氣味，大型電器過熱的那種味兒，空氣也隨之窒悶起來。「U-S-A！」某個啦啦隊員高喊起來，隊友們隨之同聲：「U-S-A！U-S-A！U-S-A！」諾姆也跟著邊喊邊拍手，隨著節奏搖擺。現場的啦啦隊員多到可以占滿媒體室三面牆——一下子看見這麼多外露的女性肌膚，一時讓B班人驚得有點回不過神。一堆攝影師在他們面前左閃右移，不斷朝他們臉上閃光，燒灼他們的眼，搞不好一路炙烤到腦裡的某些區塊也說不定。負責錄影的攝影大哥們則分據舞臺兩邊。舞臺有兩呎高，用看來不太牢靠的夾板撐起。臺上的背景則是內彎的背板，布幕上印了牛仔隊星星和耐吉的勾勾商標。這場地其實滿簡陋的，很像工會會所或某個經費短缺的活動中心。頭頂上是日光燈，地面各個角落都鋪著令人髮指的全天候材質地毯，硬塑膠外殼的鋼管椅。諾姆坐在桌前最右邊的座位，把身子挪近麥克風。

「我，」諾姆開口，但有幾個啦啦隊員還沒安靜下來，害他不得不打住。他笑笑，垂眼望望自己的手，見這幾個小女生這麼投入，不由呵呵輕笑幾聲，這讓在場的媒體記者也跟著笑起來。

「我，」他重頭來過，這次學會等到那幾個啦啦隊員終於安靜下來，才繼續道：「我，」——他又停了一下，不過這次純是製造效果：「和牛仔隊全體同仁，」——「牛仔」，比利學他的口音，暗暗朝自己打嘴形，搔一下耳朵深處那個聽得彆扭的疙瘩。「今天呢，非常高興，也無比榮幸，能請到B班這幾位傑出的年輕朋友跟大家見面。在我左手邊這幾位，是眞正的美國英雄。如果你想找一個團隊，眞的了解每天兢兢業業、苦幹實幹的意義，那他們就是最佳的人選。這些人，是我們國家最傑出的菁英，而我們的菁英，絕對是全世界最頂尖的。他們在伊拉克戰場上的表現，就是最好的證明。」

啦啦隊那邊又是一陣叫喊，高潮式的尖叫迅即轉為整齊劃一的「U-S-A！」口號。比利納悶，是有人叫啦啦隊開口打岔？還是她們自己決定何時該出聲？啦啦隊原本就是陪襯的角色，然而啦啦隊的本質又是愛現——比利逐漸察覺這中間的矛盾。這些高唱團隊精神的男生女生，其實心裡總是很痛苦，因為永遠只能在旁幫人喝采，自己卻是那個付出最多的人。沒人會幫啦啦隊加油啊！許多人聽來刺耳的狂熱尖叫，其中想必藏了不少辛酸吧。諾姆依然呵呵笑，大搖其頭，彷彿在說，呵這些小妞啊。牛仔隊的高階主管們也在一旁嘻嘻笑。

「我深信，」諾姆繼續說：「各位現在應該都已經很清楚B班的光榮事蹟。補給車隊遇上埋伏的時候，他們一馬當先伸出援手，直接開戰。不但沒有援軍、沒有空中支援，而且敵眾我寡，敵軍還為了發動這場攻擊準備了好幾天。這些英雄完全不顧自己處於劣勢，甚至也懷疑過可能是個圈套，但還是毫不遲疑，奮不顧身……」

幾個啦啦隊員又叫起來，不過這次諾姆舉起手掌示意安靜。此時此刻，他不願有人打岔。

「我們很幸運，有個福斯新聞臺的隨隊記者，在事發不久之後到了現場，所以我們才有機會親眼看到，這些傑出的年輕人那天的英勇表現。我得說，我看到，那支，影片，的時候，覺得自己從來」——諾姆嗓子一啞，俯身向麥克風靠得更近了些：「從來，從來沒有這麼以身為美國人為榮。要是你還沒看過這段影片，我建議你馬上看一下……」

比利的心又飛跑了。他這會兒算是略略適應了周遭，於是這才頭一次認真打量起眼前的啦啦隊來。他完全不曉得啦啦隊可以有這麼多人，簡直就像把肥美多汁、各色各樣的女性胴體，活生生端到他面前任君挑選，各式精心雕琢的小腹、豐滿的大腿、窈窕的纖腰、凹凸有致的臀部，渾圓的酥胸。她們穿著牛仔隊最招牌的中空裝，胸罩中央打著蝴蝶結，喔上帝啊，這麼多圓潤的巨乳，就在那小塊布料間呼之欲出。是的，這堆巨乳隨時可能溢出、狂洩，把他們統統淹沒，所幸那幾塊少得可憐的布料勉強擋住這股山洪，否則B班人就要全滅了。

「我自己有種感覺，」諾姆說：「我覺得這場反恐之戰，很可能非常單純，就是場善與惡的對決，我們這輩子大概也就是看這一次了。有些人甚至會說，這是上帝給我們的考驗，要試煉我們這個國家的精神。我們有自由，可是我們有資格享受自由嗎？我們有決心捍衛這個國家的價值嗎？我們有決心捍衛我們的生活之道嗎？」

比利還以爲某些啦啦隊員是脫衣舞孃，她們像職業老手，冷漠的表情中帶著濃重的醉意，不過這裡大多數應該都是大學女生，清新、嬌美，挺翹的鼻梁，光滑的頸項，在在展現青春肉體的活力，那麼純眞無邪。別盯著她們看啊，比利提醒自己，別給人當成變態。亞伯特和麥少校一同坐在後排，比利腦袋裡轉著這兩人可能會聊的話題，還滿好玩的。亞伯特偶爾會放下黑莓機，抬頭看看B班人，眼神銳利卻不致冷冰冰，反倒很像什麼富豪，望著自己的得獎純種馬繞著馬場小跑步。

「有些人說這場仗不該打，但我想說一點，這世上出了個數一數二冷血又好戰的暴君，而我們把他趕下臺。這個人，親手殺了自己幾千個同胞，眼都不眨一下，只會給自己蓋皇宮，不顧有那麼多學校荒廢、醫療保健系統癱瘓。他養的是世界一級會花錢的軍隊，國家的基礎建設卻破敗不堪。他把資源大批大批運給自己的麻吉、政治的盟友，放任這些人榨乾國庫、中飽私囊。所以我得問問這些反戰的人，今天要是海珊執政，我們的世界會太平嗎？美國該做的，不就是促進自由民主，讓全世界人民都有機會決定自己的未來，甚至對抗這種殘暴的強權嗎？這向來是美國的使命，也正因此，我們才是全世界最偉大的國家。」

比利在想，諾姆會不會哪天去競選總統？B班人這兩週來聽了不少政客公開演講，而眼前的諾姆口若懸河，比起他們見過的這些政客毫不遜色，不但儀表堂堂，懂得看人說話，連現在政客演說時的語氣都學去了（有點受傷、帶點任性的語氣）。若要說這場表演有什麼很礙眼的做作（諾姆自己也知道自己是表演，不時便偷偷瞄一下心裡那扇鏡子），比起那些公眾人物，也沒糟到哪裡去。比利覺得聽眾反正好像也不在意。這些裝腔作勢，聽眾只是當耳邊風，或許在尋常的美國生活中，他們已經被各種推銷話術輪番轟炸得百毒不侵，所以舉凡花言巧語、狗屁扯淡、刻意操作、瞞天大謊，換句話說，無論哪種形式的廣告，要能打動他們的門檻已如天高。比利自個兒也是在戰場上待過之後，才察覺這種話術有多虛僞。

「我最近很榮幸，有機會去拜訪總統，他向我保證，這場戰爭我們絕對是占上風。毫無疑問，我們可說是勢如破竹。我們有全世界最精良的軍隊、最先進的設備、最尖端的科技，還有大後方最強力的支援。只要我們堅持下去，勝利只是遲早的事。」

在場的媒體顯然早已不耐煩，甚至擺出一臉不爽的樣子。沒人想到諾姆會講這麼久，連B班人也沒想到。他們早已受夠了回答媒體的問題，也開始坐不住了。比利把注意力移回啦啦隊員身上，玩起他的小實驗，把視線集中在右手邊那排啦啦隊員。只要他與哪個隊員四目相接，她會立刻綻放煙火般燦爛的笑容——就像打開一整排舞臺上的聚光燈，啪啪啪啪。不過他看著看著，視線忽然停住，倒回，定在一個嬌小白皙的女孩身上。金中帶紅的秀髮倒梳成蓬鬆的髮型，柔軟地披散在起伏的酥胸上。她再次展顏，開懷笑著但沒出聲，朝他睇了下眼。他明知這是她職責所在，可胃裡還是不由像踢反彈球，重重彈跳了一下。有個俏女郎，盡自己的本分，爲國軍弟兄加油。

記者群愈來愈不爽了。記者會剛開始時眾人紛紛高舉的攝錄器材，這會兒早已不見蹤影。比利要自己忍三十秒不看啦啦隊，但同時也很小心不去看電視臺的攝影機。你盯著攝影機，螢幕上的你就會回瞪自己，全天下還有什麼比這招更快把自己變成怪胎？你直接看鏡頭時，鏡頭好像特別能拍出你的罪惡感，要不就是把你拍得很白目。

「各位先生，各位女士，九一一是給我們全國的警訊。我們要等到發生這麼大的悲劇，才會覺醒我們要爲人類的靈魂而戰。這種敵人不能靠安撫，也不能講道理。他們不談判，恐怖份子也不會片面解除武裝。像這樣的戰爭，如果我們放出錯亂的訊號，只會助長敵人……」

待比利終於再次看向啦啦隊，她居然等著他！先是給他一個超大的笑容，又對他眯了眼，接著再眨了一下。這種示好自然是業務需要，不過比利任憑自己幻想，嗯，她眞的很哈我，我們會見面，交換電話號碼，出去約會，然後一起出去好幾次，上床，墜入愛河，結婚，繁殖，把小孩教得很棒，接下來這一輩子就盡情做愛做愛做愛。管他的，有何不可，打從盤古開天，人類不就一直幹這檔子事？爲什麼不能輪到比利享受享受？他轉去看別的地方，再移回視線時，兩人都笑了，靜靜地爲他們之間小小的默契而笑，無論那默契代表什麼。

「……這些傑出的年輕人，這些眞正的美國英雄。」諾姆說著，終於把B班端出來，供大家盡情享用。**歡迎蒞臨達拉斯**，第一位發言的人說。啦啦隊那邊掀起一片歡呼，彩球舞動。

你們到了這兒之後，都做了些什麼？

B班人面面相覷，沒人開口。片刻沉默之後，現場哄堂大笑。

「『這兒』是指達拉斯，還是體育場？」戴姆問。

兩個都算。

「嗯，達拉斯嘛，我們是昨天下午大概四、五點到的，就先去飯店，進了房間，再出去吃了點東西。然後稍微觀光一下。」

晚上觀光？

「晚上可以看到很多有趣的東西。」戴姆面無表情回道。現場一陣笑聲。

你們住哪間飯店？

「市中心的W飯店，大概是我們這趟旅行住過最棒的飯店。感覺自己很像搖滾巨星。」

「W飯店，」洛迪斯開口：「是不是代表……」

沒——**啦**。現場有大半的人吼他。

「呵。因為我剛想到總統搞不好……」

沒啦沒啦沒啦沒啦。

你們目前為止最喜歡哪個城市？

「你是說，達拉斯以外的嗎？」賽克斯問，這句引得啦啦隊一片叫好。

你們回來之後要重新適應這邊的生活，不會睡不著嗎？

B班人面面相覷。不會。

你們出過的任務裡面，哪個算最怪的？

突襲養雞場。

最艱難的任務呢？

有弟兄陣亡。

最激烈的呢？

去流動廁所。

我們眞的有改變什麼嗎？

「我覺得有。」戴姆回得很小心。「確實有改變。」

變得更好嗎？

「在某些地方，是，絕對更好了。」

別的地方呢？

「我們還在努力。我們非常努力要做得更好。」

我們最近聽了很多關於薩德叛軍的事。你可以跟我們談談嗎？

「薩德叛軍，嗯，這個嘛。」戴姆想了一下。「你想想一個團體的領導人長得像《我家也有大明星》的『烏龜』，靠得住嗎。」

哄堂大笑。

你們在那邊有沒有做什麼運動？在營區裡？

「太熱了，沒辦法。」

那空閒時候有什麼消遣？

打手槍！！！B班人齊聲尖叫，或者說，應該會齊聲尖叫？不過萬一眞叫了，戴姆八成會一個一個慢慢解決他們。「軍方很會派任務給我們，簡直多到爆炸。」戴姆說。「所以我們沒什麼空閒的時間。我們一天大多值勤十二、十四小時，很多時候，時間比這還長。不過萬一眞有空檔，嗯，不曉得，各位，我們有什麼娛樂活動？」

玩電動玩具。

舉重。

去福利社買東西。

「我喜歡幹掉敵人，聽他們的女人哭號。」快克一口結結巴巴的德國口音。現場的空氣頓時凝結，不過等他接了話，又爆出一陣哄笑：「這是《王者之劍》的臺詞啦。我只是一直很想說說看。」

比利繼續和他的啦啦隊員忙著眉目傳情——瞟一眼，笑一下，皺皺眉，扮鬼臉，然後兩人含情脈脈、意味深長地互望，足足望了好幾秒。他只覺自己體內莫名其妙進了水，五臟六腑化成了軟皮球。

當面見到總統，感覺怎麼樣？

「喔，總統啊，」戴姆的勁兒忽地來了：「眞是個魅力十足的男人！」B班人聽了只能死命繃著一張臉，因爲他們那排無人不知，戴姆根本恨死那個耶魯小屁孩（戴姆的詞兒）。他們剛到那邊出任務時，戴姆在自己那輛悍馬副駕駛座門上，拿肥皀寫了「布希的奴才」幾字，還畫了一道箭頭直指車窗，窗後那個副駕駛座，就是他，戴姆慣常坐的位置。後來少尉終於看到了，命他洗掉。「他眞是讓我們覺得像回家一樣，很舒適，很自在，就好像，怎麼說，就像你去你家鎭上的銀行辦汽車貸款，你巴望碰到一個人超好的行員，那就是他啦。他眞的好親切，和他講話很舒服，感覺就是可以坐下來一起喝啤酒的那種人。只是，呃，我想他現在不喝酒了，是吧。」

此語一出，記者群中傳出幾聲竊笑，也有幾人怒目而視，不過大多數人仍沒受影響，公事公辦。

那邊吃的東西怎麼樣？你們可以上網嗎？手機可以通嗎？那邊有沒有體育頻道可看？B班人大概就屬

這點和戰俘沒兩樣，總有人不斷問他們一樣的問題。有人問在伊拉克每天會碰上哪些棘手事，快克說是駱駝蜘蛛，阿伯講到很會咬人的跳蚤，洛迪斯順口插嘴，說了自己皮膚的問題。「我的皮膚乾得要命，很多地方都裂開了，還起一堆皮屑，我兄弟阿呆每次都要拿潤膚乳液開我玩笑，我都會說，靠，給我一點乳液啦！」這樣又講了好一陣子。

你們有信教嗎？

「我們各有各的做法。」回答的人是戴姆。

你們在那邊的時候，有變得更虔誠嗎？

「嗯，你如果看了我們看過的事，很難不去想那些大問題。生啊，死啊，這些的意義。」

我們最近不斷聽到有人要拍你們的電影。現在情況怎樣？

「喔，對，電影。這麼說吧，我們管伊拉克叫『不正常的正常』，因爲那邊什麼希奇古怪的事都是家常便飯。不過，就我們目前爲止對好萊塢的認識，好萊塢大概是比伊拉克更不正常的地方吧。」

大夥兒笑了。滿堂哄笑。亞伯特的視線沒離開黑莓機，居然也能朝他們拋個警告的眼神。拜託，上帝，比利暗暗禱告，請別讓希拉蕊史旺來演。接著某個記者問，是什麼「啓發」B班人，在那決定性的一天，在安薩卡運河奮不顧身。大夥兒看戴姆，戴姆看比利，現場眾人的視線也隨著戴姆一起移到比利身上。

「林恩下士是最先發現那邊狀況的人，也是最先採取行動的人。我想由他來回答這個問題最適合。」

喔拜託喔我靠。比利根本沒有發言的心理準備，而且他也對「啓發」這詞很有意見。「啓發」？用這詞會不會太講究了點？不過他還是盡力而爲，急著想說個最妥切的答案，想把那場戰役的體驗正確無誤說出來，或者說，盡可能講得如臨現場，也就等於把一切和盤托出。他逐漸明白，他終其一生，都會努力將那天發生的種種理出頭緒。

大家都望著他，等著。在滿室沉默轉爲尷尬之前，比利終於開口。「呃，啊，」比利清清喉嚨：「很坦白跟各位說，那天的事我其實不太記得了。大概情況是，我看見施洛……布利姆中士，然後，呃，我看到他在那邊，被叛軍捉住了。不知道，我就覺得非採取行動不可。我們都曉得他們對抓到的人會怎麼樣。你隨便去那邊的哪個市集，都可以買到影片，看他們到底幹了些什麼。所以，我猜我當時是想到了這點，但那就是一個念頭，倒不是說我有很清楚的想法。反正，說眞的，你也沒什麼時間思考。我想就是我把受過的訓練全部派上了用場。」

他覺得自己好像講得太冗長，但好歹他講完了。眾人紛紛點頭，一臉同情，這應該是說他表現得還好，沒像個白痴吧。但記者緊接著又對他展開第二輪攻勢。

你是第一個趕到布利姆中士身邊的？

「是。是的，先生。」比利覺得自己的脈搏開始崩解。

你趕到他身邊的時候，做了什麼？

「開槍還擊，提供救援。」

你趕到他身邊的時候，他還活著嗎？

「他還活著。」

那幾個把他拖走的叛軍，當時人在哪裡？

「呃，」比利朝旁邊瞟了眼，咳了一聲。「地上。」

叛軍死了？

「我的印象是這樣。」

記者們都笑了。比利其實並沒搞笑的意思，但他多少瞭這句話背後的幽默。

是你打死他們的？

「呃，我在趕去的途中，已經和那些目標交戰。雙方有幾次交火。他們得把布利姆中士放下來，才能對我開槍，接著就是雙方交火。」

所以是你打死他們的。

一股腐臭的噁心之感，整個從他腋下湧出。「我不敢說肯定話。當時子彈從四面八方射來，場面非常混亂。」比利頓了一下，整理好自己。要好好講話，真的得花很大力氣。「我的意思是，好啦，就算我真的打死他們，我也無所謂……」

他原本還要說下去，但全場迅即爆出如雷的掌聲。比利驚呆了，擔心他們是不是聽錯重點，結果他發現這些人真的聽錯重點，但又覺得自己沒那個口才把話說清楚，也沒自信可以讓媒體接受他的說法。反正現場皆大歡喜，他決定這樣就好了。鎂光燈這會兒開始啪啦啪啦對著他閃，他只好咬牙撐著，一如他這十九年生命中的經歷，都得用撐的挺過去。等到掌聲漸歇，記者又問他，今天演奏國歌時，有沒有想起他的朋友布利姆中士？他說有，純是順著現場的氣氛話滾話。有，**我一定會想到他的**。這幾個字他自己聽著都覺得噁心。他不由納悶，到底是哪門子的轉化程序，把所有關於戰爭的討論，都變成對生死大哉問的褻瀆？彷彿要好好討論生死，就非得進入某種類似禱告的語言模式不可，要不就乾脆閉嘴，閉上你的狗嘴，沒想清楚就別講話。比起聽國歌時不自主的抽搐、悲喜交集的啜泣、補償性質的擁抱，或大家掛在嘴上的什麼「完結」，沉默，才是最接近那種體驗的方法。大家都希望有簡單了事的辦法，但偏偏就是沒有。

「我相信我們大夥兒都會一直想念他。」他接著說，幫這一整坨熱騰騰的噁心濫情鬼扯淡，倒上最後一攤。他媽的沒錯，即使難受到天荒地老，他都會一直一直想著施洛姆。而且他和大家一樣，都愛國歌。

那今天誰會打贏？

「牛仔隊！」賽克斯高喊，啦啦隊員跟著歡呼響應。諾姆憑高超的專業直覺，知道時機成熟，隨即起身宣布記者會到此結束。

爲了上帝乾磨蹭

隔天早上《達拉斯早報》的頭版會刊出一張巨大的近距照片，背景是記者會結束後，眾人擠成一團，阿伯夾在中間，面對數支麥克風，頭上多了三張啦啦隊員的臉。圖說是「牛仔隊歡迎美國英雄」，接著是：「B班專業下士布藍登・赫伯昨日於德州體育場受訪。專業下士赫伯與B班全體，昨日走訪全國巡迴凱旋之旅的終站達拉斯。牛仔隊昨日以7比31敗北。」

比利後來注意到這篇報導有幾點不對勁。首先，他們把阿伯的名字搞錯了，B班人隨後也因此跟著叫他「布藍登」，或是「布藍當」，而且故意裝得正經八百地發音，活像學老師擺架子卻學不像的助教。「布藍當」這次出勤要扛五〇機槍；「布藍當」要在快克破門後先衝進去；「布藍當」在新淋浴間不小心碰到電線，給電得七葷八素。其次，比利發現阿伯整個人大概只有四分之一正對鏡頭、面向拿麥克風（但沒入鏡）的人，那三個啦啦隊員卻是直接對著鏡頭笑，阿伯相形之下成了無關痛癢的道具。第三，阿伯的表情好開心。他二十二歲，在比利眼裡就是老人。但比利一見照片裡阿伯那興奮無比的笑容，那放肆稚氣的開懷，才明白他的好兄弟其實也不過就是個孩子，會把「哈利波特」系列讀了又讀，還會寄「信」回家給狗狗（其實寄的是一條他塞在腋下好幾天的毯子）。

比利事後才不安起來，因爲這照片。他看到阿伯臉上寫滿過度的信任，不假思索便深信能在某時某刻生於美國眞是福氣。只是拍下這照片的那當兒，比利自己也忙得很。這些啦啦隊員想必人人各有任務在身，因爲B班每個人前腳才步下舞臺，後腳就正好被三個啦啦隊員圍住，這一刻凝聚的能量就像有人幫你代禱（先不論代禱的內容是否也能給你同樣的能量）。比利不敢眞的去碰她們，但這些女生立刻湊過來緊貼著他，就跟姊妹一樣不帶遐想。比利一見這三人臉上一層蓋一層的濃妝，有點失望，但決定不去在意，因爲她們實在太漂亮，而且人很好，身材又棒，老天啊，她們的身體跟輪胎一樣緊實。**能見到你眞榮幸啊！歡迎光臨德州體育場！你的光臨是我們的驕傲！**噢幹我的老天爺，連頭痛得想撞牆的男人，也能覺得在這些女孩的懷抱中獲得新生，喔不對不對，是這些「女人」，這些「生物」，有芳香的秀髮，能讓你一手掌握的俏臀，令人頭暈目眩的乳溝深谷，讓男人甘心縱身墜落，從此人間蒸發。

消失在那深谷，其實也無所謂。就盡情墜入女性肉體避風港的深淵，就此消失吧。她們的胴體撩起他體內無比柔情蜜意，一種幾乎無法抗拒的本能，想一頭栽進去，深陷那個溫柔鄉，說，**我愛妳**。**我需要妳**。**嫁給我**。喔，不過坎蒂絲的奶子是假的，其實那也無所謂，那對奶子就像木蘭飛彈之類的彈頭，從她的胸膛穿出。艾莉西亞和蕾克西絲的奶子就是眞的，比較有曲線。但不管怎麼說，她們都美若天仙，小巧的翹鼻，白亮刺眼的一口貝齒，曬成金黃烤餅般的盈盈纖腰，他得強忍伸手攫住的衝動，只爲試試那柔軟的弧線有多彎。

「你今天開心嗎？」坎蒂絲先問。

「棒呆了。」比利答道。「希望我剛剛在臺上沒講太多話。」

「嗄？」

「你哪有。」

「怎麼可能！」

「你好棒喔。」蕾克西絲誇他。「大家都被你講得超感動的。」

「呃，感覺滿怪的。我通常話沒那麼多。」

「你表現得非常好。」她講得斬釘截鐵。「相信我。你完全講到重點。」

「而且又不是你自己要講的。」艾莉西亞說。「是他們一直問你問題，你不講還能怎樣？」

「我自己是覺得他們這樣很沒禮貌，那些人問的問題，有些還眞的滿糟糕的。」換蕾克西絲接話。

「你在媒體面前一定要很小心。」坎蒂絲說。

一堆攝影師和電視臺攝影大哥隨著人潮湧來，外加一堆記者、牛仔隊高階主管，還有不知來幹啥的人。比利發現瓊斯先生在最外圍鬼鬼祟祟，他身上有槍，本就是個危險人物，好歹也是個比利欲除之而後快的傢伙。搞了半天，啦啦隊居然有專屬攝影師，一個頭有點禿、看來資歷尚淺、忙著發號施令的傢伙，每次要按快門之前，都會大喊「別動！」，對眼前美不勝收的模特兒完全無感，和肉品包裝工廠的剝皮工沒兩樣。別動！——嘰——咔擦。別動！——嘰——咔擦，快門開開闔闔，像老男人鬆弛的括約肌。這幾個女生趁拍照的空檔，跟比利講起她們去年春天的「聯合服務組織」之旅，去了巴格達、摩蘇爾、基爾庫克，和更遠的幾個地方，外加僅限志工參加的旋風式拉馬迪之旅，她們搭乘的黑鷹直升機還差點遭砲擊。

「我實在不知道你們怎麼受得了。」艾莉西亞說。「那邊生活眞的滿苦的，天哪，乾得不得了，風又大，沙又多。還有那些人，伊拉克人，他們住的地方？都是泥土蓋的小屋，簡直像耶穌住的。」

「去過這麼一趟，我們才更了解你們在那邊的意義。」蕾克西絲對他說。「我們對你們的貢獻，更知道感恩。」

「吃的倒還不錯。」坎蒂絲說。「『大鍋飯』嘛。我們只有幾次得吃調理包。」

「好——多碳水化合物喲。」蕾克西絲搭腔。

「我發誓，我們回來之後啊，我每次聽到國歌都哭。」艾莉西亞坦承。

比利原本盼著可以見到那個髮色金中帶紅的女生，卻也知道此刻的自己實在應該感恩，他身邊可是三個性感美艷的達拉斯牛仔隊啦啦隊員耶！三人都如此亮麗可人，身上的味兒那麼香，發現他是德州老鄉後，還開心得歡呼，與他擊掌。她們的酥胸不斷朝他雙臂推擠，渾身上下感官的開關為之齊鳴，就像電動玩具裡加分的叮鈴叮鈴聲。每有媒體靠近，她們便把拇指往熱褲一扣，翹起俏臀站著，擺出風情萬種的姿勢，像是看記者敢不敢來整她們心愛的比利。而這群男性記者招架不住，最多只能邪邪一笑，別開視線，語氣也有點帶刺。**好啦好啦，我們知道妳意思啦，大姊**，這話其實也是對比利說的。**現在你可是大人物嘍，了不起啦**。比利從記者們的眼中看自己，才發現啦啦隊員簡直是把他當怪胎皮條客，而且他負責的可不是一兩個，是三個姑娘喔。他當然知道這只是做做樣子，當然，她們也知道他知道，所以她們這樣故意逗他，難不成是激他展現男性雄風的小手腕？

比利厭惡起這種狀態。記者又朝他拋了幾個預擬的問題。他高中時有沒有玩什麼運動？他是牛仔隊球迷嗎？今年回家過感恩節，有什麼感想？

「呃，嚴格說起來，」比利得點他們一下：「我沒回家。我人在這兒。」

這些人甚至不用記筆記，只要拿著長得很像巧克力棒的小小錄音器材，把他的話照單全收就好。他們光是站在那邊，竟就出奇地惹人厭。說穿了不過就是一群中年大叔不是？大多是白人，撐著大屁股，一身乏味已極的半正式穿著，活像從滿是老百姓的生物池裡，撈出一批最悲催的樣本。那一瞬間，比利其實相當慶幸打了這場仗，喔耶，要他像齣爛喜劇布景那樣任人移來挪去，還不如叫他上戰場開槍把人打爆。天曉得打仗是爛差事，不過他也沒什麼興趣過這種無味的太平生活。

他在人群間看到了那個啦啦隊員，她給派去接待——（啊搞屁啊！）——賽克斯。這整個活動程序讓他愈發不耐。她瞥見他的眼神，回給他一個看似溫暖眞誠的笑容，再歪了一下頭，表示關切，也可能是不解。他的腹部這下子忽地一陣緊，像挨了人家一拳。

等媒體終於走了，他轉向蕾克西絲問：「要當啦啦隊員，一定要單身嗎？」

她「哈」地笑出聲，朝啦啦隊員掃了一眼。喔天哪，她們以爲他想示好。

「喔，沒有。」她答得果決明快。「沒這規矩，我們隊上也常有已婚的女生。我啊、坎蒂絲啊、小艾啊，都沒結婚，不過我們都有穩定交往的男朋友。」

比利忙著點頭附和，脖子都快斷了。嗯哼，嗯哼，對啦妳當然有男朋友啦！「喔，我只是，嗯，好奇而已。」

這幾個女生彼此使了個眼色。你當然好奇啦。他努力想該怎麼委婉地說，我有興趣的不是妳們三個，可是琢磨好的話還沒出口，賈許就來喚他。要上場了。媒體想拍照，拍諾姆和B班人合照。舞臺上的位子已經空出來，椅子退到後排，人聚攏了過來。諾姆有個小孫子咻一下飛奔閃過，和啦啦隊員玩「抓到了，你當鬼」，豎起的小小陰莖硬硬地抵著他的褲子。大夥兒一一就定位之際，有個記者問諾姆，對可能的新體育場有何計畫。眾媒體頓時對這天外一筆紛紛傳出不滿之聲。

「嗯，我們現在用的場地顯然是老了。」諾姆答道。「不過德州體育場一向是牛仔隊的大本營。我想短期內還不會有什麼變化。」

「可是，」那記者自己先起頭，引得現場一陣笑聲。諾姆也微微一笑。他很樂意在這套標準戲碼裡做球讓別人接。

「可是就組織長遠的健全來看，我覺得我們以後必然要研究一下這個問題。」

「艾文市議會裡有人說你已經在研究了。他們說，你把體育場的維修預算砍了百分之十七，就是這個原因。」

「沒的事，不可能。我們才照正常程序評估過營運狀況，發現是有幾處多餘的預算可以刪掉。我們絕對要把德州體育場整修成一流的場地。」

「你可能考慮把整支隊移回達拉斯嗎？」

諾姆只對著鏡頭笑笑，現場快門與鎂光燈咔啦咔啦齊響，活像一群鸚鵡忙著啄開種子的殼。有些記者仍繼續追問體育場的事，但諾姆沒理會。比利逐漸有點懂得這中間的權力變化了。這權力方程式的一端是某大企業執行長，另一端是比利朝便斗射出強力水柱之餘，細細研究的那只便斗。諾姆的職責是把牛仔隊的品牌價值拉到最高；媒體的職責是把諾姆朝他們射出的公關水柱，一點一滴、一攤一沱全都吸乾淨。但有血有眼淚的人類也有理性與自由意志，自然而然會痛恨此等待遇。或許這就是記者何以老是擺出被人倒了一千萬的那副嘴臉，臭到極點，活像健身房用過的毛巾，溼答答的全塞在毛巾籃裡。明天比利就會看到報紙，納悶爲什麼有些事沒寫出來——那就是，記者們，儘管牢騷滿腹，還是照著諾姆的意思群聚此地，諾姆說了B班人什麼，他們就照寫什麼。一切都是大剌剌安排好的行銷活動，沒有知識價值，沒透露一絲內幕，除了大打牛仔隊品牌知名度外，沒有一丁點實質意義。

最唬爛的是，這不也該是報導的一部分嗎？但記者們一個字也沒寫，連一句牢騷、一點線索都沒有，完全不提自己被利用得多徹底，也察覺不出他們對諾姆的感覺。比利從媒體的肢體語言來判斷，覺得他們的情緒應該是憎惡與恐懼，兩者比重不相上下。只要諾姆願意，應該可以讓他們隨便哪個人打包走路，搞不好直接幹掉也不一定。倒不是說他眞會這麼做，大概吧。比利發現瓊斯先生在不遠處，和幾個西裝畢挺的人討論比賽的賭盤預測。牛仔隊讓四分？讓三分？那群人吃吃笑著，活像大家上的是同一個女人，互相比較她使過什麼床上功夫。比利實在很想走過去一拳打扁他們的臉。他也說不出自己到底看哪裡不順眼，可他就是很不爽，或許是瓊斯先生的槍惹了禍，也可說是那把槍本身的含意，那種跋扈，帶個殺人武器走來走去的那種囂張。他很想說你懂不懂啊？你想親眼看看殺人武器的威力？B班人大可爲你示範，B班人大開殺戒的模樣，絕對讓你魂飛魄散，叫天天不應叫地地不靈，你只希望從來沒出過娘胎。

照拍完了，比利只想好好靜一下。他刻意去舞臺左邊把背抵著牆，因爲布景背板是內彎的，那弧度正好可以讓他躲在裡面。他先站成稍息的姿勢，努力調勻呼吸。結果幾個記者看到了，朝他走來。喔幹，眞是夠了。比利只得先按下不表。

「嘿。」

「哈囉。」

「還好嗎。」

這幾個記者先自我介紹，不過比利很早以前就不再費那個力氣記住別人的名字。他們聊了一會兒，也把對話都錄下來，然後有個記者問比利，想不想寫本書，講在伊拉克的經歷。比利大笑，回對方一個「你說笑吧」的眼神。

「很多軍人都在寫書耶。」那人說。「這種題材現在最有市場。既可以把你的故事說給大家聽，又能賺點錢。我和保羅可以幫忙，我們倆幫幾本書當過寫手。總之我們有興趣和你合作寫點什麼。」

比利把重心換到另一腳。「我簡直不能想像自己寫書的樣子。我連書都很少看咧，一直到進了陸軍，有個好麻吉送書給我，我才開始看的。」

喔？媒體這下子興趣來了。

「欸，好吧，你眞的想聽下去？有《哈比人》、凱魯亞克的《在路上》。有一本叫《弗萊許曼出任務》，很好笑。爲什麼學校都沒人提過這些書啊？好像他們介紹了，大家就眞的會去讀似的。嗯，我想想，還有杭特．湯普森寫的《地獄天使》、《賭城風情畫》。《第五號屠宰場》。《貓的搖籃》。《高爾基公園》，還有一本，也是同一個男主角，那個俄國佬。」這些書都是施洛姆送他的。

「你覺得湯普森這幾本書怎麼樣？」

「我看了很想大 high 一場。」比利說著，隨即笑了笑，讓記者們知道他是說著玩兒。「好，不鬧了，說眞的，你得說這男的腦袋應該是整個壞了，不過換個角度，又覺得滿有道理，如果他把自己搞成那樣，有這種反應也很正常。不過話說回來，爲什麼有人會想做他做的那些個屁……事呢。我敢說，萬一他眞去了伊拉克，能用軍人的眼光來觀察的話，他對伊拉克的想法，應該會很有意思。我倒不是贊成他那樣過日子喔，我只是喜歡他寫作的風格。」

「你會說軍人吸毒很常見嗎？」

「我哪會知道這種事。我才十九歲耶，連啤酒都沒辦法喝！」

「你可以投票，也可以爲國犧牲，但你就是沒法走進酒吧買酒喝。」

「我想你可以這麼說。」

「那你自己的感覺呢？」

比利認眞想了一下。「或許這樣最好。」

媒體又提起寫書的老話題。比利則感到一陣熱呼呼的暖意從右方傳來，不禁瞟了一眼，是她，很有耐心地站在一旁。他的脈搏頓時如小鹿一陣亂撞，喔老天喔老天喔老天喔幹幹幹，媒體卻仍絮絮叨叨講著市場、合約、經紀人、出版社，還有一堆天知道是什麼鬼玩意兒。他把自己的電郵地址留給媒體，好請他們趕快走人，等記者終於散去，他才轉身向她。她定定望著他，態度十分坦然。他不知怎地擺出想好好打量她的姿態，不過當然不是變態那種色迷迷的眼神，而是像——他們是童年玩伴，她是那個他一年級時喜歡在遊戲場上追著跑，八字腿、雙臂瘦削、一臉雀斑的小女孩，而今他見到了轉大人後變得艷光四射的她。

「看樣子你要寫書嘍？」

「才怪。」他回得粗聲粗氣，兩人都笑了，他原先的緊張也忽地消失無蹤。「妳們穿這種衣服又叫又喊的，這種天氣，不冷喔？」

「我們會不停換地方，所以也不怎麼覺得冷。不過我跟你說，上星期我們在綠灣，眞是冷得要命，我覺得我『那裡』都要凍僵了。萬一眞的很冷，我們是有大衣啦，只是我們在場上很少穿。我叫……」她發的音怎麼聽起來很像「飛生」？她把彩球換到單手拿，朝他伸出空出來的那隻手。

「什麼？」

她笑了。「斐森。F-a-i-s-o-n。我知道你是誰，你是史多沃來的比利·林恩。我奶奶是一九三七年的史多沃小姐耶，想不到吧？」她笑得氣定神閒，胸腔深處傳出沙啞的顫音。「大家都說她很有希望贏得那年的德州小姐，還有一堆當地的商人湊起來幫她出錢買衣服，上聲音訓練課，支付她所有的旅費，一心就是想爲家鄉爭光。當年史多沃可是很了不起喔，那時候他們挖到不少油。」

「那後來她成績怎樣？」

斐森搖搖頭。「第三名。大家都說應該是她贏的，不過早就內定了。你曉得選美總有暗盤的嘛。」

比利看選美比賽經驗超級豐富，一聽這話自然一個勁兒點頭。這時現場也沒人打擾他們。

「不過這年頭史多沃可沒什麼了不起了。」

「我也是聽人家這麼說。我自己是只有小時候去過，以後就沒再去了。不過看到B班裡有史多沃人，我就想，嘿！史多沃耶！就覺得好像我認識你似的。想想看，史多沃耶，這世上這麼多地方，居然有人是史多沃人？實在太妙了。」

她說她老家在達拉斯西北方的花崗鎮，她自力更生，半工半讀念北德州大學，平日在某律師事務所兼差當櫃檯接待。再六個學分，她就可以拿到廣電新聞學位。他猜她大概二十二、二十三歲吧，個子小卻凹凸有致，嬌俏而滿是好奇心的翹鼻，碧綠的雙瞳裡點點琥珀鑲金，還有足以讓男人淚崩的乳溝。這會兒她正在說，他在記者會上的發言對她意義何等重大，不過他等於沒在聽，一心盯著她講話時掀動的櫻唇，隨著她說出的串串話語，化爲不同的形狀：

親眼目睹

氣質

親眼目睹

你的

話

行爲

伊舉（南方口音）

犧牲的伊舉

自由

全世界最自由的

你的價値觀（南方口音）

與

你生活的方式（南方口音）

你的（南方口音）

處世

之……

道

「你在臺上眞的講得好好喲。」

「這我倒不敢說。」

「不會，眞的，你眞的好厲害！你就這麼直接說出來，眞的好堅強喔，很多人根本沒辦法談這種事的。就像談死，要講你朋友死了，而且你那時候還在他身邊耶。要對一屋子陌生人講這些，很不容易的。」

比利垂下頭。「這感覺其實滿怪的。有人來表揚你這輩子最慘的一天。」

「還眞的很難想像！很多人應該就完全把自己關起來了吧。」

「那，當啦啦隊員是什麼感覺？」

「喔，很棒啊！很辛苦很辛苦，比大家想得還要辛苦很多，可是我很喜歡。大家在電視上看到我們，覺得我們就只是在比賽的時候穿得漂漂亮亮，跳跳舞，很開心的樣子，不過那眞的只是我們工作的一小部分。」

「眞的啊。」他興致盎然，慫恿她講下去。他覺得體內飄飄然、活力充沛、整個人充滿希望。正因和這位美女聊天，他才明白自己平凡無奇的生命何等珍貴。

「對呀，我們的工作其實主要是社區服務。我們常去醫院，也常幫助弱勢兒童，會在募款會上表演之類的。像現在，不是國定假日嗎？我們每週大概會有四、五場這種服務性質的活動，再加上練習，還有體育競賽出任務。不過我可不是埋怨什麼喲，我其實每分每秒都很感恩。」

「妳去年春天有去『聯合服務組織』之旅嗎？」

「喔我老天，就是沒啊。我眞的好想好想去喔，可是我今年夏天才加入啦啦隊。說眞的，我就是想去這種旅行，想得要命啊。等下次有機會，他們可擋不住我上飛機啦。那些去過的女生回來，都說收穫好多，這就是服務的精神。人家都說：『喔妳們好好，願意付出這麼多』，不過其實正好反過來，是我們得到很多。我覺得爲他人服務，是當啦啦隊員最有成就感的事，那是精神層面的收穫。那就像是人生的另一個階段，一種追求。」她頓了一下，定睛看著比利良久良久，想從他的表情讀出什麼。在她再次開口前，他已經知道她會問什麼。

「比利，你是基督徒嗎？」

他咳了一聲，握拳擋了一下，別開視線。他自己對這問題也搞不清，但他連表現出來都懶。

「我還在尋求。」他終於開口，同時搜尋自己的基督教詞庫，所幸他在德州小鎮長大，詞庫不虞匱乏。

「你禱告嗎？」她整個姿態更加溫柔，流露關切。

「偶爾吧。我知道我該常常禱告，但我做得還不夠，我想。不過我們在伊拉克看了一些事，尤其是小孩……你看過這些事，要再禱告就沒那麼容易了。」

或許他講得有點誇大，但那又何妨。他的感應器至少還沒偵測到假話。

「你在很多方面都已經受到試煉，我知道。不過很多時候就是這樣，人生變得好灰暗，灰暗到我們覺得一點光都沒有。可是光就在那裡，永遠都在那裡。只要我們把門打開一點點縫隙，光就會進來。」她牽起嘴角，把頭一縮，嬌羞地笑了一下。「你知道，我們不是在記者會上，你看我，我看你？那時我就在想，哇，現場有這麼多人，可爲什麼他一直看我，我又一直看他呢？你當然是很可愛啦，眼睛又那麼漂亮……」她格格嬌笑幾聲，又回到之前鄭重的表情。「不過現在我想我知道爲什麼了，眞的。我想是上帝要我們今天相遇。」

比利嘆口氣，眨眨眼，頭往後仰抵住了牆，發出幾乎聽不見的「咚」一聲。因爲他知道，她說的每個字都是眞的。

「我們都是受呼召，來做祂在世上的光。」她說，手上的彩球輕觸著他的手臂，開始講她自己怎麼認識耶穌基督，比利聽了三十秒，便靜靜、緩緩、穩穩地，把手伸到彩球底下，握住她的手。因爲，又有何妨呢。因爲他很感動。因爲他再兩天就要回那鬼地方，和那一比之下，還有什麼會更慘？斐森不動如山，但講話的速度變得快了點，挺起的胸部漲大了些，臉和頸間盡是李子的紫與火球的紅，雙瞳比平常放大整整兩倍。輕淺的嬌喘，在她吐出的字句間迴旋擴散，彷彿她才五步併一步爬上樓梯。

上帝
上帝般的
祂
與
內在的光
猶太人，
猶太人
耶路撒冷
從約旦
到海
治療與試煉
善意與光
爲我們而死
祂悖逆與頂嘴的
人們
死了
爲我們而死
死了
喔
我的
主

比利往後退，把她一起拉過來。一、二、三，三小步，兩人一起閃進布景打了光的邊緣背後，一方昏暗的小空間。別人得站得跟牆同高才看得到他們。比利一轉身，把斐森的背推到牆上，這會兒她不講話了。一張臉圓潤軟香，雙頰與唇都像重新打了氣，變得更加飽滿。原本靈動的下顎則忽地一垂，完全棄防的姿態，彷彿隨時都可能睡著。比利俯身向她，忽然發現要是六週以前的自己，根本不可能想到採取這種行動，更不可能還有下文。三週以前也一樣，三天以前呢？嗯，顯然他有什麼不同了。他逐漸貼近她，但眼睛一直張著，而斐森的雙眼則逐漸融爲一只晶亮的球，像在外太空拍的地球畫面。他們的第一個吻，感覺像釋放壓力，就像用兩人的唇相觸來戳破泡泡。他退後了一下，發現原來不能隨心所欲也有其樂趣。兩人就只隔著幾吋默默對望。她似乎還因爲那個吻有點暈陶陶，之後又仰起臉，兩人再次相吻。他想告訴她，她的唇實在太棒了，他從來沒碰過這麼柔軟的東西。**妳知道嗎**，他原本想開口，但講話的工具卻忙著投入，難捨難分，兩張嘴忙著探索對方臉上柔軟的地方。然後，宛如競賽場上發令槍一響，他們像兩個大二生，躲在體育場的看臺底下，開始拚命探索彼此的身體，彷彿置身競爭激烈的親熱競賽，目標是使勁朝對方推擠，死命逼對方把自己吞下去。

「這實在太誇張了。」兩人得空透口氣時，她嬌喘道。「我可能會給踢出隊上耶。」話聲甫落，兩人又交纏在一起。比利心想，只要這樣繼續下去，他別無所求。

「你到底是什麼人？」待兩人再次抬起頭來透氣，她輕聲問。「我又是怎麼回事？」兩人的唇又黏在一起時，比利重心一沉，湊近她下半身，像只冰淇淋勺，一路探進整筒軟綿的冰淇淋，純然下腦幹的肌肉反射動作。他立時往後退。

「對不起。」

「沒關係。」她望著他好一會兒，雙眼逐漸迷濛起來，腰部動作釋放出某種訊號，示意他可以再貼過來。**本壘**，比利心想，胯下一馬當先，而她體內的最中心，似乎正敞開大門，將他環住。他倆不住顫抖，要不發出聲音實在很難。在布景的另一邊，眾人仍忙著交談，繼續他們腦殘的人生。斐森緊扣比利的領口，雙腿纏住他的腰，身上是全套牛仔女郎裝束，當然包括那雙皮靴。他則牢牢抓著她下半身，她緊實的俏臀落在他掌心裡正正好，他在腦裡想像著這畫面，畫面裡的他，雙手托著熱褲女郎的小屁屁，一想至此，他體內的費洛蒙大爆發，**我的媽呀，我在跟達拉斯牛仔隊的啦啦隊員親熱耶！**這時斐森已經採取攻勢，扭著臀部，對著他的臉吐氣如蘭。於是就在這天，比利深信自己功力不凡，因爲兩人晃動不到十來下，她就高潮了，死命抓住他，高高拱起身，胸膛深處一陣海豚似的尖叫。她臀部這最後一扭，差點害他的背斷掉，至少在他費力吐出每一口生命的氣息之際，就是這種感覺。整條脊椎啪啪作響，像戳泡泡棉發出的聲音。然後就完事了，僅留幾陣盤桓不去的餘震。斐森先放下單腿，再放下另一腿，活像船難的生還者，吃力地把自己拖上岸。她的皮靴終於觸到地板，整個人癱在他懷裡。

「妳還好嗎？」

她喃喃說了什麼，往旁邊瞟了一下，確定沒有人朝這兒看。「我老天。」她低呼，完全像個心不知飛到哪兒去的小孩，伸手隨意拉了一下他的銀星勳章。待她鬆手，抬眼望他時，眼眶盈滿了淚。

「我從來沒跟別人進展得這麼快。」她輕聲道。「可是我沒做錯，我知道沒有錯。」

他搖搖頭，隨即俯身過去，代表他也有同感。「是沒錯。」他把臉埋在她髮間低語。

「都是因爲你，你身上某些特別的什麼東西。也可能是因爲打仗吧。」她扣著他頸背，把他的臉拉到自己可以看見他雙眼的位置。「你幾歲？」

「二十一。」

他強迫自己迎向她專注的視線。不一會兒他的虹膜都痛了。

「你裡面住的是老靈魂。」

他想這句可能是電影臺詞，不過也沒在意。搞不好這句話也算是事實，畢竟伊拉克可以讓你瞬間老好幾歲。他把她輕輕拉過來，她隨即軟軟地倒在他胸前。

「我們最好出去嘍。」她悄聲道。

「妳好棒。」

她輕嘆一口氣。兩人動也沒動。外面的喧嘩聲逐漸朝房間後方移動。他那一根挺得高高的直發疼，但眼下顯然無計可施。

「我要老實跟你說。」她低聲說。「我不是處女。我有過三個男朋友，但跟他們三個都交往了很久。我不會隨便把身體交出去，我只是想讓你知道這一點。」

他點頭，又把頭放低了點，嗅著她頸間的味兒。除了香水的花香和肥皂香之外，還聞到一種根莖類的濃郁氣味，像地瓜泥。她的氣味。他這輩子從來沒這麼快樂過。

「這對我來說是件大事。」她還是把音量放得很輕。「跟某個人這麼親密，這是大事。」

「對我也是。」還是處男的比利，把唇貼在她頸間回道。

「不過，要是你眞的很關心某人，也信任他們，你知道他們對你也有同樣的感覺，那我覺得就可以發生肉體關係。只是這需要時間，你知道嗎？要建立那種程度的信任。光是一兩次約會，或一兩個星期是不夠的。『時間』很重要，你需要時間來醞釀，做出眞正的承諾，去好好尊重彼此。就拿我來說，現在的我，要達到那種信任的程度，至少要跟別人在一起三個月。」

她好像一下子講太多了，但比利沒在意。他很清楚他的B班同袍會怎麼說：那我們現在就打一砲吧，那三個月我先欠著。

「沒關係的。」他也輕聲說。「不過我很肯定，等我回來，我想再見到妳。」

她仰起頭。「從哪兒回來?」

「呃，伊拉克呀。我們任務還沒結束。」

「你……嗄?」她還是壓著嗓子，只是這次有點壓不住了。「你居然還要回去?可是沒人說過，等等，大家都以爲，喔我老天啊，大家都『以爲』你們的任務已經結束了耶。喔我老天啊。你什麼時候走?」

「星期六。」

「什麼?星期六?」她大喊，聲音顫抖，一手撩開髮絲，一副要把頭髮全扯下來的樣子，這女人慣有的動作，總讓比利雙腳發軟。只有女人，他心想，只有他媽、他兩個姊姊，現在多了斐森——只有這幾個女人，曾眞心爲他面露哀傷。一想至此，他由衷感激所有女性同胞，雙眼不禁熱了。斐森踮起腳，不顧一切狂放地吻他。比利原本已經降到半旗的那一根，忽地一躍而起。

「喔我老天。」她低呼。「要是我們能……」

「全體啦啦隊員!」忽地爆出一聲女子的高呼，完全教育班長的語氣。「到穿堂整隊!」

「喔糟糕，我得走了。」斐森給了他最後一吻，捧住他兩頰。「你聽我說……」

「把電話號碼給我。」

「我才剛換手機!」(咦，這是啥意思?? ?)「你過來找我，我會在二十碼線那邊。」

她先把頭探出布景邊緣瞄了一下，又轉回頭。「比利。」她輕喚，想擠出一抹笑意，但一迎上他的雙眼，那笑容便難以成形。然後，她就走了。

潔美李寇蒂絲拍爛片

比利不曉得他們怎麼就到這兒了。中間過程一片空白，像腦震盪把他完全震離時間正軌，直接跳入之後的半小時，因爲他突然發現自己置身球場內。B班全體、諾姆公司的人，在達陣區附近的邊線一帶閒晃。那裡正好是體育場馬蹄形弧線的內凹處，刺骨強風一波接一波，像停不下來的馬桶水流漩渦。開放的穹頂透出一方天空，天色與質感卻像攪成一團的錫與鉛，壓爛的烏賊混著陰溝水的那種灰，透著不祥的氣息，預告接下來的爛天氣。「要下雪了。」芒果說，他是各種冬季狀況的專家。「我聞得出來。」只是沒人理他。他們那一撮人談電影談得正起勁。之前想必發生了什麼事，比利暗忖，他剛剛不在的時候，一定出現了新發展。「葛雷瑟與霍華」顯然已經出局；湯姆漢克肯定不參與；奧利佛史東從未在考慮之列；喬治克隆尼的人對亞伯特的電話攻勢相應不理。結果從這夾縫裡陸地殺出來的是諾曼．歐格斯比，而且滿口保證一定會，喔，或者說「很有潛力會」，或至少可以說「還滿有可能會」投個好幾百萬元當製作費……

「他相當有興趣。」亞伯特是這麼說的。「相當有興趣」代表比「敷衍你兩句」的興趣濃，卻又比「把錢放在檯面上」的興趣低。「他喜歡這個構想，也喜歡你們，可是現在還言之過早。」

過早，可是B班只剩兩天了，在電影市場機制的迷魂陣裡，兩天其實少得可憐。首先必須要搞定某某事，再來一定要辦成某某事，接著突然同時三十幾件事一起臨頭，要不就是先後發生，但完全沒有前跡可循。在比利看來，這整個過程完全是話術大賽，而這麼做的動力是恐懼與貪婪。要想讓你的計畫成眞，你得先說服大家計畫眞的在進行，而且你一開始就要相信自己可以蓋空中樓閣，你的建材是言不由衷、是膨風、是推諉、是術語，是睜眼說瞎話。換句話說，你就是個騙子。倒不是說比利因此看不起亞伯特。只是這過程好像有很大的空間讓人理所當然變節背信，人人都預設對方講的不是眞話，等鬼扯淡累積到某種可觀的程度，整個崩盤之後，大家才會坦誠以對。也就是，不再扯謊。某種眞實的成分，要費心經營才能出現。至於此種商業模式，究竟和好萊塢端出來的產品品質有無關連，比利還沒時間細想。

某人，或說某人的「人馬」——湯姆漢克的？葛雷瑟的？希拉蕊史旺的？總之這人放話說，這故事算個屁。他們的原句也可能是——假如B班的故事是眞的，那就是「猴子屁眼裡拉出錢來」。「眞實」在談價碼時根本不是考慮因素。這番話B班人當然聽不入耳，不過亞伯特跟他們說不用在意。「這幫人反正都是混帳。」他說。「別擔心。」

是，如果不考慮這些混帳就是金主的話。亞伯特此刻站到一邊接電話，那頭亂翹的髮緊箝住呼嘯的風。B班人的另一邊，則是同樣在講電話的諾姆。

「他們兩個搞不好在通電話咧。」阿伯冒出這麼一句。

戴姆只搖搖頭，蹲低身子躲風。他也快不行了，不但悶得慌，也快沒電了。麥少校早就晃到邊線去，靜靜仰望門柱，像是從那上面可以看到什麼徵兆與神蹟。

「我之前跟我娘說，我要幫她買輛車。」洛迪斯說。「十萬塊耶，媽媽，就直接去車商那邊挑一輛！她挑了車，現在坐在家裡，納悶哪兒來的錢。」

「喂，」快克對大家說：「諾姆很有錢，對吧？根本就是億萬富翁，對吧？所以他只要開張支票，這案子就成了。」

「開支票給『我們』才對。」阿呆說。「這可是我們的故事耶。」

「沒錯。而且最好他媽的趕快把支票開來。」

「還有別忘了，衛斯理史耐普要演我！」

「你媽才演你啦。」

「我滾你個頭，她沒那麼醜。叫厄克爾來演他。」

「叫理查西蒙斯來演啦，把他染黑就好。」

「不要，找那個黑矮人來，那個摔角的。麥斯特．布萊斯特。」

「他爲什麼不開支票來？」快克對戴姆埋怨起來。「就直接開了嘛，豬頭，不是說要支援前線嗎？你要怎麼讓這種人掏錢？」

這個嘛，比利心想但沒說出口，我們大可走過去把他架起來，倒過來上下搖一搖，把他口袋裡所有的錢都搖出來。戴姆對剛剛這一切嘴砲充耳不聞，很典型的戴姆耍酷反應，他只要悶了、血糖低了，就有這種反應。可他卻在比利最需要他的時候耍酷，最需要他對比利生命中剛剛爆發的奇蹟提供意見的時候。關於斐森的念頭在比利腦中轉個不停，他聽說吸了快克就是這樣，那就像直接重擊你神經的快感區，他固然沒有上癮到整個人鬼迷心竅的程度，但確實覺得有什麼已經脫離自己的控制。**老兄，她眞的很哈你**。靠，**她在你身上高潮了耶**。他忽地想到，不知那高潮是不是眞的。因爲它來得太完美，完全符合飢渴阿兵哥夢中的幻象，再說一般阿兵哥本來就是欲求不滿的過動兒，腦內劇場的春宮戲早已演到爛。然而，「自疑」總是如影隨形跟著比利，還帶上它的好兄弟叫「斥責」。這哥倆好總是隨傳隨到，在他生命重大的十字路口上拉他一把，可是……可是……他的下背部痛得要命。她的餘香仍在他掌間與胸膛繚繞，金紅色的髮絲在他袖上兀自閃耀，如遠山傳來的訊號。所以，假如不是他胡思亂想，也沒吸快克，那他該怎麼辦？那就讓它成眞。讓它確定下來。他需要盡快和班長談談，因爲現在時間最重要。

「弟兄們，好康的來了。」賽克斯說。原來是六名啦啦隊員正朝著他們走來，只是沒有斐森。外加個肩上扛著行李袋的賈許。他走到B班跟前，丟下行李袋，把一堆美式足球扔到他們腳邊。

「這是要幹麼？」

「我拿你們的球來。」賈許回道。

我們的球。

「對，他們希望你們待會兒拍照的時候都拿著球。」

B班中有幾人發出「噁」的悶哼，不過都沒說什麼，眼睛盯著球，拿腳尖頂了頂，又望向遠方，彷彿這一切都不干自己的事。比利則等著找機會跟戴姆單獨談。那幾個啦啦隊員就在他們附近，因爲冷，縮著肩，雙腿併得緊緊的，把彩球拿在胸前，像戴了超大手套。B班一直對她們投以渴望的眼神，卻沒人有勇氣走去那邊打招呼。

「呦，賈許，中場時間我們到底要幹麼，你有沒有最新消息？」

「還沒。我一有消息就跟你們說。」

「你會罩我們，對吧，賈許？千萬別叫我們做什麼弱到爆的事。」

「難度太高也不行。」

「難度太高也不行，沒錯。我們可不想上電視的時候像一堆豬頭。」

「安啦安啦，你們。」賈許拍胸脯掛保證。「我想不會有問題的啦。」

一陣分外刺骨的寒風襲來，大夥兒一時全說不出話。「外面冷死了，我們幹麼要在這兒等啊？」洛迪斯哀嚎。

「電視臺說他們的人會到這裡來。」賈許說。

「明明就沒人來！」

「別急嘛。我相信人很快就會到了。」

「叫諾姆盯著，整死他們。」

大夥兒聞言一起轉頭望向諾姆。

「他在跟誰講電話？」阿呆問。賈許眉頭一蹙，一副得很費神才能回答這問題的表情，要不就是故意裝得很費神的樣子。

「我不確定耶，其實。」

「那你怎不去聽聽看？」

賈許有點躊躇。「我，我不行啦！」

阿呆掃了賈許一眼，既是挖苦又是憐憫。「是怎樣，你不會走路啊？」

「唉喲我當然會走路啦。」

「那就好好走過去，我就這個意思啦。他是在跟人家講拍電影的事還是怎樣？我們都想知道嘛。怎樣，你辦得到吼？」

「我不知道這樣算不算違反工作倫理。」

阿呆不以爲然冷哼一聲。草莓族白人小孩是吧，他很樂意把耍酷當成霸凌這種人的工具。

「呶，你看，那人不就站在那兒嘛。大庭廣眾之下，對吧？假如眞的是不能說的事，他一定會進去，找個沒人的地方講。」

「呃，大概吧。可是我不曉得過去晃一下有什麼用。」

「喔拜託耶老兄，這就叫情報好不好！知識就是力量，隨便哪個阿貓阿狗都懂吧！你就當有事情要辦，所以走過去，沒事的啦。你不是負責照顧我們嗎？光是走過去沒關係吧，他不會注意到的。」

其他B班弟兄也來加入慫恿賈許的行列，不過純是因爲沒事找事做。大夥兒鍥而不捨軟硬兼施，終於說得賈許點頭。他裝得面無表情，故做輕鬆走過諾姆身邊，繞過那一幫隨從，和啦啦隊員打了招呼，再晆回諾姆身旁，裝著要繫鞋帶。B班人緊盯著他的一舉一動，想著可能到手的十萬大洋。等他走回來時，B班人的心臟都要跳出嘴了。

「他在聽傷兵名單。」

唉呀呀幹。他們著實悶得要命。比利一把抄起球，朝戴姆扔去。「丟給我！」他大吼，根本沒看戴姆到底接住球沒有，便一躍而起，迸出臨死前痛苦的「啊啊啊啊」狂嚎，發足狂奔，把當天暴飲暴食累積在動脈裡的脂肪當燃料。跑了三、四步後，雙腿逐漸找到節奏，雙臂也隨之規律擺動。他裝著要穿過幾個邊線上的人，卻忽地往左跑，越過達陣區，才回頭望。結果那球——靠！——直衝他而來，電鑽般轉得飛快，就在那電光石火一瞬間，他把一切收在眼底，不僅立刻把速度、上升角度、俯仰角度等換算成預計抵達時間，視線還順著球擲來的拋物線，一路回溯至球的起點——那正是戴姆驚天動地的一擲，和他臉上陡地浮現的冷笑，活像拿斧頭一躍上岸的維京人。

戴姆也等於對比利射出一顆眞的子彈。那球呼嘯著，像沿著接縫裂開的絲綢，比利清楚，那來勢毫不留情，不過他接球的方式完全像職業球員，只瞟了球一眼，便用腹部把球整個兜住，發出一陣「嗚」的悶聲。

達陣。他把球扔回給戴姆，丟的角度更大了些。他狂奔的雙腿輕拂過新鮮的冷空氣，胸腔大開把冷空氣吸進肺裡。跑的感覺眞好，只是單純地……跑。戴姆的下一球傳得太遠了，他得把整個身子拉開，邊跑邊使勁伸展，連兩手也得死命往前伸！等他接住球，達陣區的看臺上傳出一陣歡呼，比利得意地跳了一小段達陣舞，嗯哼，嗯哼，得分啦。戴姆的下一傳劃出一道長長的弧線，投彈般懸在比利頭頂上，直直落進他懷裡，那顆球就像懷中的寶寶緊扣著他。達陣區的人群又是一陣歡呼。

比利勁頭來了，他自己也感覺得到，體內每一吋都像觸電，每個接收器都調到近乎高潮的強度，對應的肌肉控制也精準得恰到好處。這就是職業運動員體內源源不絕的感受嗎？每一刻的肢體活動都能生出快感，比方說，雙腳從堅實的草皮上重重躍起；肺裡有凜冽的冷空氣進進出出。食物在他們口中想必更加美味，喔，還有「性」，老兄，那還用說嗎。他自然希望斐森能看到這一幕，他隱約覺得這一切轉變都是因爲她，遇見她，讓他腦裡的化學作用起了變化，他現在運動技巧進步神速，肯定是她的功勞。

他轉身，使勁站穩，好把球傳回給戴姆。結果發現一、二、三，總共三顆球衝著他來，爲場上的全面進攻提供空中支援。芒果踢了個平飛球，咻咻咻掠過比利頭頂。洛迪斯朝賽克斯背後衝去，把他撞倒在地。快克和阿伯爲了接阿呆的球跑得好遠，邊跑邊用手肘互頂，一邊互罵髒話，跑得跌跌撞撞，笑得上氣不接下氣，差點摔倒。「傑瑞．萊斯[13]。」戴姆跑過比利身邊時丟下一句，隨即狂奔，一邊回頭等比利傳

13 譯注：Jerry Rice。美式足球史上最知名的外接員。

球。這時達陣區的人群一片歡聲雷動，是啊，哪個球迷沒做過在職業美式足球場聖殿狂奔的夢？B班後來竟變得有點故意打球給別人看的意思，只是他們擒抱持球員的時候比較溫和，而且本來就稱不上球隊，也沒有在計分，不過就是一堆男生在達陣區附近狂奔互撞，笑得亂七八糟。比利看著這幕，心想，假如美式足球能像這樣，只是種粗暴無腦、隨時會撞得頭破血流的運動，那眞的會是超讚的運動，而不是像現在，一旦「文化」這隻黏答答的手伸了進來，這運動便成了造神的產物，搖身一變，長成目中無人的猛獸。光看比賽規則就知道了。規則有好幾百條，而且每年都會新增，這豈不是惡意扭曲「遊戲」的原意，格外令人作嘔？還有那堆老古板教練，訓練的方式簡直是虐待狂，再搭配全隊的比賽禱詞、保證有看沒有懂的圖表、像小希特勒滿場跑的控制狂裁判、喊不停的暫停、傳球不成功時的沉悶空檔、立刻回放重看的莊嚴儀式；外加賽前集合的臨場指示、教戰手冊、拍紙簿、改變戰術的暗語，一堆叫人頭昏腦脹的奇怪發明……但說穿了，這項運動的本質，不過是一群男生只想滿場跑，互相撞得七葷八素而已。比利他娘就永遠無法參透這中間的謎。她生了兩個女兒後，實在無法接受比利爲何很小的時候就喜歡故意撞牆、撞門、撞矮樹、在客廳抱著擱腳凳玩摔角，要不就是突然沒來由朝地上一撲，只因爲那是地板。美式足球似乎是個宣洩這種衝動的健康管道，而比利在年少的不同階段，打的都是規規矩矩的球。「規規矩矩」這四字代碼，背後是複雜的指揮與控制系統，所有權力都集中在最高層。設計美式足球的人，想必是刻意讓它正向積極、好處多多，足以嘉惠全人類，所以才生出數不清的激勵喊話，鼓吹團隊合作、犧牲、紀律等諸多現代美德，但其實背後的道理只有「閉嘴，我叫你幹麼就幹麼」。所以，即便這運動暴力到令人髮指，還是一點一滴滲透到你腦袋裡，而你不知怎地便照單全收。所有的規則、定理、三小時的練習時間（而練習時你大多也只是呆站，等著被助理教練吼），累積之下的結果就是溫水煮青蛙，你的感知和反應都變得遲鈍。

某個角度來說，不斷有人跟你說該做什麼，也滿不錯，只是沒多久就會無聊透頂，而且你到了某個年齡才會逐漸明白，絕大多數的教練腦袋裡都是控固力。

所以，去他的。比利念完高二之後，就和美式足球說掰掰。只是話說回來，軍隊其實幹的也是差不多的事，雖然暴力就是，嗯，暴力，簡單明瞭，基於數不清的原因。不過至少此時此刻，B班人找到了些許平靜，他們互碰互撞，像彩券開獎箱裡的小球，每次衝撞都充分釋放緊張的情緒，讓他們如失心瘋狂笑不已。坐在達陣區的人（因爲票價便宜，大多是老粗、藍領階級的大嗓門）紛紛起身爲他們加油。B班人就這麼在空蕩蕩的場地上四處狂奔，而且，怪了！居然沒人叫他們住手。過了一會兒，三個穿戴牛仔隊長外套和棒球帽的大胖子，開著加長型的高爾夫球車向他們駛來。其中最胖的一個，戴著鋼框眼鏡，垮著一臉贅肉，朝B班人狂吼「滾出我的球場，趕快給我滾」。

「給他滾耶！」快克大叫，芒果也跟著喊，於是整個B班開始互相對吼：**給他滾出球場！他的球場耶，老兄，給他滾出球場！他現在就要收回球場！趕快滾！**他們慢吞吞拖著腳步，完全是老人的速度，逐一把球撿回來，而且走個幾步便停下來高喊「滾！」、「球場！」之類，三個大胖子只是坐著旁觀，一臉不悅。幾個警察晃了過來，不過什麼也沒說，B班人則繼續扯開嗓門對吼，因爲他們很不爽這混帳胖子居然連最基本的禮貌都不懂，在一班英勇的美國軍人面前，居然連個客氣的「請」或感恩的「謝謝」都沒有。他們可是鮑威爾將軍（已退休）口中的「年輕朋友」耶，一群忠誠、正直的年輕人，爲了你的自由，你這死胖子、胖得不堪入目噁心透頂的死胖子、幫人看草地的大屁王，他們爲了你的自由，甘心以肉身抗敵。**老兄，搞不好人家恨的不是我們的自由，而是我們居然這麼胖！**

達陣區的觀眾看到這一幕，紛紛發出噓聲，外加一陣酸溜溜、「哇咧又被整了」的不平之鳴。諾姆公司的人看B班人步出球場，趕忙迎上去。諾姆呵呵笑著。「不好意思啊，各位。」他活像塞了滿嘴生菜沙拉正在嚼似的，這句話講得不太輪轉。「我應該先跟你們說一聲的。布魯斯對他的球場特別敏感。」

但諾姆不是他老闆嗎？諾姆不是可以……嗯，算了。

「球場弄得真不錯耶。」阿伯說。

「兄弟，我這輩子還沒看過這麼讚的球場。」說話的是快克。「我敢說芒果肯定超想去那片草皮上跑一跑，開開那輛割草機。我是說，反正他是老墨嘛。」

「那是人工草皮好不好，你智障啊。」芒果一語道破。

「我只是隨口說說……」

「你這種老哏種族玩笑，只是侮辱大家。」芒果回道。

「我只是說，阿米哥不都喜歡……」

「……像我那樣上你娘？」

諾姆笑出聲來。B班這些人實在怪得可愛啊，真是群夠變態的好兄弟。好吧，他們或許不管用哪種標準來看，都不是最偉大的世代，但若要從他們那個腦殘草莓世代裡撈，他們肯定是最底層百分之三裡最好的。此時電視臺的攝影人員正在邊線一帶架設器材，兩個看來像媒體人的女子正討論著要怎麼「拍片」。六名啦啦隊員也在那邊，等著。還有走來走去的賈許、狂發簡訊的亞伯特。比利在熟悉的疲憊襲來之際，注意到麥少校又不見了。

「這邊，各位。」那二女之中年紀較輕的喊道。原來她是這次「拍片」的電視臺製作人。「沿著這邊排成一列。」

「呃，臉向這邊多一點。」另一個女的開口。她大約四、五十歲，是牛仔隊的高階公關主管，可大方直呼諾姆名諱。不過這兩個女的模樣都超認眞，感覺既好勝，脾氣又拗。穿得一身黑，配一張撲克臉，吃純素的人吃到一肚子火，八成就這德性吧。比利側身想跟戴姆講斐森的事，可是諾姆老是黏著戴姆，等於完全霸佔他。

「反正我對好萊塢一直很有意見。」這位牛仔隊大老闆對戴姆道，其他人則在自己的預定位置上無聊地閒晃。「我覺得他們跟這國家脫節得實在很厲害，主流美國社會關心什麼、價值觀體系是什麼，他們啥也不懂。實在要有人站出來，拍些能反映美國眞實狀況的片子。」

「我想我們很需要這種片。」戴姆回道。「現在正是時候。」

「就光看他們故意給你穿小鞋，你難道不會懷疑他們到底是挺誰啊？他們到底希不希望美國打贏這場仗啊眞是。」

「你會懷疑的是，他們是不是有點孬。」戴姆說。

「嗯，朗霍華拍了很多很棒的片，像《美人魚》就是我私心最愛之一啦。可是他跟葛萊瑟……」

「是葛『雷』瑟。」戴姆糾正他。

「……跟那個葛雷瑟說，你得把故事背景設在二戰，這算什麼啊？太扯了。」

「他們態度很硬，先生，事情就是這樣。」

「二戰的話題也算夠了吧，已經有很多二戰的經典片啦。《最長的一日》、《鐵血軍營》，都是很棒很棒的片。可B班的故事完全是現在發生的事啊，我覺得應該要尊重這個時代背景才對。」

「我想我們全體都會同意您這一點，先生。」

「聽著，我就沒看到誰覺得『夠了，不要再討論伊拉克了好不好』。絕大多數的美國人都贊成打這一仗，肯定也支持去打仗的軍人。要是有誰懷疑這一點的話，就叫他去看看你們今天在這兒受歡迎的場面。」

兩個女的把B班人排成四分之一圓形的隊伍，每一側都搭配幾名啦啦隊員。諾姆與戴姆則站在前排中央，代表領頭。而且居然還有劇本，每個人都得背臺詞。「把你的球拿起來，像這樣。」那個公關主管示範著，把不存在的球拿在胸前。這動作實在很遜，不過B班人還是照辦。

「不對，再低一點。」製作人說。

「我老天啊。」公關主管大翻白眼，忍不住埋怨。

「因爲看上去還是很不自然，就是不對勁。」

「我們是在球場上好不好？明明就很自然。」

一切就緒，準備拍第一次。諾姆的私人專屬攝影師站在一旁，拍攝諾姆也參與拍片的畫面。「全體B班弟兄，祝您闔家有個快快樂樂的感恩節。」戴姆以低沉的嗓音開口，隨即脫稿演出：「另外，各位現在在戰場的兄弟姊妹，我們祝你以火力優勢達成和平！」因此待諾姆、啦啦隊員、B班全體一起喊出「牛仔隊加油！」時，大家都笑哈哈，只有媒體的人超不爽。欸不好意思，你剛剛那句有在稿子裡嗎？沒有嘛，沒有就不要講，不能講，好不好。你難道不知道不可以這麼說？戴姆賠了不是，喃喃低聲說什麼不好意思我做得有點超過了。大家於是重新就位準備拍第二次。

「全體B班弟兄，祝您闔家有個快快樂樂的感恩節！」戴姆起了頭，接著，喔天啊，他又來了：「另外，對各位現在在戰場的兄弟姊妹，我們的建議是先開槍再說！直接開槍！罪有應得的傢伙都給他死！」

「耶！牛仔隊加油！」

這會兒媒體眞的火大了。「各位，我們只有四分鐘把這個拍完。」製作人開始訓話。「我建議各位認眞一點，趕快拍好，然後就沒事了。」諾姆和B班一樣笑得前仰後合，但他還是請他們就定位，乖乖照劇本演。「外面有很多人想看你們表現。」他口氣信心十足。於是戴姆在拍第三次時很配合地照稿子念，只是一副隨時都會開始惡搞的表情，洛迪斯和賽克斯終於憋不住狂笑。第四次一切順利，一直到最後，有個球迷從前排欄杆上探身過來，高喊：「芝加哥熊隊吸馬屌！」

看來大夥兒都需要休息一下。體育場請來更多警察維持拍片區域的秩序。比利一直設法要和戴姆私下談談，但諾姆又和戴姆聊起來了。比利差些要出手打斷（他實在快給逼瘋了），不過還是強忍下來，倒退三步，就當練習控制自己的衝動吧，結果這一後退，直接衝進啦啦隊員的小圈子。

「喔喔，對不起！」

啦啦隊員們對他報以一笑，點點頭。她們三人一組，二白一黑。

「妳們是姊妹喔？」

她們發出不以爲然的叫聲。

「噢，你怎麼看得出來？」

「我們還以爲這是自己的小祕密。」

「嘿，誰都看得出來好不好。妳們搞不好是三胞胎耶。」

她們又抗議起來。這幾人是不折不扣的啦啦隊員，女人味十足的美麗活標本，完全符合時尚雜誌上修過片的理想形象，該軟的地方軟，該硬的地方硬，不同的是，這些女人可是活生生站在眼前。耶穌啊。他開始不能自制地從嘴裡吐出一連串鬼話，連他也不曉得自己在說什麼，可是她們都笑了，所以他表現肯定不錯吧。這幾個啦啦隊員直跺腳，齒間飄出的絲絲白霧，讓人感覺她們在寒風中瑟縮得更厲害。「年資呀。」比利問她們斐森爲何沒來拍感恩節短片時，得到這個答案。

「她很新，這邊什麼都是靠年資。我們要看妳在啦啦隊幾年，才能上電視。」

「所以能上電視是件大事嘍？」

這幾個女生聳聳肩，一臉無感。

「反正也沒什麼影響。」

「對什麼的影響？」

「唉喲，你知道嘛，以後的發展呀。」

「啊。我不曉得啦啦隊員以後還有發展。」

「那個是什麼啊？」有個啦啦隊員問，手指著（幾乎要碰到了）比利胸前最閃亮的那枚勳章。

「銀星勳章。」

「這是幹麼的？」

比利只覺氣弱。他扯不出什麼冠冕堂皇的屁話，但就算只是客氣回個兩句，他也無話可說。「獎勵英勇的行爲吧，我想。」他先是這麼回，隨即想到可以引用別人的話。「對抗美國之敵的義舉與大無畏精神。」

這啦啦隊員給了他一個空茫的眼神。「酷。」她只拋下這個字，這三個女生就忽地轉身離去。比利不知怎地搞砸了這談話。她們是覺得他在吹牛嗎？這時媒體說休息時間結束，大家快就定位。眾人找到自己該站的位置，耐心等著。等，等了又等，等了再等。結果媒體說我們有點技術問題，大夥兒於是哀哀叫起來。可是媒體說，在問題排除之前，大家留在原地不要動。

「那就是你的人。」諾姆低聲道，把頭朝在邊線走來走去講手機的亞伯特一挪。「看來他還在努力喔。」

「他就像機器。」戴姆應道。比利就站在一旁，離他們倆背後很近，要不偷聽都不行。

「你和他合作多久了？」

「嗯，真要說起來，大概兩週吧，我想。我們真的碰到面，大概是兩週前。不過在碰面前，我們人在伊拉克嘛，跟他都是通電子郵件、打電話。」

「你們簽約了喔，我猜。」

「是簽了一些文件沒錯，先生。」

「我想到目前爲止，這整件事感覺還不錯吧？」

「是的，先生，我們都很喜歡亞伯特。他真心相信我們的故事，也正在盡力幫我們談到最好的條件。」

諾姆清清喉嚨，有好半晌什麼也沒說。比利不禁往前傾了幾毫米，巴望著有人開口。

「希拉蕊史旺。」諾姆終於打破沉默。

「您說什麼？」戴姆問。

「希拉蕊史旺。」諾姆又說了一次。「亞伯特說她對你們的案子有興趣。」

「對，先生。」

「她還說她想演你。」

「是這樣沒錯。」

「我倒覺得有點太扯了。你覺得呢?」

「我說老實話，先生，我眞的想破頭也想不通怎麼會這樣。」

「他們應該照實演，不要爲了哪個明星一時高興就隨便亂改。我坦白跟你說，好萊塢這些人之自戀，實在誇張到一個程度。」

「我都是看八卦小報才知道他們的事。」

「我反正也不覺得她有什麼演技。」

「喔。」

「我看過她和阿諾演的一部片，她演他老婆，他是中情局的人，不過她完全蒙在鼓裡那部?實在滿瞎的，我覺得也不是什麼好片。」

「我想您指的是潔美李寇蒂斯，先生。」戴姆說。

「你說什麼?」

「演阿諾老婆的是潔美李寇蒂斯，不是希拉蕊史旺。」

「眞的?呃。好吧那片子還是很爛。」

此時比利正巧看到亞伯特講完電話，把手機放進口袋，雙肩高高聳起、重重落下，乍看之下像落敗的姿態。但比利覺得自己看到的，與其說是憂心的表現，不如說是老謀深算的神情，一個經驗老道的高手正在盤算他的下一步。那就快動手去做吧，比利默默在心裡催促亞伯特，同時也希望製作人多投一點錢進去。萬一這案子吹了，結局就是——亞伯特回到洛杉磯的家，回到年輕辣妻身邊，回到擺了三座奧斯卡獎座的辦公室。而B班呢？不管案子談不談得成，他們全都得回到戰場。對他們而言，伊拉克始終是生死攸關的大案子，可是懸而未決的案子，感覺更像生死關頭。

他們終於順利拍完賀節短片，現場人人歡呼，連攝影人員也不例外，只是聲音充滿倦意。諾姆和其中幾個人很老派地擊了掌。「那球就留著吧。」他對B班人說。「那本來就是送你們的，不過上面如果再寫幾個字就更好了，是不是？」他咧嘴一笑。「各位，跟我走吧。」

XXL

他們簡直是龐然大物，搞不好是新人種，或某種像馬一樣高大的史前人類重返世間。假如把他們做成公仔，也決非電視廣告的玩具士兵那種比例。這些人根本是正常人類骨架的超級放大版，頭有啤酒桶那麼大，脖子像紅木樹幹一樣粗，雙臂滿滿是隆起的肌肉團，一團團有壘球那麼大。而且他們的臉也不太對勁，雙眼不是靠得太近就是太遠，顴骨和鼻子都像用拇指抹上了油灰。所有該有的部位都在，但拼湊起來就是不對勁，腦袋大小和臉部輪廓的比例也不正確，彷彿在說，要變成超級英雄的大塊頭，就得長得和正常人不一樣。

「好加在，我們不是那傢伙的馬桶墊。」阿伯對比利悄聲道，頭朝不遠處的某座人肉小山比了一下。那是尼基·奧斯川納，曾獲選為明星球員的牛仔隊哨鋒。倘若出了美國，美式足球還能在哪兒發展？美國有數不清的肥沃農田種玉米、大豆、小麥，有豐富的乳製品，終年採收的蔬果，還有源源不絕的肉——牛肉、雞鴨、海鮮、豬肉，給養殖場餵得飽飽、吸收各種維他命、接種過疫苗、從工廠產出的高蛋白質製品。除了美國，還有哪裡可以用這等排山倒海的養分餵養幾個世代後，養出此等超大號人種？只有美國才養得出這種巨物。比利看著牛仔隊邊鋒東尼·布雷克里把一整盒早餐穀片倒進大碗裡，再倒入半加侖牛奶，拿了湯匙就靜靜吃起來。一。整。盒。換做別國，要養這堆巨獸，只怕會破產吧。這時諾姆正在房間中央發表演說，球員們則面無表情聽著：**真正的美國英雄……自由……我們才得以享受……**「所以現在讓我們以牛仔隊特有的方式，熱烈歡迎他們！」諾姆高喊，全隊隨即報以熱烈的掌聲。球員們固然個個有頭有臉，但嚴格說來，他們還是諾姆的員工，所以諾姆說什麼，他們應該就得照辦吧，比利想。

諾姆轉向教練塔托。「喬治，你不介意我們的貴賓請他們簽名吧？」

教練的反應很明顯半冷不熱，只說「應該可以」，卻又補了句然後就叫他們趕快滾出我的更衣室。教練個頭也很大，一張臭臉，削肩，身材與身形都有點像頭老海牛。燕麥般的膚色，理容院染的頭髮，一頭蓬亂的捲髮往後梳得頗有復古風，南方獄卒的調調。大夥兒先前浩浩蕩蕩前往更衣室的路上，賈許已遞給B班每人一支簽字筆（但止痛藥還是不見影兒，他怪自己怎麼老是忘記），所以這會兒大家趕緊四處要簽名。

「我在想，派特．提爾曼[14]會不會跟這些人打過球啊？」戴姆福至心靈，開心地說。幾個球員白了他一眼，不過誰也沒開口。所以現場就這樣：戴姆堅守他的精神領域；賽克斯和洛迪斯忙著四處蒐集簽名；比利則默默旁觀。反正他原本就不懂簽名有什麼意思，球員又高大到他不想用正眼看的程度，哪會想畢恭畢敬去找他們要簽名哩。他在這裡只覺渾身彆扭，彷彿讓人看透、微不足道。如果把血淋淋的事實挑明了講，那就是——比起五分鐘前的他，現在的他覺得自己更不像個男人。這些球員好像比B班人還適合打仗，不僅更高更猛、更壯更狠，光憑雄偉如卡車的下顎，便能推倒樓房；粗壯的大腿則像承重的屋梁。這些男子漢嗑的是睪固酮，而且他們正式上場前集合時，那種鬥士的強大氣場更是高張。而且，不知是不是

14 譯注：Pat Tillman（1976-2004），原爲職業美式足球明星，二〇〇二年放棄體育事業加入陸軍。二〇〇四年於阿富汗遭同僚誤殺身亡，但當時布希政府與軍方皆隱瞞眞相，將提爾曼包裝爲在戰場爲國捐軀的英雄。

有人覺得這群人肉小山還不夠看？竟爲他們的身體設計出令人望之生畏的精密防護機制。五花八門的護臀墊、大腿墊、護膝墊，劃時代革新的肩胸墊，高科技的泡棉、布料、魔鬼黏、互扣的護具（另搭配很像古時候撐裙子的骨架，只爲了保護肋骨）。手上纏的繃帶、手腕纏的繃帶。頸圈、肘墊、上臂墊。每人的置物櫃頂，至少擺著四雙簇新的鞋。

所有的配件，這一切的一切，只讓比利更喪氣。光是打個球，就有這麼多麻煩的規矩！球員著裝的時間，很可能比最難搞的名模女星還要久。而且他們一邊進行全套著裝儀式，一邊擺張臭臉，處於完全封閉自己的狀態。比利明白，他們不希望有人打擾。這是某種心理戰，從心理開始武裝自己，再傳遞到身體，把自己的設定調整爲準備面對重傷的模式。因爲要對一個同樣活生生的人動粗，可不是件小事。喂大哥，我也有同樣的經驗啊！我完全瞭你的感受啊！比利不但明白這些球員此刻的心情轉換，連球員爲進入戰鬥狀態聽的音樂他也懂，但要在這種狀態下，主動找他們談話，實在很像拍人馬屁。

比利拿到克文．麥克萊倫的簽名，因爲，嗯，他人就站在那裡，如果不去要個簽名，感覺很沒禮貌。比利知道那人就是克文．麥克萊倫，因爲他的名字和編號就大大地刻在置物櫃頂上。比利接著又去找了史貝爾曼．泰勒，九十四號；塔克．魯貝爾，五十五號；迪馬克斯．卡瑞，六十一號。這些球員完全照表操課，接過簽字筆，寫下名字，而且大多連眼都不抬一下。倒是有幾人在比利致謝時點了點頭。印都里安．卡席卡里，八十一號；湯米．布茲尼克，七十八號。比利接著找到艾德．克里斯可，九十九號，巨型白男，教練員正幫他緊緊固定肩墊，他則直挺挺站著，雙臂平伸，一語不發，眼也不眨一下，只望著前方，宛如甘心套上鞍具的猛獸，如常迎向新的一天。

比利想說還是別去打擾克里斯可的好。這時出現兩個白皙瘦削，頭上一根髮絲都沒有的小朋友，在屋裡四處找球員簽名，身邊伴著露出勇敢笑容的父母，還有帶著這兩家人來的團隊代表。兩個孩子的皮膚都透著慘白的銀光，高空捲雲的那種白光。無論他們生的是哪種病，想必相當嚴重。比利連他們是男是女都分不出，病情之重可見一斑。

他繼續往前走。杜瑞爾·席森，三十三號；迪安唐·傑佛瑞斯，四十二號；奧可塔維安·斯柏傑，八號。奧可塔維安接過比利遞上的球，開口了。

「好嗎？」

「不錯。你呢？」

奧可塔維安點點頭。他坐在置物櫃前方的椅上，扣掉頭盔外，已經全副武裝，沉著一張臉，不動如山，整個人呈上寬下窄的倒梯形，長而尖的鼻，顴骨像一碰就碎。頸間和手臂滿是精巧的刺青，黑色頭巾在頭後打了個結。他在比利的球上簽了名，把筆還給比利。

「謝了。」

「不客氣。呦，等一下。」

比利轉回身。這牛仔隊悍將竟一時無語。

「嗯，你待過伊拉克？」

「呃，對。」

牛仔隊先生又吞吞吐吐起來。比利不由想，他是不是因為頭給人痛扁了這麼多年，已經糊塗了？但他雙眼又這麼靈動有神。

「那，那邊是什麼樣子？」

「什麼樣子？呃，很熱。很乾，又髒。無聊透頂，一大堆時間，不知道要幹麼。」

奧可塔維安的聲音有點激動，但音量放得很輕。「可是你，嗯，有在前線對不對？你打過仗？」

「是打過一些，對。」

迪安唐和杜瑞爾也過來聽，兩人和奧可塔維安同樣體型，深膚色、柔軟度極好、經嚴密管控的精壯身軀。三人互換了一個眼神，但比利看不出是什麼意思。

「呵，玩眞的咧。不過你有沒有把人幹掉？就是開槍，人倒下去，你幹過嗎？」

那個啊。比利壓根沒想到，他也可以不用回答。

有，他說。幾個球員又互看了一眼。比利看得出他們有點激動。

「那是怎樣？你知道，就是，感覺怎樣？」

比利嚥了一口口水。大哉問。那正是他流血的痛處。只要他活著回來，總有一天，他要在那裡蓋間教堂。

「沒什麼感覺。至少事情發生的時候沒感覺。」

「呵，是喔。」又有幾個球員湊過來。比利發現身邊圍的全是牛仔隊的先發第二線防守球員。「那你帶什麼槍？」

「我帶什麼槍？看情況吧。要看是哪種勤務，還有我的任務是什麼。我大多是帶Ｍ４，標準半自動攻擊步槍。有的時候是Ｍ２４０機槍，全自動，可以在短時間內射出大量子彈，每分鐘九百五十發。還有就是，如果你在悍馬車頂，就負責五〇機槍。」

「Ｍ４裡面是哪種子彈？」

「五點五六毫米。」

「你身上有佩槍嗎?」

「貝瑞塔九毫米。」

「你用過嗎?」

「當然。」

「是近距離嗎?」

比利點點頭。

「他們有配刀給你嗎?」開口的是巴瑞・喬・索爾斯,已到頂上快要無毛之年的白人男子。

「**Ka-Bar**軍刀。」比利答道。「不過你想佩哪種刀都可以。很多人還從網上買刀呢。」

「那AK步槍呢?」有人問。「你們有AK步槍嗎?」

「AK是叛軍用的武器,我們沒有。不過很多人巡邏的時候都會沒收。」

「AK很猛嗎?」

「很猛。它子彈比較大,破壞力比較強。你可不想AK的子彈射到你身上。」

「呵,帥啊。」奧可塔維安瞟了隊友一眼,好一會兒抿唇不響。「那,那它會有什麼作用,你知道,就是**M**4。你開槍打爆別人的時候會怎麼樣?」

比利笑出聲來,當然,不是因爲有什麼好笑。老實說,什麼感覺都沒有。他只是納悶「什麼都沒有」能不能也算某種感覺,還是眞的什麼都不算呢。

「呃,會把他們打得很慘。」

「一槍就再見？我想說有制止力……」

「打在身上是不會，子彈速度很快，通常會穿過身體，不過人確實會倒下，對。」

「可是不會死。」

「身上挨一槍大概是不會。所以我們都瞄準臉打。」

球員們一致猛吸一口氣。「噢。」有人低呼，像是準備要咬什麼又甜又多汁的東西。

「那個240啊，」索爾斯問：「你說那是全自動的，那它有什麼用？」

「有什麼『用』？靠，要怎麼說，240是大魔王。」

「喔？」

「你用240，就會媽的把那個人打得整個開花。」

這些人還沒來得及接著問，比利就朝他們一連串謝謝祝好運很高興和你們聊聊，趕緊走人。他可是拿夠了簽名，而且從沒覺得要簽名是這麼智障加白目的事。他四下環視，沒看到什麼人，只看到戴姆在屋內遠遠那頭，研究畫著隊員陣容名單的白板。「嗯，如果這不是民主，」比利朝戴姆背後走去時，戴姆正喃喃道：「也不是共產黨，那是什麼？」

「什麼是什麼？」

「沒什麼。玩得開心嗎？比利？」

「還好。」他湊得離戴姆近了些，壓低嗓子。「有些人怪怪的，班長，腦袋不太對勁。」

戴姆大笑。「我們腦袋又好到哪去啦？」

管他的。他注意到戴姆的球上沒有簽名。

「班長，我們可以談一下嗎？」

「好。」戴姆又回去研究陣容名單。

「是有點私人的事。」

「那我就是你最好的朋友。」

「呃，事情是，嗯，我認識一個女生。是，今天才，認識的。就剛剛。坦白說，是今天的啦啦隊員的其中一個。」

戴姆想也沒想，脫口大聲道：「恭喜你喔。」

「對，我是說，不對，我是說，我們今天都認識了幾個啦啦隊員沒錯。不過我和這個女生，呃，班長，我們算是很合得來。」

「比利，你別唬爛。」

「不，班長，真的。我們之間是有些什麼。」

戴姆精神來了。「她幫你吹了？」

「呃，沒啦。不過我們有小小那個一下。」

「少來。」

「我對上帝發誓。」

「少蓋了！哪時候的事？」

比利就簡單形容了一下他們怎麼認識的，不過他是個好人，完全沒提到斐森高潮的事。

「你這小混帳，」戴姆輕聲道：「你沒唬我吧。」

「沒，班長。沒有。」

「我看得出來。」戴姆笑起來。「你這王八蛋，林恩。不過你是怎麼讓她願意……」

「其實我就是讓她一直講。」

「高，你這小子眞高。我想你這輩子應該很有搞頭啊，比利。」

「謝了。可是我想問你……嗯，我之所以想找你談，是因爲……」

戴姆耐著性子瞅著他。

「唔，我不想失去她，班長。我該怎麼做？」

「啥？我的老天爺，『失去』啥？比利呀，你跟她在一起多久？十分鐘？你們稍微搞了一下，很好，很棒，我很替你高興，不過我覺得你哪來的『失去』？她只是做好人，好嗎？你是大英雄，她就是幫阿兵哥做好事而已。再說我們今天晚上十點就要動身，所以我不曉得，你覺得你下次見到她會是什麼時候？這樣吧，你看你能不能弄到她的伊妹兒，等我們回到伊拉克，你們搞不好還可以線上來一砲。」

比利難受得不得了。戴姆當然說得沒錯，指望和斐森有什麼未來實在太扯，可是他隨即想到她捧住他臉時的溫柔，她的臀部與他進攻時的契合。她整張嘴含住他的狂吻。她盈淚的眼。她害他背差點斷掉的高潮。他不是射後不理的混帳，可是如果這不叫眞實，那什麼才叫眞實？

有個負責器材的主管發現他們站在那邊，問他們想不想參觀一下器材室。當然好啊，戴姆說。那人隨即伸手喚：恩尼斯。這位恩尼斯年約六十、身材結實、肚子微凸，帶著土生土長的德州鼻音。「今天你們能來，我們眞的很榮幸。」他說著，領他們走過醫務室櫃檯，到了側門。「大家都有好好招待你們吧？」

「大家都對我們很好。」

「那就好。我們一定要好好照顧貴賓的呀。」門開處，強烈的塑膠混著皮革的氣味衝鼻而來。

「哇，聞這味道怎麼可能不high啊？」

「你想想，星期二早上開門，之前鎖著憋了一整天，老兄，你肯定會high的。」

器材室跟小停機坪一樣大，裡面是一排又一排無盡延伸的櫃子、層板、專門放大桶大箱的架子、燙衣桌、工作檯、有輪子的長梯。房裡的每樣物品，從地毯到門把，色調無不吻合牛仔隊藍與銀灰的標準色，沒什麼別的顏色。「世界一流的美式足球隊，可不能沒有世界一流的器材管理。」恩尼斯正色道，比利一時間還以為自己參加了什麼觀光團，由訓練有素、舌燦蓮花的導遊幫他們導覽。「美式足球是非常重視器材設備的運動，當你有四、五噸物料得管理的時候，絕對要有庫存管理系統。要用的東西，一定得把它找到，對不對？你得把它找出來用，就算你有全世界最棒的裝備，要是隨便堆在哪個長灰塵的櫃子裡，還是沒半點用處。我們這裡的東西，多到可以分成六百多類咧。」

「感覺好多啊。」比利說。

「是很多沒錯，年輕人，你真該看看我們巡迴時要帶的物品清單。器材團隊的人要非常注意細節，才擔得起這種管理規模的責任，絕對不容許一點差錯，這是我們的標準。」他們在掛得整整齊齊的一排球衣前停步，球衣依照主場與客場之別，分成不同的顏色。恩尼斯把球衣兩側的伸縮裁片指給他們看（它的功用是保持球衣緊貼合身），還有球衣後方特長的伸縮下擺、先進材質的吸溼布料。比利連衣架帶衣服，拿起編號七十八號的球衣來看。那球衣實在大得嚇人，整件用的布料的量，大概夠一個四口之家做衣服吧，他們看了不由吃吃笑起來。接著繼續看鞋，那一區整面頂天立地的牆，層板上全擺了鞋子、鞋子、鞋子、鞋子，除了鞋子還是鞋子。

「哇噢。」戴姆驚嘆。「看，好多鞋子喔！」

「很厲害吧，哈。而且我們不是光買不穿喔。每個球季大概都得磨損個三千雙，而且這個數字每年都往上加。還有啊，訓練營的時候？我親眼看過，外面天氣實在太熱，熱到鞋子都分家了，這還是一級棒的鞋，不是什麼大賣場的山寨版喔。」恩尼斯接著說明，每個球員都有三種適用人工草皮的鞋底，按照天候狀況，分成「晴天用」、「小雨用」、「大雨用」三種，外加特別開模、鞋底裝上固定草皮防滑釘的鞋，也有裝可拆式草皮防滑釘的鞋，共有四種適用不同天候的防滑釘款式可換。之後恩尼斯帶他們看的是燙衣桌上的肩胸墊，一疊又一疊，一排又一排，好比遠古時代地下墳場的骨骸。墊子共有十二種樣式，每種樣式代表一種部位，各有四種尺寸，另有外接的腎臟防護罩，和應有盡有的各種客製裝備。好，現在來看頭盔，我們最重要的裝備。頭盔本身就是門大學問，是最先進骨科與衝擊科學的高科技工程奇蹟。外殼由最先進的聚合物、樹脂、環氧樹脂製成，可以承受這種程度的撞擊——接著「砰」一聲巨響，恩尼斯把手上的頭盔卯足勁狠狠往地上一摜，比利和戴姆驚得往後躍。你看，看這裡，一點影響都沒有，很厲害吧，哈。這頭盔不像你們那種克維拉纖維頭盔，不過話說回來，我們的球員可不用躲子彈啊。頭盔裡層一樣重要，你可以根據各人的需求加裝顎墊、泡棉、氣墊等等，確保頭盔戴得合身，發揮最大的防護力。你看，用這個打氣筒，可以幫氣墊充氣，沿著頭盔邊緣，可以看到充氣孔。即使我們做了這麼多喲，還是會撞成腦震盪的，很多。這些傢伙眞的很猛。這裡還有護面框，十五種不同的樣式，六種不同特別尺寸的顎帶，還有各種款式和顏色的護齒。四分衛的頭盔裡有裝無線電，可以即時與教練對話。我們每週都會把頭盔上的貼紙撕下來換新的，把頭盔全部用肥皀鋼刷刷過、上蠟、擦亮。

是很費事啊，沒錯。好，口香糖，我們總共有五種口味給球員選，所以總共就是兩千粒、兩千五百粒盒裝這樣。這邊是魔鬼黏長條和繫帶，把你的裝備綁好繫緊，才不會讓對手有地方可抓。臀墊、大腿墊、膝墊這些，都照樣式、尺寸、厚度分類放好。接球員用的橡膠手套、線鋒用的加墊手套。符合人體工學的鞋墊，各種尺寸都有。棒球帽、針織帽。換防滑釘的專用電鑽。滑石粉、防曬用品、嗅鹽、二十二種不同的醫療繃帶。凝膠、乳霜、軟膏、抗菌用品、香港腳的藥。保冷箱。紙箱裝的運動飲料沖泡粉。喔喔喔，各位，還有還有。像今天這種冷天，還有保暖帽、保暖內衣褲、手套、暖手筒、暖暖包、防凍霜、保暖襪，還有長椅的加熱裝備。防水的保暖外套，特別設計可以在戴著肩胸墊的時候穿。雨衣也是一樣。每場比賽都要用上七百條毛巾，要是下大雨，或特別熱的時候，這數字還要加一倍。

「你們把類固醇放那兒?」戴姆問。

「喔不不不，在這兒，這可是個髒字。好，現在來看比賽用的球。在這裡我們是主場球隊，所以要負責提供三十六顆全新的球，另外有十二顆球，直接從製造商那邊運給裁判，上面會有『K』字記號，代表專供射門用。」接下來看的是練習用球衣短褲，長袖運動衣褲，又去簡直像洗衣廠的洗衣間瞄了一眼，再參觀教練的配備。筆記本、寫字板、大小不一的白板、白板筆、蠟鉛筆、耳機、大聲公等等。有只鞋盒大小的容器裝滿了耀眼的銀色哨子，另一只容器裝滿了卡西歐碼錶。想當然耳，在這裡的無線傳輸和影像始終都有人管制。我們一旦出去巡迴，要帶的東西得用兩大輛半聯結車才裝得下，總共大概有九千、一萬磅重吧。

講到最後，連戴姆都有點暈了。這些各有專屬用途的物品實在太多，多到讓人看了無感，而且每樣都標得清清楚楚，分門別類，按照尺寸、順序，收好，疊好，完全展現人類物流與庫存管控的技術可以何等精良。比利的頭更痛了，他想或許是因爲吸了這堆東西發出的各種氣味。他們循著漫長的原路走回器材室入口，這時比利覺得胸口發緊，像有人一把揪住他的肺葉。說不定是過敏？還是心臟病發作？這念頭在他腦海停留一瞬即逝。他滿腦子都是器材室之謎，不願浪費時間擔心自己的身體。他想知道的不僅是「怎麼弄到這麼多東西」，還有「爲什麼要有這麼多東西？」顯然只有美國才有這種事。只有美國能接納需要這麼多器材的體育運動，而且還能把它發展成當今這等規模的國民運動。

他不能肯定自己在器材室裡看到了什麼，但逛這一趟讓他很不舒服。

「你知道嗎，」恩尼斯有點不好意思地坦承：「我以前在陸軍待過幾年。不過那時候大家都一樣，我們有徵兵制嘛，你知道。」

「越戰？」戴姆問。

「沒跟上。我六三年退伍的，眞他媽的好加在。我曉得有些人去了就沒回來了。」

「這種人很多。」戴姆說。

「一點沒錯。我只想跟你們說，我們有多感激你們在那邊做的一切。要不是有你們，天曉得那邊現在會是什麼樣。搞不好我們都得向阿拉禱告，包個頭巾什麼的。」

「你有沒有可以治頭痛的東西？」比利問。「Advil？Aleve？」

「多的是啊。」恩尼斯回道。「你頭很痛是嗎？唉，孩子，我很想幫你，可是沒辦法，有法律上的責任。經過這些窗口的每樣東西，」他伸手指向醫務室櫃檯：「都要留下紀錄、寫下數量。想不到吧，即便只是兩粒小藥丸，都可能害我丟飯碗。」

「沒關係。」比利說。「我可不想害你丟飯碗。」

恩尼斯再三致歉。走到更衣室門口，戴姆請恩尼斯在球上簽名。恩尼斯有點驚訝地往後仰了一下，雖然呵呵笑起來，眼神卻透露著審慎。

「你要簽名做啥？我只是管器材的老傢伙，沒人鳥我的簽名。」

「可是我覺得你才是管理球隊的人。」戴姆答道，恩尼斯笑了，接過簽字筆，在球上簽了名，這也成了戴姆今天唯一拿到的簽名。回到更衣室，球員幾乎已經全部著裝完畢。空氣中滿是塑膠味、體臭、屁味、甜瓜混木材香味的古龍水，外加亞麻油地板發出的難聞甘草味等等，全部混起來的大雜燴。諾姆站在更衣室中央的椅子上，把B班人叫到他身邊，又叫牛仔隊全體過來圍成圈。B班人今天已經聽了一堆演講，這會兒還要再聽一場，不過又能怎麼辦呢。球員們很配合地聚攏過來，比利看他們在更衣室中央集合的模樣，不禁想像在幕後支撐著這麼多運動員的龐大系統。這些人，受盤古開天以來最好的照顧、享受最充足的營養、最先進的科技、最優良的醫療，生活在美國創新與豐足的顛峰，這讓他突然想到一個絕妙的點子——送他們去打仗吧！趁他們現在狀態這麼棒，都休息過，也著了裝，更做好了浴血迎戰的心理準備，趕緊趁這時候，把整個國家美足聯盟都送過去吧！我們有熊、有突擊者、驍勇善戰的紅人，還有噴射機、老鷹、獵鷹、酋長、愛國者、牛仔——一群穿襯衫涼鞋、瘦巴巴的中東鬼，怎麼打得過這純美國的龐大陣容？噢，親愛的敵軍，別再做無謂的抵抗了，馬上投降，省得你接下來有吃不完的苦頭，因爲我們的球員一衝出去就停不了，而且個個壯如泰山，勢不可擋，經過精心打造，人人見而生畏，即便砲火炸彈，射到他們的鋼骨之軀也會反彈。投降吧，別叫我們所向無敵的美足聯盟讓你嘗到地獄之火的滋味！

「現在，我只想說……」諾姆開口，不過後方還是傳來陣陣交談，還有人的手提音響播著「盧達克里斯」的歌。「統統給我閉嘴！」塔托教練一聲怒吼下，球員們頓時變回一群國中生。

「嗯，」諾姆接著說：「我希望大家今天都有機會和我們的貴賓聊聊，這些貴賓非常特別，他們是B

班的將士。我相信大家現在應該都聽過他們的故事了——他們困在槍林彈雨下，弟兄們不是死了就是受傷，可是這幾個年輕人，也就是B班的這些年輕弟兄，他們堅持到底，他們打、死、不、退。他們在安薩卡運河河畔，碰上這輩子最大的考驗。還好上帝保佑，他們挺身而出，爲國爭光。不久前，我很榮幸和布希總統談過，他……」

球員們早就沒在聽了。比利從這些人空洞的眼神就看得出，他們的大腦已經呈現休眠狀態。比利規規矩矩站在隊伍裡的經驗早已多到破表，他當然看得出那種眼神的意思。

「……我們現在要面對的考驗，或許不太一樣。我們現在要面對的考驗，或許不像他們那麼巨大，那麼慘烈，可是考驗正是上帝給我們的試煉，把我們一步步塑造成祂希望的樣子。現在，我知道，我們這個球季，碰上了一些關卡。我們正在努力。雖然，事情沒有完全照我們的計畫走，可是我們碰上低潮的時候，就是應該努力的時候；我們受了打擊，才是要眞正面對自己的時候。所以，過去的就算了，讓我們把它丟到腦後……」

球員們的頭頂彷彿逐漸升起一團憤怒的雲。諾姆的演說秀，顯然是他們每天都得承受的千篇一律，但讓諾姆拿來襯托B班人？和B班人對照？別苗頭？這種作法只會挑起殘酷的手足相爭之心。**你爲什麼不能跟他一樣？**B班人自然不願蹚這攤渾水，但現在要從諾姆的主日學課程抽身，爲時已晚。

「……所以我請各位，你們所有人，這個隊的每一個人，從溫尼、德魯，一直到巴比，」（球員中傳出一陣倒胃的喊聲，正是出自巴比本尊。B班之前見過他，他是牛仔隊出名的輕度智障球童）「……都要勇於面對考驗，努力去克服。像這幾位年輕軍人一樣，勇敢、堅強，迎向各種挑戰。就從今天開始，各位先生。現在不做，更待何時！讓我們上場去，狠狠修理熊隊！」

「耶！」有人登高一呼，球員紛紛響應，不過夾在歡呼之中的倒采，比比利想得還多。但話又說回來，這些人是職業球員耶。諾姆請丹牧師來帶領大家禱告。丹牧師慈眉善目，臉上略顯風霜，身上穿的是與教練同款的閃亮運動夾克。親愛的上帝，牧師以悅耳的南方口音開始禱告，母音如揉皺的絲絨，子音格外濃重。**請協助我們發揮最佳戰力。讓我們在場上的表現正如您的意旨，榮耀我們的信念。指引我們，領導我們，保護我們……**比利緊閉著眼，想起施洛姆的說法。施洛姆說，基督教聖經大多是集結蘇美爾人傳說而成，雖說這不算什麼特別需要知道的事，但在過去這兩週沒完沒了的群眾禱告期間，這件事還眞有些慰藉的作用。美國人很喜歡禱告，眞是天曉得。美國就愛禱告禱告再禱告，是個禱告起來宛如滔滔江水的國家，只是這種照表操課的禱告法，讓比利有點吃不消。他也眞的盡力過，只是什麼也感覺不到。你閉上眼，垂下頭，在首次講到「祢」或「祢的」這種字時，反而很像某種訊號突然斷了，沒什麼「有種靜電一閃即過」的感覺。就算想到「還有很多人和我有一樣的問題」，也沒讓他覺得好過點，然而，想到早在「祢」、「祢的」這類字眼出現之前，有人已經活在這世上（蘇美爾人、赫梯人、土庫曼人，整個遠古文明的聯合國），那麼，或許「祢」、「祢的」這套，不會是世間唯一的眞理。這點不知怎地讓他覺得安了心。

不過，蘇美爾人是什麼人啊？

「我找時間再跟你說。」施洛姆說著，繫好防彈背心。「不過不是現在。」

結果，現在不說，就永遠沒機會說了。施洛姆從不打電玩，也很少看電視，他最常做的休閒活動就是讀書，幾乎無時不讀。「我在建構我的人格。」他這麼解釋看書的作用。就連打手槍這回事，他也搬得出權威說法，只是這次換成古埃及人（「我沒唬你！我發誓！」）。古埃及人相信遠古首位無名的上帝，靠著手淫創造天地萬物，純憑射精的力量，讓整個宇宙從無到有。

阿門。丹牧師說。**兩**——**分**——**鐘**！助理教練大吼。就在這準備上場的最後幾分鐘，比利發現奧可塔維安在置物櫃那邊，朝他點點頭，手腕放得低低的擺了一下，邀他過去（他後來想到這段，覺得不對，是『召』他過去）。奧可塔維安、巴瑞．喬，還有幾名球員聚在那邊，氣氛有點僵，好像有什麼重要的事要宣布。比利眞希望自己當時沒拿著那顆智障的球。

「呃，是這樣，我們想知道……」奧可塔維安的聲音低到幾乎聽不見：「我們，嗯，我們想做點事，和你一樣，很猛的，你知道，幹掉幾個穆斯林鬼，你覺得他們會同意嗎？我們可以跟你們一起，跑個一兩個星期，幫點忙。幫你們幹掉幾個頭巾鬼，我們很樂意。」

比利看得出來，他們是說眞的。他們眞的想。比利努力想像這些人的腦內世界到底在轉些什麼，但實在想像不出。

「我覺得這招恐怕行不通。」

「嗄？你什麼意思，我們是純幫忙耶，『免費』的耶。用不著付我們薪水，我們也沒打算要。」

比利知道自己絕對不能笑。「我只是覺得軍方不會同意。」

「喔。唉——喲。又不是要讓人家知道，我們只要跟你們跑幾個星期，沒人會曉得我們在那邊啊。我們都想幫忙，你是說你不需要幫手嘍？」

「比利！」芒果大喊。「我們要走了。」

比利點點頭，轉身向奧可塔維安說：「當然，我們需要幫手，只是——嗯，你如果想要來點猛的，你可以加入陸軍。他們一定非常樂意派你去伊拉克。」

球員們紛紛發出冷哼，嘴裡念念有詞，對比利報以憐憫的眼神。**去他的。救人喔。見鬼的**ＸＸＸ……

「我們可是有工作的耶。」奧可塔維安把「工作」兩字加重了語氣。「我們在這裡得幹我們的事，你以爲我們要自願丟飯碗，跑去加入什麼鬼陸軍？而且得幹多久？三年？我們還得違約？」想必是太爆笑了吧，球員們笑開了，笑得上氣不接下氣、哼哼唧唧的。「你走吧。」奧可塔維安揮揮手趕比利走。「走吧，你兄弟叫你過去呢。」

這就是全部了

於是比利決定接下來只要一有機會，就趕緊把手上那顆球送出去。離開賽只剩幾分鐘，牛仔隊正在場上做伸展操，諾姆本尊則領著B班人沿著體育場穿堂前進，邊走邊和人擊掌招呼，沒事不時放個電，群眾立時為之傾倒。原本所有對他的不滿、怨言、鄉民的八卦批評，被他的巨星之光一照，皆如保溫燈下的牛油徹底融化。呦，諾姆！諾姆！諾姆！我們今天會贏吧，諾姆？我賭牛仔隊讓三分，你得幫我贏一場啊！諾姆！他所到之處一如摩西過紅海，球迷紛紛退到兩旁，同時不忘拿著手機對諾姆猛閃猛拍。諾姆則昂首闊步向前行，無論對誰都報以同樣的燦笑。德州體育場是他的地盤，他的城堡，不，這裡就是他的王國。這年頭眞正的王者不多了，不過在這兒，諾姆就是至高無上的王。比利此時親眼看到，要討這群南方老粗歡心，簡直易如反掌，只消瞟一眼、揮揮手、花幾秒鐘露個面，群眾就跟嗑了藥一樣，被巨星風采迷得暈陶陶。

比利同時也在找某種特定的小孩，好把那顆球送出去。他刻意不找有錢人家的孩子，不找有機會上電視、曬得漂亮、細皮嫩肉、牙齒整得白如編貝、身材修長、乾淨清秀，一望即知是人生勝利組的小孩。絕不。他要找南方窮人家的孩子，瘦瘦小小、蓬頭垢面、指甲咬到肉裡見血、十歲左右程度（和普通靈光的狗差不多），過得慘兮兮但尙不自覺的那種小孩。比利找的其實就是他自己。結果還眞給他在漢堡攤外面找著一個，緊張兮兮的小個頭，頭在他脖子上顯得太大。身上薄薄一件棉質兜帽衣，完全擋不了寒風；腳上是穿到快分家的山寨「銳跑」鞋。他爸媽搞什麼鬼，寧願花幾百塊錢買牛仔隊的票，卻不給兒子買件像樣的冬季外套？美國消費者的心理，實在讓人很火大。

「不好意思。」比利邊說邊朝他們走去，這孩子嚇了一跳卻沒作聲（我闖了什麼禍啦？）。他爸媽轉過身來，好一對絕配，大個子，四體不勤五穀不分的呆相，當人和當家長顯然都一樣很廢的那種。比利沒睬他們。

「小朋友，你叫什麼名字？」

小男孩下巴驚得掉下來。舌頭一片慘白。

「小朋友，跟我說你叫什麼名字。」

「酷哥（cougar）。」小男孩勉強擠出答案。

「酷哥。你是說美洲獅那個字？」

小男孩點點頭，不太敢直視比利的雙眼。

「酷哥！好強的名字喔！」比利當然沒說眞話，「酷哥」這名字實在夠遜。「好，酷哥，我這裡有一顆簽了名的球，剛剛我在更衣室，有好多牛仔隊球員幫我簽名。不過現在我要回伊拉克去，想說把球留在這裡，所以我希望你收下。你覺得好不好？」

酷哥鼓起勇氣很快看了那球一眼，點點頭。從他的表情，不難看出他以爲這是什麼低級的整人花招，例如從背後拉人內褲，把鞭炮放進別人衣服後背之流。

「好，小朋友，拿去吧。」

比利把球遞給他便走，毫無留戀，連回頭看一眼都沒有。他已經受夠了今天一堆噁心巴拉的肉麻話，當然更不希望這一刻又搞得肉麻兮兮。早已停步的芒果，正在一旁等比利走來。

「你幹麼把球給他？」

「不知。就是很想。」此刻回想，儘管他心頭浮上莫名的感傷，不過確實暢快多了。他們倆並肩走了好一會兒沒說話，後來芒果也把自己的球送給某個路過的小孩。

「呵，去他的什麼鬼簽名。」比利說。芒果笑了。

「要是他們贏了超級盃，我們剛剛可就白白送了一千塊錢出去。」

「是啦，欸，那我賭一千塊，他們贏不了超級盃。」

還是沒人來跟他們說中場時間到底要幹麼，只有諾姆打包票說「一定會讓B班大顯身手」。這句話代表的差事可能很輕鬆，只要站在那兒，等人點到自己的名字；也可能很恐怖、很麻煩，就像……有人來把你的腦袋搞得天翻地覆。據說老闆的私人包廂有好幾個吧臺，於是B班這群低階阿兵哥私下約好一定要喝個爛醉，不過比利後來想到斐森，暗地裡把自己的目標修正爲「小醉」。其實會這樣，都是因爲諾姆一時心血來潮，開口邀大家「來啦，到我私人包廂看開球！」諾姆顯然感染了B班的毛病，而且還是最嚴重的那種，那股「身在大後方」的奉獻熱忱一衝腦，即便脫衣舞女郎也願意免費熱舞；上流貴婦也會化爲嗜血怪獸。B班人魚貫走進那豪華包廂時，迎接他們的是滿場熱烈的掌聲，原本只做做表面工夫、握手虛軟無力的那些人，這會兒還眞的使勁鼓掌。B班人幹得好啊！美國軍人萬歲！諾姆夫人站在門邊招呼他們，即便她受不了十個氣喘吁吁、滿嘴酒氣的大塊頭一下子湧進已經很擠的包廂，這會兒她也很有風度地按下不表。

你們能來眞是太好了，有好多朋友好想見見你們。比利只消一眼便看完房內景物。藍地毯、藍中帶銀的陳設，每面牆上都裝了超大平面電視，兩座吧臺、冷盤熱食齊備的自助餐、穿白西裝外套的侍者，還有，走下幾階樓梯，還有另一個陳設完全相同的樓層，更遠處裝了一整片階梯式的看臺座位，階梯落差有點大，成排的椅子都套上布套軟墊，正對著大片玻璃窗，好比印著全景照片的明信片，球場在此可一覽無遺。你在這兒馬上可以嗅到錢的氣息，宛如某種幽微的低鳴、唇上殘存的一絲薄荷辣味。比利在想，財富是不是像細菌一樣，光是靠它近一點，就能感染？

把這兒當自己家啊，諾姆夫人兀自說著，**自己拿點東西吃**。不勞您提醒了，夫人。B班全體正要朝免費酒水進攻，戴姆還不忘正色打嘴形說「只能喝一杯」，不過在這幫阿兵哥開喝之前，諾姆爬上椅子（他怎麼那麼愛爬椅子？），又開講了，講的是：

軍人

英雄

貴賓

還有，我們有多

開心

驕傲

高興

歐格斯比全家，在感恩節這個日子，竟能有機會

感謝

表揚

感激B班全體的貢獻。比利發現在

場的賓客都十分專心聽諾姆演講，個個臉上滿溢信心與決心。男士們看來頭腦都很好，神態自若，雖是中年，身材卻都保養得不錯，舉手投足間，很有事業一帆風順的那種篤定從容。髮型好看。皺紋很多。女性則個個修長窈窕，清一色曬成古銅色，濃妝之外還多裹了層不沾鍋似的淡漠。比利在腦裡轉著，要怎樣的家世、財力、學校、社會地位的組合，才能讓人躍登這種勝利組小圈圈。不管這組合是什麼，這些人擺出的姿態，像是不費吹灰之力就可以站在這裡，只需要在這特別的地方做自己，暖和、安全、乾乾淨淨，當諾姆的座上賓。大家多半端著飲料、捧著食物。**邪惡**，諾姆還在講。**恐怖行動**。**人身威脅**。**一個在打仗的國家**。他的演說描述的是最慘烈的狀況，然而此時此地，戰爭卻似乎遠在天邊。

「他們待會兒就要先走，」諾姆繼續說：「他們要參與我們的中場表演，不過趁他們在這兒的時候，我們來給他們一個大大的德州式歡迎。」眾人鼓掌、高喊、歡呼，開趴啦！這群達官貴人也感染了B班的活力。比利則被一個滿臉皺紋的老爺爺逮住。

「阿兵哥，能見到你眞是媽的讚啦！」

「謝謝您，先生。見到您也很榮幸。」

「馬區·豪伊。」老人說著伸出手來。比利覺得這名字和臉孔都有點熟悉，他五官細小，臉龐又皺又垮，雙眼和耳朵處像精靈一樣瘪皺。比利敢賭，這位馬區·豪伊，肯定是德州名人之一，有錢有勢的那種。

「跟你說，新聞播出的那一晚哪，就是他們播你們奮勇殺敵的那段影片的時候啊？可眞是我這輩子最興奮的時候，不騙你。我當時的感覺，眞的很難形容，不過，不知道，只能說，那一刻眞是美好哇。瑪格麗特啊，妳跟他說說我那時候什麼樣。」

他轉頭對妻子說話，她應該比他年輕個二十歲吧，大約六呎高，亭亭玉立，金瀑流淌般的直髮，緊實如舒芙蕾的肌膚。

「我啊，我以為，」她一開口，完全是瓊考琳斯在《朝代》（重播）裡狠狠修理對手的尖酸英國口音：「他整個人瘋啦。我聽他在我們視聽室裡鬼——喊鬼叫的，我就一路衝——下樓，看他居然站在我最寶貝的喬治四世閱讀桌上，而且我的老天爺呀，還穿著他的牛——仔——靴，做那個什麼『洛基』的動作……」她舉起雙臂，做了幾個握拳往內拉的叫好動作。「所以我就喊啦，『馬——區呀，馬區，小親親，親愛的，唉呀隨便啦（英國口音）……你到底怎麼啦？』」

這時又有幾對男女湊過來，人人臉上掛著笑，點著頭，顯然都很習慣他們的老友馬區來這招。

「眞是好好宣洩了一番啊。」豪伊說，比利默默在心裡鄭重複誦了這個詞，「宣洩」。「看你們跟約翰韋恩一樣威風，就好像我們終於有了開心的理由。我想是因為打仗，害我心情一直很差，要不是因為你們，恐怕連我自己都沒發現這點。我們這下還眞是士氣大振啊。」

另幾對男女忙著點頭如搗蒜。「在這裡的都是你朋友。」有個女的對比利說。「這裡可沒人願意不戰而退。」

又有幾人附和，只是說法不同而已。瑪格麗特．豪伊那對巨大的藍眼一直盯著比利，眨都不眨一下。他感覺得到，無論她用眼神傳達的是對他的哪種評價，想必不但嚴苛、未經思索，也沒有翻盤的可能。

「我問你個事兒。」豪伊發話了，湊到比利身邊。「現在局勢有沒有好點？」

「我覺得有，先生。在某些地區，對，確實有好轉。我們很努力，好還要更好。」

「我知道！我知道！不管這國家有什麼問題，都不是你們的錯，我們的軍隊是全世界第一哪！聽著，打從一開始，我就支持開戰，我還可以跟你說，我很喜歡我們總統，我私底下覺得，他是個人品很好的人。打從他小時候，我就認識他啦——我是看他長大的哪！他是好孩子，想把事情做好。我知道他決定打仗的出發點是好的，不過他身邊那群人哪，聽著，那些人裡面有些是我好朋友，不過你還是得說老實話，他們實在把這場仗搞得媽的一團糟。」

豪伊這番話讓很多人大搖其頭，還有不少人沉著臉喃喃表示贊同。「我們一直在努力。」比利回道，心裡一邊盤算怎樣才能弄到酒喝。

「我想你比誰都清楚這一點。」豪伊又挨過來，這次貼得更近了些，但比利不爲所動。「我再問你個事兒。」

「請說，先生。」

「是關於這場仗啦。不過我沒打算要問很私人的事。」

「沒關係，請說。」

「好，我說啊，像你這麼勇敢的小伙子，做出這麼了不起的事，我們當然會有問題想問你，再怎麼說，我們都看了那段影片嘛。我們都知道那邊很危險、很苦，而你得在裡面衝鋒陷陣的……」豪伊輕笑了兩聲，搖搖頭：「我們實在忍不住想問啊，你難道不怕嗎？」

此語一出，周遭的人不由打了個興奮的冷顫，唯一不動如山的就是瑪格麗特。她僅是站在那兒，用那對大得嚇人的藍眼盯著他，不給他一點放鬆的空間。

「我當然怕啊。」比利答道。「我自己知道我那時候很害怕，可是一切都發生得好快，我根本沒時間想什麼，就是照著受訓時學的做，隊上的弟兄也一樣。我只是當時人正好在那裡而已。」他以爲這樣就算講完了，可是眾人都沒作聲，屏息看他還會說出什麼驚人之語，他只好趕緊找話說。「我想就像我們班長說的吧，只要你身上有很多子彈，就安啦。」

這句果然奏效，眾人仰頭狂笑。其實這挺簡單的，不是嗎，他只要說這些人想聽的話，他們就很開心，覺得他很讚，大夥兒和和樂樂的，多好。有時他得提醒自己，他沒做什麼壞事呀，一沒說謊，二沒吹牛。只是，往往在這種場合講完這種話之後，總有說謊後的不堪之感縈繞心頭。

又有新面孔過來加入他們，也有人退出談話，忙著和別的小圈圈一一招呼閒聊。比利有握不完的手，卻也始終記不得對方的名字。麥少校和瓊斯先生在冷盤自助餐臺附近聊天，但瓊斯先生應該還不曉得麥少校連坦克駛過也聽不見。兩人後方則是達官貴人組——亞伯特、戴姆、諾姆夫妻檔，加上幾名貌似這場派對的重量級貴賓。亞伯特哈哈大笑，很開懷的樣子，或許本應如此吧，比利暗想。亞伯特成日與好萊塢狠角色打交道，就算倒立也能對付達拉斯這群人。比利眞正注意的人其實是戴姆，他仔細看著戴姆聽人說話的表情，暫時不語、偶爾插話的神態。「仔細觀察他。」施洛姆曾對比利說。「觀察他，多學著點。大衛很詭異喲，他知道怎麼在黑漆漆的地方看到東西。」施洛姆說，戴姆在戰場上有種敏銳的直覺，這是戴姆的特異功能，不過要培養這特異功能的唯一方法，就是不斷實戰操練，親上火線試試自己的能耐。只要美軍待在基地，叛軍就不會造成他們太多死傷，問題是，美軍若想追蹤叛軍、一舉殲滅，唯一的方法就是離開基地。因此巡邏、設檢查哨、逐戶搜查等等這全套作業，就成了試膽練習，但這是戴姆強迫他們接受的作戰形式。B班坐車坐到一半下車的次數應該是全排之冠，搞不好還是全營第一。在哪裡下車都有可能，戴姆會命他們徒步掃蕩個幾公里路，悍馬車則在後面慢吞吞地跟著。「你光坐在那鬼車裡，什麼屁也學不到。」戴姆會這麼說。這種小突襲形同賭局，或許一轉眼就害你喪命，卻是戴姆累積實戰知識與經驗、磨練直覺的方法，爲所有人力與資源危在旦夕的那天預做準備。

B班當然不愛這差事。他們常暗恨戴姆派大家到街上出勤，走這趟要冒的風險，比起可能的收穫，完全不成正比，出這種勤有個屁用？但要是B班有誰爲此幹譙，施洛姆就會叫他乖乖閉嘴幹活。他們就這樣踏過市集、穿過小巷、隨便挑間房子走進去，看能搜到什麼。某天他們在街上巡，碰上一小群男生，大概都十四、五歲左右，留著毛茸茸的小鬍子，一身襤褸。「先生先生，」他們邊喊邊大搖大擺走來：「給我口袋！給我口袋！」

「搞屁啊。」戴姆啐了一口，只瞪著他們看。

「我想他們是要錢吧。」施洛姆說，轉頭望史考提，看自己有沒有講錯。史考提是B班的隨隊口譯員，因爲長得很像芝加哥公牛隊的史考提．皮彭，便有了這個小名。史考提上前和這幾個男生攀談起來。

「對，他們要錢。他們說肚子很餓，想跟你們要點錢。」

「給我『口袋』？」戴姆忍俊不住。

「對啦！對啦！先生！給我口袋！」

「不對不對不對，眞是狗屁不通，你不能這樣講啦。你跟他們說，我會教他們怎麼講才對，但我們半毛錢都不給。」

史考提照樣解釋了。好耶！這群男生歡呼起來。好！ＯＫ！好！

於是戴姆的街頭英語課就這麼開講了。

「給我錢。」跟我念一次。

給我錢。

「給我五塊錢。」

給我五塊錢。

「給我五塊錢，賤貨！」

給我五塊錢，「煎」貨！

「謝謝你！！」

謝謝你！！

「祝你今天愉快！！！」

「豬」你今天「瘀」快！！！

男生們笑成一團，戴姆也呵呵笑著，B班成員更是前仰後合，只不過邊笑邊舉槍，視線掃過一間間樓房的屋頂與通道。

「謝謝你！」英語課下課了，男孩們高聲稱謝，人人行禮如儀，都來跟戴姆握手。「謝謝你！先生！謝謝你！給我錢！」謝完了再繼續掃街，嘴裡嚷著給我錢！給我五塊錢！給我五塊錢，「煎」貨！

「哇。」施洛姆低呼，像得了什麼天啓，激動得嗓音微微顫抖。「大衛，這實在是太感人了，兄弟。你眞的做了件善事。」

戴姆先是哼了聲，隨即擺起故做清高的架勢：「唉呀，你沒聽人說過嗎，給他條魚，他就只有一天的魚吃；但要是教他釣魚……」

「……他就有一輩子的魚吃。」施洛姆接話。

比利過了一陣子，才逐漸把這種幽默當成「全球嘴砲學」課程的一門課。而也就在這一刻，猝不及防，施洛姆的死像支鑽子，狠狠捅進他腹部。但他腦內的另一條思路也同時察覺，悲傷來來去去，猶如游過異鄉上空的月，時而巨大，時而縹渺。

「我不喜歡這樣。」馬區．豪伊兀自對一群賓客發言。「我覺得這樣讓人心理有陰影，從戰略來講也很差勁。是啦，要讓國人有所警覺，當然是很好，但你一天二十四小時一直講恐怖主義怎樣怎樣，沒完沒了，沒多久就會有負面反應。」

「可是，馬區啊，」有個女的不以為然：「他們可是想要我們的命哪！」

「當然啦！」馬區邊回邊拋給比利一個「這還真妙」的眼神。「這世界本來就很危險，大家都知道。不過你一直塞給大眾這些訊息，一天到晚**恐怖份子恐怖份子恐怖份子**，不但打擊士氣，打擊市場，對誰都是打擊啊。」

「錢尼不算喔。」有人酸溜溜補了一句，這群賓客不約而同吃吃發笑。

「是啦。」馬區附和著，緩緩揚起嘴角。「老迪克做事有他自己的一套。我們可是多年老朋友，不過我得說，我們已經很久沒聯絡了。」

這時一杯威士忌可樂來到比利身邊。他們怎麼知道我想喝？他們好像總有辦法摸透似的。他點點頭，啜了口，邊聽他人抒發對這場戰爭的看法與心情，邊嗯嗯啊啊發出贊同的聲音。在他德州老家，人人都很篤定要打這一仗，談的都是必然發生、非做不可、絕對存在的事，以及在這種氣氛之下聽來滿有道理的看法。這屋裡談的戰爭，和他們在那邊打的戰爭，中間隔著某種深不見底的鴻溝，而在比利看來，最重要的是，跳過這道鴻溝時千萬別摔跤。

「我得幫九一一講句話。」有個男的對比利掏心挖肺起來。「九一一可讓那堆女性主義者閉嘴了。」

「喔。」比利看看自己的杯子。女性主義者？

「可不是嗎？」那男的又說。「我們被人家攻擊之後，她們對『解放』就沒以前那麼熱了。有些事情就是得男人做，女人做不來嘛。打仗不就是嗎？很多事到頭來就是靠體力嘛。」

「也許我們現在正需要打場仗，才知道什麼重要、什麼不重要。」另一個男的插話。

一堆小圈圈各有各的話題，但都繞著主要的話題打轉，而這主要的話題始終都是打仗。比利碰上某某公司的老闆，做庭院地面牆面塗料的。這老闆對比利說，叛軍最近攻擊次數比較頻繁，正顯示了情勢有利於我方。「這表示他們走投無路啦。」他說。「我們正好打在他們的傷口上。」「有可能喔。」比利勉強應了一句，這時一隻樹幹般粗壯的手臂猛地環住他的肩，原來是派對主人諾姆先生本尊一把抱住比利。全場忽地鴉雀無聲，人人笑吟吟等著諾姆開口。

「專業下士林恩。」

「是，先生。」

「你對現場的一切都滿意吧？」

「滿意，先生。一切都很好。」

眾人哄笑，彷彿比利答得極爲高明。諾姆捏捏比利的頸背，輕按著他的頭晃了幾下。「今天，我們多麼榮幸，」他對滿屋賓客說：「有多麼難得的機會，能請到這些年輕的英雄們，和我們共聚一堂。」比利嗅到諾姆口中飄出波本威士忌的酵母味。「他們，是我們這個國家的驕傲與喜悅。尤其是『這一位』。」他又把比利的頭狠狠晃了幾下。「這位年輕人，嗯，這麼說吧，如果我說，在安薩卡運河帶頭作戰的是個『德州人』，你們會很意外嗎？」

現場頓時爆出熱烈的掌聲，鄰近的賓客也紛紛走來加入陣容。比利完全失去招架之力，諾姆已經把他釘在板子上當標本，他只能杵在那兒微笑，就像吃屎吃到一半被抓包。「看，他臉都紅了耶！」有個女的高喊，她說的可能沒錯，因爲比利可以感到兩頰傳出陣陣熱氣。他的窘迫竟完全被當成謙虛。

「我想我們手上又多了個奧迪．墨菲啦。」馬區說著，朝比利咧嘴一笑。「又多了個偉大的美國英雄，而且還是德州人！」

「他是英雄沒錯。」諾姆點頭，把比利摟得更緊了點。「所以他才別著銀星勳章。我有可靠消息來源，說原本有人推薦他獲頒榮譽勳章，結果不知國防部哪個混帳官僚沒批准。」

人群中一陣不滿的議論紛紛。比利眞希望B班的弟兄沒在看，不過戴姆倒是相當平靜，把這幕全看在眼底。亞伯特則在與比利的視線交錯時報以微笑，不對，是邪邪的微笑，比利於是明白勳章的消息是誰洩漏的了。後來他一趁有空檔，趕緊溜出人群，走向最近的吧臺。可口可樂，他說。只要純可樂就好。不一會兒，換戴姆挨到他身邊。

「比利，你別又恍神嘍。」

比利下巴一抬。「剛剛那實在太扯了吧。」

「什麼太扯？」兩人講話的音量幾乎低到聽不見。

「剛才呀。榮譽勳章那什麼鬼。」

「噢，那個呀。比利，安啦。你是國家認證的大明星。」

「亞伯特……」

「亞伯特腦袋很清楚的。」

「幹，他怎麼會曉得這件事？」

「因爲我跟他說的呀，阿呆。你那可樂裡有沒有摻酒？」

「沒。」

「很好，我要你中場的時候至少有半顆腦袋醒著。還有，他們還是沒說我們中場要幹麼。」

比利俯身望著自己的杯子。「全是胡說八道。」

「你也未免太敏感了吧，比利小姐。」

「你他媽幹麼跟他說啊？」

戴姆居然連這句都懶得回。兩人繼續面朝吧臺窩著。他們心裡清楚，只要自己轉過身，賓客們就會湊過來找話說。

「你認識剛剛跟你講話的那個老頭？」

「呃，對。」

「馬區．豪伊。」

「我知道他是誰。」

「『抹黑專家』他本尊。這傢伙有名得很咧。」

比利兩眼直視前方。這回他不想讓戴姆稱心如意——戴姆以爲自己知道比利不知的事。

「比上帝還有錢，而且關係也滿好的樣子。所以你和他在一起時要當心一點。」

「我幹麼要當心一點？」

「因爲我們這國家啊，黨派壁壘分明得很，比利。這些人精得要命，認得出誰是敵人。打了仗得幾枚屁動章，可呼攏不了他們。」

比利瞟了一眼自己胸前，想著自己的勳章會不會有邪惡的含意。

「我又不是敵人。」

「窩吼，你以爲你不是敵人？這是他們說了算，不是你。他們才能決定誰是眞正的美國人喲，老兄。」

比利喝了口可樂。「我又沒打算競選總統，班長。」

戴姆點點頭，研究起吧臺後方高高低低的酒瓶連成的輪廓線。「你想知道我老阿公跟我說過什麼嗎？比利？」

「啥。」

「他說，孩子啊，你想要過好日子，就做三件事。第一，賺很多錢。第二，乖乖繳稅。第三，別碰政治。」

戴姆說完，便拿起飲料走人。比利想好好享受這難得的清靜，結果要命的頭痛又來猛敲他腦門。他在想，這會不會是偏頭痛——但他哪知道？說不定是偏頭痛，搞不好更糟，變成更悲慘更要命的，腦瘤、癌症、嚴重中風之類。**可憐的傢伙。還這麼年輕。還是處男就死了。**好悲哀呀。不管怎麼說，這頭痛搞到現在，已經等於他不堪的家族史，是要命的痛，也是重擔，但若少了它，他可怎麼好？這時突然一陣歡呼與掌聲響徹整屋，他這才想起應該一直面對吧臺，不要轉身，但顯然爲時已晚。

「你剛剛上了大螢幕耶！」有個女的大叫，比利頓時心一沉——他們把他窩在吧臺的樣子放上大螢幕？然後才明白，原來是電子看板上剛剛重播「美國英雄」的圖樣。

「我覺得你們今天接受表揚，眞的太棒了。」那女人興奮地說。

「謝謝您。」比利回道。

「這樣巡迴全國，一定很開心吧！」

「而且花的都是納稅人的錢。」有個男的（她丈夫？）接口，隨即笑了兩聲，表示他剛剛是說笑。科科。

「很不錯。」比利說。「收穫很多。我們也遇到很多很好的人。」

「你印象最深的是什麼？」那女人問。她模樣頗爲精明幹練，散發職業所需的那種活潑開朗，金髮，看不出幾歲。美的是她線條分明的顴骨，銀色錦緞般的笑容。比利猜她應該是做業務的，說不定是那種四處跑的房屋仲介，或玫琳凱的高階主管之類。

「這個嘛，當然是機場啦。」他答道，換來周遭一片笑聲，這會兒大概聚攏了七、八人。他大可以說還有購物中心、市民活動中心、飯店客房、大禮堂、宴會廳，從美國這頭走到那頭，長得都差不多。這種清一色的設計，大多是爲了經濟效益，維修起來也容易得多，即便人類的感受千百種，也只能棄之不顧了。眞是扼殺人的靈魂。

「我眞的很喜歡丹佛。」他又說。「那邊的山好多，景色很漂亮，眞的是很美的地方。如果哪天能有機會再去一趟，多走走看看，應該很不錯。」

「你不是也有去華盛頓？」房仲小姐發話了。

「喔，對。華盛頓很棒，眞的。」

「白宮眞的好壯觀喲，對不對？」

「對啊，想到它的歷史等等的，眞的很了不起。我倒是從來沒想過裡面也有住人耶。還有，爲什麼大家要叫它白『房子』，不是廢話嗎。不過白宮還是很讚啦，典雅的大宅院就應該長那樣。」

房仲小姐表示贊同。她可是和「史坦」應布希夫婦之邀，去白宮作客了好幾回呢。那地方眞的讓人讚歎不已啊。他們有幫你們辦晚宴嗎？沒有啊？喔，眞可惜，因爲正式的國宴可是好大的排場呢，很盛大，很講規矩，可以跟那些個皇親國戚達官貴人交際交際。下次吧，比利說。接著有人問，我們現在在戰場上是不是占上風？這句打開了現場的話匣子，大家開始討論起打仗的事，比利活像人見人愛的水煙筒，在大家手裡傳來傳去。他們爲什麼要自相殘殺啊？他們幹麼要恨我們啊？爲什麼一定要有七十二個處女[15]？比利把腦袋轉成自動駕駛模式，兩眼開始瞟來瞟去。首先他看見房間那頭的洛迪斯，天曉得他嘴裡念叨什麼，不過他身邊的人都很專心聽，滿臉強忍驚恐的神情。然後他瞄到快克在跟某個十幾歲的女孩搭訕，不知是哪家的千金，兩人看來相談甚歡。賽克斯表情僵硬，兩眼茫然望著前方；亞伯特則和諾姆夫婦聊得正開心。比利忽地想到，這一路陰魂不散的頭痛，說不定純是心理作用，他腦裡有個光屁股的毛孩兒，不斷要大家肯定他的存在，像新秀麗行李箱廣告裡的那隻黑猩猩[16]。

「……這是可以追溯到盎格魯—薩克遜人傳統的行爲準則，除非敵人先攻擊我們，否則我們決不發動攻擊。我們又不是野蠻人。發動九一一攻擊的，可不是我們哪，珍珠港也不是我們發動的。」

「確實不是，先生。」比利重返談天說地的陣容。

15 譯注：伊斯蘭教相信天堂有七十二名處女迎接殉道的穆斯林烈士。

16 譯注：「美國旅行者」（American Tourister）行李箱在七〇年代推出的經典電視廣告中，有隻黑猩猩把行李箱用力摔來摔去，以證明該牌行李箱之牢固，但怪的是美國人普遍認爲這是新秀麗（Samsonite）行李箱的廣告，以訛傳訛後便成了「新秀麗的黑猩猩」。

「不過萬一我們哪天眞被別人攻擊了，我們一定會叫他們死得很慘，我說得對不對？」

「是可以這麼說沒錯，先生。」

「我說啊，萬一有人開槍打你們，好比哪天你在巡邏，結果有狙擊手朝你們開個兩槍，你要怎麼辦？」

「我們手上有什麼，就拿什麼修理他。先生。」

那男的笑了。「我就說嘛。」

嘿！嘿！嘿！突然有人叫大家安靜，代表所有人都得閉嘴，一起唱〈星條旗〉。大家轉身面向球場。天色已轉爲底漆般的灰，彷彿天空長了顆灰撲撲的水泡，罩住體育場發出的光，把體育場變成一只紙燈籠。球場上的燈光愈發耀眼，映著草坪，散發晶瑩的綠光。要唱國歌的歌手和護旗隊從主隊邊線步入球場，外加一大群選手、教練、裁判、媒體、貴賓，還有多到可比整個馬戲團的人員行頭。這批人要是放在古時候，可以變成一支圍城的軍隊。護旗隊拉開國旗。在豪華包廂內各個角落的B班人，頓時全部立正站好。

噢——

噢

噢——噢，噢——噢，噢——噢，你腦裡那幾個傷口的深洞裡響起回音，**噢**——噢，彷彿你就站在洞穴入口，怯怯地、期盼地朝黝黑的深處輕喚。噢——噢，有人嗎？噢——噢，噢——噢，噢——噢。像雷鬼音樂的重節拍，噢——噢。你像被制約的生物，聽到這聲音，就知道多巴胺要大爆發；你的脊椎像木琴鍵盤，一節一節上下來回顫動。你腳底下的活門突然彈開。

ㄏ
ㄟ
ㄟ
ㄟ
ㄟ

然後安全網接住了你，墜到谷底，再「咻」一下，向更高的國度彈射。

你
可
看
見？

這首歌本來就不好唱，所以接下來照例是魔音穿腦的酷刑。唱國歌的是個年輕白人女子，秀髮黑亮，個頭不大，典型西部鄉村歌手如泣如訴的鼻音。比利聽說她是最新一屆「美國偶像」冠軍得主，她也果然承襲歷屆冠軍的傳統，無論個頭大小，都有一張大到不行的嘴。

ㄕˋ　ㄕㄜㄜㄜㄜㄜㄜˊ　ㄇㄛㄛㄛㄛㄛ˙ㄛ

如此

ㄐㄧㄠㄠㄠㄠㄠㄠ　ㄠㄠㄠㄠˋ地

比利維持舉手禮姿勢不動。他利用這個機會想到施洛姆、雷克，也想到那悲慘的一天，一片火紅的模糊。不過，也因爲他年少，知道自己仍有大好人生，他的視線仍在下方遠處的邊線逡巡，尋找斐森的身影。他按照啦啦隊員的順序，逐一望過去，不是，不是，不是，不是，看了十幾個不是之後，**是了！**他頓時頭暈目眩，猶如在冰上打滑的車，「咻」一下輕快換到旁邊加速，伴著繼之而來的噁心、惶恐、狂喜，宛如搭上通往放逐之地的雲霄飛車。原先兩顆暴凸的眼珠子急忙歸位，直直盯著斐森不放，那顆嬌小豐滿彈性十足的肉球，琥珀色秀髮如岩漿滾滾流淌，右手的彩球扣在心房。她正在跟著唱，比利即使站得離她如此遙遠，也看得到她的嘴形在動。他們之間來電的感覺實在勢不可擋，他不由朝她的方向貼近了幾吋。**老兄，她很哈你。**看她唱歌，觸動他體內深處的引信，一場溫柔的爆炸，把他身體熔化的部分炸得四濺，爆炸的餘音在他耳內迴盪，只有他聽得見。是說，如果〈星條旗〉不是情歌，那該是什麼歌？

在
ㄌ
一ˊ
一ˊ
一ˊ
一ˊ
明
最後的
曙
光

他必須記得呼吸。平靜與焦躁同時襲來，歌手尖聲高唱，讓他想起自己的頭骨可能隨時都會裂開，不由呻吟起來，著實快承受不住。那房仲小姐朝他這兒瞟了眼，很同情地嚶嚀一聲，下一秒隨即走來，環住比利的腰，兩人緊貼著站在一起。行舉手禮的比利滿身大汗，一動也不動站著。那女的邊唱著國歌，右手放在心口，左手扣住比利的臀。

我們
看見
在
ㄉㄧㄠㄠㄠㄠ
堡上

這歌手還眞的滿會唱。房仲小姐臉上顫巍巍滾下輪胎螺帽那麼大的淚珠，不過這就是戰爭對人的作用。你的感官敏銳了，時間濃縮了，熱情隨之澎湃。兩人乾磨蹭式的打砲，固然不足以當做什麼相愛一生的基礎，但比利覺得邏輯就在這裡。他讓斐森全身顫抖，他讓她達到高潮，高潮耶，這一定有某種意義。人的存在本來就有各種不定變數，要去計畫、指望什麼具體的未來，是很瘋狂沒錯，可是每天世界仍然正常運轉。所以，如果這不是他的未來，什麼才是他的未來？再說，爲什麼這不是他的未來？

ㄓㄥㄥㄥㄥˋ ㄇㄧㄥㄥㄥˊ
在
一——夜後

房仲小姐把他摟緊了些。他一點也沒覺得這裡面有什麼情色的成分。這一摟力道很大，感覺比較像互相依靠，想緊緊抓住什麼，也很像媽媽對小孩那種緊摟，這他還能應付。當兵的含義之一，就是接受一個事實——你的身體不屬於你。

旗

高高

ㄆㄧㄠㄠㄠㄠ

一ㄤㄤㄤㄤˊ

在這自自自由由由的國國國土土土

然後歌手一頓，搖搖晃晃攀著懸崖的邊緣，接著音調驟然一沉——

與勇者

的

呃

美國人唱國歌唱到末尾的歡欣鼓舞，怎麼這麼像一群醉鬼？在一片醺然的鼓掌歡呼聲中，大約十來個中年婦女一起湊到比利身邊。那一瞬間她們很像馬上要將他生吞活剝，個個雙眼發出癲狂的光，爲了美國，她們願意無所不用其極，酷刑、核武樣樣來，賠上整個世界都可以，爲了上帝與國家，她們一定幹到底。「好棒是不是？」房仲小姐緊擁著他大聲說。「你是不是愛死這首歌？聽了是不是覺得好驕傲？」

嗯，就在這一秒，比利好想哭，正足以說明他驕傲到無可救藥的程度。但這算數嗎？我們講的是同一國話嗎？驕傲，當然，他想到施洛姆，想到雷克，想到那天所有血淋淋的眞相，腦中開始天翻地覆，想找出能證明「驕傲」的理論。是的，女士，驕傲，B班已經成就了無比的驕傲，足以移山倒海，足以打飛月球，可是，爲什麼，拜託誰解釋一下，爲什麼體育競賽之前都要放國歌？達拉斯牛仔隊，芝加哥熊隊，是兩個民間的營利企業耶，現在在場上的，是他們簽了約的員工。那爲什麼不在每支電視廣告一開始放國歌？每次董事會會議之前都放國歌？每次去銀行存提款都放國歌？

不過比利還是努力講了正確答案。「我覺得心裡好踏實。」他說，這群女人隨即大呼小叫把他圍在中間，又抱又摸。一堆人拿手機拍照，還有約三、四個小圈圈同時各自聊了起來，有些女人還眞的掉了淚。這種團體交流的眞情時刻實在讓人窒息，比利已經快招架不住。待人潮終於漸漸散去，他才垂下頭往低樓層走，因爲，套卡斯特將軍在「小大角河之役」的那句話，也實在沒處可去了。他一路穿過人群，大家都對他微笑招呼。有人還伸手遞來飲料，他就拿了，後來他才明白，那些人只是朝他揮手。他終於走到階梯式座位區，拾級而下。已經有三位弟兄坐在最下排。在這一大批腎上腺素過剩的老百姓之中，這裡是他們小小的避風港。

「耶穌基督啊。」比利說著，一屁股癱在椅中。

他幾個弟兄們也是一副吃不消的樣子，低哼了聲。當英雄實在很累。

「熊隊擲銅板贏了。」阿伯學主播的語氣。「已經到五十了，同鞋。」

哈勒戴發出不以爲然的冷哼。「你嘛幫幫忙，阿伯。你要演，也演得像樣點好不好。」接著朝向比利。「洛迪斯呢？」

「在上面。」

「又在出洋相?」

「他還好吧。有沒有中場時間的最新消息?」

幾個弟兄都一臉凝重地搖頭。他們都可以感覺得到,這不單是擔心自己表現不好的焦慮,還有軍人天生對「報應」的恐懼。他們整整兩週經歷大小活動都沒出狀況,所以這趟「凱旋之旅」的高潮(好像老天存心要留到最後才整他們),說不定順理成章(或甚至在劫難逃)地會在全國電視上,出天下之大包。

牛仔隊開球,由熊隊接球,結果這一球踢到了達陣區。熊隊從二十碼線開始,用地面攻勢先從外側進攻,拿下三碼;接著從中間突破,前進兩碼;再利用弱邊推進,取得四碼,但這時有人犯規。B班在進攻之間的空檔實在無事可做,只能看電子看板上的爛廣告,一邊擔心中場表演不知要幹麼。

「你覺得我們是不是沒禮貌?」問這句的是芒果。

大家一起望著他。

「就是我們自個兒跑到這兒來坐,都不跟別人聊天什麼的。」

「媽的有夠沒禮貌啦。」阿呆回道。

「我們舉個牌好了。」阿伯提議。「上面寫:『失能老兵,別理我們』。」

大家又看了幾次進攻。芒果唉聲嘆氣,完全坐不住的樣子。「美式足球好無聊喔。」他終於受不了了抗議。「你們都沒注意到啊?就是開始、停、開始、停,每站著一分鐘,才能打五秒鐘。無聊死了!」

「你可以走啊。」哈勒戴說。「又沒人要你待在這裡。」

「不行,阿呆,我非待在這兒不可。陸軍要我去哪裡,我就去哪裡,現在陸軍叫我待在這裡。」

熊隊棄踢。牛仔隊進到二十六碼。幫攻方標示十碼距離的桿子隨之移動，球也要放到新的進攻位置，這得等上好久。攻守雙方踏著沉重的腳步走上球場。攻方聚攏起來聽戰術；守方則雙手叉腰，走來走去，氣喘吁吁。眞是見鬼了，比利心想，芒果說得一點沒錯。進攻之間的空檔，簡直像坐在教堂裡聽訓。要不是現場那電子看板五光十色不斷強力放送，觀眾八成會昏睡成一團。有個菲律賓裔的侍者來問他們要不要喝點什麼，B班人趕緊先四下張望，看看戴姆有無埋伏在四周，還好沒有，所以大夥兒又點了一輪威士忌可樂。比利灌下一大口蔓越莓伏特加（不知怎麼到他手上的），深情款款望著斐森。威士忌可樂來了，所幸還有這個喝，感覺才不像上教堂。牛仔隊推進到熊隊陣地四十二碼，但韓森被對手擒殺，丟了十六碼。比利的直覺逐漸感應到，想攻佔你無法掌控的城池，是何等徒勞無功的感覺。

「拜託一下喔，你們杯子裡沒有摻酒吧。」戴姆大喝一聲，把B班人嚇了一跳。戴姆隨即一屁股在比利身邊坐下來，掛在脖子上的雙筒望遠鏡左搖右晃。

「沒有沒有。」回話的是阿伯。「我們還正要抱怨哩。」

「你們這些人眞是，我早就跟你們說……」

「呦，戴姆，」阿呆突然插嘴：「芒果說美式足球超無聊。」

「嗄？」戴姆立刻朝芒果開砲：「你他媽說美式足球無聊是什麼意思？它最讚好不好，所有的運動就它最屌好不好！這麼多運動，只有它才是媽的王道！所以你是怎樣，你喜歡英國人那種足球喔？一堆娘砲穿著小褲褲和長筒襪跑來跑去？跑個九十分鐘，完全沒人得分，是啦，好像不錯啦，那是給植物人踢的好嗎？不過沒關係，欸，要是你想看用腳踢的『足』——球，芒果，你他媽還是給我滾回墨——西——哥。」

「我老家在土森。」芒果語氣平和。「我其實是那裡土生土長，班長，你也知道。」

「你生在愛達荷的小屌鎮我也不管啦。美式足球講的是戰略，有全套的戰術好嗎，它是有頭腦的男人打的比賽，而且動作美得他媽的像詩。不過我看你腦袋空空，根本不懂得欣賞啦。」

「肯定是這樣。」芒果說。「我想一定只有天才⋯⋯」

「閉嘴你！你沒救了你，蒙托亞。美式足球的臉都給你丟光了！我敢賭，就是因爲有你這種魯蛇，阿拉莫之戰才會打輸啦。」

芒果忍不住吃吃發笑。「班長，我想你有點沒搞清楚，明明是⋯⋯」

「閉嘴！我不想聽你這修正主義路線的同志唬爛，給我閉嘴。」

芒果忍了兩秒，仍不罷休：「你知道，人家說如果阿拉莫教堂有後門的話，德州絕不會⋯⋯」

「惦惦啦！」

B班人紛紛憋笑，活像一群幼童軍。牛仔隊先是棄踢，不過後來因爲罰球，又踢了一次。之後爲了配合電視的廣告時段，賽事只好暫停片刻。戴姆拿起雙筒望遠鏡。

「哪個是她？」戴姆輕聲問，只動動嘴形，他知道這件事很私密，喔不，很神聖。

「往左看。」比利低聲答。「二十碼線那邊。頭髮有點金金紅紅的那個。」

戴姆轉向左方。啦啦隊員正跳起扭腰擺臀的全套標準舞步，殺殺時間。戴姆看了一會兒，眼睛仍盯著望遠鏡，一隻手伸到比利面前。

「恭喜啦。」

兩人握了手。

「小妞很正嘛。」

「謝了，班長。」

戴姆又繼續看著。

「你眞的跟那個女的上了？」

「眞的。我發誓，班長。」

「你用不著發誓。她叫什麼名字？」

「斐森。」

「姓還是名？」

「呃，名。」比利這才發現自己不知她姓什麼。

「唔。靠。」戴姆自個兒吃吃笑了起來。「還眞看不出來啊，我們小比利眞有兩下子。」

戴姆起身離開時，比利問說可不可以跟他借那望遠鏡。戴姆非常慷慨，鄭重地默默把望遠鏡的繫帶掛在比利頸上，一副頒獎給奧運冠軍的架勢。比利於是拿望遠鏡玩了個痛快。大多是在看斐森，看她全套的舞步，看她用力揮著彩球，朝觀眾使勁舞動雙臂。望遠鏡讓這俗世顯出了某種奇特而細緻的清澄，像娃娃屋的材質與細部，那樣的精巧。他眼裡只有斐森，斐森的一舉一動都如此神奇。看哪，她秀髮一甩的姿勢那麼俏皮；看哪，她和隊友們討論事情的時候，閒閒抬腿、用腳尖戳地的模樣。比利對她翻天覆地的憐愛油然而生，加上想家的情緒、失落的痛，酸與甜全部攪拌在一起。這樣遠遠看著她，遠的不單是距離，也像是跨越漫長的歲月望著她。所以，這代表什麼？這種惆悵，一點一點打開心房的愁緒——難道說，他戀愛了？可惡的是，他現在沒時間搞清楚。他要和斐森好好談談——他一定要拿到她的電話號碼！還有電郵地址。當然，問到她姓什麼更好。

「嘿。」芒果拿手肘頂他。「我們要去進攻自助餐。你要不要一起來？」

比利說不要。他只想坐在這裡，拿望遠鏡盡情觀察。他沒什麼興趣看比賽，倒是很有興趣看「人」。好比說場上的球員，個個熱氣蒸騰，漫畫裡畫人發出體臭八成就是這樣。塔托教練在邊線走來走去，一臉不解，活像忘了自己把車停在哪兒。比利研究起看臺上的球迷，如同醫生看病或生態學家觀察動物，仔細看他們怎麼吃喝、打呵欠、挖鼻孔、整理儀容、寵小孩、罵小孩。從這種角度觀察，讓他覺得自己什麼都看到了，很是暢快。碰上正妹，他當然就看得久一點。他還瞄到至少有六個人打扮成火雞，也滿常看到有人只是茫然望著前方，垮著臉，毫無戒備；也有人一臉驚惶，爲人生常見的種種難題所苦。噢，美國人啊。噢，我的同胞啊。比利接著又把視線調回斐森，五臟六腑頓時軟綿成一團。她不單單是辣，她簡直是《Maxim》雜誌加「維多利亞的祕密」女郎等級的那種辣！這等世界級的尤物，他非得想出個計畫不可。像她這樣的女人，要的是……

「嘿！我的德州老鄉在這兒啊！」

比利抬眼，只見馬區·豪伊在走道另一端，朝他的座位逐步挪近。他正要起身，豪伊就把兩手搭在他肩上，要他坐下。豪伊隨即坐在比利旁邊，雙腳往欄杆一搭，比利瞬間垂涎起豪伊腳上的牛仔靴，上好的碧海色鴕鳥皮，鞋頭上有精巧的銀色佩飾。

「你好嗎？」

「很好，先生。你呢？」

「不錯不錯，只要我們那群小伙子好好給我幹活就好。」

比利笑了。還好，他沒那麼緊張，他原本以爲自己會很緊張，畢竟旁邊坐的就是改變歷史的人。那個「抹黑專家」。他其實完全不清楚這是怎麼回事，也不知提起這話題會不會很失禮。他也很想問，豪伊怎麼會跑到他旁邊來坐？

「我聽說你是史多沃人。」

「是的，先生。」

「你們那兒獵鴿子很棒啊。你們那邊有長一種草——加斯草？加爾草？反正長在那裡八百年了，又大又高又黃，有長長的種子莢，什麼鳥都會吃它的種子，鴿子更是喜歡。你知道我講的是哪種草嗎？」

「不太清楚耶，先生。」

「你不打獵啊？」

「沒有，先生。」

「嗯，我們常去那邊打獵，很開心。不是蓋的，小子，我們可是殺得片甲不留喔。」

豪伊問比利可不可以「接」（南方口音）一下望遠鏡。不過短短幾下，他在舉手投足間，徹底展現親切老人的各種招數——吸鼻、猛地伸臂露出襯衫的袖扣、把喉間發出的聲音放得很輕。他身上有滑石粉和漿好的棉布的味兒，右手有枚馬蹄形鑽戒。前額一撮白髮成了瀏海，透著《湯姆歷險記》裡哈克的稚氣。

「這場賽你有沒有下注啊？」豪伊調整著望遠鏡的焦距。

「沒有，先生。有些人有下注。」

「你不賭的喔？」

「不賭。先生。」

豪伊瞥了他一眼。「算你聰明。我們爲了錢，累得做牛做馬，結果還不是一把丟光光。」比利問豪伊做的是哪一行，豪伊笑笑。「喔，滿多的呢。」他邊回道，邊把望遠鏡還給比利。「我們最核心的業務是能源，生產、輸送，已經做了快四十年嘍。也做一點房地產，一點避險基金，一點套利什麼的。」他呵呵笑了下。「要是我們看到什麼不錯的機會，偶爾也會突然下手。你對做生意有興趣嗎？」

「不曉得耶，也許會吧。等我退伍。不過萬一做生意很無聊的話，我就沒興趣了。」

豪伊驚呼一聲，坐直身子，往比利膝上一拍。「老弟，你講的我完全瞭啊。要是做著不好玩，幹麼要做？從我的經驗來看啊，最成功的人，都是眞心喜歡他們做的事。有年輕人來問我的建議，我都是這麼說。你要是想賺大錢，就去找你眞正喜歡的事來做，拚死拚活好好給他幹。」

「這句話聽起來好有哲理。」比利鼓起勇氣說了這麼一句。

「這個嘛，因爲我就是這個性。還好我做的一直都是我喜歡的事，而且我運氣好，做得還算不錯。你知道，用某個角度來看，這很像打球。」牛仔隊這時展開攻勢，豪伊頓了一下。接球員伸長身子，用指尖抓到球，結果卻把球掉出界。「說穿了就是預測未來，做生意其實就是這麼回事。你要先看到未來會發生的事，比別人先一步行動，算準行動的時間。就跟拼一千片會動的拼圖一樣。」

比利點點頭，豪伊講得其實滿有趣的。「那你怎麼辦到的？」他索性直接問了，想說，管他的，豁出去了。「外面那麼多人想做一樣的事，你怎麼搶在他們前面？」

豪伊又呵呵笑了起來。「嗯，問得好。」他調到一個舒服的坐姿，想了一下。「我想，我的答案是，獨立思考。還有，內心達到完全平靜的狀態。」

比利笑笑，想說豪伊八成是故意說著鬧他玩的。

「內心這種平靜的狀態，也就是——你要知道自己是什麼樣的人，人生的目標是什麼。你一定要有自己的想法，所以最好要清楚自己是怎樣的人，而且不單要清楚，你還要接受自己就是這樣的人，能放心做自己。還有，你要懂得自律，要有耐力。假如有點運氣，當然可以拉你一把。只要有那麼一點運氣，就可以夠你吃很久，就像我們自個兒，三生有幸，能生在這個人類史上最偉大的經濟體系裡。當然這絕對稱不上完美的體系，但整體來說，人類史上很多偉大的進步，都要歸功於它。光是上個世紀，我們的生活水準就像有了極大的進步。我當然不是說我們什麼問題都沒有，我們問題可多著呢，不過這時就需要自由市場的高手啦，他們有衝勁、有腦袋、有活力，可以想出解決的辦法來。現在，你看看這體育場，這一切的一切，這些人，這比賽。」豪伊舉臂從左向右一揮，然後指著空中，與在初冬灰暗天色中飄來蕩去的固特異飛船。「這就是全部了。你懂我意思嗎？我不像有人一天到晚說什麼貪心很好啊，不過人的貪，確實可以成為推動你做好事的力量。人不為己，天誅地滅，但這也是人世間一種相當強大的動力，我認為資本主義體制的好處就在這裡，它把人類天生的缺陷，變成一種美德。也就因為這樣，你會比你父母那代過得好，你的孩子會比你這代過得好，他們的孩子會過得比他們好，就這樣一代比一代更好。就是因為我們這個體制，我們會繼續想更多的辦法，更簡單、更好的辦法，解決生活的各種問題，達到我們原本做夢也想不到的成就。」

比利點點頭。就在這一刻，他更懂得了美國。美國確實是個了不起的國家，毫無疑問。他為這非凡的成就自豪，就像太空總署成功發射太空探測器，他不但自豪，甚至覺得多少與有榮焉，儘管他也清楚，那任務和他八竿子打不著關係。

「而現在，」豪伊繼續說：「這會兒我們確實碰上個難關。打兩場仗，經濟又一落千丈，全國上下氣氛非常低迷。不過我們一定挺得過去，捱過這關。我們這制度，兩百年多來什麼大風大浪沒見過，還是屹立不搖，而你們年輕人，還有大好前途。我認爲未來肯定是你們的。要是我像你這麼年輕就好了──你幾歲？」

「十九歲，先生。」

豪伊張嘴想說話，又驚得什麼也說不出。他好似有點摸不著頭腦，望著比利，一時無語。

「十九歲啊。你眞的很成熟。」

「謝謝您，先生。」

「眞是的，光看你表現出來的樣子，我還以爲我在跟個二十六歲的律師講話哪。」

「多謝您誇獎。」

豪伊轉頭看球賽。他看似思緒已經飄往別處，但不一會兒又望著比利。

「他們提名你獲頒榮譽獎章，是眞的嗎？」

「我的指揮官有幫我提名，沒錯，先生。」

「那後來呢？」

「我也不曉得。高層沒准，他們只跟我這麼說。」比利聳聳肩。不管他此刻有多少不平，也比不上當時的打擊了。

「你知道嗎，我從沒有經歷過這種磨練。二戰時我還太小，不過二戰時發生的事，我可記得一清二楚。然後，韓戰……」豪伊清清喉嚨，沒再說下去，這話題也就這樣打住。「你的見識比我們都廣，你經歷的，你和你那些弟兄……」這次豪伊同樣無法把話說完。比利很清楚這代表什麼。總有一開頭就不對的話題，總有某種糾結的情緒半途浮現，讓某種關於「凱旋之旅」的對話無以爲繼。尤其要讓老翁繼續話題更是艱難，而比利始終無能爲力。他無話可說。他只從一次次的經驗中學到，最好就裝做啥事也沒發生。

「好，」豪伊這一喊，完全是男人拋下失意、強自振作的一貫語氣：「很榮幸和你聊了一會兒。十九歲啊，怪怪，我十九歲的時候，根本小呆瓜一個，什麼都不懂咧。」然後又講了一堆眞希望他幾個孫子在這兒，可以見見比利，跟他多學學，他眞是好榜樣啊等等等等。這一籮筐的讚美之辭固然十分悅耳，比利卻寧願多學點實用的新知識，或者如果豪伊開口請他去上班也不錯啊！**來幫我工作吧！我們一起賺大錢！我帶你！**豪伊仍然滔滔不絕講著自己的孫兒，而此時體育場的電子看板，突然出現了斐森的身影，有拉什莫爾山四總統雕像那麼大的斐森，正朝鏡頭俯身，笑吟吟地把秀髮一甩，耀眼的彩球不斷在比利面前閃動。比利再也忍不住，癱在椅子裡，發出一聲悶哼。豪伊剎時懂了。

「唔——嗯，這女孩兒身體好啊。」他吃吃笑著，拍了下比利的膝，非常了解年輕小伙子賴以維生的必需元素。「乖乖隆的咚，小心喔，諾姆還眞養了批不錯的賽狗哩，對吧。」

比利和芒果去走走

比賽到第一節結束，B班人竟被請出諾曼的豪華包廂，因爲墨西哥大使馬上就到，而且隨行人員陣容相當龐大。包廂已經塞了一堆人，再多就會超出安全規定上限，所以非有人離場不可。諾姆爲此致歉，好像眞的很傷腦筋。「你眞該看看這傢伙帶來的保安陣仗。」他對B班人說，大搖其頭。「我猜應該跟毒品戰爭有關吧，不過，實在是。我們這兒的保安還嫌少嗎。」

「而且您還有我們呢。」賽克斯挺身而出。「先生。」

「可不是嘛！還有你們！全世界最精良的戰士不就在這兒嘛！噢眞是的，要是有辦法把你們留下就好了……」

B班人倒是不在意，反正他們對這排場根本無所謂。在盛大的歡送與最後一陣熱烈掌聲後，賈許帶他們回到體育場的座位上。一時之間，手機、iPod、可嚼的菸草、吐菸草用的小杯紛紛出籠。外面的雨一副愛下不下的樣子，只飄著軟趴趴的毛毛雨，於是現場一堆傘開了又收，舉起、放下、舉起、放下，像打地鼠遊戲的地鼠。

「喔喔喔，他們得分了。」芒果的頭朝電子看板比了一下。牛仔隊七分，熊隊零分。「什麼時候得分的啊？」

比利聳聳肩。他不覺得冷，但這不代表他不想去暖一點的地方坐。他發現手機上有兩通新簡訊。凱瑟琳寫：**你坐哪？**瑞克牧師寫：**今天感恩節，我們有爲你代禱。你出國之前我們聊聊**。圓滾滾、晒得黑黝黝的瑞克牧師，一手創立全美數一數二的超大教會。B班一行人赴加州安納罕會議中心參加的大會，正是由他帶領大家禱告。會後，比利有那麼一刻覺得格外脆弱（還是出現了幻覺？），便請瑞克牧師幫他做個緊急輔導。他覺得瑞克牧師在會中的禱詞裡，有些很實在的什麼觸動了他的心。於是，在B班人會後忙著簽名拍照的當兒，比利和瑞克牧師一起坐在後臺，把施洛姆的死從頭說起。施洛姆負傷倒地。施洛姆掙扎起身。施洛姆癱在比利腿上，滿心急切，雙眼牢牢盯著比利不放，有太多太多話想說，精神卻逐漸渙散，靈魂出竅，「呼」一聲，彷彿生命力是種高揮發性物質，原本儲存在高壓環境下，如今一瞬間化爲輕煙。

「他死的時候，我也好想死。」但這句話不能眞的形容比利當時的感覺。「他死的時候，我覺得我也死了。」這句也不對。「某個角度來說，好像整個世界都死了。」更難的是去形容施洛姆的死可能毀了他一生的那種心情——因爲施洛姆死時，我覺得他的靈魂穿過我身體飄走了。那一刻的我好愛好愛他，我想這輩子對誰都不會有那麼強烈的感情了。既然你明知無法把最眞最好的愛留給家人，那結婚生子養家有何意義？

比利大哭起來。兩人一起禱告。然後比利又哭了一陣，心情好了大概幾小時。只是暮色漸濃時，那傷痛便一點一滴滲入心底，他心中卻全無可倚的支柱。那牧師之前到底是怎麼說來著？比利只記得牧師的聲音，輕輕柔柔叮噹作響，像悅耳的爵士樂。後來他們通過幾次電話，一樣沒什麼用，不過瑞克牧師可沒那麼輕易放過比利。他不斷打電話、傳簡訊、寄電子郵件和網頁連結給比利。比利自然清楚瑞克牧師這麼做的原因——牧師和前線軍人建立「教牧關係」，多酷啊，面子上表示這牧師關心國家大事，裡子又有成績。比利可以想像這傑出的牧師，週日早晨講道開場時，就把比利的一小塊靈魂拿出來當題材。「我前幾天跟一名優秀的年輕軍人談過，他現在在伊拉克服役，我們討論了吧啦吧啦吧啦……」

比利回了凱瑟琳簡訊，把瑞克牧師那封刪掉。他右手邊的芒果顯然坐不住，一會兒俯下身，一會兒往後仰，一會兒看左，一會兒看右，身子扭來扭去，想看後面的東西。

「我靠。」比利忍不住了。「你別動來動去好不好，搞得我好緊張。」

「那就別緊張啊。」

「你在找什麼嗎？」

「對啦，找你媽啦。」

「去你的大頭鬼，找你媽。我媽是修女好嗎。」

芒果大笑，在位子上坐定，抬頭望了比賽計時器一眼，隨即發出無奈的哀號。單純地接受表揚，居然搞得這麼複雜，更糟的是坐在走道上，成爲B班與老百姓之間的窗口。是的，先生。謝謝您，先生。是的，女士，我們玩得很開心，眞的。比利把民眾遞來的節目單傳下去，讓B班每個人簽名，在等簽好回傳的空檔，他只好和這些人沒話找話說。**情勢正在好轉，你不覺得嗎？這場仗打得値得，你不覺得嗎？我們非打不可，你不覺得嗎？**他多盼望能有哪個人罵他是殺嬰兒手，即便罵一次都好，不過大家似乎都沒想到嬰兒早已慘遭毒手，而且非但不罵他們，還大談**民主、發展、大龜模匪滅性武器**。既然這些人那麼願意信這一套，那他就講他們想聽的，他們完全就像小孩，一口咬定世上有聖誕老人。因爲，萬一你不信，那，怎麼辦，聖誕老人是不是就永遠不會來？

那，你自己又相信什麼呢？這問題朝比利丟來時，他沒多想。哈哈，呃，ＯＫ。信耶穌？大概吧。佛祖？唔。國旗？那當然。那……相信現實，怎麼樣？比利相信這場戰爭已經把自己轉爲「認命派」教會的死忠信徒，那，我們就一起禱告吧，我的同胞，請和我一起念禱詞。讓我們爲已經走了的幾千幾萬人祈禱，爲即將喪命的人祈禱。讓我們爲雷克和他的斷腿祈禱。爲阿伯的班用自動武器祈禱，願它在戰場上永不卡彈。爲錢尼、布希、倫斯斐祈禱，聖父聖子聖靈，暨中央司令部與聯合參謀本部的諸位天使。我們祈禱這一切眞的是爲了石油。爲悍馬車的裝甲鋼板祈禱。爲「不知在天堂是否能得永生，但在地球上絕對是他媽的掛了」的施洛姆祈禱。

比利坐直身子。他想自己應該是恍神了。他探頭俯視邊線，斐森應該會在那邊，但他靠得太近了，角度不利觀察。他把注意力放回比賽，但沒幾分鐘便受不了。比賽的節奏太慢，活像搭上每層樓都停的電梯。反正你看的也不是球場上的比賽，而是得盯著那個超大電子看板，上面播的除了球賽實況和重播片段之外，一有空檔就不斷播廣告，要看的東西比球賽本身還多，塞得你眼睛耳朵實在吃不消。莫非，廣告其實才是重點？球賽只是幫廣告打廣告？他們想從球賽榨出來的油水，實在已經過了頭。球賽本身得扛的擔子有多重啊，這麼龐大的廣告預算，這麼嚇人的薪水，砸這麼多錢蓋的建物、做的全套設施，這千萬斤重擔，怎不壓得這單純的運動哀哀慘叫？想到這嚴重的失衡，比利忽地焦躁起來，害得五臟六腑一陣抽痛，就像解開一團亂線，頭幾下總得特別用力拉扯。他回想器材室那成噸成噸、想把他悶死的器材，還有恩尼斯鉅細靡遺的實況轉播，不斷講著尺寸——款式——顏色——型號——數量等等等等，滔滔不絕十分鐘內講完，而且感覺好像大氣不喘一口，就連現在，比利都還覺得胸口發緊。

他覺得恩尼斯腦袋有問題，但話說回來，腦袋裡要記這麼多庫存品項，誰不會抓狂呢。比利有時腦裡會浮現某些短暫的畫面，顯示美國物資過剩得駭人，但軍旅生涯，尤其是這場戰爭，已經讓他對「數量」格外敏感。這概念並不難，也用不著高等數學，因爲戰爭正是無腦的「數量」純粹而終極的境界。誰能變出最多死人？用不著微積分，呦，我們只需要很古老的白痴算數而已，純屬自爽的測量法，像每分鐘幾發子彈啦、損毀的資產啦、用Excel做死傷統計表等啦。照這種算法，美國軍方絕對是史上最優戰力。比利頭一次親眼見證，就受了某種程度的驚嚇，還是該說「敬畏」？他們碰到上方有些小型武器開火，很彆腳，很零星，但還是可以要你的命。最後終於追到砲火來自街上某棟四層樓公寓，窗邊有花盆，窗臺外掛著洗好的衣服。「叫他們攻。」崔普上尉用無線電通知少尉，少尉便下令攻擊。兩枚一五五毫米高爆彈射出，整棟公寓，喔不對，一半的街區都夷平了，轟，煙火漫天，問題搞定。所以，還搞什麼高科技、精準導航、搏媒體版面的那堆東東？想成功入侵某國，只要把人家炸光光就好了。

「我們閃吧。」比利朝芒果低語，兩人遂兩階併一階，爬上看臺的樓梯。

「去哪？」

「去看我女朋友。」

芒果哼了一聲。到了穿堂，他們去「約翰老爸」買啤酒，然後繼續走。

「所以你女朋友在哪？」

「你待會兒就知道。閉嘴喝你的啤酒。」

「你沒跟我說過什麼女朋友，老兄。」

「我現在不是說了，老兄！」

「她叫什麼名字？」

「你待會兒就知道。」

「辣不辣？」

「你待會兒就知道。」

「她人在這兒？」

「沒啦，在亞歷桑納。唉呀她當然在這兒啊，你這智障，要不然我們怎麼看得到她？」

穿堂裡擠滿了球迷。德州人眞是坐不住。球賽看到這會兒很是洩氣，球迷自然便花錢發洩。好加在，幾乎哪裡都有店，大家不愁沒地方買東西。B班這次各個所到之處也一樣，機場、飯店、表演館、會議中心，市中心，郊區統統沒兩樣，這是個零售至上的國家。美國不知何時已然變成一個超大購物中心，國家只是附帶品。

他倆走到第三十區的通道入口時轉彎，繼續沿著通道走，在坐得滿滿的人海中殺出一條血路。

「比利，我們要去哪？」

「她就在這下面。」比利猛吸一口氣，想讓血液裡的氧氣含量蓋過酒精。他決不願意讓新女友覺得他是酒鬼。

「比利，搞屁啊。」

「我跟你說了，她就在這下面。」

「比利，老兄，拜託啦。大哥，你昏頭了吧。」

「不不不，她就在這下面。她是啦啦隊員。」

芒果尖叫起來，所幸斐森立時輕巧一躍，高喊比利的名字，頓時一切美好無比。前排走道離球場地面大約十呎。比利探過欄杆，俯身往下喚她。

「妳現在可冷了吧？」

她咧嘴笑笑，搖搖頭，秀髮飛揚。「不會，感覺超讚的！據說本來要下雪的！」

「這是我麻吉，馬克．蒙托亞。」

「嗨，馬克！」

「打招呼呀，豬頭。」

「哈囉！」

「你們來看我，我好高興喔！」她仰頭對他們喊。「玩得開心嗎？」

「很開心！嘿！妳剛剛有上電視耶！他們把妳的臉秀在大螢幕上！」

一見這句話讓斐森雀躍不已，讓比利有點難過。她全副心力都放在這上面，已進入帶點玄奇、必須全神貫注、正面思考之境界，只求盡量曝光、引人注目。只要奇蹟出現，讓她能在黃金時段露個面，很可能就有大好機會上門。她就是想要上電視、當明星。比利這一介阿兵哥，怎比得上——

「妳好會跳喔。」他對她說，她展顏一笑。「那個很帥的舞步。」他邊說，邊照著她剛剛拿著彩球跳的舞步又跳了一遍。堂堂美軍穿著大禮服扭腰擺臀，俏皮地朝側邊滑步，著實逗趣。她哈哈大笑，芒果則笑得整個人掛在欄杆上。比利從沒體驗過這樣的快樂，哪怕幾千名球迷在背後盯著他，那又怎樣。就讓全世界見證他的愛吧——不過朝他走來的兩名保全人員不算。他們對比利和芒果下了逐客令。

「怎麼啦，你不喜歡我跳舞？」比利問，但對方只是瞪著他們，一臉「老子不是好惹的你還是趕快滾蛋」的神情。兩人都是中年白人胖子，身上的尼龍短夾克印著「柯維頓保全」的字樣，臀部有塊隆起，是軍用點三八手槍。比利笑起來，結果只把氣氛搞得更糟。他猜這兩人應該是落後郊區出身，白天當警察，晚上兼差當保全，因為他們集這兩個世界的黑暗面於一身，有鄉下的懶散，也有都市的歹毒。

「我們又不是恐怖份子。」比利板著臉，試探兩人的極限。

「快走。」其中一個保全開口了。「現在就滾。」

「我朋友在下面，我們只是跟她講話而已。」

「你跟總統講話我也不管，反正你不能站在這裡。」

「你擋住他們的視線了。」另一個保全開口，指的是前排觀眾。「這些人可是花了大錢，才買到好位子。」

「萬一他們花了小錢呢？」換芒果演起來了，兩名保全緩緩轉向他，這當然代表什麼都有可能發生。比利不知怎地，很想猛K這兩人的頭。那一瞬間，他體內的腎上腺素火力全開，把整個腦袋激得全速運轉，他想，如果朝這兩人的臉上猛揍，把眞正的自己攤在陽光下，讓全世界都看見，是不是就解決了？只要這兩人先動手——不過，他們沒動手，比利想大開殺戒的衝動也隨之退去。他越過欄杆呼喚斐森：「這兩個人叫我們走。」

她走到他們正下方。「我也覺得你離開比較好。」她一臉憂心，比利懂了。她怕把事情鬧大。

「那就待會兒見嘍。」他往下喊。

「中場的時候！」她拋來迷死人的笑容。「我會看你在球場哪裡！」

他聽不太懂，但還是點點頭。是啦，球場裡，看臺上，甚至去巴西，都無所謂了。他覺得已經認識了她一輩子，愛她愛得比一輩子還久。他和芒果惡狠狠瞪了那兩個保全最後一眼，往穿堂走去。結果到了穿堂，芒果突然連走都走不穩，像被人噴了胡椒噴霧。「比利啊，」芒果哀叫：「比利，比利，沒搞錯吧，啦啦隊員？噢上帝啊，她眞是他媽的正到翻，比利，你怎麼跟她搞上的？」

芒果一臉垂涎的饞樣，讓比利更疼惜斐森了。「我也不曉得耶。我們就是在記者會上碰到，然後就聊起來了。」

芒果的表情轉爲滿是不捨。「她眞的很喜歡你，老兄。從她看你的樣子就知道，暖呼呼黏答答的。」

比利多想直接掉頭回去，再看她一眼。他倆不知怎地就上了，或許是老天跟他們開的玩笑，但方才這第二次相見，證明了一些什麼。說不定他的感情生活還有未來。說不定施洛姆不是他感情的終點。

「同學，你得在我們回去之前再和她搞一次。」芒果建議。

「很難吧。我們晚上十點就要回去報到耶。而且她又是基督徒。」

「幹，你開什麼玩笑？基督徒女生四處打砲，跟兔子一樣耶，同學。你要放棄罪惡，就得先犯罪呀，懂不懂？你最好現在就動手，因爲呢，等我們回來，她八成就不認得你了，同學。她那時就會跟哪個線衛搞上，你呢，就變成，比利，哪個比利？」

「謝了，你很機車耶。」

「我只是說有這個可能嘛！總之趁她還很哈你的時候快上。聽我的不會錯。」

比利的手機響起。他看了一下螢幕，是阿伯。

「呦。」

「你們兩個死哪兒去了？戴姆超火大的。」

「我們出來走走，正要回去。」

「他們出去走走，」阿伯轉向身邊的人，嘴沒對著話筒：「正要回來。」比利可以聽見戴姆報以怒吼。

「他說趕快給我滾回來。」阿伯拋下這一句，又轉向話筒外。「等等，他們正在跟我們簡報中場時間要幹麼。」一陣空白。「搞什麼鬼，他們說……呃。」又一陣空白。「噢老天啊。」接著是一陣較長的沉默，然後是阿伯壓低聲音的氣音。「同學，你絕對不會想知道，他們要我們中場幹什麼。」

被天使姦的滋味

洛迪斯用鬥雞眼咧嘴瞅著比利笑，身子跟著貼過去，一副要開示什麼大道理的神情。那一刻，比利明白，他們這下眞的要倒大楣了。「比利，」洛迪斯喃喃道。比——意。

「怎樣啦。」

「比——意。」洛迪斯已經爛醉到不省人事。「兄弟，我們人在哪兒啊？」

救命啊。「洛迪斯，」比利低聲道：「我們在球場上。待會兒要出操，懂了嗎？」

洛迪斯嘻嘻笑著，搖頭晃腦。嘴角掛著口水。

「你到底喝了多少？」

「埋喝兜少啦！」

阿呆望望快克。「他怎麼啦？」

「喝茫了啦。」比利回道。

快克偷笑。「這樣也不錯。他不喝酒的時候，還不是屁也不會。」

「別咒我！」

「安啦，洛。你不用我幫忙，自己也會吸。」

老天爺啊。比利叫洛迪斯緊跟著他的動作。你只要看緊我，我做什麼，你就跟著做。他很想跟戴姆說整個取消吧，可是戴姆正在隊伍的另一邊。沒錯，眞是夠了，鳥事這麼多，他們居然還要把B班一分爲二，只爲了滿足某個法西斯樂隊指揮追求對稱的欲望。哈勒戴、快克、比利、洛迪斯一組四人，在主隊邊線排成一排。「普維里尤農工大學」的行進樂隊則在後方和兩側就定位。那陣仗就像準備夜襲，同樣有器材衣飾摩擦的焦躁沙沙聲、靴子踏在土堆上的篤篤聲。有個鼓手原地踏步，一邊用鼓棒敲節拍，左、右、左、右，嗒，嗒，嗒，嗒。

「洛，做幾個深呼吸。醒醒腦。」

但洛迪斯只發出呼吸困難的咻咻聲。

「他是不是快死了？」快克問。

「好忍喔！」

「對啦好冷啦。你就認命吧，廢柴。」外面是華氏三十四度，之前在通道待命時，就有人跟他們說了（他們只聽到聲音，沒看見人）。等他們踏進球場，迎面而來的是刺骨而晶瑩的冰霧，細小得幾乎看不見的凍雨，像極地的小飛蟲。持旗的女孩都好年輕，一排排勇敢地站在寒風中，慘白的臉凍得揪成一團，外露的玉腿脫皮龜裂，罩了層冰霧的頭頂閃閃發亮。眞是待宰羔羊啊，比利心想，彷彿她們眞的是要整隊上戰場。更遠處的隊伍則是默不作聲的高中樂隊，一排排豎著羽毛的制服禮帽，禮帽下是一張張粉嫩嫩的娃娃臉，一動不動，全神貫注，只爲盡力表現。比利羨慕這些孩子全無雜質的青春，羨慕他們規律的學生生活，就是上課、當啦啦隊、週六賴床。他們好有精神啊！比利對這些孩子不由生出無比的呵護之情。他們喚起他想家的念頭。他們讓他覺得自己眞是媽的有夠老。

普維里尤的鼓隊在場中央站定，領頭的是打扮成巫師狀的黑人大高個兒，全套樂隊指揮的裝束，斗篷、鞋罩、別著金色麻花的肩章，戴著綴了羽毛的平頂軍帽。B班另外四人站在左邊，站在他們兩組人之間的，則是美國陸軍儀隊（來自馬里蘭州的邁爾堡），總共二十名儀隊兵，穿著完美無瑕的藍色軍服。這些人本事了得，可以把上了刺刀的步槍拋來拋去、在手上橫著轉、直著轉，還能環過腰、繞著肩轉圈，甚至還會四人一組交叉拋槍，讓槍在空中悠然穿梭。假如長官要他們跳「月球漫步」的舞步，他們八成也能輕易辦到吧。另有一隊預備軍官，排在B班位置比較前面的這一組和儀隊後方，又跺腳又喘氣的，活像水牛。

「**嘻，呼，呵，吼**」巫師扯開嗓門，逐字拖得長長地高喊，鼓聲頓時響徹雲霄，答答答——答答答，答答答——答答答，得得得，得得得，砰砰砰，砰砰砰，擾亂早已夠亂的心。接著是小喇叭。銅管樂器如脫韁的野馬盡情奔馳，法國號隨著軍樂節拍搖擺，這時三名女子修長的身影從旁溜進眼簾，在儀隊兵前排中央就定位。是她們。比利的心也跟著飛跑。她們背對這群軍人，不過光從背影看去也能肯定（或許看背影感覺更強烈），「天命眞女」駕到，全球流行音樂界一致公認的天后團體、黑人女子天團。碧昂絲站在中央的主唱位置，蜜雪兒與凱莉（哪個是哪個？）分站兩邊。三人皆穿緊身低腰長褲、細高跟鞋、撩人的蕾絲長袖露腰短上衣，而且從站姿便可看出她們受過相當的訓練。臀部高翹，身體與腿呈一直線，背部結實又有彈性，宛如拉開的弓。她們擺好姿勢便一動不動。音樂頓時停止。攝影師在她們周遭像螃蟹一樣蹲低橫行。這是電視現場轉播，來眞的了。三人緩緩把麥克風舉到唇邊，醉人的嗓音柔滑得像剛鋪好的床罩，就這麼悅耳地清唱起來：

噢噢噢噢噢噢

噢噢噢噢噢噢
噢噢噢噢噢噢

聽來很像重複國歌的旋律，只要微調一下，大概就會變成國歌了，但她們的嗓音，綻放成更輕柔、更甜美、裹上蜜糖的玫瑰花，在耳邊落下瓣瓣花雨。

你
今晚
能
帶
我
去
那兒
嗎

遠處邊線上有座舞臺，分成上下三層，拼圖一樣的色板當背景，仿現代主義的彩繪玻璃風。三層舞臺上都有一動不動的舞者，男舞者身穿閃亮的白色運動衣，搭配耀眼的超大首飾；女舞者則是一襲短上衣、緊身褲，還有刻意改造的牛仔隊球衣，有故意撕開的、剪得歪歪的、無袖的，每件都不一樣。比利右邊的洛迪斯，好像被自己的鼻涕哽住了，透不過氣。「天命眞女」又唱著「帶我去那兒」的段落，接著鼓聲響起，代表給她們的暗號，整個隊伍開始往前走。攝影師則逐步後退，穩穩地操作攝影機。鼓隊向前走之後，兵分左右兩路，清出了通往舞臺的空間。比利日後在YouTube上看到這場表演，逐漸回想其中的片片段段，拼湊起來，才明白這表演的規模何等之大。現場至少有五支行進樂隊繞來繞去進進出出，舞臺上則是演出瘋狂春宮秀的舞者，旗隊女生和幾支儀隊小隊橫跨整座球場，外加球場中央的預備軍官、B班全體、儀隊、「天命眞女」，這陣仗浩浩蕩蕩多達幾千人。應該會有人說，這等製作規模，都可以做百老匯音樂劇了。比利雖從未去過紐約，更沒看過音樂劇，但這句話感覺形容得非常貼切。只是這一切發生的當時，比利簡直是咬牙強忍。有個拋轉指揮棒的人在他眼前蹦跳閃過，他只見一片膚色和轉動的金屬色。穿連身舞衣的高中舞蹈隊正猛擺翹臀跳得起勁，顯然受過脫衣舞孃的專業訓練。鼓隊轉到兩邊，和軍隊並排站著，旗隊女生則在這中間的通道上呈之字型穿梭。「天命眞女」三人昂首闊步，挺直腰桿，一步一扭，大搖大擺走過這條通道，比利從自己的位置望去，覺得這動作難度也太高。彷彿天后的強大氣場與階梯踏步機練出的緊實大腿，在這瞬間神奇地合體，她們才能站得頂天立地，換做一般人，早就摔個四腳朝天。前方遠處的舞臺上，舞者分站兩側，男舞者身穿垮衣垮褲，故意反戴棒球帽；女舞者則穿銀色運動胸罩，寶藍色緊身褲。這種種已經夠叫人眼花撩亂吃不消，偏偏迪斯可燈光又來助陣，舞臺層板間射出一排排藍白光束，舞臺的鋼架也迸出強光，周遭的一切同時火力全開、閃個不停，這威力強大的電子聲光效果，實在已經超過人體承受的極限，讓你暈眩、抽搐、虹膜迸裂、腦前葉炸成碎片……

你冰毒衝腦啦！洛迪斯蜷成一團，可憐的頭始終倒向一邊，這時忽然有東西爆炸，大家不由自主都縮了一下，砰砰砰砰，後臺不斷射出照明彈，冒著濃煙，爆炸時發出某種乾乾的爆裂聲，一如集束炸彈四散落在麥田裡的聲音。洛迪斯喉嚨深處一陣怒吼蓄勢待發。「沒事沒事。」比利低語。「沒事，沒事，只是放煙火。」洛迪斯隨即狂笑起來，笑得透不過氣。比利左手邊的快克則垮著一張臉，很不自在。假如你存心在電視黃金時段引發「創傷後壓力症候群」，那真的沒有比現在這招更狠的了，不過還好，看在諾姆、全場觀眾、全美國、全球四千多萬電視機前的觀眾份上，算你們走運，這狠招B班人還應付得了！喔耶！不管是瞳孔放大、脈搏血壓一起狂飆，還是皮質醇被壓力逼到破表，害手腳抖個不停，都OK！都沒事！B班隨時都在最佳狀態，絕對不會像越戰老兵那樣崩潰失控！你可以叫這些男生起步走，一路踏進這場聲光秀地獄，B班挺得住，可是，媽的，你不覺得叫他們受這種折磨太過分了嗎？

隊形跟著節奏，用八步跨五碼的標準步法移動。**咚咚碰咚咚碰咚咚咚咚碰碰碰**，小鼓齊響，連阿貓阿狗聽了都會覺得當兵超光榮。這不是鬧著玩的，比利終於懂了。這些人砸了這麼多銀子，費了這麼大心血，絕對不會故意把中場表演搞成鬧劇，不過這當然不代表砸大錢就不會搞出蠢東西。《鐵達尼號》就很蠢。安隆案很蠢。希特勒入侵蘇俄，蠢。**咚——踢踢咚——踢踢咚答答踢咚**。普維里尤的鼓隊繼續敲著，宛如雷聲做的風鈴。洛迪斯撞向比利，隨即穩住身子。「拍謝，比意。」走到北邊的井字記號時，所有軍人都要向後轉、往南走，「天命眞女」則繼續走上舞臺。比利一直注意找他那記號在哪裡，拚命不讓自己因緊張而過度換氣。**咚——踢踢咚——踢踢踢踢—踢踢咚**。迪斯可燈光、春宮舞、照明彈、各種閃光，行進樂隊原地踏著高步。而比利，面對這足以擊潰他意志最後防線的強大攻勢，只能拿出軍人本色，咬牙挺過去。

「各位——先生、各位——女士，」大會廣播員嗓音低沉，卻一副獻媚的歡快語調，像個不知自己正在出洋相的推銷員。

請熱——烈——歡——迎
凱莉
蜜雪兒
還有
碧——昂——絲
也就是轟動流行樂壇的
天命真女

一片刺耳的喧囂排山倒海而來，比利還以爲自己騰空了。那氣勢如水壩潰堤；如大橋在尖峰時間坍塌；如海嘯捲起致命千堆雪，夾帶巨石般的斷垣殘壁，扭曲世界的輪廓。**你就假定自己會死吧**，他們出發到伊拉克前一週，軍方對他們這麼說。了解！知道了！長官！是！長官！大屠殺就在眼前，而我們是沒人來救的一群，我們是可憐可悲衰小連被操也是光榮的前線軍人，要去那邊打敵人，才不必在這裡打！無論對哪個年輕人來說，這句話都很刺耳，可這就是世上每個年輕人成長的必經之路，你不自己跳進去，不會知道其中所有的風險。「天命眞女」走得還眞神氣啊，哪怕暴雨水淹及腰，想必她們也能輕鬆涉水而過。可惡啊，比利心想，看她們一步一搖的樣子，可惡啊，我腦袋裡全是這個畫面，這樣是要怎麼回去出任務啦？不到幾天，不，幾小時內，B班就要回那個鬼地方，他在等，等軍方把那句話再說一遍，他當然不願聽，但醜話還是得說在前面，**你會死**，就趕快把那句話說了吧，拜託拜託，早死早超生。結果咧？不，不但沒有人願意扮這黑臉，還找了碧昂絲和她那叫人垂涎的屁股來！

也許這一切都沒什麼道理。比利自忖，或者是你自己覺得沒什麼道理，因爲你是天字第一號大笨瓜。他們接著向後轉，比利慢了半拍，沒跟上那個井字記號，於是只見儀隊隊員個個精準地在標示處轉身，B班卻像沒繫好的鞋帶，走得拖拖拉拉。「換腳走。」阿呆壓低嗓門輕聲道。阿呆是他們這小組的組長，總得讓組員們整個中場時間都擺出該有的樣子。他跟著儀隊的節拍，想趕緊把B班調整成一個挨一個的緊密步伐。「左，左。」這念經般的聲音，讓比利鎮定不少，腳步也隨之跟上，要是手上有武器就更讚了。他們前面是預備軍官，一群腳步踉踉蹌蹌、給養得高高胖胖的孩子。其中很多人年紀肯定比比利大，看背影卻又那麼年輕，頸間帶著嬰兒肥的柔嫩飽滿，簡直是歡迎獻祭的大斧直接朝那兒劈下。

「向左——轉。」阿呆輕喊。他們走到邊線了。B班全體齊步走了七大步，再向左轉，停。他們當下的任務是在儀隊旁邊站著耍帥。一群高中女生穿著綴上流蘇的連身舞衣，蹦蹦跳跳跑過他們眼前，揮動六呎長的竿子，竿上繫了長長捲捲的波浪彩帶。普維里尤的鼓隊已重新在場中央整好隊，在小鼓清脆的鼓聲中走滑步，看來除了B班以外，大家都在移動。整個球場已經變成嘻哈群舞與方方正正整齊劃一的行進樂隊大雜燴。舞臺裝置張口噴出大團火焰與煙火，「天命眞女」以天后之姿大搖大擺登上舞臺。臺上的舞者隨即上下晃動起來，完全是MTV臺播的超鹹溼音樂影帶。碧昂絲和兩名團員一起將麥克風移到唇邊。

你說你要帶我去那兒

她們微噘著唇，唱出撩人的顫音：

說你知道我要什麼
證明你願意為我們的約定奉獻

儀隊同時正以標準隊形操槍，手中的步槍啪啪作響，也算是搖滾巨星級的儀隊表演了吧。啪、啪、啪，手掌拍擊步槍，發出清亮的響聲。聽力很好的人，或許只要聽節拍就能跟上動作。比利站在最邊邊，只有周邊視野，步槍唰唰在他眼角閃動，如邊洗邊疊的撲克牌。

你以為愛人像機器
做表面工夫就好嗎
成熟的女人
不會這樣就滿意

碧昂絲悄悄把一隻手滑進大腿內側，把腿拉向私處，倒也不算拿手罩住重要部位，應該說這是輔導級的「抓胯下」吧，適合全家觀賞。拿波浪彩帶的女生們蹦跳走過，白皙修長的玉腿像兩根彈跳棒。閃光燈實在讓比利的頭吃不消。他把眼瞇成兩道細縫，一切頓時變得模糊，好比軍人得了鼠咬熱的夢境——行進樂隊、搖擺碰撞的橫陳肉體、咻咻射向空中的煙火，成排的鼓隊敲打前進加油的節奏。「天命真女」！儀隊！玩具兵和打砲時間在此地全部攪在一塊兒，成了讓人精神大振的大鍋菜。B班看過不知多少遍快克的《王者之劍》DVD，幾十遍、幾百遍，可以把每句臺詞倒背如流。而比利的大腦在承受過多思考運動與聲光刺激之餘，居然閃過片中宮殿雜交的那場戲。詹姆斯．厄爾．瓊斯飾演蛇王，高坐王位上，他的手下個個嗑了藥，一臉茫然，匍匐在地，舌頭又捲又舔，深陷雜交的狂喜。比利渾身直發毛，一是因爲這種鹹溼場面此刻就在他眼前上演；二是因爲中場表演搞成這樣，實在詭異到極點，而且大家居然好像都沒意見。爆滿的看臺上，球迷無不起身高聲歡呼，反正他們今天不管看什麼都開心。好吧，你們盡管開心吧。比利的心態就是這樣。眾人大可歡呼、尖叫、狂吼，但這些都無所謂。他們的中場表演，簡直微不足道，只是塡個空檔，和比利一點關係都沒有；和他要回戰場，也一點關係都沒有。

我不怕，我挺得住

我不怕，我不怕

男子漢你受不了我對你的好嗎？

舞臺後方的看臺上，出現一面巨大的美國國旗，是兩萬名球迷舉色卡排出來的，這是古早以前的特效，每人代表一個畫素。色卡一翻，國旗如在風中飄揚，只是再定睛一看，會發現國旗像是沒熨好，處處糾結皺摺，旗上的花樣也爲之扭曲斷裂。比利故意用不同的角度看這面國旗，來回調整視角，接著他內耳一陣巨響，地面似乎整個歪了，彷彿讓他掉進一個不同的世界。他忽然想到，也許他錯了。說不定中場表演就和所有的一切一樣眞實，萬一裡面蘊含了什麼力量或能力的催化劑呢？這不是表演，而是達到什麼目的的手段，由什麼賦予或引發的目的。某種儀式，某種與宗教相關的東西。只是這所謂「宗教相關」的範圍，還包括動亂、偶然、失控的大自然等冷血的概念。他感到一種更高層現實的強大拉力，遠強過一個地面上的阿兵哥體驗到的眞實——你手上的血、肺裡的灼熱、八百年沒洗腳的惡臭。光是想到這些，就讓他頭骨一陣劇痛，不是折磨他一整天的頭痛，而是某種更沉重的聲納，朝他下腦幹深處狠狠痛擊。一個清楚的意念跳進他腦海，**這就是祂住的地方**。你腦袋裡的那個神，所有的神——原來就是這麼回事？他太了解自己，也痛恨教會，他知道自己很難接受純粹的「神」的概念，那不如這麼說吧——化學作用、荷爾蒙作用、需求、欲念，隨便你叫它什麼，總之我們人人體內都有這種作用，至高無上、令人膽寒，我們只好奉它爲神聖。

我來再次跟你說清楚
站起來當男人，別做小男孩，
可悲的是你成天談情說愛
你有了情和愛，卻把我當小女孩

比利全身上下最該暖呼呼的地方（彷彿他最敏感的器官理應最重要）反而冷冰冰，那就是他的兩粒蛋蛋。他心裡害怕，知道自己實在不該待在這裡。這些人都愛把上帝、國家講得多麼神聖，自己主張的卻是邪惡。性、死亡、戰爭，這些個四處流竄的小惡魔，在腦袋底層起了化學作用，醞釀加溫，熱度逐漸升高，終致煮沸、溢出、四處流淌。比利不由納悶，這些人自己到底曉不曉得？說不定他們對自己所知的事渾然不覺，因爲他眼前的一切，那麼無從捉摸，那麼完美，是戰爭毒衝腦後端出的淡口味色情畫面。既然球場上無法血祭，也不能眞的打砲，好像也只能用這種陣仗來幫大家加溫了。

向左——轉，阿呆輕喊，大夥兒一起照辦；向右——轉，大夥兒一起穿過球場，直搗怪獸丹田。洛迪斯跟在比利後面，比利跟著快克，快克跟著阿呆，阿呆則跟著普維里尤的鼓隊，穿過層層華麗制服與光溜溜的肌膚。喧囂中有些個別的聲音竄了出來，像吉他的嗡嗡聲，又似鯨魚的尖鳴。時間轉到了低速檔。舞臺燈光忽明忽滅，幻化成一片光影，如五顏六色的螢光染料。比利曉得他們最後要走到哪邊，只是不太清楚要怎麼走去。B班每人跨過邊線後便向左轉，接著就被人邊推邊擠，走過一排累得不成人形的助理，進入舞臺背後亂成一團的休息區。有個瘦瘦高高的女人走來，身穿及膝軍用長外套，頭戴俄國軍帽，把B班人拖出隊伍。她長得很漂亮，至少軍帽垂下的那兩隻長耳間，露出的那張臉很漂亮。「好，」她說著，把B班人聚攏起來，高喊的架勢就像狂風中的水手：「我們現在要請你們在後臺就定位，然後等我們的信號，你們再走出去，下樓梯，到中層。你們要照行軍那樣走，對吧？像這樣？」她做了個軍隊昂首闊步的樣子。「你們到了中層向左轉，繼續走。注意地上有紫色的X記號，你們一人有一個，代表你們的位置。到了位置上就轉身，面對球場，立正站好。」

B班一致點頭，沒人開口，個個心裡都銼得要命。

「到時候現場會有很多東西同時進行，不過你們不要動喔。你們的任務就是這樣，只要站在那邊就好。不用什麼腦筋嘛，對吧？」她笑笑，輕拍一下阿呆的肩。「你們沒問題吧？」

B班一致點頭。連阿呆都有點不安，像是一下吸進太多空氣，脖子暴凸起來。快克只盯著地面，喃喃自語。

「各位大哥，別這樣，安啦，你們這算容易的呢。」那女人笑出聲來，看他們緊張成這樣，不免也惱了。「你們找到自己的位置以後，只要站著不動，站到整個表演結束就好。我會出來給你們打『解除警報』的暗號。」

「這實在是蠢爆了。」洛迪斯碎碎念，但那女的假裝沒聽見。B班當然應付得來，沒問題，哪怕他們此刻每個人看來狀況都不太好。有太多人跑來跑去，嚇得兩眼暴凸，四下瀰漫驚惶失措、中了埋伏的氣氛，只是在這裡，你無法靠殺人來解除危機。負責煙火的工作人員在他們左右，不斷發射可惡的小火箭，如火箭彈嘶嘶作響。一道道可拆式金屬梯，直通往舞臺最頂層，B班的指定位置就是這些樓梯頂，一人站一道樓梯。他們和舞臺背景之間，就只隔著一條狹窄的走道，比利就站在那兒，比走道低一階的地方。這時有隻雌性動物以不可一世之姿猛然穿過背景，那背板上有個類似百葉窗板的開口，她穿過開口的同時，幾名助手一擁而上。一人負責拿她的麥克風，一人趕忙遞上愛維養礦泉水，第三人拿來一件毛茸茸的小衣服，女子則接過來，直接當頭套下。碧昂絲。假如比利眞的動手，他伸手便能觸到她的大腿。她的秀髮在穿過套頭衣領後四散飄揚，耀眼如豔陽金光。比利站在走道下方一呎的絕佳位置，從那兒望去，她就像洛磯山高聳入雲，君臨天下。從這麼近的角度觀察，可看到她的肌膚宛如濃濃的蘋果醬，是裹了蜂蜜的棕色，表面一層薄薄的汗，給燈光照得晶瑩動人，把她整個輪廓勾了一圈亮邊。走道再過去是蜜雪兒和凱莉，她們各有各的助手幫忙打理。整個過程沒人開口。這些演藝人員可是非常認眞的，像狙擊手一樣，安靜而致命。碧昂絲把雙臂穿過外套袖子，那是件緞面露肩短外套，領口滾了毛皮。她調整衣服的時候瞧見了比利。不好意思，他想說，請繼續，繼續，她那麼專注，氣場又那麼強大，讓他連這麼輕微的干擾都覺得抱歉萬分。她在四千萬人面前爲這場表演挑大梁，應可躋身地表最強人類之列。那要有多少膽識，要多麼近乎痴狂聚精會神、投注全力啊。她居然連大氣也不喘一口！那應該是身心合一的至高境界吧。她雖身處某個遙遠的靈魂層，在與比利四目相接時，雙眼卻起了變化，他似乎在那一瞬間走進她眼裡。就在那電光石火的一刻，比利想從她的表情讀出什麼——不是憐憫，也不到同情那麼偉大，或許只是一種瞭解，瞭解他們同樣都是人。不過她已經轉過身去，接過麥克風，有個助手說了**給他們好看**，她隨即穿過布景，不見人影。

有人將比利一把推到那狹窄的走道上，又在快到開口時拉住他。布幕外呼聲震天。他朝右邊望去，看到B班弟兄也站在相仿的位置，這一秒他眞盼望自己回到戰場。至少戰場上，他曉得自己在做什麼，又受過訓練，知道怎麼應變，而且天殺的不會有全國上下盯著他，看他會不會出包！可是現在這鬼場子，只能看他們自己的造化了。**中間那層**，有個聲音在他耳裡大吼，**向左轉**，**找紫色的X記號**。驟然間音樂放慢了，轉爲絞肉似的慢節拍，**喀**——**咚卡**，**喀**——**咚卡**。像垃圾壓縮機，吃力地慢慢壓著超過自己能負荷的量。在舞臺最底層的正是「天命眞女」，站在三名普維里尤鼓手面前，拿著鼓棒，纖細的手肘擺動，跟著節奏敲鼓，那氣勢就像時尙潮女想拿千斤頂抬起車子。等比利終於收到訊號表示可以走上舞臺時，簡直無法呼吸。那就像踏入盈滿陽光的積雲，四周一片絢爛奪目、軟綿蓬鬆的光影，腳下只有輕飄飄的空氣。他轉往右邊四十五度角，面向中央的樓梯，走到指定的位置，其他三名B班弟兄和大夥兒也一起走著，步伐算是整齊，眞是個小小的奇蹟。他聽見腦裡一陣洶湧，別的都聽不見。儀隊在舞臺正前方拋槍，把配上——刺——刀的步槍拋過頭，要死了，他們可能會一刀把自己刺死耶，就算不死，也可能在現場直播電視前，用自己的刺刀，一刀刺穿眼睛！

我需要一個鬥士，鬥士男孩

他們在哪，他們在哪

比利排在這排最後面，所以最靠近舞臺中央的紫色X記號。向右轉，停。B班其他人不知怎地都在底層，戴姆、賽克斯、芒果、阿伯依序排成一排。鬥士會眞心待我。碧昂絲唱主旋律，蜜雪兒和凱莉則唱低音線，不斷重複這幾句：

鬥士會真心待我
對，他們會；對，他們會
鬥士會好好待我
對，他們會；對，他們會

她們對著底層的B班弟兄唱起情歌，嬌美的小腳如貓輕輕挪動，腰肢款擺，輕吟著小調的顫音，帶著「快上我」的焦躁。整個舞臺儼然成了前戲有氧運動＋火箭彈抽插＋人影上下擺動＋下半身與臀部直扭的情欲大噴發，舞臺第二層則有一群舞者，邊跳舞邊朝B班人身上磨蹭，而你除了立正站好，在四千萬觀眾面前，任憑舞者拿你的身體跳鋼管舞之外，他媽的什麼事也不能做。這不對吧。沒人說會有這種安排啊。現實生活裡整個窘到不行的事情，到了電視上竟變得猥褻而刺目。比利想到他媽和他姊會看到這一幕便暗暗叫苦，可是這會兒有個男舞者直貼著他跳，邊滑步邊轉圈又蹲下來，一副「我眞的很想看你那一根」的表情。比利瞪了他一眼，那人邪邪一笑，又轉圈跳走了。過一會兒他居然又轉回來，比利把所有想發洩的情緒，都透過齒縫迸出：

給我滾。

那男的一笑，又走了。普維里尤的一整排鼓手走下階梯，節拍隨之加快，砰——啦咔——啦咔——啦咔。砰——啦咔——啦咔——啦咔。儀隊正在行跪禮，而一群群掛著微笑的舞者，則在兩邊擺出活力十足的功夫架勢。站在底層的賽克斯哭了。比利不知怎的也不覺意外，只盼著這一切能在他們抓狂之前結束。「天命眞女」在舞臺中央再度聚攏，頓時強光煙火齊發，代表即將接近高潮。賽克斯的背部因抽泣劇烈起伏，但依然是標準的立正姿勢，抬頭挺胸，這一刻，比利眼中的他，從未如此勇敢，或說，可愛。

我不怕，我挺得住

我不怕，我不怕

男子漢你承受不了我給你的愛嗎？

牛仔隊的啦啦隊在球場遙遠的那端排成一排，把腿踢得高高的。即使隔了這麼遠，透過濛濛的冰珠和煙火的濃煙，比利的視線還是對準了斐森。他的呻吟此時只是汪洋中的一滴小水滴。「天命眞女」一步步走上階梯，每走幾步就停下，回頭朝背後拋媚眼，搖乳擺臀，引誘電視攝影機湊過來。她們在比利這層停下時，比利倒是不動如山，只覺一陣野性的體熱在身邊熊熊燃燒。她們在他身邊搔首弄姿時，他仍文風不動，但等她們一走，他抬眼望天，微微仰起臉，感受這冰天凍地的威力。

冰珠打在臉上，刺刺的，但他眼都沒眨一下，任憑冰珠當頭襲來，像十億根針同時打在身上。之後，那冰珠就像隨風狂舞，而比利優游其中，朝著某個沒沒無名、卻像是未來樂土的地方奔去。萬物在身邊消逝，他滿心歡喜，徹底自由，眼中的刺痛是往上飛奔的高速運動。感覺就像脫離速度。感覺就像未來。等阿呆來拍他的肩，說中場時間已經結束時，他依然站在原地，朝著那個未來的世界奔去。

如果這就是愛

沒人來招呼他們。他們圍著賽克斯，照上場之前說的，等那個戴俄國軍帽的女人來，但眾人不約而同把B班晾在一邊，他們也只能孤立無援地杵在那兒。這時有一群工人走上舞臺開始幹活，人人頭上都是放煙火時落下的灰。B班硬撐過一場世界級表演的酷刑，需要點時間回復神智。需要多久？六年應該夠吧？總之他們就像鍋爐裡的脫水玉米，早給烤得焦透，只待爆開的那一刻，或者就拿賽克斯來說吧，他是已經爆了。他坐在樓梯最底階，小小的、絕望的、晶瑩的淚珠，不斷從臉上滾滾而下。「我不曉得我他媽的哭個屁！」洛迪斯問他怎麼了，他粗聲粗氣怒吼。「我就是要哭嘛，媽的！就是哭了嘛！」

「你們得走了。」舞臺工人的工頭朝B班大吼。

「媽的你也滾。」芒果對著那人大搖大擺離去的身影咕噥。B班仍原地不動。阿呆和阿伯分別賽克斯左右兩邊坐下，其他人則晃來晃去兜圈子，不知所措，焦躁起來，不安的雙手緊緊插在褲袋裡。

「各位，我們終於看到碧昂絲了耶。」快克想到了這點。

「喔，我們好大的面子啊。」

「耶，而且是很近很近地看喔。」

「哼哼，她是很辣啦，不過我上過更好的。」

大夥兒聽了這句，勉強擠出一點笑聲。比利則站在戴姆身旁，決定說實話：「班長，我很不舒服。」

戴姆迅速打量他全身。「我覺得你看起來沒問題啊。」

「我不是說生病那種不舒服。比較像是喝茫了，high了那樣。」他敲敲自己的頭。「剛剛那中場表演，快把我搞瘋了。」

戴姆笑起來，喉嚨傳出機關槍連發似的呵呵聲。「孩子啊，這麼想吧，在美國，這種事很正常啦。」

比利聽到「孩子」，整顆心不覺融化了一點點。舞臺在他們身邊逐漸消失，如同葬身波濤下的沉船。

「我想我已經不知道什麼叫正常了。」

「你ＯＫ的啦，比利，沒事的。我ＯＫ，你ＯＫ，大家都ＯＫ。他也ＯＫ。」戴姆朝賽克斯頷首。

「萬事都ＯＫ。」

比利瞄了賽克斯一眼，問說，是啦，那我們現在拿他怎麼辦才好？只是這時那工頭又來了，厲聲要他們馬上滾出舞臺。

「那我們要去哪兒？」快克不甘示弱朝他怒吼。「又沒人跟我們說去哪裡。」

工頭沒作聲，只拋給他們一個「那現在要怎樣」的眼神。他是六呎多的大個子，落腮鬍，上半身很壯碩，卻誇著一張髒兮兮的臉，像爆開的安全氣囊。不過他眼中倒是有種氣場，像他們這樣的老手舞臺工，經年在外奔波，操久了就有這種怪怪的神情。而且他還多看了那個狼狽場面一眼，那個狼狽場面就是賽克斯。

「喂，我是真他媽不曉得你們該上哪兒去，反正你們不能待在這兒。」

「好啦，帥哥，這樣吧，」快克回道：「等你幫我吸完屌，我們就走，怎麼樣？」

比利事後回想這段經歷，才訝異自己之前居然沒看過有人揮拳揍人。整件事並沒花多久時間——十秒、十五秒最多吧？雖然這種事總讓人覺得過了好幾小時。起先那工頭想把快克整個人抬起來，一副打算直接把快克扔下舞臺的樣子。他個子比快克大沒錯，但也沒大到那種程度，所以被快克緊緊抵著、抓著，動彈不得，想必心裡很幹。這兩個男人有一會兒幾乎動也不動，只是雙眼暴凸，臉紅脖子粗，看得出雙方都使出渾身力氣互抵，接著兩人就扭打起來，滾成一團，從舞臺摔到球場地上。大夥兒也互相推擠、對槓，一團混亂中夾雜了含糊不清的對罵，說誰惹到誰啦、誰踩了誰的線啦，而且想當然耳，每個人都支持自己人。這場面應該可以稱之為「打群架」吧，邊吵邊打，不可開交。不過這裡可是神聖的德州體育場，不宜演出全武行。比利身邊不時有胳臂、手啊臉的揮來，全身腎上腺素跟著狂飆。戴姆則緩緩穿過人潮，排開人群，想把快克帶開，那姿態就像在激流中奮力泅泳。有個舞臺工人朝戴姆的背揮了一掌，比利立刻抓住那人衣領，對方迅即轉頭，完全豁出去開幹的神情。比利一看，馬上閃過一念：哇咧，靠，這下可不能鬆手。他索性跳騎到那人背上，那人隨即轉起圈來，比利只好把腿夾得更緊，暗暗盼望別人不要覺得他在上那傢伙。不過他還是撐到警察來，而且戴姆只不過對B班人說了一句，大夥兒就住手了。「好一群優秀的獵犬。」他喜歡這麼形容B班人。

傷亡狀況報告，輕微。快克眼上挨了一記拐子；洛迪斯嘴唇裂開淌血；芒果被某人鎖頭，耳朵有點瘀傷。警察把B班帶到邊線，聽他們敘述事情經過，然後叫他們穿過球場，去主隊邊線。「那邊會有人跟你們說要去哪裡。」警察說。這下子B班就像叢林裡迷路已久的巡邏隊，僅剩的幾個成員拖著蹣跚的腳步穿過球場。一行人走過第一個井字記號時，比利抬眼一看，感謝老天爺，斐森跑出來迎接他們，歪著頭代表「怎麼了？」，一臉關切。她精神來了，比利看得出。這女孩喜歡出風頭。

「怎麼回事？」兩人一面對面，她便搭著他的臂，定定望著他。B班人則陷入一片死寂。

「總之很瞎。沒什麼啦，小事。我們剛才和那邊的舞臺工人不太愉快。」

「你們剛剛是在打架？我們看不出來你們是在打架，還是鬧著玩。」

「我想是打架啦。不過也不能算是眞打。」

「我們只是問，我們能不能幫什麼忙！」阿伯開口，大夥兒都笑了，只有賽克斯不但沒笑，還再次上演痛哭流涕。

「你受傷了嗎？」斐森先問比利，再轉向大家。「有沒有人受傷？喔我的天，你看你嘴唇！」她對洛迪斯驚呼。「本來不是應該有人帶你們的？」

她一聽B班人給孤伶伶丟在球場上，火氣來了。「好，」她說著，轉身要B班跟他走：「你們都跟我來，我們看該怎麼辦。我眞不敢相信，他們居然就把你們丟在那裡不管，這絕對不是我們的待客之道。」

B班三兩成群圍著她，嘟囔著「謝謝喔」。「是這樣啦，」斐森說：「那些舞臺工人喔，我們之前和他們就有點狀況了。他們根本把舞臺當自己地盤。大概幾個星期以前吧，他們還差點把萊爾．洛維特揍一頓咧。他們就一直吼說，『給我下來！馬上給我滾下來！』萊爾和他整個團的設備都在舞臺上耶，總不能說走就走吧。還好保安人員就在那邊，否則場面就難看了。」

「我覺得他們有吸毒。」芒果說。

「確實很像，對吧，他們那樣子就有鬼。實在應該有人去跟管理階層講這件事。」

這時又有些啦啦隊員出來迎接他們，B班轉念一想，說不定這樣收場也不壞。B班人和啦啦隊員就這麼在主場邊線上展開聯誼，聊起天來，樓上則有人幫他們去打電話。剛剛鬧了這麼一場，成了談話的好題材。啦啦隊員們一聽經過，先是嚇了一跳，後來故事傳開了，人人同仇敵愾，更棒的是還因此對B班多了份憐惜。有人幫快克拿來冰塊敷眼睛，幫洛迪斯敷嘴唇，還有幾個啦啦隊員溫柔地檢查芒果擦傷的耳朵。

「他是怎麼了？」斐森問，頭朝賽克斯的方向比了一下。她和比利站在和人群有段距離的地方。

「噢，那是賽克斯。」

「他受傷了嗎？」

比利看了一下賽克斯。他正蹲在運動器材推車後面，無聲地哭泣。

「他很想他太太。」

「哇。」斐森很感動的樣子。「眞的？」

「他這人平常情緒起伏就滿大的。」

她朝賽克斯那邊看了好一會兒，不知是看得出神，還是在愁自己幫不上他的忙。

「他有小孩嗎？」

「有一個，還有一個快生了。」

「喔我的天，太慘了。你覺得我應該去跟他談談嗎？」

「我想他現在應該想自己靜一靜。」

「你說得對。天啊，你們的犧牲有多大！你之前說你們還要在那兒待多久？」

「到明年十月，除非徵召我們的期限又延長了。」

「喔天啊。」她很像邊說話邊在碎石路上溜直排輪，這幾個字成了抖音。「那你們在那邊多久了？」

「我們八月十二去的。」

「哇噢。喔我的天。你一定很想回來。」

「我想是吧，可以這麼說。」他倆的臉不知怎地湊得更近了，僅僅相隔數吋，一如風、潮汐、磁極，世上再自然不過的事。「我想反正事情就是這樣。可是我們這夥人會一直在一起，這很重要。這就值得了，老實說。」

「我想我懂你的意思。你們是一個團隊，一起面對考驗，就會有這種革命情感。」她說話的時候，比利努力要記下她的臉，好比說，她無人能比的高挺鼻梁，精美得像細緻的蝴蝶式錶扣。又或者，他想記下她額頭頂上的幾點小雀斑，黃黃紅紅橘橘的，和她的髮色很配。一股欲望突然襲來，他禁不住想學獅子奮力張開大口，溫柔地把她無瑕的臉蛋含在唇間片刻。

「有時候我會想，這整件事會不會根本就錯了。我的意思是，我是覺得我們應該對抗恐怖主義，可是，好，我們除掉了海珊，那是不是就該讓軍人回家了，讓伊拉克人自己去爲以後想辦法？」

「我們有時候也會這樣想。」比利說，想起施洛姆有次說的：**或許光就在隧道的另一頭**。

「哈哈，那是一定的。」她望向他背後。「下半場馬上要開始了。」她說著，又收回視線，望著比利的雙眼。「欸，可以問你私人的事嗎？」

「當然。」

「你現在有和誰交往嗎？」

「我沒有。」他勇敢坦白，帶著那麼點無奈的語氣。萬一她知道他不是花花公子也無所謂了。

「我也沒。那，我們保持聯絡，怎麼樣？」

「好——呃，」他話才出口一半便哽住了，趕緊接道：「好。好，我也覺得應該這麼做。」

「那好。」她的語氣驟然轉爲果斷明快。「你身上有手機嗎？把手機拿出來，我把電話告訴你，你再打給我留言，這樣我就有你的電話。因爲，老實說，我不想失去你。」

這話她居然就這麼出口，這麼驚人的事實，這麼驚天動地的告白，她居然講得如此隨意。他，比利，有人不想失去他！他的人生已經成爲奇蹟。也許他應該直接向她求婚。

「妳姓什麼？」他拿出手機。

「索恩（Zorn）。」

比利清清喉嚨。

「我知道，大家都覺得這個姓很好笑。」

比利不響。

「它在德文是『憤怒』的意思。」

「收到。」他學軍中的語氣，故意面無表情回道。

「別這樣啦！你好好笑喔。」

她就在他身邊，看他把她名字打進手機，兩人的頭幾乎靠在一起。手機成了社會許可的防護罩，可以讓他倆站得這麼近，眞是好藉口，因爲他們可是在幾千人面前這麼做。比利深深吸了口氣，把她身上那股清新的戶外氣息，一種冬風與雪混合的濃烈香草味，全部吸進肺裡，彷彿她吸收了冬季最甜美的精華。

「誰是凱瑟琳？」

比利正在一一看他通訊錄上的名字。「我姊。」

「她有打一通電話給你耶。」

「我曉得。」他把下一個名字標起來。「那是我另一個姊姊。」

「你最小啊。」

「嗯，我最小。這是我老媽。」

「迪妮絲？你不寫『媽』喔？」

「呃，她名字就迪妮絲嘛。」

斐森笑了。「你爸呢？」

「我爸是殘障。他沒有自己的手機。」

「噢！」

「他幾年前中風過兩次，講話有問題。」

「眞難過。」

「沒什麼。人生嘛。」

她握著他手肘上方那段胳膊，但上面用彩球蓋著，外人看不到她握著他。「你出國之前，要去看他們嗎？」

比利頓時喉頭一緊。「啊，不了。」他吞了口口水。沒事的。「我們昨天已經見過面，算辭行了。」

「這感覺好差喔。」她朝他身上挨近了幾毫米。

「妳在這兒。」他捲動到通訊錄最下方。

「索恩。我總是在人家通訊錄最後面[17]。」

17 譯注：斐森的姓氏是Zorn，因爲是Z開頭，以字母序就會排到最後面。

「我可以幫妳改成憤怒（Anger），這樣妳就排到第一個啦。」

她大笑，又回頭看了一下。啦啦隊員們正往通道出入口移動，準備迎接出場的球員。「小甜心，我得走了。」她說著，用力握了一下他胳膊，兩手隨即像被電到一樣抽回，隨即又抓緊了他，細細摸著他整條上臂。

「我的天哪，你身材好好喔。你身上到底有沒有一點脂肪啊？」

「沒多少吧，我想。」

「沒多少吧，我想。」她故意粗聲粗氣學他講話，又開懷笑了起來，手仍不住來回摸著他手臂。「你根本不曉得自己有多棒，對吧？那更好了！」她講得起勁，咂了下唇，飛快地緊緊抱了他一下，溺水之人在被暴風雨颳走前緊抱著浮標的抱法。比利樂得發狂，整個人差點暈過去。有人能這麼珍惜你、對待你、輕觸你、愛撫你、撩撥你，也就是，那麼想要你，這感覺何等美妙！何等神聖！「好了，我得閃了。」她說著鬆開了手。「到二十碼線來找我，老地方。」

比利說好，她便蹦跳跟上其他隊員的腳步，跑向邊線。她跑過去時，B班不禁一起轉頭看，視線無可救藥地被超小緊身褲裡晃動的豐臀吸住。比利按下她的電話號碼，一邊聽電話響六聲，一邊看著她在通道出口就定位。第一批緩步跑進球場的球員，完全像吃力前進的犀牛。球場的大型電子看板響起「槍與玫瑰」的樂聲，啦啦隊員們個個踮起腳來，高高揮舞彩球，看臺隨即掀起熱烈的掌聲，猶如沿著山邊一路傳下來的雷鳴。

「嗨，我是斐森！現在不方便接電話……」

隔一段距離這樣現場看著她，同時又聽著她斷斷續續的聲音，這感覺真怪。像是這整件事情定了格，有了焦點，有了角度。讓他意識到自己意識到自己，嗯，這個謎似乎値得好好想想，爲什麼這一層層的自我意識很重要？此刻他只知道，這裡面有個架構，有種平衡，或者說在腦海裡排序的快感。某種知識，或者更像某種橋梁——彷彿人的存在，未必非得代表一路坎坷跌跌撞撞，鳥事一樁接一樁。彷彿你或許會渴望生命中某種情境，他想是某種與成人世界有關的情景。這時傳來一聲「嗶」，他非開口不可。他留了個好玩的訊息給她——掛掉電話不過兩秒，他就記不得自己講的話了。

暫時理智

最後幾名球員零零星星殿後走出通道，結果賈許居然也和他們同行，而且那模樣簡直就像剛從洛夫羅倫馬球衫的廣告走出來。他到底怎麼辦到的？每根頭髮、每條線、每道皺摺，都那麼服貼工整，整個人彷彿裹了層無懈可擊的娘砲亮光漆。「都是我不好，都是我不好，都是我不好。」他不斷喃喃重複這一句。「我眞的很抱歉，各位，是我們搞砸了，整個搞砸，實在不應該把你們搞丟的。」他接著鉅細靡遺解釋中場表演之後的全套安排，反正重點是，他在那個說好的X記號一直等，等了二十分鐘。

「所以，你是說，有個拿寫字板的小妞應該來帶我們出去。」戴姆幫忙總結。

「基本上，對，沒錯。」

「那怎麼會是你不好？」

賈許張開嘴，想擠出什麼話來，不過B班很有默契一起逗他，幫他省了這道工夫。夾──許！夾許徐──夾許。賈許人實在他媽的好到爆，所以B班特別愛這小傻蛋。

「呦，賈許，你有聽說我們跟人打架嗎？」

「等等，什麼，打什麼架？」

「我們剛和人打了一場啊。」快克邪邪一笑，拿起冰敷用的那包冰塊。

「耶，賈許，那也是你不好。」阿呆接口。

「等等，等等。你沒耍我吧。喔靠，你們，這……」

「夾許，安啦，沒事啦。」

「耶，賈許，我們就愛打架。我們平常別的不做，就愛打架。」

「你可要記得喔，老弟，我們這幫人其實都是大猩猩。」

阿呆問賈許關於慶功趴的事，想說碧昂絲那幾個女生表演後一定會開趴，他也想去。B班全體一致覆議，可是賈許認為「天命真女」早就離開體育場啦。比利已經無力再催討止痛藥，所以根本懶得開口。他們一行人搭載貨電梯到體育場一樓穿堂。快克、芒果、洛迪斯去男廁處理傷口，其他人則在穿堂閒晃，打電話回家。**你有沒有看我上電視？我看起來怎樣？**比利覺得，打電話回家，應該就是阿兵哥版的慶功趴吧。他掏出手機，打給凱瑟琳，不過接電話的是他大姊派蒂。

「哈囉囉囉囉囉小弟。」她正在喝東西，從杯子裡發出顫音，感覺那聲音暈陶陶，帶點黏答答的親暱。「你在電視上好帥喔！可真是大大給我們露臉啦，小弟。」

「謝了。」

「那——」她喝了一口飲料，才接著問：「她怎麼樣？」

「誰怎麼樣？」

「碧昂絲啊！笨！」比利聽見他媽在另一端嚎，**拜託別說你弟笨**。

「噢，她啊。」比利故做打呵欠狀。「嗯，她還ＯＫ啦。屁股有點大。」

派蒂邊聽邊吞下飲料，發出很刺耳的一聲「哈！」。「你跟她講到話沒？」

「沒機會。」

「可是你人就在舞臺上耶！」

「是啦，不過我也只能靠這麼近了。而且感覺時機又不對……」

她還想知道他有沒有碰到別的名人。比利是不介意聊這個，只是講到這些人，讓他有點鬱悶。有個女演員演過《德州巡警》，金頭髮，在裡面演一個很敢衝的地方檢察官。有參議員康尼許，比利這輩子還沒看過誰有那麼大顆頭。有B咖鄉村歌手吉莫．李．弗萊特里。還有在《我要活下去》一路撐到最後決賽的那個沃斯堡帥哥雷克斯。他又接連講了幾個名字，想到誰就講誰。

「喔，你在表演快結束的時候有個動作，那是幹麼？我們都在猜。」

什麼動作？

「咦，就快結束的時候，你抬頭看著天，好像在禱告什麼的。」

「他們有播出來喔？」

「欸，是啊。」他明顯大聲起來，逗得她笑了。

「像特寫那樣喔？」

「不算很近啦，不過反正有播出來。大概有一會兒，畫面上只有你。」

他可眞嚇到了，雖然不曉得爲什麼。「呃，我肯定沒在禱告。」他默不作聲，心裡暗惱。「看起來很怪嗎？」

「不會啦。」她笑起來。「看起來很可愛。你樣子好可愛。我們眞以你爲榮。」

「我一點都不記得了。」比利說，其實他記得很清楚。「舞臺上有燈光什麼的，好熱。我搞不好只是想透透氣。」

她又繼續說他有多帥啦，看起來多威武啦，不過這時凱瑟琳過來接手了。

「嘿。」

「嘿。」

「所以沒見到碧昂絲，呵。」

「沒。」

「那也好。她說不定是個爛人咧。等一下……」傳來門的開關聲。屋內的嘈雜隱去，換上開闊的感覺與無比的寧靜。想是凱瑟琳走到屋外去了。

「我老天哪！」

「怎啦？」

「媽的有夠冷。我今天可不想在外面跑來跑去。你在那邊有沒有多穿點？」

「有，夠暖了。」

她跟他說今天下午和布萊恩玩了幾個小時的雪，東挖西湊地堆了個迷你雪人。「他現在睡你房間，我想應該是我帶他玩得太凶啦。我們有把中場表演錄下來，這樣他之後就可以看你上電視。不過，嗯，是這樣。」她壓低嗓門。「派蒂跟我說，你講了關於布萊恩的事。你說叫他以後絕對不要去當兵。」

比利閉上眼，心裡暗暗罵了句髒話。

「我實在覺得你不該回去。」

「凱瑟琳。」

「你聽我說就好，拜託，聽我講完，好嗎？我和某些人有聯絡，我跟你說過的那些人。奧斯丁的那個組織。」

「我眞的沒興趣談這個。」

「你聽就好，拜託，比利，聽我講一下就好。我跟他們談過兩次，他們人都很好，也很清楚自己的目標。他們有律師、有資源，不是什麼三腳貓。而且他們眞的很想幫你，也一直希望能有像你這樣的人主動聯絡他們。」

「像我這樣的人。」

「打過仗的英雄啊。這組織能眞的聚集起來的人。」

「喔我老天。」

「你聽我說嘛！這裡面有個人，就是那組織裡面的人，他有一萬畝的農場，你可以住在那邊。我跟你說，這些人還眞有兩把刷子。他們可以派人去體育場和你碰面，載你去機場，開私人飛機，今晚就把你送到那個農場。你只要暫時消失幾個星期，律師會幫你把一切都準備好。」

「那就叫『不假離營』，凱瑟琳。他們會爲這個開槍把人打死的。」

「他們不會開槍打你，你做了這麼多，他們不會這樣對你。這些律師很專業的，比利，他們有一堆策略可以應付你這種狀況。而且他們還有合作的公關公司，總之非常專業。媽的整個美國都看到你在電視上賣命了耶，萬一政府要起訴你，你簡直不能想像他們可以讓政府死得多難看。」

「我可沒瘋喔，萬一這些律師以爲我精神有問題的話。想都不用想。」

「你當然沒瘋啦，你只是個想回戰場的傻瓜。我們會請律師以『暫時回復理智』來抗辯，怎麼樣？你有理智，所以才決定不回去。比利．林恩這下子終於想通了。如果有誰想送你回去，那才是瘋子。」

「可是，凱瑟琳。」

「可是，比利。」

「我有點想回去。」

她發出長長的尖叫。他覺得自己都可以聽見那叫聲迴盪在後院的樹間。

「不，不可能，我不准。你『不可以』想回那邊去。」

「可是我想啊。如果同一班弟兄都回去了，我當然不能留在這兒。萬一他們回去挨子彈，我也想和他們一起。」

「那也許B班所有人都應該留下來，怎麼樣？布希都幫你們戴上獎章了，不會有人覺得你們是膽小鬼，不敢回去。」

「這不是重點。」

「那好，那你說嘛，重點是什麼？」

「呃，是我自願從軍的。」

「你是被強迫的！都是因爲我！我！還有我搞出來的爛攤子！」

「不對，這是我的選擇，是我想做的事。我早知道他們大概會送我去伊拉克。又不是誰騙我去。」

她不以爲然悶哼了一聲。「比利，那些個王八蛋最會的就是騙。你覺得要是他們有半句眞話，我們還會打這他媽的仗嗎？你知道我怎麼想嗎？我覺得我們根本沒資格要你們爲國犧牲啊。放任自己的政府官員胡說八道，這種國家根本沒資格叫哪個軍人爲她而死啊。」

她整個失控，嚎啕大哭，非常恐怖的聲音，像拿鏟子刮石頭。「凱瑟琳。」比利喚她，再耐心等了一陣。「凱瑟琳，」他又喊：「小凱，沒關係，我沒事的。」

「對不起。」她回道，講得涕泗縱橫，聲音聽不太清楚。「靠，我已經跟自己說，不可以再爲你的事哭了。只是，這整件事實在太，呃，算了。這整件事實在太爛了。」

「是啊，很爛。」

「欸，別生我的氣。不過我有把你的電話號碼給他們。」

比利暗自咬牙，沒作聲。現在最要緊的是不能害她再哭了。

「你就和他們聊聊，比利，好不好？拜託？先聽他們怎麼說嘛。他們人很好，可以幫你把事情打點好。」

他沒說好，也沒說不好。她進屋去，把話筒交給迪妮絲。他在等迪妮絲來接的空檔，想像萬一哪天他再也沒法回來，他的家人會怎麼樣？他知道凱瑟琳會挺過來，那時她的憤怒會蓋過內疚。派蒂也沒問題，她還有布萊恩。可是他媽呢？這對她一定是天大的打擊，搞不好還會害她想不開，只是不會馬上發生。他想像內心漸漸變得麻木，是段漫長緩慢的過程，就像天氣，一段冷到刺骨的日子，伴著狂風凍雨，終日籠罩由黃昏走向黑夜的陰霾。坦白說，就像今天。

不過迪妮絲在講電話的此刻，狀況還算不錯，她看了中場表演，很激動。「太低級了，」她對比利說：「扭來扭去的，眞是下流，不就像農展園遊會上表演的肚皮舞嘛。這種亂七八糟的東西，怎麼可以上電視？我眞是搞不懂。」

「別凶我，媽。又不是我提議的。」

「就像超級盃上脫光光的那個女的，記得嗎？要是一直這樣下去，就沒人要看了。很多人都受不了這一套。你看到沒？那怎麼能叫跳舞……」

「媽，我人在場啊。」她顯然已經一杯或三杯黃湯下肚。媽，祝妳火力全開，再喝一杯吧。天曉得，這女人可以開趴了。

「……我還記得，湯姆．蘭得利當教練的時候，哪有這種玩意兒。他們自個兒有一套標準。他把整個球隊管得可牢呢。我不曉得是因爲諾曼．歐格斯比買了球隊，還是因爲他找的教練，還是因爲他用的那些人……」

她講得愈久，就愈多埋怨，愈自以爲是，也愈來愈沒節制。比利只不時嗯啊兩聲表示附和，耐心等待他媽冗長的獨角戲告終。

「我聽說妳正在煮超棒的大餐。」

「嗯，不就每年都一樣嘛。」

「那一定很好吃。妳可別太累了。」

「不會，我不累，你兩個姊姊都有幫忙。你們有沒有過感恩節？」

「當然啦，他們把我們餵得飽飽的，還帶我們去體育場裡面的俱樂部。」

「喔，那很好啊。」

他忽然再次想到，要是他眞掛了，她的人生該有多悲慘。半死不活的丈夫、死去的兒子、成堆的醫藥費帳單……他想到或許應該把他在軍隊的保險加大範圍，不過又不知醫院會不會照單全收。

「爸還好嗎？」

「好。他正在客廳和彼得看球賽。」

「嘿，還眞是一對寶。」

「嗯，他們好像還滿合得來的。」

可憐的媽媽，她不得不成爲自己生命中的男子漢。

「你現在在哪兒？」

「穿堂。我想他們正要帶我們回座位。」

「你穿得夠暖嗎？」

「沒問題，媽。」

「因爲我剛剛看你沒穿什麼外套啊。」

「我很好。體育場裡頭很暖和。」

「嗯，我想你一定很忙，你去忙吧。」

「沒有啊。」他回道，帶點氣惱。說不定這就是他們最後一次交談（別想得這麼誇張好不好！），而她居然急著攆他走，她的親兒子啊。當然她這麼做沒什麼特別的意思，他曉得。這只是她上了一輩子班的中庸之道，凡事都要打理成例行作業，平平板板，不帶感情，日復一日。他當然了解這自劃界線的道理，可是這種把什麼都規格化的作風，也總會有它的反效果。

也許這就是他當下決定改變作風的主因。「好吧，媽，幫我跟大家說，我愛他們。還有，我也愛妳。」

「好掰了謝謝祝你今天愉快。」她匆匆拋下這一串回答，他實在忍不住噗哧了一聲。她想怎樣就隨她吧，他對自己說。就隨她吧。此刻要迫她講什麼眞心話，感覺幾近殘忍。他掛了電話，一陣強大的傷痛猛然襲來，他差點站不穩，趕忙用手扶著牆。他得提醒自己，他又不一定眞的會死在伊拉克。光從機率來看，他還是有可能全身而退，連一點戰場上最常見的刮傷都沒有（扣掉他之前在鄉間小徑上中了炸彈埋伏的撕裂傷和砲彈碎片傷口不算的話）。他也知道，要是他眞能毫髮無傷回來，一定是件大大的好事。對他媽好，對整個家也好，或許也可以解釋成，對斐森也好。他感覺得到腦海竄起一種想法，雖不能說很清楚，卻很強烈，就是要想辦法堅強地好好活下去。當然你不付諸行動、不假以時日，不會知道結局如何——彷彿打仗的軍人有種專屬的得救之道，只要從每天的日常小事中找到熱情，就能得救，是嗎？至少，他猜是這樣吧，他是這麼想的。不管怎麼說，他都希望自己有找到答案的機會。

獵殺吸血鬼

B班又要換地方了。穿堂裡滿滿都是來躲冷風的球迷，還有些人乾脆直接離場。有些人朝B班呼喊，過來要和他們握手，但人不像之前那麼多。麥少校一直幫他們守著第七排的位子，在灑了點點冰雪的座席區中，成了孤伶伶的哨兵。比利還是照規矩坐靠走道的位子，芒果一樣坐他左邊。待幹完架與和啦啦隊員混了一陣的熱勁退去後，他們才發現自己的狀況有多衰。這代表他們全體淋著冰珠凍雨，看著悶到爆炸的第三節球賽，和對方七比七平手，然後再過兩天，他們就要飛回戰場。媽的有夠爛！芒果悶哼了一聲，彎下腰去。

「老兄，」他對比利說：「我只想睡覺。」

「嗯嗯。你耳朵現在怎樣？」

「塞伊娘的有夠痛。」芒果這句話才說完，兩人同時覺得好笑到翻。

「那個傢伙是怎樣，想把你耳朵扯下來？」

「他也沒怎樣，就是塊頭大，八成有三百磅吧？我想扳倒他，可是他腿實在粗得要命，我用單手去勾都勾不住。我那時候心裡想，喂大哥，你是沒聽過糖尿病嗎？你要不要減減肥，先別吃超大份速食餐啦。」

他們努力繼續看球賽，但節奏實在太慢，搞不懂有什麼好看。他們周圍的球迷個個都有擋風裝備，毛毯啦、傘啦，還不時可見到大垃圾袋。只剩下B班全體像放牧的牲口，唯有任憑風吹雨淋的份兒。比利拿出手機，盯著斐森的號碼。他實在很想撥通電話給她，只爲聽她預錄的招呼語。她在那段話的南方口音比實際講話時還重，母音捲舌捲得更厲害，上顎空空的，就像把超軟的德州羽毛床墊化爲口音。

「同學，我想我戀愛了。」

芒果笑了。「你要是沒戀愛，八成就是gay吧。我看到你們兩個在球場上磨磨蹭蹭的。她們會這麼做，就代表有什麼，你懂嗎？她們要真的很哈你，才會碰你。」

比利只盯著手機。

「你拿到她號碼啦？」

比利肅穆地點點頭。

「喔，幹，她肯定很喜歡你。不過我們這趟都快結束了，才遇上這種事，眞鳥。」

這句話帶來的快感與痛楚，讓比利不禁呻吟了一聲，這兩股強大的相反力量，正把他打造成某種全新的版本。球場的大型電子看板此時又打出美國英雄的圖樣，接著是震耳欲聾的電視廣告輪播，還是一樣的廣告，一樣叫人抓狂的順序。**福特卡車最耐操！**豐田！日產！豐田！日產！您在銀行需要的一切服務，我**們都有！當——滴——滴——當！**再來是賽克斯恐怖的假聲男高音：**假如你沒法讓我說嗚嗚嗚！**他唱到這邊先暫時打住，對前後兩邊的球迷說他有多愛他們，多愛五湖四海的美國人云云，接著又開唱：

究竟愛與這有什麼、有什麼關係
愛算什麼，不過就是二手情感

有人傳話過來，原來大概二十分鐘前，戴姆給賽克斯吃了一大顆煩寧，難怪現在賽克斯成了全美國最快樂的女孩兒。

比利的手機忽然響了，他嚇一跳，手機差點落地。他看了一下螢幕。

「是她嗎？」芒果問。

比利搖頭。是他不認得的號碼。鈴聲響了一陣後停了，過了一分鐘，換成有人留言的通知鈴聲。比利望著手機。他希望那留言會告訴他到底要什麼。他撥了聽取留言的號碼，凝神聽著，隨即靠回椅背，閉上眼。施洛姆會怎麼做？施洛姆肯定會回到戰場，不過那是他這輩子生命周期的宿命，他在執行戰士的這個階段，唯有完成，才能進展到下一階段。「那我在哪個階段？」比利問，有點玩笑的語氣，但施洛姆沒笑。你要眞的去做才會知道，他說。讀書、冥想、沉思、專注。要是你虛度光陰，就找不到答案。所以比利閉上眼，想像自己在農場上的樣子。很安全、很偏遠，那通留言裡面的聲音說道。**很好的地方。我們會確保你該有的都有。**在比利想像的畫面裡，他正走在小路上，穿著牛仔褲、Timberland的鞋、法蘭絨襯衫、燈芯絨外套。小路一直通往某個森林，附近還有條河。他可以聽見急流嘩啦嘩啦的聲音。林間偶爾可見河水閃爍的光影。不過這畫面一直有點斷斷續續，不太清楚，直到斐森在他身邊出現，才整個豁然開朗，變成超讚的高畫質。他和斐森在那安全的地方，過著幽靜的生活，愛得如膠似漆，一天要做個八、九次，兩人一起煮飯、看電影、帶狗兒出去散步。那畫面裡有很多狗，還有很多書，家裡堆得到處都是。他要像施洛姆那樣勤奮讀書，所以萬一哪天鳥事臨頭，他應該還有點腦袋。假如那天眞的來了——到他眞的不得不站出來爲自己說話的時候，他有斐森、有律師、有銀星勳章當靠山。他辦得到的。他會發表聲明。

絕對不再研究戰爭了。

ㄌㄨㄛㄛㄛㄛˊ ㄕㄢㄢㄢ，賽克斯繼續使出吃奶的力氣扯開嗓門高歌，妳用不著……才唱了這句，隨即轉身和第八排的球迷聊起來，說他有多愛B班，喔眞的他把這幫人當親兄弟，他不過是個佛州來的白人窮光蛋，可是至少他還有軍隊，萬歲！洛迪斯則在這排盡頭，癱在位子上睡得正熟。肩頭和雙臂罩上一層冰珠，像漫畫風格的抗屑洗髮精廣告。唇上的傷口掀起一小片皮下組織。他們前方坐了個好心貴婦，正好發現洛迪斯在睡覺，想必是覺得這場面難得一見，整個人都轉過來，想看得清楚一點。

「他是不是好可愛？」芒果說。

「天冷成這樣，他怎麼睡得著？」婦人驚呼。

「嚴格說來，他不算睡著，女士。」快克說。「他是昏過去了。」

那婦人哈哈笑起來，很酷的貴婦。她先生和同行的友人也一起呵呵笑著。

「不過這裡眞的太冷了啊。」她不解。「他難道不應該至少披個毛毯什麼的？軍方沒有發大衣給你們？」

「喔女士，別替他擔心。」快克拍胸脯保證。「我們是步兵，也就是有點像狗啊驢子的，一點腦袋都沒有，哪會管天氣怎麼樣。他沒事的，相信我，他一點感覺都沒有。」

「可是他會凍僵啊！」

「不會的，女士。」芒果也來幫腔。「我們三不五時就會給他一拳，確保他血液循環正常。妳看，像這樣。」他飛快給了洛迪斯的二頭肌一拳。洛迪斯咆哮起來，揮舞雙臂，但眼睛完全沒張開。

「看吧？」芒果笑嘻嘻地說。「他沒事的，他開心得很。跟小強一樣，打不死的！」

貴婦回身在包包裡翻找一陣，又轉回來跪在自己的椅子上，伸手幫洛迪斯蓋上Snuggie毛毯裝，就是深夜腦殘電視廣告賣的那種帶袖毛毯，在客廳看電視時，可以整個套在身上。不過在這之前，B班在洛迪斯身上放的是一張手寫標語，卡在他下巴底下，上面寫：「無家可歸的退伍軍人——願意獵殺吸血鬼換食物」。底下是：「願主祝福你的一天」，加上一張笑臉。這時牛仔隊的線鋒造成對手掉球，球連滾帶跳，停在熊隊的三碼線上，現場觀眾跟著鼓譟起來。不過裁判們也隨即聚集在邊線的螢幕旁，一邊看動作重播，一邊討論，東看西看，指指點點，又繼續討論，完全是一群拿了諾貝爾獎的科學家，致力找出癌症的突破性療法。討論結果終於出來。**在審慎評估後……**「掉球」改爲「傳球不成功」。好心貴婦團顯然覺得眞是夠了，一行人開始收拾東西準備離去。芒果提醒她別忘了帶走那毛毯裝。「喔，那可使不得。」她說，低頭對洛迪斯微笑。洛迪斯睫毛上堆著冰珠，坐得好端端地，唇上那片傷口的皮一掀一掀，像隻壓扁的小蟲。「他睡得好舒服的樣子。我希望他留著毯子。你就跟他說，是我送他的禮物。」

B班齊聲高喊：不要啦！

「妳會慣壞他的！」

「他水溝裡長大的，一點都不怕冷啦！」

「這不等於給豬戴勞力士嘛，女士。他不懂得欣賞生命中美好的事物。」

那貴婦只笑著朝他們揮手，代表「就這麼辦了」。「謝謝您！」她們一行人走出那排座位時，B班齊聲高喊。「謝謝您支援軍人！」

「這女士人眞好。」芒果說，在位子上坐定了。比利說沒錯。兩人繼續邊瞅著洛迪斯邊笑。接著芒果突然打了個冷顫，彎下腰，把雙手夾在大腿間。

「你一副要撇尿的樣子。」

「是有點那個意思。」芒果皺了下眉，還在抖，但仍坐著沒動。「你會在我們回去之前去找斐森嗎？」

「但願如此。」

「老兄，一定有什麼辦法可以跟她在一起。」

「我想不會吧。不曉得。我不想太心急。」

芒果大笑。

「不是，我是說眞的。假如是一般正常情況，我現在想的應該是約會的時候，要帶她去哪裡。想辦法上她？拜託，我才認識她四個小時耶。」

「比利，假如你還沒注意到的話，跟你說，我們的情況本來就不正常。你以爲你人跟她隔十萬八千里，只會送什麼鬼伊妹兒給她，她就會一直喜歡你一整年？**親愛的斐森妳好嗎我很好我們今天攻進一棟房子盡力殺了許多大壞蛋**。這種鬼玩意兒寫多了就膩了好不好，老兄，很快就膩了。連我們老媽過了一段時間都不願意聽了。」

「你這豬頭專門給人漏氣，你曉得嗎？」

「我只是這麼說嘛！大好機會放在眼前，老兄。你這輩子可能就這麼一次好運了，直接上吧。假如她眞是個好女孩，又想勞軍的話……」

「你這白痴。」

芒果大笑。比利手機又響了。

「是她嗎？」

「不是。」比利回道，瞄了一下螢幕。「是我姊。」

「你不接嗎？」

比利聳聳肩。鈴聲停了。一分鐘後他收到一封簡訊。

請別走。

當英雄x2。

回電給他。

拜託。

你姊愛你。

比利又撥了一次聽留言的號碼，不過這次不是要聽那男人說什麼，而是聽他的聲音，無論他嗓音的特質與起伏之間隱藏了什麼訊息。從聲音來判斷，他是白人男性，受過高等教育，中年；德州人，但用字遣詞有都市人的明快；個性剛毅，有自信，好心腸。**孩子，假如你正在考慮改換人生的跑道，我們一定可以幫你。**聲音很好聽。比利忍不住想再聽一遍，不過戴姆正從這排座位另一端急急走來，一邊排開大夥兒的膝和腳。等終於到了走道，戴姆才掏出手機，窩在比利座位旁。「賽克斯眞他媽的把我搞瘋了。」他邊說邊看自己的手機簡訊。

「還是吃藥比較好夠，班長？」芒果發話了。

「是啦，嗯，不知是因爲吃了藥，還是因爲被搞的時候嘴裡塞了球。反正他ＯＫ的啦。」戴姆說，雖然其實沒人問他賽克斯怎樣。「等我們把他帶回基地，他就會好一點了。都是這一堆……」他突然不作聲了。比利清清喉嚨。

「班長，假如你可以選擇，你會回去嗎？我是說，回伊拉克。」

戴姆抬起頭來，表情不太高興。「不過我沒得選，不是嗎？所以你這問題等於沒問。」

「可是我是說，假如你有選擇的話。」

「可是我沒有。」

「可是假設你有。」

「可是我沒有！」

「可是假設你有！」

「給我閉嘴！」

「我只是……」

「不要吵！」

比利不響。芒果瞪了比利一眼，意思是「你搞什麼鬼？」戴姆則冷哼了一聲，搖搖頭。

「你是指望我們會有選擇嗎？你是這個意思嗎？」

「呃。」比利知道自己做得過火了。「可是我們沒得選。」

「沒錯，比利，沒得選。我們得回去，而且我們都知道回去了要面對什麼。所以我們才要時時保持警戒，還要二十四小時全天互相罩著才行。不過我就這麼說吧。」他頓了一下，他手機在響。「假如我這輩子不用再打仗，我覺得也不錯。嘿。」他把手機拿到耳邊。「嗯嗯，嗯嗯。有意思。這樣吧，假如希拉蕊史旺坐他臉上，他會願意嗎？」

比利與芒果面面相覷。又是那該死的電影。

「所以如果不這樣的話，就……」戴姆抬眼看了一下計分板。「亞伯特，我們快沒時間了。」

芒果別過臉去，壓低嗓門，用西班牙語說了些很髒的罵人話。賽克斯則在這排座位另一端，嚷著新兵訓練營時的口號：**抬起你的傷兵、抬起你的死者**……

「他人就在這兒。」戴姆說，瞟了比利一眼，又聽了一會兒電話那頭的話，然後問比利：「你有空開個會嗎？」

比利笑出聲來。「我有空幹麼？當然，成。什麼時候？」

「現在。和諾姆開會。賈許會來帶我們。」

比利喉頭突然一緊。「ＯＫ。」

「好，他有空。」戴姆對手機說。「還要找誰嗎？」戴姆繼續聽著，然後咕噥了不知什麼，就掛電話了。接著好半晌，他就只是窩在椅子上，瞪著球場。

「班長，你還好嗎？」

戴姆像是猛地清醒過來。「我只是在想，有錢人眞的是腦袋有問題。」他轉頭向比利，語重心長地說：「千萬別忘了這點。」

「收到，班長。」

錢才是眞的

他們在諾姆包廂外的走道上碰見亞伯特，倚著牆、低著頭，正在用銀色的觸控筆點著黑莓機，一見他們轉過牆角走來，立刻綻開笑顏。

「嘿你們！怎麼樣？」

「跑上，跑下，四處跑。」戴姆答道。

「我們先在這裡等一等。我把進度跟你們講一下。」他望向賈許，愉快的眼神意有所指。

「我去跟歐格斯比先生通報一聲，說人到齊了。」賈許說。

「好主意。」亞伯特把戴姆和比利帶到走道上離包廂門口有段距離的地方，說：「中場表演很不錯，你們眞是給自己大大露臉啦。你們有碰到碧昂絲她們嗎？」

「哪有。」戴姆很悶。

「什麼？沒有？眞糟。那表演完之後，你們在球場上那是怎樣？看起來像什麼快閃行動。感恩節隔天，在紐澤西北邊哪個沃爾瑪超市外面鬧個幾分鐘那種？我們根本搞不懂是怎麼回事。」

「沒什麼。」戴姆說。「男生不就這德性。」

「有人找你麻煩是不是？」

戴姆看看比利。「有什麼人找我們麻煩嗎？」

「相對來說，沒有。」比利答道。

「這小子有前途啊。」亞伯特對戴姆說。「好了兩位，現在情況是這樣。」他先打住，對路過的一對男女微笑，等那兩人身上的毛皮與喀什米爾羊毛的窸窣聲消失在走道盡頭，才道：「諾姆要加入。他想找一群人來投資拍片，不過還不止這樣喔。這麼說吧，他覺得開竅了，你們今天眞的刺激他想了很多大目標。他決定組一個自己的製作公司，開始拍電影。」

「這樣也好。他那個美式足球隊有夠爛。」戴姆說。

亞伯特冷笑一聲，前後打量走道。「顯然這想法他琢磨一陣子了，我們又在這節骨眼上出現，他想說，這應該是上帝的旨意，要他採取行動了。老實說，有何不可呢，片廠對風險是能避則避。有人自己帶著產品和錢上門來，在這年頭的好萊塢，可是搶手得很哪。」

又有幾對男女走來，他便打住了。有個男的朝戴姆「啪」地打了個響指。

「嘿，中場表演很讚啊！」

戴姆回以響指。「嘿！你也不賴啊！」

亞伯特等這些人都走了才開口：「他自己跳進去，對我們有好處，我們四處去提案的時候，背景也會好看得多。如果拍完一部片就散了，那你等於還是無名小卒。可是假如他們知道你是個公司，會一直拍片呢？這樣他就更有理由，用這部片代表他組公司的決心。總之呢，只要我們的案子談下去，等他把公司組起來，我會把我的優先權轉給那間公司，等我們談好全套條件，公司行使權利，你們拿到錢，我們就正式進入拍攝作業。」

「酷。」戴姆說。

「我需要你們同意，把權利轉讓過去。」

戴姆遲疑了一下。「不過你還是我們的製作人。」

「那還用說。」

「那希拉蕊史旺那件事怎麼辦？」

「他還是對希拉蕊滿有意見的，不過我們自有辦法應付。有很多種辦法可以應付。相信我，有她加入，對我們只有好處。不過先聽好了。」亞伯特用拳頭蓋住咳嗽。「你們得先曉得一點，諾姆要加入，不過他對取得權利的價碼有點問題。」

「什麼問題？」

「多少的問題。每名B班成員十萬塊，B班有十個人，這等於一開始就有個大麻煩。我們已經打算爲劇本砸個五十萬，然後又要找希拉蕊、克隆尼等級的主角，這可要花上好幾百萬。」

戴姆轉臉向比利。「所以就從我們身上摳。」

「不不不！」亞伯特大喊。「不不不不，大衛，你要有點信心好嗎？我們都一起走到這一步了，你以爲我會選這個節骨眼丟下你不管？大衛，大衛，你的人就是我的人，我們要麼就一起衝到底，要麼就一起倒大楣。我剛剛在裡面就是這麼跟他們說的，不過我也不會呼攏你，諾姆不是聖誕老人，不必要的錢，他一個子兒也不會出。他，他們這票人，他手下隨便哪個人——聽著，這些都是生意人，好嗎？他們的想法很直接，本來是怎樣就怎樣。他們是建議只要和你們兩位談就好。他們覺得你們的故事才是主要元素，其他的人，則是，嗯，附帶的。我說我會先跟你們說明，不過……」

「不要。」

「……嗯嗯，想都不用想，我是這麼跟他們說的。我說B班人最講戰士規矩，絕對不會丟下自己人。」

「他們根本不……」

「我當然知道！不過你也得了解一點，我們要面對的，就是這種心態的人。一切講求精簡化、講資本回收，那堆企管碩士的屁話，不過我想他們應該曉得我講的重點。要麼就B班全上，要麼就沒B班，沒有中間地帶。」

「媽的就這意思。」戴姆低吼，音量正好讓走道上幾個打雜工吃吃笑起來。

「大衛，別激動。」

「我心情可輕鬆的咧。比利也是啊，是不是，比利？」

「沒錯，班長。」

「你們再撐久一點，我會幫你們談成目標。現在他們提的條件是，嗯，你們把錢延到後面再拿，變成從電影抽一個百分比的淨利。等行使拍片權的時候，你們可以拿到預付金，然後等正式拍片了，還會拿到一筆……」

「多少？」

「……大衛，先讓我講完，拜託。聽著，現在這只是個大概數字，要是這片子有我想得那麼成功，你們會拿到的應該比十萬塊多很多，只是你們要耐心等一段時間。我兩個星期前去談預付金的時候，想的是用片廠的錢；但現在我們要獨立拍片，這就完全是另一回事了。董事會會砍預算，所以大家通常最後都是抽某個百分比的淨利。就連大明星，只要片子感覺對了，也是抽成呢。」

「好，我懂你意思了。那是多少？」

「嗯，一開始當然不多。行使拍片權的時候，從獲利抽五千五出來吧……」

戴姆喉頭傳來一陣吞嚥聲。

「……不過等開始拍片了，你會拿到第二筆預付金。」

「我他媽的只有五千五？」

「我曉得，你想的不是這個數……」

「當然不是！」

「……可是你會拿到第二筆……」

「多少？」

「嗯，我們還在談，不過通常這和製作預算綁在一起。預算愈多，你的預付金也愈高……」

「我們不是這樣談的，亞伯特。你說預付金就會有十萬塊。」

「我是這麼說過，因爲我對你們的故事就是這麼有信心，而且，我還是覺得我們可以一舉成功。聽著，兩個星期前，我以爲會有不同的電影公司開條件，畢竟有那麼多關於你們的報導一直進來。可是後來有幾間公司回絕我們，羅素克洛也說不要，這實在滿傷的，而且新聞的熱潮一下就過了。我得老實說，也許我一開始太高估自己了，讓大家期望這麼高，結果現在又得重新調整心態。再加上打仗讓票房數字不太好看，我不是說過，這可能是個問題嗎？所以我們也得克服這一點。我曉得，五千五和我們之前講的數字相比，聽起來是很爛，不過像你們這樣的年輕人，領陸軍軍餉的年輕阿兵哥，這個數字也不無小補嘛，是不是？」

「亞伯特，別跟我講這種屁話。」

「大衛，我只是想讓你把事情往長遠來想。這是種股權，你就把它當股票、認股權，你先把一大筆要先付給你的錢往後延，之後就有機會拿到眞正的錢。而且你們還等於幫忙一起打造事業，這就是股權的意義。假如公司賺錢，你也賺錢，如果談成了，你等於是在『傳說』擁有一切法定權益的合夥人……」

「等等，剛剛那是什麼名字來著？」

「傳說。諾姆想給公司取這個名字。」

「我的老天爺，媽的他連公司名字都取好了？」

「你最好相信他已經取好了，而且，這很棒啊，我可不想跟成天打混、只會抓蛋蛋的傢伙合夥做生意，你們也不應該和這種人做生意。他可是隨時準備動手的，我是說諾姆啊，說開槍就眞的會媽的扣扳機——你還看不到這件事的意義嗎？你知道在我的世界裡，這種事發生的機率他媽的有多低嗎？這一行的人，要過八百年才會眞的跟你說『不』，害你等都等到死。就只會說**我再回給你，我再回給你，我再回給你**，不管誰都一個德性，怕出狀況，怕得要命，寧願切一個臂，都不願意眞的做決定。所以現在我們人在達拉斯，見到這傢伙，他評估一下狀況，轟，他決定馬上行動。我倒不是說你非得喜歡這傢伙不可，不過你不得不佩服，這傢伙確實有那個力量，說幹就幹。」

佩服，比利幾乎可以聽見B班不以爲然的反應。戴姆則把頭緩緩左搖右晃，一副很痛苦的樣子。

「不過，亞伯特。」

「怎樣？」

「你說他們很愛我們。」

「我是說過，大衛，不過那是兩個星期前的事。大家都要繼續往前走，把重心放到別的事上。」

「所以你的意思是，我們拿到的條件，最好的也就是這樣？」

「大衛，我的意思是，我們手上只有這個條件。」

「諾姆知道這點嗎？」

亞伯特聳聳肩。「他知道我們有跟一些人談。」

「所以他的條件基本上就是，一個人五千五。他就開這麼多，也不保證我們還有別的什麼可拿。」

「大衛，你要保證的話，去買個微波爐吧。在我那個世界，除非你大名叫湯姆克魯斯，否則沒有保證這回事。」

戴姆嘆了口氣，接著轉向比利發問，害比利皮都繃緊了。「你覺得呢？」不過比利還沒開口，在他們和諾姆的包廂之間，一扇完全沒標示的門突然打開，瓊斯先生探身出來。

「瑞特納先生，第三節快打完了。」

「謝謝。我們馬上進去。」

瓊斯先生回房去，但給門留了一道縫。亞伯特回頭望著戴姆和比利，壓低嗓門：「兩位，你們跟我說接下來想怎樣。是要進去和他們談呢，還是我就直接在門外喊，謝謝再聯絡？」

「不要。」

「不要怎樣？」

「這感覺爛斃了。」戴姆對比利說。

亞伯特對他倆咧開超大的笑臉。「一直都是這樣，兩位，一直都是這樣，只是程度大小而已。只要沒搞到痔瘡流血，你就該感恩了。」

「假如我們說不要呢？他那個超級製片公司，想拍的那些電影，該怎麼辦？」

亞伯特臉一垮，笑容不見了。「我覺得他打算繼續進行。感覺他已經打定主意了。」

「你也會參與嗎？」

亞伯特把嘴微微一噘。「呃，我每個機會都得考慮呀，否則不就太傻了。」

「亞伯特，你這王八蛋。」

這位見過大風大浪的製作人，連眼都沒眨一下。「大衛，我確實幫你談到條件了。如果你覺得你能談到更好的，我們就進去和大老闆談。」

「好吧，管他去死的。我們就進去談吧。」

比利說他在走道上等就可以，可是戴姆狠狠瞪了他一眼，瞪得他無地自容，只好一起去。瓊斯先生正好站在門的另一面，幫他們把門關好、鎖上。一進門，走下幾級階梯，便進入一個燈光昏暗，天花板壓得很低的狹小空間，裝潢得很像洗車場的等候室。這裡是球隊老闆包廂隔壁的超私人空間，男人專屬的場地，充斥著汗味、燒焦咖啡、雪茄餘味的大雜燴，加上某種脹氣的味兒（搞不好是放得太久的冷盤肉）。房間裡的人無不轉頭對戴姆和比利微笑。「兩位先生！歡迎來到戰情室！」某人突然高喊，還有人把他們推到前面，請他們坐下，又端上點心茶水。嵌在牆上的電視播著球賽，主播像籠中的鸚鵡聒噪個不停。房中的某個角落有個小吧臺。諾姆和兩個兒子坐在和落地窗等寬的長桌前，桌上零亂地放著筆記型電腦、報表、活頁筆記本、瓶裝水、運動飲料等等。比利等眼睛適應了室內昏暗的光線後，才發現放眼望去，完全沒有酒精的影子。兩名牛仔隊高階主管忙進忙出，都是大塊頭，走起路來像會絆到褲腳似的，想是從載貨工人一路做到高階主管的那種人。瓊斯先生坐在吧臺高腳椅上，身上還是穿著西裝外套，扣子扣得好好的。其他人則早已拉鬆領帶，捲起袖子，只有賈許例外，他正在房間另一頭當他的模特兒。

戴姆要了咖啡，比利說他要一樣的。端坐高級人體工學辦公椅上的諾姆，轉過來面向他倆，揉揉眼，往後一倒，在第三節結束時，朝計分板瞄了最後一眼。

「抱歉燈光有點暗。」他說，頭朝天花板比了一下。「比賽的時候，我們都不開燈，否則這裡會很像魚缸。從螢幕上看到自己盯著電視上的自己看，看了就火大。」

「或者說，剛好看到自己在裡面『辦事』。」某個高階主管接口。「倒不是說眞的發生過喔。」

這句話引起哄堂大笑，諾姆搖頭。「我們想讓這裡至少還維持在限制級的程度。」

「能看到房間裡面的人沒幾個。」自稱吉姆的高階主管說。「兩位先生，這可是我們內部聖地喲。外面有很多人不計代價也要進來，坐你們現在坐的位子。」

「你應該收個入場費。」戴姆說，又引得哄堂大笑，只有他自己沒笑。

「我不確定今天會不會贏球。」諾姆說。「今天打得不算很好，眞可惜。我還眞希望能好好表現一下給你們看。不過說不定我們第四節還有機會。」

「史丹豪瑟如果能多幫四分衛擋一下就好了。」那個講「辦事」的主管說，現場一陣苦笑。諾姆轉頭問兒子：

「史奇普，瑞迪克今天持球幾次？」

史奇普看了一下筆電。「十九次。推進三十四碼。」

屋裡有幾處傳來不以爲然的「呃」聲。「他玩完了，教練。」吉姆說。「把巴克納換上去吧，至少換雙新腿用用。」

手。」

「他又沒有空檔可以進攻，有差嗎，」「辦事」主管表示意見：「我們要的是多加強進攻線鋒的人

諾姆眉頭一蹙，喝了口斐濟礦泉水。史奇普遞過來一張剛印好的報表，諾姆邊看邊大聲念出第三節的數字。有名侍者從邊門進來，門開處露出一角主包廂的樣子。那邊開趴開得正熱鬧，而這裡則是尋常辦公室漫長的一日。比利接過咖啡，喝了幾口，覺得還滿喜歡這裡的氣氛。這裡地方小，讓人有最原始的安全感，像蹲在營火堆旁，那種融洽好像是男性的專利。此處彷彿就是他踏破鐵鞋尋尋覓覓的終極避風港，一如窩在洞裡，還有專屬小圈圈的親密感，令人格外安心。他很想把戰爭整個從腦海掃出去，盡情幻想，假裝自己可以永遠在此生根，哪怕只有片刻都好。

「我們今年碰到的防守組都很難纏，今天也不例外。」諾姆說，或許是在爲球賽後的記者會預先排練。他把報表擱到一邊，隔著兩名B班人，對亞伯特喊話。亞伯特刻意選了一個B班人看不到他表情的位置坐。

「亞伯特，你跟兩位小朋友講了我們對那片子的計畫沒？」

「當然講啦！」亞伯特很起勁地回答，但明顯做得太刻意。

「您要成立電影公司了，眞是恭喜。」戴姆開口。「聽起來相當厲害的樣子。」

「謝謝你，班長，非常感謝。我們已經盤算好一陣子了，現在整個計畫眞的開始動起來，我們都很高興，十二萬分的高興。當然，這會是個挑戰，不過有亞伯特在，我覺得機會很大。還有，能把『你們的』故事搬上銀幕，我特別開心。我現在就跟你們保證，我還是要再次強調這點，我們會盡一切力量。你隨便問這裡哪個人就知道，只要我決定做什麼事，一定是幹到底。」

「諾姆最愛自己的工作。」「辦事」主管說。

大家都笑了，諾姆咯咯笑得像個小男孩，顯然不在意有人冷不防損一下他這個有名的工作狂。諾姆藍澄澄的雙眸流露著深度、誠意，還有急切想征服、想爭取認同的心情，在在讓比利深深感動。他如此貼身觀察諾姆，實在很難想像諾姆有別人說的那麼刻薄。

「我對你們的故事很有信心。」諾姆對這兩名B班人說，同時只快快掃了球場一眼。「而且我也相信，這個故事對我們國家會有很好的影響。這個故事講的是勇氣、希望、樂觀進取、熱愛自由，這些個激發你們年輕人從軍報國的美德，而且我認爲這部片子能大大重振我們打這場仗的決心。老實說吧，現在很多人覺得這仗打得很洩氣。我們只能稍稍牽制住叛軍，卻搞得自己死傷人數增加，物價狂漲，有些人當然就覺得玩完了。他們都忘了，我們當初幹麼要上戰場——我們幹麼打這場仗？他們忘了有些事，值得你拚命爭取，這就是你們的故事、B班的故事，會這麼動人的原因。好萊塢那堆人如果不願意上場打擊，嗯，那我很樂意代打，非常樂意。我非常願意扛下這個義務。」

史奇普看電腦看得出神。諾姆另一個兒子（是叫塔德？還是崔？）剛剛也把辦公椅轉過來聽他爸講話，不過這會兒他正忙著打簡訊。吉姆在吧臺倒汽水。「辦事」主管倚著牆，邊吃三明治，邊跟著他老闆的一番話不住點頭。

「反正我對好萊塢也滿懷疑的。」諾姆說。「尤其是他們那些個政治手腕啦，那整個文化的心態啦，還有他們鼓吹的那些個觀念？像找希拉蕊史旺這件事——對，我知道她是個很棒的女演員，我也確定她會演得很好。可是你找個女人當主角，給人家的印象不就整個弄擰了嘛，我是這麼覺得啦。這是個關於『男人』的故事，男人保家衛國的故事，抱歉，就是這麼回事。」

「可是，希拉蕊還是很合適的人選。」亞伯特突然插嘴，大夥兒都笑了。

「當然，當然。」諾姆附和，咧嘴一笑。「我不是說她不適合。假如請她來演，對片子有幫助，那當然就請她來。我對拍『好片』沒興趣，我要的是『傑作』，讓大家過了一百年還想看的經典。我要一部可以登上美國影史最佳影片的片子。」

此話一出，似乎大事底定，直到戴姆開口毀了這一切爲止。

「你憑什麼覺得你辦得到？」戴姆問，語氣滿是嘲弄奚落，下巴一揚，像要趕走什麼討厭的東西。比利日後回想這段經過，記得現場好像有人突然倒抽一口氣。史奇普從電腦螢幕轉過頭來，緩緩闔上筆電。塔德目瞪口呆，按著簡訊的手指僵在半空。吃三明治吃到一半的「辦事」主管，整個停了咀嚼。

「你說什麼？」諾姆震驚之下的微笑感覺不太眞實，嘴角整個拉到耳朵。

「你辦得到嗎，你能做出成果嗎。你想用五千五百塊錢買我們的故事，光聽就覺得實在很鳥。我們用同樣的價錢，賣給誰都可以，我阿嬤去一趟提款機，也可以拿到這個錢。恕我直言，歐格斯比先生，你要用行動證明你是認眞的，證明你確實願意跳進來，當玩家。」

諾姆臉上還是掛著驚異得似笑非笑的表情，坐回辦公椅，緩緩把雙臂抱在胸前。他先望望兩個兒子，再看著兩名高階主管，這些人彷彿因此接收到什麼神祕的訊號，居然同時爆出狂笑。

「你看看你身邊這些人，孩子。」諾姆說著，溫暖而憐憫的眼神射向戴姆。「你自己看看，想想自己看到什麼。然後你再跟我說，我算不算個玩家？」

比利很清楚，假如他是戴姆，他此刻八成就投降了。這些有錢有勢的男人釋放的暗黑力量太強，畢竟他們有主場優勢，加上諾姆慈愛的藍眼、對晚輩的寬容、讓人不由臣服的自戀，這整個氣場實在強大，令人難以招架。比利盼著亞伯特能說點什麼，把他們從墜入氣場的邊緣拉回來，但戴姆節節進逼。

「先生，我能坦白說句話嗎？」

諾姆笑笑，兩手一攤。「還差這句嗎？說吧。」

現場又一陣笑聲。比利只覺汗水已在背脊末端匯湧成池。戴姆到底是計畫好發難，還是臨時起意？就隨機應變吧，比利的自尊心突然高漲到破表，他下定決心永遠追隨班長，哪怕下十八層地獄也甘願。

「有人跟我說，要拍我們的片子，大概要八千萬元的預算。我說得對不對？亞伯特？」

「理想的話是這樣。」亞伯特在他倆另一端發話。「拍部一等一的戰爭片，大概六千萬到八千萬。」

「那可是大把銀子。」戴姆說，背對諾姆。

「沒錯。」諾姆點頭。

「所以，錢從哪兒來？」

「啊。」諾姆輕笑兩聲，望望兒子。「史奇普，跟我說說，錢從哪兒來？」

「資本市場。」史奇普立刻接道，不過在轉向戴姆說明時，有那麼一丁點以上對下的姿態。「銀行、保險公司、避險基金、退休金計畫，外面有很多錢要找可以投資的去處。假設經濟狀況好的話，我們覺得可以讓『傳說』用一連串私人募股的方式，募個三億、三億五千萬，大概可以維持一年半吧。之後如果需要的話，再找資金進來，或許看各個案子的情況再找錢。」

「『奇異融資』一直來拜託，想投資我們哩。」塔德說。

「沒錯，這還不包括個別的投資人喔。光是我們隔壁這些朋友，」史奇普把頭朝主包廂揚了揚。「我敢說，只要爸過去喊一聲，球賽結束之前，拿到兩三千萬不是問題。」

「我們有管道。」諾姆耐著性子對戴姆說。「募集資金的經驗也非常豐富。我想你甚至可以叫我們……」他頓了一下，笑道：「玩家。」

「是，先生，我很瞭解您的意思。您講的數字是滿大沒錯，不過恕我直言，先生，給我B班的弟兄每人五千五百塊，實在好像有點……少。」

「亞伯特，他們曉得我們這整個條件的架構嗎？」

「我跟他們解釋過了。」亞伯特刻意回得沒半點情緒。

「那表示你很清楚……」諾姆對著戴姆和比利說：「你們的五千五只是預付金，對吧？我們當然可以付你一大筆錢，但這也表示要把你們的片子拍出來，就更難了。我們需要最大的彈性把整個案子包裝好，而要請你們答應的，或者說需要你們幫忙的，就是用股權來代替現金。你把故事的權利交給我們，就等於擁有這個案子的所有法定權益，也就代表賺錢的時候，你們會和我們一起分……」

「也包括賠錢的時候。」戴姆接口。

「當然，當然，賠錢的時候。風險當然有，什麼投資都有風險。可是你的風險並沒有比其他投資人高，連我也要擔風險。」

「歐格斯比先生，恕我直言。我們是軍人。我們覺得冒的風險已經夠多了。」

「我當然對這點很小心，不過現在我們講的完全是不同的領域。假如我們要向未來的投資人推銷這個案子，它賣相一定要好。以我們現在的能力，沒辦法先砸大錢要你點頭。」

諾姆把辦公椅轉到球場方向瞄了一眼，比利這才明白，招待他們的主人，希望在第四節開始之前和他們談定。不過為時已晚，球員們紛紛回到場上。「我相信，你一定會了解，」諾姆說著，又把臉轉向戴姆和比利：「這件事比錢的意義大得多。我們的國家需要這部片子，而且眞的很需要。我實在不覺得你們是故意擋著不讓它開拍，尤其我們已經投入了這麼多。我自然也不想當那個擋路的人。」

「我們了解，先生。我可以跟您保證，萬一有什麼不好的情況發生，我們B班已經有承擔全部責任的心理準備。」

諾姆朝高階主管們使了個眼色。比利看得出他差點浮現的笑意。諾姆顯然樂在其中。這屋子裡的權力天平幾乎是一面倒，比利雖不能明確說出是怎麼回事，也知道這屋裡確實不對勁，但沒有人開口。

「班長，」諾姆說：「我們開的條件就是這樣。我聽到的是，你們目前手上只有這個條件，而現在，嗯，你們又要回伊拉克去。你難道不想在回去之前談妥這件事嗎？至少有個東西能代表你的努力、你的犧牲、你爲國家做的偉大貢獻？數字或許不如你原本預期的那麼多，不過我想大多數人都會同意，有總比沒有好。」

「有，當然好。」戴姆答道。「有，當然很好。不過這，」他突然說不出話，哽咽地倒抽了一口氣。「這實在，我不曉得，這實在太可悲了，先生。我們還以爲你滿喜歡我們的。」

「可我眞的喜歡你們啊！」諾姆大聲回道，猛然起身。「我確實很喜歡你們！我愛死你們這些年輕人了！」

戴姆把雙手覆在心口。「看到沒？」他故作極度感動狀，對比利說。「他眞的喜歡我們耶！喜歡到直接拿我們開幹咧！」

亞伯特立時走來，掛著怒氣沖沖的微笑，叫戴姆和比利趕快起來，又跟諾姆說需要找個地方，讓他跟他的「兩個男生」好好談談。歐格斯比團隊雖然看來還算鎮定，但戴姆顯然已經惹他們不痛快，他已經踰越了該有的分寸。瓊斯先生三兩下便把他們帶到走道，進入某間小房間，裡面完全沒有窗，不過有半套衛浴。比利覺得這裡有點像按摩紓壓的小室，擺了張幾乎被抱枕淹沒的沙發床（這或可稱之爲「法式風情」）、幾張皮面鋼管的椅子、一張按摩床、長毛波斯毯。無所不在的電視高懸牆角，不過是今天唯一一臺沒有打開的電視。瓊斯先生躲進洗手間看了一眼，又繞著按摩床走了一圈，像是先檢查有沒有竊聽裝置。

「嘿，瓊斯先生，這地方有被竊聽嗎？」戴姆問。「有竊聽也沒關係，我只是問問。你覺得有嗎？」他又問比利和亞伯特，瓊斯先生則一言不發走人。「我敢打賭一定有，靠，肯定有偷拍。我敢說這房間一定是諾姆白天召妓用……」

「大衛，你冷靜點。」

「……哼哼，你看這些設備。」他撫著沙發床，又用力坐下，用屁股測試它的彈性。「這裡坐的當然是有錢人的屁股啦。我敢說他有裝什麼偷拍……」

「冷靜一下好不好，大衛，拜託……」

「……最變態的總是這些大富翁……」

「……你閉嘴好不好，大衛，拜託，拜託你他媽的閉嘴行不行？拜託？好不好？可以嗎？拜託？謝謝！」

戴姆坐在沙發床邊緣，故意坐正了蹺起二郎腿，朝比利望去，哈哈大笑。亞伯特看看比利，翻了個白眼。比利則坐在洗手間門邊的皮椅上，盡可能遠離火線。

「你居然加入他們團隊？」戴姆咆哮。

亞伯特一副要發火的樣子，像頭灰熊。「那當然啊，如果想把你們的片子拍成的話。」

「他是王八蛋。」

「講這種話有什麼用？這就是談生意，你每接一通電話，就會碰到個王八蛋。不要當小屁孩惹人厭，認眞把這件事談好行嗎？」

「喔，天啊，亞伯特，眞抱歉。眞的很抱歉，我們竟然破壞了你才剛建立的合夥關係。」

「你自己講嘛，大衛，你覺得你自己是個玩家嗎？你想當玩家，就最好學著講話放尊重點。你剛剛在那邊說的話——聽著，就算你不爽，也不可以使性子亂來，尤其是你想把案子談成的時候。你可以抱怨、碎碎念，跟人吵，都可以，但你就是不可以只因爲不爽，搞得什麼都完了。」

「你自己之前還不是抱怨一大堆。」

「那不一樣，我自己知道分寸。有些片廠的人喜歡有人跟他嗆聲，可是你現在做得太過份了。諾姆大可不必忍受你這樣胡來。」

「諾姆可以舔我粉嫩小屁屁上的每顆青春痘。」

「喔，好，很好，太好了。我有講，你沒有在聽嘛。這樣好了，比利應該可以代表整個B班。你呢，大衛，你留在這裡，長點腦袋。我和比利回去代表B班和他們談。」

「我不要回去談。」比利說，不過現場沒人理他。戴姆舉起手來。

「好吧，好吧，OK，停戰。OK。」戴姆深吸一口氣。「亞伯特，你只要告訴我——諾姆是不是要我們？他是眞的需要這樣整我們，還是他就是個穿西裝的混蛋，想怎樣就怎樣？」

亞伯特倚著按摩床，抿緊唇，想了一陣。「兩者大概都有吧。我覺得他對你們絕對可以更好的。五千五眞的很少。不過你有股權。」

「那個也是他耍我們的吧，我看他這人就有這種感覺。要是他想從前面搞我們，也一樣會從後面搞，這人就是這樣。」

「他是很難纏沒錯，這我可以跟你打包票。不過如果你想跟諾姆鬥，你最好先穿上護具，不過聽好了，結論是什麼？結論就是他和我們一樣，希望這筆交易談得成。所以我們就盡量讓他願意談下去，等他累了，自然會改變主意的。」

「要是他故意跟我們拖時間就不行。你也聽到他說的了，他曉得我們不爽的是什麼。我們可沒法愛待多久就待多久。」

「嗯，反正我一直覺得你們要出發的時間，多少是人定的規矩。總之簽名也可以傳眞，用電子郵件寄也行。」

「我們要是死了就不行了。」

亞伯特抱著雙臂，悶悶不樂地盯著鞋看。比利腦海中忽地閃過一個驚人的畫面——大塊頭的老亞伯特，獨自站在大雨的球場上，垂著頭，駝著背，雙手插在口袋裡，眼淚滾滾而下。他從沒想過，他們這位製作人搞不好還眞的流得出眼淚。

「那這樣吧，」戴姆提議：「我們拿槍指著他的頭好不好？」

「噢大衛，快別這麼說。」

「哼，怎樣，把老兵逼到極限了就是這樣，喔耶！誰都有自己承受的極限。」

「他只是鬧著玩的啦。」比利忙對亞伯特說，同時望望戴姆，看看自己到底有沒有說錯。

「誰都會說支援軍人，」戴姆低吼：「支援軍人，支援軍人，是啦，我們他媽的都以軍人爲榮啦，可是一講到錢呢？一旦有人要爲前線軍人掏腰包呢？突然之間大家預算都好緊喔。光說好話沒有用，我瞭，不過你馬幫幫忙。講好話有屁用，有錢才敢大聲，我們這國家就是這樣啊，各位。我怕的就是這個。我覺得我們都應該擔心這一點。」

亞伯特眨了下眼，不確定該不該把戴姆後半段的話當眞。「大衛，我只能跟你說，我們要敲定這筆生意，只有一個辦法，就是繼續和這傢伙談下去。他條件都開了，要是你不滿意，就再提個條件，看他反應如何，就是這樣談。不過你得先把情緒放到一邊，重點是談成，好嗎？你想幫弟兄們多弄點錢，沒有別的方法。」

「我要打給他們。」戴姆說著掏出手機。

「打吧。我去小便。」

亞伯特一踏進洗手間，比利便換到另一張椅子坐，免得聽見他尿尿。戴姆打給阿呆，比利側耳聽著，只聽得阿呆的反應和戴姆一樣，都是翻來覆去同樣那幾句。**搞什麼鬼**？清楚地從手機另一端傳來，還有**去他的**、**見他的大頭鬼**、**去他媽的王八蛋**。戴姆要阿呆去調查班上弟兄的意見，結果大夥兒紛紛開砲，活像進了屠宰場的牛，扯開嗓門慘嚎。比利拿出手機，打開，才發現凱瑟琳打來過，還有一個他不認得的號碼，加上凱瑟琳一通簡訊：

幫你派車到德體場
打給他約碰面

進車去就好

戴姆掛了電話。「他們說不要。」

「我聽到了。」

戴姆把手機放回口袋。「你覺得呢，比利？你覺得我們該怎麼辦？」

比利閉上眼，努力想把今天發生的一切串成邏輯清楚的思緒。結果就在他進入全神貫注的境界時，倏地殺出一陣馬桶沖水聲。

「他說錯了。」

「誰說錯了？」

比利睜開眼。「諾姆。記得他剛剛說的嗎，你們應該接受，因爲反正你們手上只有這個條件，有總比沒有好？不過我覺得不對。我認爲，有的時候，沒有比有還好。我是指，我寧願什麼也拿不到，也不願意讓這傢伙把我當奴才一樣使喚。再說……」比利四下打量，壓低嗓門，一副這房間眞有人竊聽的樣子：「我就是滿討厭那個狗雜種。」

不曉得爲什麼，他們倆突然覺得這句話太爆笑。亞伯特從洗手間出來時，只見兩個B班人笑得像兩隻狒狒。

「抱歉，老兄。」戴姆對他說。「五千五搞不定。B班全體一致同意。」

亞伯特擺出一張撲克臉。「好吧，那要怎樣才能搞定？」

「預付十萬塊，然後我們絕對不再煩他。他可以把那些個很讚的股權自己留著。」

「各位，我以爲你們好歹會讓一下。要不然我們……等一下。」他的手機響了。「說著說著就打來了。等我……是，諾姆。」

比利坐在椅子上沒動，戴姆在沙發床上，兩人一起聽著。

「你開玩笑吧。」

「你不是說眞的吧。」

「你可以這麼做嗎？你憑什麼……」亞伯特笑歸笑，但表情可不開心。「國家什麼？你說眞的？我聽都沒聽過……老天，諾姆，至少給我們一個機會吧。至少你可以聽一下我們商量之後的結果。」

「五分鐘？」他望向戴姆和比利。「你們知道有個魯斯文將軍？」不過在他倆沒來得及回答之前，他又繼續講手機了。

「諾姆，我眞的覺得你沒有必要這麼做。如果你能……」

「我當然知道這不只是錢的問題。那還用說嗎？他們當然也了解。他們可是賣命啊，每……」

「好吧。我想是吧。我想我們就再看著辦吧。」

亞伯特掛了電話，把手機放進外套側袋，再望向B班這兩人。他俯視他們的那個神情，實在很像他倆已經進了棺材，他在蓋棺前要再看最後一眼。

「怎啦。」戴姆問。

亞伯特瞇起眼。戴姆會開口，他反而有點嚇到。「未免也太神了。」他說。「他們把你們的指揮系統也扯進來。諾姆顯然和國防部什麼次長還什麼鬼的是好麻吉，他叫那傢伙打電話給你們在胡德堡的長官。他說他已經跟魯斯文將軍通過話，那將軍再過幾分鐘就會打電話來跟你們談。」亞伯特搖搖頭，嗓音有點發顫。「我想他們是要叫你點頭。」他看著戴姆和比利。「他們居然可以這麼幹?」

B班人當然心知肚明,軍隊向來是想幹麼就幹麼,不管軍人宣稱自己有什麼權利,都會給擱到一邊,用個「附帶」的大帽子一扣,也就是說,等一切爲時已晚之後,才會有人來處理。瓊斯先生來帶他們回包廂,但那邊的人倒是很客氣地招呼他們,幾乎到了親切的地步。同樣端來點心茶水,請他們坐到同樣的位子。「大事不妙。」塔德說,指的是顯示比數十七比七、熊隊領先的計分板。「抄截後掉球。只剩兩分鐘,我們還差十分。」

「辦事」主管冷哼一聲。「等這場打完了,我們要派搜索隊,去找溫尼的屁股。」

現場一陣酸溜溜的笑聲。

「喬治是搞什麼鬼,幹麼老是讓布蘭特在中間接球?他以爲他會阻擋還是怎樣?」

「從春訓我就沒看他阻擋過誰好嗎。」

「還是二〇〇一年的春訓咧。」

又是一陣笑聲。諾姆將耳機放到一旁,把椅子轉向戴姆和比利。「今天手氣很背。」他勉強笑了一下。

「是。」戴姆冷冷回道。

「我不喜歡輸,我不喜歡很多東西,輸也一樣。我老婆總說我老是想著贏,想得都上癮了。我想她沒說錯,結婚三十八年了,她還在叫我要冷靜、冷靜。可我冷靜不下來,我就是需要這種刺激。我寧願把小指頭剁下來,也不願輸。」

「我們早在六月就知道,今年這球季會很拚。」吉姆接口。「艾密特走了,接著是慕斯、傑,要找到能像他們一樣厲害的人很難。你失去了這種最核心的……」他突然發現其實沒人聽他說話,就沒再說下去了。

「我想你們現在大概對我一肚子火。」諾姆說，戴姆和比利卻一語不發。諾姆就這樣望著他們好一會兒，點點頭，像是很欣賞他們兩人的沉默策略。

「我也不怪你們。」他接著說。「我知道，我下手是比較重，不過我的直覺告訴我，一定要把這事兒搞定。這片子非拍不可，而且現在就得動手，理由我們剛剛也都講過了。要是一切如我所想的那麼順利，你們幾個接下來就可以享福了。我想過不了多久，你們一定會感謝我……」

房間某處的電話響起。瓊斯先生接起來，講了幾句，便把話筒拿給諾姆。是將軍打來的。戴姆兩眼發直，像是望向遠方。他應該已經屏息了好一會兒，因爲比利此刻可以聽見他慎重地深深吸氣，再轉爲精密調校過的穩定氣流噴出鼻孔。這時諾姆和將軍正在進行高層人士等級的談笑，謝謝他撥冗打電話來啦、祝他感恩節快樂啦、邀他找個什麼時候來看球啦。當然當然，哈哈，我們會盡一切力量，想辦法贏場球給你看啊。戴姆倏然起身，彷彿將軍眞的走進屋內一樣。諾姆抬眼看去，也發現戴姆這舉動很怪。比利確實很怕他的班長打算做出什麼驚人之舉，不過戴姆只是站在原地，靜靜等諾姆把話筒遞給他，軍人優良的紀律展露無遺。

「戴姆班長。」諾姆的笑意比一般應對的禮儀還多了幾分，或可說是打勝仗的得意表情。高高在上，既往不咎的表情。「魯斯文將軍要跟你說話。」

戴姆接過話筒，走到房間後面的暗處。賈許往旁邊挪，給戴姆一點空間。過了一會兒，比利也起身走到房間後面，不爲別的，只想離他的班長近一點。他站到賈許附近，賈許丟給他一個無比同情的眼神。整間房間不由凝神傾聽。

「是，長官。」戴姆明快地回道。

「是，長官。」

「沒有，長官。」

「我瞭解，長官。」

接著戴姆足足一分鐘沒講話，這時熊隊又得分了。史奇普和塔德把筆一摔，但顧慮到將軍在線上，現場沒人作聲。

「好，長官。」戴姆簡短回道。「我之前不曉得，長官。」

「好，長官。」

「我想我懂，長官。是，長官。」

「謝謝長官。我會的，長官。完畢。」

戴姆轉過身，把話筒拿得高高的，在半空中劃了個小小的弧線，遞給瓊斯先生。「來吧比利。」他只喚了比利一聲，其他什麼都沒說，便踏出房間，在走道上急急走著。比利得小跑步才追得上他。

「班長，我們要去哪兒？」

「回看臺座位去。」

「剛剛是怎麼回事？我們難道不要……」

「沒事了。比利。都沒事了。」

「眞的？」

戴姆點頭。

「他說我們不用……？」

「他沒說那麼多。」戴姆沉默地繼續走了一會兒。「比利，你知道魯斯文將軍的老家是俄亥俄州的楊斯鎮？」

「呃，我不知道。」

「我也不知道，剛剛他才跟我說。」戴姆有好半晌像是想事情想得出神。「就在和賓州的邊界附近。」比利不禁擔心起來，他的班長是不是腦袋秀逗了？「離匹茲堡很近。」戴姆繼續說著。「他是匹茲堡鋼人隊的忠實球迷。鋼人隊耶，比利，呦？這代表他就是討厭牛仔隊那副囂張相。」

「嘿兩位！」有人叫住他們，兩人一起轉身，原來是快步走向他們的賈許。「你們要上哪兒去？」

「回看臺座位去。」比利答道。

賈許緩下腳步，回頭望了一眼，又開始加快速度。「等等我，我跟你們一起去。」他一邊腋下夾著一疊檔案夾，另一手伸到大衣口袋裡，掌心閃過一道白影。

「比利。」他喚，拿出一個塑膠小瓶。「我幫你拿到止痛藥了。」

光榮道別

其實，何必拍電影呢？反正原版早已傳遍，誰都看得到，拍電影有什麼意義？只消上網搜尋「安薩卡運河」、「B班虐殺片」、「抽動的美國正義之屌」，或隨便選幾個類似的詞，就能搜出福斯新聞那段短片。整整三分四十三秒，絕無冷場的戰事，以東搖西晃、如臨現場的觀點拍攝。除了戰場上的各種聲音之外，還可聽見背景有沉重的呼吸聲，和英勇的攝影人員狂飆髒話而不斷遭消音的「嗶」聲。整支片子實在太寫實，寫實到反而覺得假了——太賣弄、匠氣太重、太像電影，像帶點流行商業片風的B級片，只是不知這麼拍是想顛覆大家對B片的看法，還是想證明B片很厲害。看的人不禁會想，如果把這片子修整一番，會不會比現在這版本還好？——只要放進故事線，好好把角色發展一下，配上藝術風的打光，用多部攝影機拍攝不同角度，再加個聲軌，把該出現情緒的音效點都安排好。倘若說這是假造的，那只能說你絕對找不到比這更眞的假片，儘管比利看了這短片之後，自己也想不透，爲什麼片中的戰事完全不像他打過的仗。也正因此，這外假內眞的片子，披了兩種假外衣。一是片子太眞了，反而像假的；二是這眞片看來一點都不眞，所以肯定是假的，搞不好就是因爲這樣，才需要好萊塢的手藝與騙術，把這片子變回眞的面貌。

但話又說回來，人人都說福斯新聞這段影片超像電影。就像「藍波」系列，《第一滴血》，像《ID4：星際終結者》。或像B班人在第六排剛認識的新鄰居（一個很活潑、話很多、二十出頭的金髮女，和她先生與另一對年輕夫妻一起坐）說的：「簡直就像九一一整個重演一次耶。我才坐下、轉到新聞，就覺得我在看第四臺的電影，這感覺眞的超怪的。」

「你們實在超讚的。」她先生說。他長得滿帥，高高壯壯，穿著「巴塔哥尼亞」的長外套和高檔材質的牛仔靴。「終於有人幫我們出了一口氣，感覺眞他媽的爽。」

另一對夫妻也跟著附和。這幾人年紀比比利大不了多少，趁著「垃圾時間」有些觀眾離場的空檔，從原本坐的看臺高處下來，看看有沒有較貴的好座位可坐。他們讓比利想到以前高中的某些同學，爸媽都是小鎮上鄉村俱樂部的菁英，都受過大學教育，而現在他們不過二十五、六歲，都有優秀資歷、成了家，按部就班開始他們的成年生活。這兩對年輕夫妻雖然都很想見見B班之中的德州老鄉，但等眞見到了比利，一時之間卻又不知如何是好。「你只不過是個小孩兒嘛！」其中一個太太喊出口，打破了他們之間的窘迫。兩對夫妻隨即忙著自我介紹，感謝他的貢獻。兩位太太邊說話邊氣喘吁吁，眞情流露；做丈夫的則扯著他的手臂，給他「歡迎加入我們兄弟會」式的熱情握手。

「太讚了。」他們說。「太棒了」、「能見到你眞是榮幸」等等之類的話，串串字句像水淋淋的冰塊，繞著比利的腦海漂動。

勇氣（南方口音）

榮譽

犧牲

英勇

驕傲　和　好好修理他們！

比利回到走道位。冰珠聲勢磅礡從天而降，宛如朝他們身上噴灑細細的肥料顆粒。「沒談成？」芒果問，比利搖搖頭。

「怎麼會這樣？」

洛迪斯和阿伯也靠過來，想聽整個經過。

「我想大概是因爲，諾姆就是個耍賤的王八蛋。還能說什麼。」

「我們以爲阿呆跟我們講那個條件的時候，是在唬爛咧。五千五……」

「這混帳也未免太狠吧。」阿伯插嘴。「大把大把的銀子進了自己口袋，他卻只能給我們這個數字？那傢伙可是大富翁耶。」

「也許他就是這樣才能當大富翁。」芒果說。「他對錢很小心。」

「要是我有幾個錢，我也會很小心。」洛迪斯說，唇邊一片汗漬抖動著，像一大團黏答答的鼻涕，也像溢出腹部傷口的內臟末端，東搖西晃。賈許到座位上來，逐一點他們的名字，每人發一個牛皮紙信封袋。裡面有達拉斯牛仔隊的各種小玩意兒——髮帶、手環、可當開瓶器用的鑰匙環、一組轉印貼紙、明年的啦啦隊月曆、諾姆與他們握手的八乘十吋光面照片，諾姆還親筆爲B班各人簽名。外加B班各人在記者會後與啦啦隊三人組的數張八乘十吋合影，每個女生也都分別爲B班成員簽名。B班人人在看完袋內的東西後，都只是聳聳肩，實在不忍心公然嘲笑這些小東西。比利的手機響了一下，是斐森來的簡訊。

球賽後碰面？

好，他回答，濃濃的愛就像一大塊正在融化的切達起司，溫柔地裹住他整顆心。妳會在哪？他又打了這幾個字，然後握著手機，等著，那農場的幻想侵入他整顆腦袋。或許，他想著，思索著各種可能。她非常喜歡他。她在他身上高潮。他和斐森在農場上幹到天荒地老，和最近發生的任何事一比，都不算誇張了。他繼續捲動通訊錄，望著那不認識的號碼，想看看光是盯著它，會有什麼感覺，但手機居然搶先他一步，響了起來。他按下「接聽」。

「比利。」

「嘿，亞伯特。」

「你們人在哪兒？」

「我們回看臺去了。」

「戴姆在嗎？」

「嗯，在。」

「他不接電話。你跟他說，叫他接我電話。」

比利朝走道另一端吆喝了聲，說亞伯特要跟戴姆講電話。戴姆搖頭。

「他說現在沒法講。」兩人都沉默了一會兒。「那，將軍有沒……」

「你們安啦，比利。他不會強迫你們做什麼。」

「那諾姆怎麼說？」

亞伯特遲疑了一下。「呃，他當然有點難以接受。他不是說了嘛，他對贏這件事上癮啊。」亞伯特這時才敢稍稍透出輕蔑的笑。「無所謂，他這種人，生活裡偶爾也要吃點癟。」

「他很不爽。」比利直接說結論。

「有一點。」

「那你呢？」

「不爽嗎？不會，比利，我可以老實跟你說，我沒有不爽。我愛你們都來不及了，哪會不高興呢。」

「噢。好。謝謝你。」

亞伯特輕笑兩聲。「噢。好。不客氣。」

「那現在怎麼辦？」

「呃，我現在在包廂這裡，諾姆躲到他的避風港去了。說不定哪時候，他會想出更好的條件來。我們就等著看吧。」

「那好。嗯，亞伯特，我可以問你個事嗎？」

「當然啦，比利。」

「你躲掉去越南當兵的機會，嗯，我想問的是，你拿到緩徵令的時候，是什麼感覺？」

亞伯特輕吁了一口氣，土狼要是躲過捕獸夾，大概就會發出這種聲音。「什麼感覺啊？」

「嗯，我是想問，這感覺，很難受嗎。會感覺你做了正確的事嗎。你現在對這件事又有什麼感覺。我猜我想問的是這個。」

「這個嘛，我得說，這不是我會常常想的事，比利。我當然不能說我覺得光榮得不得了，可我也不會覺得丟臉。那年頭時局很亂。我們很多人實在不曉得自己該怎麼做才對。」

「你覺得時局比現在還亂嗎？」

「呵。這個嘛，問得好。」亞伯特沉思了一陣。「我想大概可以說肯定話，過去這四十年，從來也就沒不亂過。你怎麼想到問這個？」

「不曉得。我猜我只是在想，人的行爲背後有什麼原因。」

「比利，你是哲學家啊。」

「喔不不不，我只是個阿兵哥。」

亞伯特大笑。「兩個都是，怎麼樣？好啦，老兄，放輕鬆。叫戴姆打給我。」

比利說好，掛了電話。他沒喝水便把兩粒止痛藥吞下肚，因爲他這頭痛好像有防護罩，之前吞的三粒止痛藥也沒能動它分毫。後來芒果也來跟他討止痛藥，他索性把整瓶都傳過去，也沒打算要回來了。有不少球迷已魚貫拾級而上，走向出口。只有少數人反而往下走，想坐坐頭等席，繼續把球賽看完。這時約有五、六個男人跑到第六排坐下，好像是之前那兩對年輕夫妻的朋友。他們邊落座邊大聲笑鬧，而且立刻掏出「野火雞」威士忌酒瓶來。「兄弟！」其中一人對洛迪斯粗聲粗氣地吆喝。「狠狠修理他們那一根啊！」這些人穿得有模有樣，非常主流、典型白人的打扮，比利猜想他們必是老闆、客戶之類，在銀行界、商界、法界，總之是有錢人的地方。快克前面有個男的整個轉過身來。

「老兄，你眼睛怎麼啦？」

「一直都這樣。」快克回道。「不過，老兄，你的臉怎麼啦？」

哇哈哈哈哈哈哈，連這男的朋友都放聲狂笑。「嘿，這些人可是B班的人喲。」年輕夫妻檔的某個先生說。「別惹他們。」

「啥？」快克這新朋友大聲道。「什麼班？喔對啦對啦對啦，我聽說過你們啦，耶，好樣的，你們可出名啦。嘿，問你們喔，你們覺得軍中那個『不問，不說』政策怎麼樣？」

「別鬧了，崔維斯！」其中一個少婦開始罵人了。「別惹人厭好不好。」

「我沒惹人厭啊，我真的想知道嘛！這傢伙是軍人，我就是很好奇，他怎麼看軍中的同性戀？」

「比起軍隊外的同性戀，我更欣賞軍隊裡的同性戀。」快克答得乾脆。「至少他們有那個膽子從軍。」

眾人又是一陣哄笑。「我懂你意思了，老兄，我懂你意思。」崔維斯大笑著說。「報效國家，嗯，很酷。不過我不曉得耶，感覺有點不對勁，這麼說吧，假設你晚上在散兵坑裡，有個gay跑來搭上你，你該怎麼辦？兩個男的就在散兵坑裡你吹我我吹你？我覺得怪怪的。會不會就是因爲這樣，我們在那邊才老是被人修理？你瞭嗎？」

「這樣好了，」快克說：「你要不要加入軍隊，自己來看看。你可以跟我一起躺一個散兵坑，看看結果會怎樣。」

崔維斯綻開笑容。「你想要這樣是吧？老兄？」

比利只盼快克能一掌朝那笨蛋巴下去了事，但B班人只是垂眼瞪著那傢伙，或許感恩節打一場群架就夠了。比利看了下手機，還是沒有斐森的訊息。還沒。他繼續沉浸在另一齣農場幻想劇裡，只是這回他和斐森一天做十次的同時，仍惦記著當時在「響尾蛇」前哨基地的B班同袍，想著他們每次出營區，就要面對嚴酷的考驗，所以他才把這放進自己的幻想裡。他會多想念這班好弟兄啊。即使他們仍好端端活在世間，他都會爲他們哀悼。他們是他的手足，他的兄弟。B班人願意爲彼此上刀山、下油鍋。他們是他這輩子最眞的朋友，他若沒能與他們同進退，會因哀慟與內疚而死。

所以，這場仗看來玩完了，他的幻想也玩完了。他又打了一通簡訊給斐森。**我們想在球賽後見妳，跟妳道別**。她幾乎立刻就回了，**好**！不過他問了碰面的時間地點後，就沒收到回音了。這時戴姆努力擠過這一排的人，跪在比利身邊的走道上。

「亞伯特怎麼說？」

「喔，他沒生我們的氣。」

「不是，比利，我是問他有沒有說關於魯斯文的事。」

「喔。他說都搞定了。魯斯文的反應就跟你之前說的一樣。」

戴姆一笑。「我們眞得送花給他！」

「亞伯特說諾姆搞不好會再開更好的條件……」

「見他的大頭鬼，我們才不跟那傢伙談，他拿多少錢來我都不談。一個人一百萬我都不談。」

比利和芒果面面相覷。「一百萬耶……」芒果才開口，就被戴姆打斷。

「這麼想好了，假設我們眞的答應他的條件，諾姆眞的拍了那什麼了不起的B班電影，搞得大家又拚命想打仗。然後呢？我認爲，然後軍方就會不斷要重新徵召那一套，把我們操到死爲止，要不就是叫我們打個幾十年，最後老得連槍都拿不動。哼，去死啦。我才用不著他提什麼鬼條件。」

戴姆轉身走上臺階。熊隊又得分了，比數變成三十一比七，已經很明顯一面倒。第六排某個愛鬧的傢伙把瓶子往地上一扔，玻璃粉碎的聲音，把他的狐群狗黨逗得狂笑不止。「一堆人渣。」芒果低聲道，比利也覺得這些人很過分。喝得爛醉不說，又大聲喧鬧，自我感覺超良好——是不是有人就是要被人羞辱一番才甘心？

比利的手機響起，代表有簡訊進來。他看了一下螢幕。

「斐森？」芒果滿懷希望地問。

「我姊。」比利等到芒果轉頭看別處的時候，才打開簡訊。

打給他。

他們準備好了。

他們在等你。

喔耶穌啊。喔施洛姆啊。施洛姆會怎麼做？假如施洛姆是比利，他會怎麼做？這問題好得多。關於靈魂、關於自我定義、關於人一生最終極的意義，最私密、最迫切的議題，被這一問給引了出來。如同球賽只剩最後兩分鐘的提醒槍響，也就是說，嗯，這下可好，他有大約一百二十秒可以想清楚自己在地球上幹麼。噢施洛姆，施洛姆，萬能的衰神施洛姆，居然能預見自己戰死沙場，他要怎麼在「凱旋之旅」的尾聲開導比利？比利需要施洛姆替他分析情勢，撫平他腦袋裡的紛亂，可這會兒電子看板又打出「美國英雄」的圖樣，第六排那堆討厭的傢伙大聲歡呼，又吼又拍手又跺腳。那幾對年輕夫妻想叫朋友們安靜下來，但顯然那群人沒有罷手的跡象。

「Brav-o噢噢噢噢！」

「嘿——呦——耶！」

「嗚——呼！」

「一起上啊！老兄！」

「看到沒？」崔維斯轉身對快克咧嘴一笑。「我們是最勇猛的愛國份子，絕對挺前線軍人。」

「喔耶。」他某個麻吉大吼一聲。

「喔耶。」崔維斯也跟著喊。「欸，『不問，不說』這玩意兒，我可是絕對贊成。我可不管你們這票人是同性戀雙性戀，是變性還是什麼鬼拉子，我覺得你們都是大屌。你們才是真正的美國英雄。」

他舉起臂來想要和快克擊個掌，但快克只是瞪著他，他那隻手臂就懸在那兒。「不要啊？」崔維斯很快嘻嘻笑了一下。「不要？好吧，無所謂。我還是一樣挺軍人。」他呵呵笑著轉過身去，到座位底下找酒瓶。待他起身坐直了，快克湊過去，以純熟得看來輕柔已極的手法，把雙臂緊纏住崔維斯的脖子，打算讓他窒息。只要是軍人，基本訓練時都學過這技巧，用前臂壓住頸動脈，切斷通往大腦的血流，幾秒鐘就能讓被勒住的人失去知覺。崔維斯稍稍扭動了一下，但算不上掙扎。他捉住快克雙臂，不斷踢著前方的座位，快克又略略加重了手上的力道，崔維斯這下整個人軟了。幾個之前起鬨的傢伙紛紛站起身來，但快克低吼一聲，警告他們別過來。

「他在幹麼？」有個少婦驚呼。「叫他趕快住手啊。拜託誰叫他住手啊。」

不過快克只是微微一笑。「我大可以把這人渣的脖子扭斷。」他大聲說，鬆開雙臂，調整施力的位置，示範怎麼扭斷。崔維斯抽搐似地踢了一下，那些個雜魚朋友只能旁觀，彷彿心知肚明，自己也幫不上忙。

「快克，」阿呆發話了：「夠了吧。放了那個垃圾。」

快克吃吃笑起來。「我只是玩玩嘛。」他勒住崔維斯的方式，有那麼點手淫的意味，一邊拽住他，另一邊又一緊一鬆，一緊一鬆，想探觸那心理上回不了頭的臨界點。崔維斯整張臉呈暗紅，漸漸轉爲紫色。要真勒住頸動脈讓人窒息而死，也不過是幾分鐘的事。

「要死了，快克，」芒果也沉不住氣，喃喃道：「別眞宰了這狗雜碎。」

「叫他放手啊。」那少婦懇求著。「勸勸他啊。」

比利一方面覺得整個人難受到極點，但另一面的他又很想叫快克直接動手，就讓整個世界看看這景況有多難堪。不過快克終究還是鬆了手，彷彿突然之間興味盡失，只隨手往崔維斯頭上拍了一記，崔維斯則像個壞掉的玩偶癱進座位。那群雜魚馬上就決定走人，把頭昏腦脹的崔維斯拉起來，一起離開那排座位，而且很小心地避免與B班人四目相接。「你們都瘋了。」其中有個人邊走邊碎念。賽克斯以大吼回敬是呀我們就是幹你媽的死瘋子怎樣！他煩寧剛下肚，口齒不清地狂笑，聽來確實很瘋無誤。

戴姆及時回來，看到那群雜魚急急步向走道。他摸摸下巴，望著一語不發的B班弟兄。這群人難得這麼安靜，肯定有鬼。

「誰來說說是怎麼回事？」

B班人勉強擠出一聲微弱的「大哥」。「那垃圾一直跟我們頂嘴。」阿呆說。「所以快克就給他一點，呃，訓練上的指導。」

快克把肩一聳，費力堆出笑容，一副洗心革面又相當滿意的神情。「我沒傷到他，班長。」他講得完全不敢居功的樣子。「我只是把他的頭稍稍玩了一下。」

球場上比賽正進行最後兩分鐘，戴姆先看了錶，又看看計分板，再望著風雪交加的夜空，與神交流片刻。「各位，」他終於把臉轉向B班弟兄：「我想我們在這兒的任務已經結束了。我們閃吧。」

B班發出一陣懶洋洋（也可說是酸溜溜）的歡呼。賈許說他們應該要在西側的禮車車道和他們那輛車碰頭。他會跟他們說怎麼走。於是B班就這樣，最後一次蹣跚走上走道臺階，比利也最後一次和體育場巨大的恐怖力量拉扯。待眾人走到穿堂，比利拿出手機，打簡訊給斐森。

妳能到西側禮車車道嗎？找白色悍馬禮車

B班人排成一排，跟著賈許走過穿堂。除了賽克斯和洛迪斯居然一直抱著簽名球外，其他人都只帶著那個福袋，當然主要是爲了裡面珍貴的啦啦隊月曆，和一定要留作紀念的乳溝照片。他們接下來在伊拉克還要熬過漫長、孤單的十一個月，漫長、孤單，還算是最好的情況。他們最後一次走在體育場裡，只是這一次沒人停步感謝B班的貢獻，沒人搶著要簽名或用手機合影。這個牛仔隊的國度正在全面撤退，球迷在又冷、又溼、又累、又慘遭修理的情況下，只想儘快回到家，管他什麼地緣戰略、捍衛自由呢。

噢我的同胞啊。走到大門在望時，賈許把他們帶到穿堂一側，避開人流。「我們要在這裡等一下。」他對B班人說。「有些人要下來送你們。」

誰啊？

賈許笑了。「我哪知道！」

Ｂ班人面面相覷。管他的。這會兒突然有大批觀眾擠進人滿爲患的穿堂裡，Ｂ班人見狀，想是比賽已經結束。球迷們緩緩地吃力走向出口，人數之多與無精打采的步伐，像是訴說他們扛著天大的重擔，彷彿他們的憂鬱、他們灰頭土臉的不堪，都是爲了召喚部落的鬼魂——每個曾爲遠離災厄，曾奮力離鄉背井、不斷遷徙的部落。比利心想，其實也可說，這些人的樣子與難民無異。這時手機響了，他先面牆，才看螢幕。是斐森的三字簡訊。

來了。等。

他閉上眼，把頭朝牆上一靠。原本憋著的那口氣，終於能無聲地以「謝謝」一詞吐出。不過這下他緊張起來了，不知接下來怎麼辦。這種事，他沒受過訓練，沒操演過，也沒有應變措施。他看得見自己和斐森在農場上，但中間如何轉換？要怎麼變成農場狀態？他的腦袋完全沒有概念。倘若他眞的一頭撞牆會如何？忽然間，亞伯特和瓊斯先生出現了，像卡通一樣，從人群中冒出頭來。

「哈。」戴姆誇張地高八度喊出聲。「狗眞是改不了吃屎，他回來啦！」

亞伯特咧嘴笑笑，對戴姆這句話似乎毫不在意，不過很小心地和戴姆保持一段距離。**亞伯特，亞伯特，亞伯特**，Ｂ班人齊聲低呼，聽來很像唱歌。

「我們那案子怎麼樣啦？」賽克斯喊。

「各位，我盡力了。相信我，我眞的盡了一切力量。我還會繼續試，這你們可以放心。如果說有什麼故事應該拍成電影，那肯定是你們的故事，我會盡心盡力促成這事兒。」

「可是大哥……」

「我知道，我知道，之前實在讓各位失望了。我真的很想趁你們還在這兒的時候搞定這件事。我還能說什麼呢？至少我們盡力試過了，但是事情還沒結束，我絕對不會喊停。我會繼續努力，直到談定為止。我跟你們保證。」

Ｂ班成了一群和尚，齊聲誦經：**謝謝你謝謝你謝謝你**。車子正等著送亞伯特去機場，他今晚就要飛回洛杉磯。他的優先權固然整整可以延兩年，此刻感覺卻像什麼事情完結了，曲終人散的所有懷舊愁緒一起湧上。亞伯特說他會送Ｂ班上禮車，瓊斯先生顯然也同行，也或許是要確保Ｂ班人離開之前，不會再搞出什麼有辱牛仔隊品牌的花招。大夥兒於是一起和身心俱疲的群眾緩緩步向出口。有種嗡嗡的低音，低音區顫抖的低鳴，從前方某處傳來，等比利走近了，才發現是大門口發出的聲音。原來是球迷陸續走到體育場外的廣場，寒風掃過光禿冰冷的水泥直撲而來，讓他們不由呻吟，一波接著一波。畢竟從此地到北極圈之間毫無屏蔽，只有數千哩綿延的平原。Ｂ班人也不禁暗暗咒罵，低下頭，把手緊塞在口袋裡。冰珠在他們臉上頸間鑿出細不可見的坑洞。賈許把他們都叫過來，清點人數，再帶他們走過廣場，走向禮車的車道。成排的禮車一直排到肉眼看不見的暗處。而且，喔主啊，光是視線範圍內的這幾十輛禮車中，比利就看見四輛雪白的悍馬禮車。

「比利。」亞伯特不知何時已站在他身邊。「我想你們班長在生我的氣。」

「喔，他本來就滿會鬧情緒的。」比利暗暗希望亞伯特站在他另一邊，可以幫他擋風。

「嘿，你有我的電郵地址，對吧？我也有你的地址。我們保持聯絡吧。」

「當然。」比利來回看著那排禮車。這樣斐森要怎麼找到他……

「我很欣賞大衛，不過有時我會想，他是不是眞靠得住。所以這樣好不好？要是我聯絡不上他，我就聯絡你。你是我和B班其他人的窗口。」

「好啊。」比利抬起迎風那一面的肩，把下巴埋進胸膛。掃過廣場的風，宛如落下的鍘刀。

「聽著，」亞伯特壓低嗓門：「你是這班人裡面最明理的，你和戴姆兩個。我信任你。你也慢慢成爲眞正的頭兒。我知道，我能仰仗你，讓我們之間繼續保持良好的互動。」

「那當然。」比利此刻想的卻是，假使斐森沒有及時趕在B班動身前出現，那他就落跑，當場來個不假而走。他就說他要去撇尿什麼的，故意不上禮車。那時他就會是她的人了，只要他能找到斐森，把一切在她面前和盤托出，他的心意會更堅定。

「關於那案子，我說的都是眞心話。」亞伯特話還沒停。「我會繼續努力。它遲早都會成的。這案子太難得了，不拍電影太可惜。」

比利望著他。「眞的嗎？」

「嗯，當然啊。希拉蕊基本上算同意了，只是時間問題。」

廣場的燈把這地方照得酷似監獄的運動場，慘白的光，尖冷的陰影。比利轉頭四處尋找斐森的身影，也幾乎立刻發現人群中浮現某種模式，某種漣漪擴散的效應，或可說有什麼逆流而上，朝著這裡湧來。這時出現一瞬空檔，比利隨即張開嘴，在腦裡的想法成形之前，他已立時知道會發生什麼事。那群舞臺工人從人群中現身時，比利張嘴正是因爲放聲大叫，接下來他只知道自己倒在地上，像胎兒般蜷縮成一團，背上像被圓頭鎚狠狠重擊。他後來才明白，原來每挨一下重擊就發出慘叫的人，正是自己。倒不是說痛，怪的是那重壓驅走了疼痛。就在他終於發現原來是有人在踹他的當兒，瓊斯先生出現了。這一刻，時間並未慢下腳步，而是凝結爲一整串層層相疊的骨牌。先是瓊斯先生昂然挺立，從西裝外套裡掏出槍來，接著有個大塊頭從他後面撲來，把他整個人撞飛，而那把貝瑞塔Px4，在比利眼中的停格畫面裡，看得格外清楚——那槍猛然從瓊斯先生的手上飛了出去，就像冰上的冰刀，飛速滑過結冰的地面，不斷打轉，一路奔向比利搆不著的地方。比利雖然胸骨上還有別人的腳硬踩著，還是奮力扭動，因爲他想看那槍到底滑去哪兒……

結果那槍直直奔向麥少校。他像冰上曲棍球的老牌守門員，精準算好時間、抓準竅門，趾尖微微離地不過數吋，已然把槍牢牢卡在自己腳下。他一把拿起槍，檢查一下保險，再把槍管朝下，拿遠一些，一邊拉動槍管，讓一顆子彈上膛。接下來，他以長久練就的優雅之姿，舉臂朝頭頂開了一槍。

砰。

隔天媒體大篇疲勞轟炸的球賽報導中（有單純的新聞報導，有八卦小文、有電視廣播名嘴的腦殘嘴砲），對這賽後的槍響卻隻字未提。B班覺得這未免太邪門，因爲當時幾千人在場，都聽到了槍的那聲怒吼。廣場上幾百人，也當然在那聲巨響時蹲下身來，尖叫、瑟縮、撲向自己的孩子，要不就發足狂奔。而狠踹比利的人，居然也倏地停下動作。比利有好一會兒只是躺在原地，靜靜享受不再挨踢時，內心無比的安寧。他稍偏了一下頭，好讓血不流進眼睛去，讓他可以看著麥少校的一舉一動。麥少校關上那把貝瑞塔的保險，小心翼翼把槍放在地上，便抬頭挺胸，平伸雙臂，微微舉起。他沒彎起手肘，兩手也沒放在頭後面，完全是投降的架勢。不對，他的手臂直直伸向兩邊，僅是爲了向奔來的警察證明，他身上完全沒有武器。

「麥少校才是眞男人。」比利低聲對自己說，不過主要是爲了確定自己沒事，想聽聽自己的聲音。

警方花了一點時間，才搞懂整個狀況。來了好多種警察，但好像只會把事情搞得更複雜。B班的禮車終於開了過來，有人把他們趕進去，同時仍有人留在廣場上繼續討論事情。亞伯特和戴姆，還有賈許、瓊斯先生，都在廣場上和一小群高階警察談話。麥少校站在離他們稍遠一點的地方，不算眞的有人看守，只安排了兩個警察一左一右站在他兩邊。一小撮舞臺工人已遭逮捕，可憐兮兮地站在一塊兒，都上了銬、垂著頭、背對冷風。

有個警察朝禮車敞開的後門俯身問：「有人需要去醫院嗎？」

大夥兒一致搖頭。不——用。

警察遲疑了一下。因爲裡面的B班人，個個頭上臉上都是血。那群工人攻擊他們的武器有扳手、鋼管、鐵撬等等，天曉得還有什麼。

「只是問問。」那警察說了這句後便走了。

他們在禮車的急救箱裡找到兩個冰敷袋，就大家傳著用。芒果的左眼上有一道很深的口子。快克少了兩顆牙。阿呆額頭上腫了個鵝蛋大的包。賽克斯的鼻孔和洛迪斯的頭上都淌著血。比利有一邊臉頰已經裂開，沿著頰骨有道兩吋的撕裂傷。這大概就是把他打倒在地的那一擊，他想。上半身有種摔倒似的隱約的痛，應該是不嚴重，但他也不傻。他知道明天應該會痛個半死。

戴姆爬進車裡找了個位子坐下。「警方要大家的名字和聯絡方式。」他說著，把寫字板和筆遞給阿呆，示意大家輪流寫。

「班長，我們會坐牢嗎？」芒果問。

「不會啦，我們是被害人耶，老弟。」

「那麥少校呢？」洛迪斯還掛記著這件事。

「麥少校可是要命的國寶耶。沒人敢叫麥少校坐牢。」

「班長，」阿伯開口：「我們覺得這裡一定有陰謀。諾姆因爲不爽我們不接受條件，就叫那些工人來扁我們。」

「我會跟警方提這一點。」戴姆說道，臉上沒半點笑意，但阿伯其實是說笑。比利的手機響了，是斐森的簡訊。**哪輛白悍馬**？他陡地竄出禮車，但手上可沒停，按著她的電話號碼。有個警察大喝：「你想去哪兒？」但比利整個人、整副心神，只關注一件最眞的事，那股浩然之氣，竟讓那警察不再攔阻。手機才響沒半秒鐘，她便立刻接起。「嘿！」

「妳看到警車的燈嗎？一堆警察站在那邊？」

「呃，有。」

「那就是我們的禮車。我站在外面。」

「那你別動。」她說。「我朝那邊走了。」接著說：「我看到你了！別動，我看到你了，我看到你了……」

他見她穿過人群，白靴在深色大衣下閃耀，秀髮在慘白的監獄燈光下雖然成了濛濛的銀影，卻如銀瀑流瀉四處，流過她肩頭，順著背脊，越過乳房。她那麼美，美得讓他覺得整個人掏空了，沒有呼吸，沒有痛苦，沒有思想，沒有過去，他這一輩子，凝結爲見到斐森一身冰珠晶瑩閃爍、大步朝他走來的那一眼。

他想必也漸漸走向她，因爲他倆終於「噗」一聲抱在一起，一切如願以償。有好一會兒，他們就只是緊擁著對方。人群自動騰出空間給他們，來往的人實在太多，多到自然不會有人注意他倆。

「你的臉怎麼了？」她驚呼，身子後退了一下，輕撫他臉頰。「我的天，你在流血。」她望向他背後的警車和救護車燈。

「就是那些中場表演的舞臺工人，突然來攻擊我們。」他笑起來。「我猜他們還是很不爽吧？」

「噢我的天，噢我的天，你受傷了。」她細細看著他臉頰，手指沿著傷口邊緣輕觸。「你們好像走到哪裡都有壞事。」

兩人相吻，用力地吻。要他們不用雙手拚命探索對方已然不可能。「眞討厭。」她沒多久便喃喃道，略略後退，挪出一點空隙來解開大衣扣子。她的手快速往下滑，急急打開大衣裹住他，把他拉近了點，兩人胸膛相貼，她不禁呢喃起來。她身上還是啦啦隊的制服。他把雙手伸進她大衣裡，緊抓她的臀部。她輕輕打了個冷顫，踮起腳，下半身努力想緊扣住他長褲中隆起的部位，嘴則使勁鉗住他的唇，那力道大得讓他雙唇麻木。「加油啊。」有個路過的人朝他們喊。另一個路人則勸他們「開房間吧」。過了幾分鐘，也或許是幾小時，斐森重新站定了，倒在他懷裡。

「噢天啊。你爲什麼非走不可？」

「我有休假就回來。也許等春天吧。」

她仰起頭。「你說眞的？」

「眞的。」假如我這條命還在，他想。

「那你最好留點時間給我。」

「那還用說。」

「我是說眞的。要不然你回來的時候，住我這裡好不好？」

他說不出話來。連呼吸都困難。她先看他左眼，再看他右眼，來來回回看了幾遍，始終是兩眼對一眼。

「我知道這有點誇張，可是我們在打仗，對吧？我只知道這樣做是對的，感覺對了。只要有時間，我就想和你在一起。」她打個冷顫，甩甩頭。「我不是緊迫盯人那型的，不是現在這樣。我對誰都沒有過這種感覺。」

比利一把把她拉過來，讓她的頭靠在他胸膛。「我也一樣。」他喃喃道，那聲音就在兩人體內上下迴盪。「小姐，我差點就要跟妳一起跑路了。」

她仰起頭，就那一眼，他便知道這事不會成了。她的困惑，她眼底那一瞬閃過的憂愁，說明了一切。

他在說什麼？他深怕失去她，因此更該堅守他的英雄崗位。

她撫著他臉頰。「寶貝，我們不用跑哪裡去，你就平安回家，我們在這裡好好的。」

他沒抗拒，因爲失去的代價太慘重。他得爲了較小的風險，放棄更大的風險，即便那較小的風險（這豈不妙哉，妙哉！）有可能害他賠上這條命。他把臉埋在她秀髮中，深深吸了口氣，想盡量多存著點她的氣味，能撐多久是多久。

呦B——班的聲音從廣場另一端傳來。戴姆班長在閱兵場上的吼聲。**向——外移動！開始！**

「我得走了。」比利輕聲說。斐森嚶嚀一聲，兩人再次陷入可能造成瘀傷的瘋狂擁吻。而且有片刻相當猛烈——他們努力想分開，卻又緊抓著對方不放，揪著、戳著對方的衣服、身體，兩人全身燃燒著某種詭異的憤怒，卻又控制不了。斐森的臉頓時垮了下來，融化在他懷中。

B班！馬上集合！

比利吻了下她的唇，隨即抽身，就像萬般不得已，卻又不得不爲。「小心啊！」她在他背後喊道，他高舉拳頭，表示聽見了。「我會幫你禱告！」她喊得更大聲，卻只讓他更絕望。他在這兒只想死，很想死，而且褲裡那團從沒派上用場的東西，害他很難走路，偏又硬得要命，像拒絕只升一半的旗。他用手腕、手背努力想把那東西按下去，免得世人看見，結果喔靠，一堆人，大概七、八個球迷，又圍了過來，要他在比賽節目單上簽名。**眞是太感謝了**。他們說。**眞光榮**。**太棒了**。**太讚了**。這一切不消幾秒鐘工夫，但他在簽名的同時忽地想到，這些滿臉笑容、半點頭緒都沒有的老百姓，才是對的。過去這兩週來，他自恃在戰場上閱歷豐富，以爲自己高高在上，無所不知，不過算了吧，這些人才是眞正的老大，這些傻瓜、無知的人啊，他們的祖國夢，才是眞正主宰一切的力量。他的現實生活，就是爲這些人的現實生活當奴才。他們不懂的事，比他懂得的一切更有力量。可他經歷了他經歷的一切，學到他學到的事，他猜想，這是不是某種可怕、甚至可能致命的事？在戰場上學習非學不可的東西、做非做不可的事，會不會反而讓你和送你上戰場的理由爲敵？

他們的現實生活才是王道，只除了一件事：這也不能救你一命，擋不了炸彈子彈。他納悶，會不會有個飽和點？到了這個點，死亡人數終於破表，把祖國夢炸個粉碎。不務實的世界，能接受多少現實？他簽完最後一份節目表，走向路邊時，已經有點昏沉，雙手同時還得握拳放在口袋裡，只求能擋住一發不可收拾的勃起。**謝謝你啊**！那群善良老百姓在他背後喊著。**謝謝你對國家的貢獻**！冰珠啄著他的眼，但他幾乎沒有感覺。警察見他走來，往旁挪了一下，於是他見到賈許和亞伯特站在禮車後門旁，亞伯特露齒笑著，朝他招手。「快來！」他俏皮地喊。「快來！他們要走了！」彷彿這一程不容錯過，啓程就能救你一命。亞伯特趁他走過時快快抱了他一下。賈許則說了聲祝好運，緊握了他手臂，比利便踏下路緣，幾乎是一屁股坐進後座的小小宴會。

亞伯特幫他關上車門，朝他們最後一次揮手。「我們都到了。」戴姆對司機說。「走吧。」

「喔耶，趕快帶我們滾吧。」賽克斯接話。

「趁他們把我們幹掉之前。」快克也加入陣容。「帶我們去安全的地方。帶我們回戰場吧。」

「大家快繫上安全帶。」戴姆叮嚀了一句，於是大夥兒紛紛在座位旁摸弄，扣上安全帶。戴姆注意到比利雙腿之間的隆起。

「滿猛的嘛，阿兵哥。」戴姆用只有他們倆聽得到的音量小聲說。

「有些事就是控制不了，班長。」

戴姆呵呵輕笑。「你跟你的妞道別了？」

比利點點頭，望向窗外。他知道自己不會再見到斐森了，但他怎麼會曉得呢？有誰眞能什麼都曉得呢？——「過去」是接二連三吐出鬼魂的霧，「現在」是以時速九十哩奔馳、險象環生的高速公路，這讓「未來」成了再怎麼想也是徒勞的無盡黑洞。然而他就是曉得（至少他以爲他曉得），他可以感覺這念頭就在他無比眞實的悲傷中萌了芽。他找到安全帶，「咔」一聲把它扣好，那一聲清脆的「咔」，就像鎖上某種龐大複雜系統的最後一道鎖。他一切就緒，前往戰場。別了，別了，晚安，我愛你們大家。他靠回椅背，閉上眼，禮車把他們載走時，他努力什麼都不去想。

謝辭

我以欣喜的心情，感謝Ucross基金會與懷廷基金會（Whiting Foundation）支持我寫作本書。多謝Gary Downey、Evan Maier、Bethany Niebauer、Eric Reed解答我關於軍中生活的疑問。也要特別感謝Heather Schroder與Lee Boudreaux對我不變的信心。最後要深深感謝我的妻子夏芮，如果沒有她，我就會，完全，失去方向。

B・F・

專文導讀

一場殘酷的成人禮

文／安東尼・馬拉

前陣子在加州，我和朋友去逛書店。這個朋友之前當過兵，去伊拉克和阿富汗出過幾趟任務。我們倆聊起一個現象，寫美國九一一事件後反恐戰爭的小說愈來愈多，其中作者有退伍軍人，也有一般作家。

美國近年來在海外進行的反恐戰爭，不僅出發點失當，更欠缺妥善管控。只是在二〇一二年之前，少見紐約大型出版社推出小說關注這個議題。好萊塢曾拍過寥寥幾部以伊拉克、阿富汗爲背景的電影，票房卻奇慘無比——出版社和電影公司一樣不願冒險，心知肚明打仗出包的事，一般人大多不願面對，對於正視這問題的小說想必興趣缺缺。蔚爲流行的「伊拉克疲乏」，探討的對象卻是文化消費族群，而非歸國退伍軍人。諷刺的是，反恐戰是美國過去十五年來最重要的事件。

不過，自二〇一二年起，討論伊拉克與阿富汗戰爭的長篇小說和短篇小說集陸續問世，也都廣受好評，如凱文・鮑爾斯的《黃鳥》、菲爾・克雷的《重新部署》（*Redeployment*）、莉・卡本特的《十一日》（*Eleven Days*）、T・傑若尼莫・強森的《永不放手》（*Hold it 'Til it Hurts*），當然，班・方登的《半場無戰事》也在其中之列。

我問我朋友，這批成功重返書市的戰爭小說之中，他覺得哪幾本最好？他講了幾本很不錯的，我很意外他漏了一本。

「我以爲你最喜歡的會是《半場無戰事》。」我說。

「沒錯，《半場無戰事》算是這幾年最好的小說之一，但是它並非戰爭小說。」他回答。「它講的是媒體，講煽情主義，講碧昂絲。它講的是二十一世紀頭十年的美國，也因此它不可能不寫到喬治．布希和伊拉克戰爭。」

我之所以提起我和朋友的這段對話，是因爲他講得一點都沒錯——若問在小布希執政期間，活在美國是什麼感受？能把這種感受形容得極有見地、極精準、超爆笑、超心酸，而又極其生動的，應該就是你手上捧著的這本書了。尤其用小說形式來表達，意義格外重大，因爲布希執政的這幾年，正是把虛構現實變成公共政策的年代。這段期間的政治語彙，充斥著「掌控敘事」這個關鍵字，講得好聽叫「掌控敘事」，其實就是把媒體報導和輿論操弄成對自己有利的方向。

掌控敘事是爲了在當下書寫歷史。倘若眞如莎士比亞所說，世界像個舞台，我們都是舞台上的演員。如此，掌控了敘事，也就掌控了我們的命運。美國近代史上，目中無人、恣意玩弄媒體與民意，害他人賠上性命的活教材，應首推美國走向伊拉克戰爭之途的過程。這就是《半場無戰事》眞正探討的主題，本書也因此超越戰爭文學，一如強納森．法蘭岑的作品，是一部探討美國當代生活和社會問題的小說。

作者班．方登借用媒體所報導，B班小隊在伊拉克的關鍵戰役來開展故事。當時福斯新聞臺的隨隊記者拍下了整個經過，在電視加網路強力放送下（加上國人早已對伊拉克戰場捷報望眼欲穿），B班一夕之間成爲全美名人。福斯新聞臺的觀眾（此族群常把「愛國主義」當成「保守主義」，兩者還可互換）從B

班的英勇故事接收了二手觀點，不僅再次驗證他們原本就堅信「美國最好最棒」的「美國例外主義」，更強化了對穆斯林恐怖分子根深柢固的恐懼。書中這場戰役只在比利破碎又片斷的傷痛回憶中忽隱忽現，讀者始終無法瞭解事情全貌。於是我們和B班人一樣，亟欲在班・方登巧思獨具的字裡行間，用他聲光畫面俱足的敘述，塡補這段混沌未明又倏忽即逝的眞相。

故事一開場，B班全員聽著老謀深算的電影製作人亞伯特，如何向電影公司高階主管與大明星提案，解釋B班的故事，好把它拍成電影。短短幾頁即可發現，無論是之於好萊塢新左派人士、熱門時段的保守派廣播主持人，還是布希政權下的鷹派份子——史實正確與否，根本無關緊要。希拉蕊史旺有興趣主演，但前提是比利的角色必須變成女人；朗霍華導演和製片布萊恩・葛雷澤也有興趣，但前提是必須依照市場調查觀眾偏好的結果，將時代背景搬到二次世界大戰。眼看B班的故事，這個爲國爲民犧牲小我的不凡故事，落在各有盤算的各路人馬手裡，讀來荒謬至極，卻又不勝唏噓。作者對於好萊塢製片人、電視新聞主播，這些刻意迎合大眾對於英雄主義故事的欲望，而競相模仿炒作的現象，提出了嚴厲而必要的批判。這正是本書所意欲呈現，當新聞變成娛樂後必然的結局。

新聞媒體「敘事」與「事實」不分，無疑地助長美國入侵伊拉克。許多支持開戰的新聞報導，消息來源都是小布希政府。政府隨後再利用媒體報導，重申入侵伊拉克師出有名，煽動更多人支持。看似冠冕堂皇實則邏輯扭曲——只需把誤導的訊息不斷重複再重複播送，錯的也就變成眞的了。班・方登自然深知箇中三昧，而寫了這一段：

有些記者仍繼續追問體育場的事，但諾姆沒理會。比利逐漸有點懂得這中間的權力變化了。這權力方程式的一端是某大企業執行長，另一端是比利朝便斗射出強力水柱之餘，細細研究的那只便斗。諾姆的職責是把牛仔隊的品牌價值拉到最高；媒體的職責是把諾姆朝他們射出的公關水柱，一點一滴、一攤一沱全都吸乾淨。但有血有眼淚的人類也有理性與自由意志，自然而然會痛恨此等待遇。或許這就是記者何以老是擺出被人倒了一千萬的那副嘴臉，臭到極點，活像健身房用過的毛巾，溼答答的全塞在毛巾籃裡。明天比利就會看到報紙，納悶為什麼有些事沒寫出來——那就是，記者們，儘管牢騷滿腹，還是照著諾姆的意思群聚此地，諾姆說了B班人什麼，他們就照寫什麼。一切都是大剌剌安排好的行銷活動，沒有知識價值，沒透露一絲內幕，除了大打牛仔隊品牌知名度外，沒有一丁點實質意義。

這段文字雖然只是描寫諾姆如何在地方與全國性媒體的體育記者面前，大力拉抬牛仔隊的聲望，但文中描述的這套體系，正是藉用公關操作成新聞的一點點差異，拉攏了「對打仗持保留態度」的民眾。之後還有一段：

要想讓你的計畫成真，你得先說服大家計畫真的在進行，而且你一開始就要相信自己可以蓋空中樓閣，你的建材是言不由衷、是膨風、是推諉、是術語，是睜眼說瞎話。換句話說，你就是個騙子。倒不是說比利因此看不起亞伯特。只是這過程好像有很大的空間讓人理所當然變節背信，人人都預設對方講的不是真話，等鬼扯淡累積到某種可觀的程度，整個崩盤之後，大家才會坦誠以對。也就是，不再扯謊。某種真實的成分，要費心經營才能出現。

這一段寫的是好萊塢，在那個世界裡，只要你相信，糞也能煉成金。我們同樣可以用這段文字，形容媒體報導如何把美國一路送進伊拉克。班．方登以過人文采（是的，倘若美國當今文壇有過人之才，他絕對名列其中）赤裸裸揭露權力如何在國與國、人與人，乃至各人內心之間運作。如今很多美國人已經明白，布希政府唬弄了全國上下才打了這場仗，全體國民偏偏甘願加入這場騙局。《半場無戰事》的成就，不僅在於揭露這樁騙局無處不在的亂象，更暴露出當人類對未來充滿疑慮時，非常容易被這種騙術洗腦的傾向——是我們「想要」相信我們的軍人是英雄，相信打仗的理由很充分，動機很純潔。

再講到感恩節大賽。台灣讀者或許對感恩節和美式足球不太熟悉，所以我簡單說明一下這個傳統。美式足球無疑是全美最熱門的運動，超級盃更是美國每年最多人收看電視轉播的體育競賽（我猜感恩節大賽應該排名第二）。雖然美國是個多元又分歧的國家，但在超級盃這天，算得上是最接近全民大和解的一天。美式足球能跨越種族、階級、政治黨派等藩籬。我們在書中不難發現，德州體育場幾乎就是整個美國的縮影。體育記者查克．柯爾斯特曼（Chuck Kolsterman）有言，美式足球之所以能成爲國民運動，是因爲它本身蘊含一種矛盾，對美國人特別奏效——也就是用進步與前瞻的想法，去包裝老掉牙的暴力。美式足球規則奇多，不但常讓人一頭霧水，還會定期更動，比起其他運動，無人能出其右。此外，美式足球的規則，也隨著科技進步日新月異，這與時俱進的特性，讓美式足球賽乍看之下創新先進，卻掩蓋了事實——它其實就是一群大塊頭男人死命互毆的遊戲。

除了前述特性之外，美式足球的本質，說穿了，就是一隊用逐步推進十碼的方式，向另一隊攻城掠地。美國先民當年西進，逐步掠奪美國印第安人的土地，背後是同樣一套意識形態，我們或可將美式足球視爲這種掠奪行爲的遊戲版。這套思維更具體實現在「感恩節」的由來上，一個美其名紀念一六二一年清教徒與美國印第安人友好的節日，卻忽略往後四百年來印第安人受迫屈服的歷史事實。我自己讀中學時玩過美式足球，倒不是說我有這方面的才能或興趣，重點是，美式足球是測試美國人是不是男子漢的指標（很可惜，這測試我沒過關）。

因此當作者透過比利・林恩的眼睛，看到美式足球場上的「僞戰士」們，各個裝備齊全，待遇奇高，受大眾擁戴，有專人照料，遠遠勝過伊拉克戰場上的正牌戰士時，這種反差的諷刺格外令人鼻酸。大家捧上天的，是比賽，是精心設計的大場面表演，是人爲操弄出來的敘事。比利・林恩與B班小隊宛如被民眾讚歎的雕像，半場表演時的活動道具。大家敬重他們象徵的意義，卻毫無興趣瞭解他們到底是什麼人。《半場無戰事》儘管生動地描寫了政治與文化之中權力的尖刻與僞善，卻也意外的溫馨。作者完全寫活了比利・林恩——他有一副好心腸，有十九歲的青春，扛著十九歲不該扛的重擔，日日與死神交手，卻保有令人動容的純眞。他對斐森的愛如此無邪，他所幻想兩人之間的未來卻又遙不可及，讀來既令人心潮澎湃同時卻又心碎不已。放眼當代小說，有多少人物能像比利這般，値得擁有幸福美滿的結局？

幸福的結局也許不存在，也許存在，只是不盡如比利的意。這本小說成功地做到了連好萊塢、福斯新聞臺、牛仔隊王國都做不到的事——它講出了比利的故事，讓他的聲音有了放送的麥克風。關於美國，這個自己編造謊言送他去打仗的國家，在他所言之中，如此傷痛，如此深刻，而神奇的是，也如此寬厚。

＊本文作者安東尼・馬拉現爲史丹福大學創意寫作班「華納斯・史坦格納獎學金」學者。著有小說《生命如不朽繁星》。

大師名作坊 144

半場無戰事

作者—班・方登
譯者—張茂芸
主編—嘉世強
編輯—鄭雅菁
校對—張茂芸
美術設計—空白地區
責任企劃—張燕宜
董事長
總經理—趙政岷
總編輯—余宜芳
出版者—時報文化出版企業股份有限公司
10803台北市和平西路三段二四〇號四樓
發行專線—(〇二)二三〇六—六八四二
讀者服務專線—〇八〇〇—二三一—七〇五
(〇二)二三〇四—七一〇三
讀者服務傳真—(〇二)二三〇四—六八五八
郵撥—一九三四四七二四時報文化出版公司
信箱—台北郵政七九~九九信箱
時報悅讀網—http://www.readingtimes.com.tw
電子郵件信箱—liter@readingtimes.com.tw
法律顧問—理律法律事務所　陳長文律師、李念祖律師
印刷—勁達印刷有限公司
初版一刷—二〇一五年四月二十四日
初版四刷—二〇一六年十月二十八日
定價—新台幣三八〇元
(缺頁或破損的書，請寄回更換)

時報文化出版公司成立於一九七五年，
並於一九九九年股票上櫃公開發行，於二〇〇八年脫離中時集團非屬
旺中，以「尊重智慧與創意的文化事業」為信念。

國家圖書館出版品預行編目(CIP)資料

半場無戰事 / 班・方登(Ben Fountain)著；張茂芸譯. -- 新版. -- 臺
北市：時報文化, 2015.04
面；　公分. --(大師名作坊；144)
譯自：Billy Lynn's long halftime walk
ISBN 978-957-13-6249-6(平裝)

874.57　　104005224

ISBN 978-957-13-6249-6
Printed in Taiwan